봉인된 서정의 시간

현대시조와 시를 고민하다

조 춘 희 평론집

국학자료원

불화하는, 봉인된 서정을 풀다

　문학은 오랫동안 스스로의 불화를 은폐하는 역할을 감당해 왔다. 태생적으로 지닌 주변부성을 응시하기까지 무수한 시행착오와 배반이 있었고, 이는 여전히 진행중이다. 중심에서 배제된 주변부를 탐색하는 일은 자주 내 안의 모순과 한계, 그리고 오만을 발견하게 만든다. 이방인으로 배회하면서 텅 빈 소통을 거들먹거리는 사이, 나는 허위의 존재가 되어 한낱 유령으로 변하고 말았다. 이런 나에게 문학은 유일한 짐이요, 부채다. 문학과의 길항을 겪는 덕분에, 아직 겨우 살아있다.

　이 시대, 시적인 것의 가능성을 탐색하는 일은 무력하다. 그럼에도 단절과 고립의 시대에 서정적 가능성을 타진하는 비평적 소통을 통해서 현대인의 고독과 상실감을 위무할 수 있을 거라 기대한다. 아니 솔직하게 말해, 스스로의 불화를 그나마 견딜 수 있을 것이라 기대한다. 현대시사에서 자유시와 정형시는 서로 외면함으로써 구성되어 왔다. 이들이 불통의 고리를 끊고 새로운 통섭의 시적 가능성을 확보하기 위해서는 두 영역의 조화와 이해의 계기가 마련되어야 한다. 장르적 차이를 인정하고, 이를 통해 통합적인 시적 정의의 가능성에 골몰할 때다. 더불어 시적인 것의 책무에 대해 진지하게 고민하고, 새로운 문학 공동체 구성의 가능성을 진지하게 타진해 보아야 한다.

봉인된 서정으로서의 현대시조가 오늘의 문학 양식으로, 특히 오늘의 서정시로 호명되기 위해서는 정형시로서의 성격을 강화하고 더불어 시적인 감각을 확보해야 한다. 또한 시조문학 비평장의 부재 및 부조리 등을 해소함으로써 시대와 소통하고, 나아가 여타의 예술과도 교통함으로써 새로운 시적 가능성을 발견해야 한다. 현대시와 현대시조는 별개의 영역이 아닌, 시적인 것을 모색하는 서정적 언어라는 측면에서 상생관계에 있음을 기억해야 한다.

여기 실린 글들은 대다수 기발표된 원고인 탓에 지금과는 생각을 달리하는 논의도 있다. 하지만 변방을 사유하는 주변부적 감각과 현대시와 현대시조의 소통을 통한 시적 탐색과 성찰을 지향한다는 점에는 큰 변화가 없다.

고백하건대, 나는 비평을 하기에 적합한 사람이 아니다. 불만은 많지만 저항할 용기가 없고, 호불호는 명확하나 호에만 닿아 있고, 감성적이나 이성적이지 않고, 논리 보다는 감정에 치우친 사람이다. 그러니 나에게 비평적 언어라는 말은 끊임없이 갈구하지만 끝끝내 가닿을 수 없는 신기루 같은 것이다. 부정과 분노를 품고 있지만, 긍정과 타협에 익숙하다.

그러니 비평이라는 제하에 묶인 글들은 모순과 비논리 그리고 감정의 불순물에 지나지 않는다.

감히 이런 글을 세상 귀퉁이에 '싸지르는' 스스로의 오만함에 부끄럽다. 이러한 오만함에도 내 편이 되어줄 유일한 존재에게 감사를 전한다. 최초의 죽음이었던 곽 돈 잔, 10여년이 지나도 잊히지 않는 죽음인 L. J. S. 간신히 벗어났다고 생각했는데 여전히 그 자리다. 그리고 내 생에 최후의 죽음이었으면 좋겠는 조 윤 도, 김 성 연. 모순의 문장들 사이에 기록하기에는 이들의 인생이 너무 무겁고 숭고한 탓에, 어쩌나! 이 역시 불효를 보태는 일이다. 이들 외에도 많은 이름들에 빚지고서야 겨우 지탱하는 삶이다. 그들 덕분에 기꺼이 우울을 딛고 살아갈 용기가 생긴다.

여기, 거친 문장들을 무모하게 세상에 내놓는다. 우발적 사고처럼 무책임하게, 비겁한 발화를 내 것 아닌 척, 툭! 투척한다. 천운이 따른다면, 추락하는 문장 중에서 살아남는 단어가 하나쯤은 있지 않을까? 조금 욕심을 부린다면, 현대시조가 봉인된 서정의 시간을 풀고 오늘의 문학비평 안에서 활발하게 논의되기를 바란다!

2015. 6월
'간신히' 흘수선을 딛고 선 빗방울의 심정으로!

2부 _ 시적 감수성에 도취되다

3부 _ 이 시대 작가를 만나다 I

4부 _ 이 시대 작가를 만나다 II

■1부

시조적 감각을 탐색하다

현대시조의 역할을 고민하다!

　현대시조의 존립에 대한 논의는 '진부'하다. 이때 진부하다는 것은, '당연히' 존재하는 정형시 양식을 두고 그 존립 근거 따위에 대해 왈가왈부하는 일은 비생산적이라는 의미다. 현대문학 장르에서 시조는 이미 상당한 영역을 차지하고 있다. 때문에 오늘의 우리가 고민해야 할 문제는 현대 사회에서 시조문학이 어떤 역할을 수행해야 하는가에 대한 성찰이다. 더불어 장르적 특이성을 보다 명확히 정립하고 이를 통해 대중과 소통하려는 적극적인 노력을 주도해야 한다. 시조문학의 새로운 정체성은 이러한 과정에서 자연스럽게 확립 및 확장될 수 있을 것이다.

　현실은 끊임없이 불화한다. 현대인을 엄습하는 무수한 폭력 상황, 언제 어디서 싱크홀 같은 사건이 발생할지 모르는 불안감은 오늘의 삶을 고독하게 만든다. 한 사회의 문학은, 문학적 상상력을 토대로 그 사회와 구성원들에게 일정한 영향관계를 유지해야 한다. 그렇기에 현대시조의 역할은 현 사회에 대한 성찰과 더불어 고민해야 할 문제다. 범박하게 두 가지 정도로 그 역할을 한정한다면 다음과 같다.

　첫째, 느리게 사유하는 방식과 자기 성찰의 휴지를 제공해야 한다. 긴장과 절제의 시조 형식미학은 자유와 방만에 익숙한 현대인들에게 신선한 자극을 줄 수 있다. 속도전에 염증을 느낀 이들에게 자기 성찰의 여유와 느리게 걷는 방법을 제공함으로써 자기 치유의 시간을 갖게 하는 것이다. 이에 걸맞은 시조문학이 되기 위해서는 단수시조의 형식을 잘 활용해야 한다. 하이쿠의 전세계적인 인기 역시 간결함의 깊이가 한몫 차지한다. 정형의 시조 역시 억압의 구조가 아니라 간명하게 정돈된 시적 표현으로 정서적 안정과 삶을 응시하는 깊이를 제공할 수 있어야 한다.

둘째, 사회적 정의와 인간다움의 균형을 유지하는 데에 기여해야 한다. 자본적 질서에서 인문학의 부재는 무수한 문제를 양산한다. 그럼에도 인문학의 가치에 대해 끊임없이 폄하하고 있는 실정이다. 인간다움의 붕괴는 사회 곳곳에서 상상을 초월하는 엽기적인 사건으로 그 치부가 여실히 드러나고 있다. 현대시조는─여타의 예술 장르와 마찬가지로─ '오늘'에 복무해야 한다. 자본화된 사회질서와 인간적 소통 방식에 대한 고찰을 통해서, 이 시대 시조적 상상력이 기여할 수 있는 영역을 개척해야 하는 것이다. 이때 시조적 상상력이란, 시적인 감수성과 시조적 형식미학의 조화를 통해 현대인의 실존적 자기 발견과 치유를 조력하는 문학적 역할을 의미한다.

이처럼 현대시조는 한 사회와 그 사회 구성원들의 담론에 예민하게 반응해야 한다. 시조의 역할에 대한 고민은 오늘을 살아가는 우리 자신과 이 사회 구조에 대한 고찰과도 그 맥을 같이 한다. 한 사회가 안고 있는 문제를 외면하지 않을 때, 그 예술 양식의 찬란한 내일 역시 전망할 수 있을 것이다.

현대시조 시론(試論)

1. 현대시조를 생각하다

시인은 현존 자체의 의미를 발굴하는 존재다. 때문에 시인은 끊임없이 유랑하는 운명에 처해 있으며, 어디에도 뿌리 내릴 수 없는 리좀적 존재로 생성을 만들어가는 창조적 주체이다. 특히 서정적 서정시를 창작하는 시인의 경우 자신의 직관을 풍경으로 위장하여 간접화하는 방식을 도모한다. 즉 현존하는 화자의 흔적을 최소화하고, 대신 보편적 존재의 공감을 토대로 시적 감흥을 유발하는 것이다. 이를 위해서 시인은 시어의 의미나 음악성 따위를 고민하고, 나아가 맥락의 논리적인 연관성을 파기함으로써 되레 새로운 시적 구조를 완성하기에 이른다. 이 과정은 시인이 홀로 세계와 닿아 공명해야 하는 지난한 고독의 시간을 통과하는 것이기도 하다. 시인은 자신에게 주어진 적막을 견딤으로써 비로소 시적 결과물을 얻을 수 있게 된다.

현대시조의 정체성은 타자성을 통해서 견고해질 수 있다. 오늘의 시, 특히 서정적 자유시의 위상이 확고해질수록 서정적 정형시로서의 시조의 영역 또한 확증될 수 있는 것이다. 최동호의 최근 작업은 이런 물음에 값하는 것으로, 극서정시極抒情詩의 필요성을 그 시적 구조를 파악함으로써 역설한다. 즉 "서정시가 지닌 호소력의 근거"를 "확고한 구조적 견고성과 더불어 사유의 명증성과 표현의 간결성 또한 보편적 공감" 등이 "유기적 상관성을 이루"[1]는 데서 찾는다. 이를 통해 견고한 내적 구조를 갖춘 서정시의 질긴 생명력을 획득하게 된다는 것이다. 흔히들 서정시를 단순한 감정의 소산으로 이해했던 것에서 벗어나 그 구조적 비의를 분석하고자 했다는 점에서 유의미한 연구다.

무엇보다 "시를 구성하는 극적인 요소 중의 하나로서 갈등구조를 파악"하고 "이를 서정시의 삼각형이라"[2] 명명한다. 즉 "한 편의 서정시가 극적 긴장과 감정의 밀도를 표현하기 위해서는 어떤 형태로든 갈등의 삼각형 구조를 지니고 있"[3]는데, 기본적으로 주체의 설정이 필요하다는 것이다. 그리고 서정시의 주체인 화자와 대립하는 대상이 설정되어야 하며, 끝으로 이들 주체와 대상을 통합하는 매개자가 있다고 분석한다. 주체와 대상 그리고 매개자라는 세 요소를 통해 서정시는 독자의 공감, 곧 서정적 동일화를 추구하게 된다는 것이다.

이러한 서정시의 구조를 바탕으로 그가 내세우는 "극서정시는 디지털 시대 젊은 시인들의 과다한 시적 수사의 양적 과잉에 대해 서정적 본연의 길을 모색하기 위해 제시한 용어"[4]다. 한마디로 말해 극도로 정제된 형태로서의 극서정시는 "긴축된 행간 속에 이를 뛰어넘는 스토리를 담는 것"[5]이어야 한다. 이처럼 최동호가 주장하는 극서정시는 궁극적으로 문학의 서정성 복원을 기원하는 작업이며, 나아가 시조문학의 형식미가 현대적 감수성을 담아낼 수 있다는 가능성에 대한 진단이라고 할 수 있다. 즉 극

---

1) 최동호, 『디지털 코드와 극서정시』, 서정시학, 2012, 13쪽.
2) 위의 책, 20쪽.
3) 위의 책, 32쪽.
4) 위의 책, 49쪽.
5) 위의 책, 74쪽.

서정시는 형식적으로 보았을 때 시조문학의 정형적 특성과 닿아 있기 때문에 현대시조의 시적 가치를 발견하는 일이기도 한 것이다.

이와 같은 작업을 토대로 현대시조의 위상을 재정립할 수 있다. 즉 '현대'라는 수사를 통해 단순히 시간성의 개념으로서의 수식이 아니라 감각의 현재화 혹은 지금―여기의 정서를 통한 공감을 현대시조가 갖추어야 할 덕목으로 설정할 수 있다. 과격하게 말해 '오늘'과 조응할 수 있는 서정이 아니라면 오늘의 문학으로서의 가치가 없을 것이다. 나아가 '시조'라는 장르적 규정은, 형식적 범주로 이해해야 한다. 시조는 전통적 문학양식의 표본이라는 정체성에서 보다 독립되어야 한다. 그것이 과거라는 시간에 얽매여 있다 보면 현대적 장르라는 전제와 길항할 수밖에 없다. 그렇기 때문에 하나의 대상에 대한 정체성은 확증된 고정불변의 실체가 아니라 다양한 유동적 요소임을 자각해야 한다. 물론 시조적 특성인 형식미학은 시조문학의 가장 기본적인 요소임을 전제해야 한다. 결국 현대시조에 대한 발화는, 시조적인 것과 시적인 것의 조화를 발견하는 것이어야 한다. 이때 현대시조의 시적인 감수성은 그 문학적 상상력에서 출발해야 하며, 시조적인 것은 절제의 형식미학을 구성하는 것으로 성취할 수 있다.

2. 현대시조의 현존적 가능성

1) 현대시조의 형식미학 강화

현대시조를 구성하는 정체성의 요소 중에서 가장 우선되는 것은 정형의 형식미학이다. 시조문학의 형식적 특성은 완전성의 추구에 있다. 가령

『시학』에서 아리스토텔레스가 비극의 구성으로 제시한 바 있는 3막 구성은 오랫동안 창조적 문학의 표준으로 인식되어 왔다. 초·중·종장의 3장 구성은 시조문학이 지향하는 균형의 미학을 대변한다. 특히 종장의 규제 장치는 긴장과 이완의 원리에 기반하여 극적인 효과를 연출한다는 점에서 시조의 형식미가 지향하는 특수성을 대변한다. 이 점에서 최동호가 제시한 극서정시의 가능성을 가장 잘 구현한 것이 시조양식이라 할 수 있다. 2000년대 이후 미래파적 서정이라는 명명으로 장황하고 난잡하며 난해한 소통불능의 서정시가 범람함으로써 겪게 된 일종의 서정시의 위기 상황을 타개할 수 있는 일 방안을 절제된 단형 서정시에서 찾는 것처럼, 그 전형은 가히 단수시조라 볼 수 있다.

지름길 없는 먼길
빛살 트는
아침을 향해

그냥 달려
이지러지고
구겨진
삶의 파편

바닥난
신발 한 짝을
멍에처럼
끌고 간다
— 김연동 「신발」(『바다와 신발』) 전문

이 작품은 "지름길 없는" 인생을 살아온 한 삶에 대한 단상이다. 고흐의 <신발>을 연상케 하는 작품이기도 하다. 삶의 고비를 "그냥 달려/ 이지러지고/ 구겨진" 채 벗어놓은 "신발 한 짝을" 통해 우리는 유한자의 삶의 고통을 연상하게 된다. 그것은 어느 비정규 노동자의 삶이 되기도 하고, 온 인생을 살아온 노년의 형상이 되기도 한다. 겨우 신발 한 짝인데, 읽는 이에 따라 저마다 다른 "삶의 파편"으로 독해되는 것이다. 존재의 무게감은 이러한 언어와 시상의 버무림을 통해서도 획득되지만, 무엇보다 정형의 형식미의 고수와 새로움의 긴장 속에서 형성되는 부분도 크다.

평시조 한 수의 단형 속에 응축된 시상은 초장과 중장, 다시 종장으로 나아갈수록 구체적인 형상을 빚는다. 즉 각 장의 종합을 통해 주제의 형상화가 보다 선명해지는 것이다. 초장과 중장에서는 묘사하고 있는 대상의 실체가 분명하지 않다. 하루를 살아내는 모든 존재가 그 시적 대상이 되었다가, 종장에 와서야 낡을 만큼 낡은 신발로 시선이 좁혀지는 것이다. 그리고 "멍에"라는 수사를 통해서 이때의 삶이 무척이나 지친 존재의 것임을 헤아릴 수 있게 된다.

이처럼 시조 한 수의 주제는 형식과의 끊임없는 교섭을 통해서 형성될 수 있다. 게다가 '겨우' 시조 한 수를 자수별로 혹은 구별로 행갈이를 하고 다시 각 장을 하나의 독립된 연으로 시행 발화함으로써 시각적 배치의 새로움을 구조화 한다. 이는 삶의 지난한 과정을 보여주는 효과뿐만 아니라 생각마디를 열어둠으로써 우리의 삶을 호명하여 충분히 시적 주제를 음미할 수 있는 시간을 허락한다. 덕분에 '고작' 한 수의 시조는, 형식에 갇히는 것이 아닌 형식을 통해서 사유의 확장을 욕망하게 되는 것이다.

멍든
살을 깎아
모래를 나르는
파도

천 갈래 바닷길이여 만 갈래 하늘길이여

옷자락 다 해지도록 누가 너를 붙드는가
                              – 홍성란 「섬」(『백여덟 송이 애기메꽃』) 전문

　홍성란의 이 작품은 아주 오래 전에 나를 매료시켰다. "멍든/ 살을 깎아/ 모래를 나르는/ 파도"와 같은 감각적인 표현도 그러하거니와, 사랑과 기다림 사이의 팽팽한 긴장감을 썰물과 밀물의 길항으로 형상화함으로써 절로 가슴 한 편이 아련해지는 느낌 때문이다. "바닷길"과 "하늘길"이 조우하는 수평선 즈음에는 인생의 모호한 진리 한 줌 정도 숨어 있을 것 같은 기대감이 있다. 또한 파도의 역동적인 움직임은 자연물의 묘사에 그치지 않고 살아온 날들을 회상케 한다. 즉 "옷자락 다 해지도록 누가 너를 붙드는가"에서 인생의 미련이나 그리움 따위들이 일순간 들고 일어나는 것이다. 거듭 강조하지만, '겨우' 한 수다. 그렇지만 한 수의 압축미와 긴장미로 인해 이 작품의 시적 구성이나 그 주제적 가치는 더 빛난다. '역시' 시조 한 수의 그릇은 그것 자체로 미적 완전체라 할 만하다.

후회로구나
그냥 널 보내놓고는
후회로구나

명자꽃 혼자 벙글어
촉촉이 젖은 눈

다시는 오지 않을 밤
보내고는
후회로구나
                              – 홍성란 「명자꽃」(『백여덟 송이 애기메꽃』) 전문

홍성란의 다른 작품 「명자꽃」은 읽는 순간, 황진이를 떠올리게 하는 시조다. 황진이는 몰락한 가문의 여성이다. 그녀는 당대를 살아간 여성주체 중에서 거의 유일하게 '주체'라는 수식에 걸맞은 인물이다. 사회를 지탱하는 규범적 질서가 여성에게 얼마나 폭력적일 수 있는지, 또한 언제든지 외부자로 배제될 수 있는지를 대변한다. 황진이의 문학적 성과는 '사랑'에 대한 말하기에 있다. 이는 단순히 기생이라는 그의 신분 때문만은 아닐 것이다. 이 시대 시조가 황진이의 역동적 시대응전방식을 벤치마킹해야 하는 이유는 시대를 선도하는 개방성, 그 예술적 자율성에 있다.

홍성란의 작업에서 이 시대의 황진이를 만날 수 있다. 굳이 김준오의 말을 빌리지 않더라도 "문학은 체험의 표현이며 체험의 가능성들의 실현이다."6) 문학의 새로움은 사실적 체험뿐만 아니라 체험의 가능성을 발견함으로써 획득된다. 황진이를 닮은, 홍성란의 이 작품은 시조의 형식적 압축미 뿐만 아니라 내용에 있어서의 절제미도 눈에 띤다. "보내"고는 그리워하는, 그 아련한 미련의 정서가 한 수의 평시조 속에 용해되어 있다. 짧은 시구 속에 세 번이나 반복되는 "후회로구나"는 감정의 점층, 그 심화 양상을 보여준다. 또한 "다시는 오지 않을 밤"이라는 사실, 곧 회복불가능성의 인식은 후회의 심사를 극에 치닫게 한다. 황진이가 시조의 새로운 장을 개척했던 것처럼, 홍성란의 이러한 정서 역시 사랑의 감춤과 드러냄 사이의 강약을 토대로 감정의 추이를 극대화시킨다. 시대를 초월한 서정적 교감을, 압축된 시조 한 수로 만날 수 있는 것이다.

일찍이 육당은 "時調는 朝鮮人의 손으로 인류의 韻律界에 提出된 一詩形"으로 "朝鮮我의 그림자"이기에 "朝鮮의 國民文學"이라고 주장한 바 있다.7) 한국적 전통이란 민족 정서의 구현을 의미하며, 서정이란 개인감정의 소산으로 이러한 보편적 정서의 개인화 작업을 의미한다고 했을 때,

---

6) 김준오, 「체험의 가능성과 그 방향」, 『가면의 해석학』, 이우출판사, 1985, 7쪽.
7) 최남선, 「朝鮮國民文學으로의 時調」, 『조선문단』 16호, 1926.5, 4~7쪽.

한국적 전통서정시는 주관적 수식을 보다 객관적으로 범주화하는 작업이라고 볼 수 있다. 육당 등이 '조선심'과 '조선아'를 앞세워 상상의 공동체로서의 국가의 구성원 즉 민족을 구현하기 위해서 시조를 가져온 것에서 현대시조는 새롭게 출발한다. 그리고 오랜 시간동안 이러한 역사적 필요에 의해 호출되었던 시조문학의 현대화, 그 새로움을 위한 예술적 노력들이 진행되어 왔다. 시조를 가창 장르에서 읽는 문자 문학적 장르로 재구축하기 위해 이론적 작업을 했던 가람의 노력 등이 그러하다. 예컨대 1932년 1월 23일부터 2월 4일에 걸쳐 동아일보에 연재된 「時調는 革新하자」의 경우 현대시조가 갖추어야 할 창작 요건을 제시한 바 있다.[8] 이러한 다양한 모색을 통해서 현대시조는 형식적 유연성의 근거를 확보하고 있다. 시대감각을 겸비한 예술적 심미성을 위해서는 시조의 기본율격에 대한 충분한 이해가 전제되어야 한다.

2) 다양한 형태의 양식적 고찰

벤야민은 "전승된 문화란 궁극적으로 현재를 사는 사람들의 삶에 유용한 지침을 주는 한에서만 의미가 있다"[9]고 지적한다. 이 때문에 시조형식에 대한 고민은 늘 있어 왔으며, 오늘의 사유 방식을 보다 효율적으로 표

---

8) 우선 실감실정을 위해 한문투의 표현 대신 현실감을 갖춘 감정 표현이나 풍경에 대한 감각적인 묘사력을 갖추어야 한다. 다음으로 소재의 확장과 용어 선택 문제다. 기존의 주제적 지향성에서 벗어나서 보다 다양한 언어감각을 통해서 새로움을 더한다는 것이다. 그리고 격조의 변화다. 이때 격조란 언어의 리듬감을 통해서 문학적 시조를 구성하는 것을 말한다. 끝으로 연작 쓰기를 통해 복잡해진 현대적 생활상을 담을 수 있는 양적 그릇을 마련하고, 더불어 쓰는 법과 읽는 법에 대한 습득을 강조한다.
9) 발터 벤야민, 최성만 역, 「해제─발터 벤야민의 역사철학적 구제비평」, 『발터 벤야민 선집5』, 도서출판 길, 2008, 17쪽.

현하기 위해서 다양한 형식적 실험들이 시도되었다. 시조양식이 구성하고 있는 리듬의 특수성을 잘 간직하면서 동시에 그 변형을 꾀할 수 있는 방편을 모색하는 일은 쉽지 않다. 단순하게 말해 시조의 가장 근본적인 정형은 4음보 율격에서 비롯된다. 이 최소한의 틀을 준수하면서 시조의 저변을 확대하는 일은 새로움을 욕망하는 현대적 감수성의 표현이라 할 수 있다. 한글에 내재한 리듬을 보다 맛깔나게 살리기 위해 나아가 오늘의 삶의 방식에 대한 문학적 말하기를 위해 현대시조의 양식적 실험은 거듭되어 왔다. 한마디로 기원을 근거로 매순간 새로운 기원을 창출하기 위해 노력해 왔던 것이다.

최근 진행된 이종문과 이송희의 발전적 논쟁은 이러한 고민의 산물이다. 먼저 이종문은 「단장시조를 다시 생각함」10)에서 양장시조와 단장시조의 가능성을 진단한다. 이는 현대시조의 저변을 확장할 수 있는 다양한 형식적 고찰의 일종이라고 볼 수 있으며, 나아가 단형 서정시의 묘미를 극대화할 수 있는 방편을 모색하는 일이라 하겠다. 예컨대 이정환 「서시」의 전문인 "말로 다 할 수 있다면 꽃이 왜 붉으랴"와 같은 단장시조 한 편을 통해 그 가능성을 발견한다. 물론 자연, 계절 그리고 인생이라는 서정문학의 트라이앵글을 통해 단형시의 압축미를 보여주는 5−7−5조의 하이쿠와 유사한 형태를 띠게 된다. 그러나 종장 하나로 한 수를 형성하게 되는 단장시조의 경우 4음보의 율격 속에 한글만의 리듬감을 살리고, 첫 구의 긴장과 이완을 토대로 보다 역동적인 시상을 구성하게 된다. 때문에 이송희11)의 우려처럼 이는 단순한 모방도 아니며, 언어적 특이성을 바탕으로 한 시적 율격이란 단순모방으로 구성될 수 있는 것도 아니다.

---

10) 이종문, 「단장시조를 다시 생각함」, 『현대시학』, 2011. 1.
11) 이송희, 「시조의 정체성을 위한 몇 가지 문제」, 『현대시학』, 2011. 4. 이송희의 이 글은 부제에서 밝히고 있는 것처럼 앞선 이종문의 글에 대한 문제제기다.

새삼스런 이야기가 되겠지만 지금까지 창작된 양장시조와 단장시조 가운데 인구에 회자되는 걸출한 작품이 그리 많지 않은 것이 사실이다. …중 략… 왜냐하면 시조의 정체성을 흔들 수도 있다고 우려하는 시조시단의 분위기 등 여러 가지 이유로 인하여 양장시조와 단장시조에 지속적으로 열정과 시간을 퍼부어본 시인이 아직까지 거의 아무도 없었고, 투자를 하지 않은 마당에 결실을 기대할 수는 없기 때문이다.12)

이와 같은 이종문의 평가처럼 우리 시조단에서 양장과 단장시조의 경우 충분히 고찰되지 못했다. 때문에 얼마든지 가능성 있는 양식 확장의 일환이라고 할 수 있다. 물론 이때 간과해서는 안 되는 것은 시조가 갖추어야 할 언어미, 그 율격이다. 4음보 율격과 장과 구의 조응, 그리고 이들의 유기적 구성 등에 대한 충분한 고민이 수반되어야 할 것이다. "투자를 하지 않은 마당에 결실을 기대할 수는 없"다는 진단이야말로 이와 같은 다양한 형식적 실험의 가능성을 짐작케 한다. 예컨대 평시조의 시행발화를 새롭게 하는 것만으로 시조형식의 새로움을 모색하는 것에는 일정한 한계가 있다. 그 한계점을 극복할 수 있는 하나의 방편으로 이들 형식이 병행될 수 있을 것이다. 이는 이종문이 진단한 것처럼 평시조를 대체하는 것으로서의 가능성이 아니라 시조 발화방식의 다양화 모색이라는 측면에서 그 의미를 찾는 것이 옳을 테다.

이송희는 지나친 형식실험은 시조의 정체성 혼란을 가중시킨다는 측면에서 이종문의 견해에 반론을 제기한다. 그가 우려하는 바 역시 충분히 납득할 수 있는 상황이다. 현대시조 문단이 풍성해지면서 시조의 형식실험 역시 꾸준히 진행되어 왔고, 이 때문에 정형의 시조형식 자체에 대한 의문이 가중된 것이 사실이다. 그러나 시행발화의 다양성이나 단순히 시조적 정형성의 파괴 등과는 다른 맥락에서 단장시조 및 양장시조에 대한

---

12) 이종문, 앞의 글, 35쪽.

가능성을 진단해야 한다. 가령 기존의 형식실험들이 시조의 정형성을 파괴함으로써 시조를 구성하는 구나 장의 변격을 통해 획득된 것이라면, 단장 혹은 양장시조는 3장의 시조를 종장 한 장 혹은 두 장 정도로 응축시킨 형태이기 때문에 4음보격의 언어미나 단형미를 보다 강화한 형태이다. 물론 초 · 중 · 종장의 완결성을 포기할 만큼 단장 혹은 양장시조의 차용이 강력한 흡입을 보여주어야 한다는 점에서 치열한 형식적 고민이 수반되어야 한다. 다시 말해 보다 압축적인 단형구성을 위해 3장을 포기한다는, 수긍할 수 있는 정당성을 충분히 제시해야 하는 것이다.

이송희가 말하는 것처럼 시조의 정체성은 고정된 실체가 아니다. 정체성이야말로 유동적 구성요소로 형성되는 것이어야 한다. 그렇지 않고서는 현대와 시조라는 두 길항 간의 조화를 도모하기 어렵기 때문이다. 그것은 늘 지금―여기의 현재와 관련되는 4음보의 시적 발화라는 열린 정체성으로 구성되어야 한다. 그가 말하는 것처럼 정격의 시조형식은 압축과 긴장, 그리고 절제된 언어 미학이라고 한다면, 앞으로 모색해야 할 형식적 실험은 이를 극대화할 수 있으면서 동시에 시조의 존재근거, 그 당위성을 보다 선명하게 할 수 있는 방향으로 나아가야 한다.

더불어 엇시조나 사설시조 그리고 연시조까지 시조양식의 확장을 모색하는 일도 필요하다. 이종문이 「사설시조를 다시 생각함」 13)에서 문제제기한 바 있듯이, 사설조는 자유시의 그것이 아니다. 사설시조(엇시조까지 포함하여)가 넌출거리는 사유의 방만과 이를 다시 종장에서 응축시키는 반전의 묘미를 살리기 위한 것이라면 이 역시 그 형식적 율격미를 고수해야 한다. 흔히들 사설조는 그저 자유시와 같이 제멋대로 쓰면 된다고 생각한다면 오산이다. 4음보격의 율격미를 고수하는 것이 평시조의 그것이라면, 사설조는 이를 보다 빠른 호흡으로 표현하는 2음보격을 유지해야

---

13) 이종문, 「사설시조를 다시 생각함」, 『현대시학』, 2011. 4.

한다. 그렇기에 그 리듬의 연쇄와 충돌로 시상을 빚기 위해서는 보다 많은 애정을 쏟아야 하는 것이다. 무엇보다 율격이 자유로워질수록 시조다움을 망각할 수 있으므로 역설적으로 그 형식적 통제는 강화되어야 한다.

요컨대 단장이나 양장시조 그리고 사설시조 등은 시조 양식의 하위를 구성하는 것으로 새롭게 이해되어야 한다. 평시조만이 유일한 시조양식이어서는 안 된다. 연시조가 평시조의 정형을 파괴하는 것이 아닌 그 확장으로 이해되는 것처럼, 그것이 시조의 기본율격을 고수한다면 충분히 그 하위 양식으로 구성될 수 있어야 한다. "장르는 탈영토화와 재영토화의 과정을 통해 보다 견고해질 수 있다. 특히 현대시조는 그 생성에서부터 이러한 복합적인 과정을 반복해 왔다. 예컨대 시조문학에 가해진 장르적 폭력 양상은 문학장에 편입—되기, 즉 소통—되기 열망에서 비롯된다. 정형시만의 네트워크를 형성하기 위한 갈망은 자유시라는 거대 주체를 해체함으로써 획득될 수 있다. '낯섦'이 내장하고 있는 새로움의 에너지를 충분히 활용하여 이 특성을 보다 강화하는 것이 하위 장르의 생존전략이어야 한다."14) 물론 충분한 시간을 두고 이를 구성해나가기 위한 다양한 노력이 수반되어야 할 것이다. 무엇보다 형식미학의 확장에 있어서 그 대전제는 정형성에 두어야 한다. 시행발화와 더불어 이러한 시조의 하위 양식의 다양화를 모색함으로써 그 양식적 확장의 가능성을 진단할 수 있다.

3) 서정을 발화하는 현대적 감각

현대는 예술적 다양성이 요구되는 시대다. 다양성이란 소문자 개인의 삶에 밀착한 문학을 수행한다는 의미로 독해할 수 있다. 시조문학의 장르적 가능성 역시 이러한 열린 정체성을 구성함으로써 추구되어야 한다. 오

---

14) 졸고, 「현대시조에 대한 단상」, 『문학도시』, 2013. 1.

늘의 우리는 외부적 요소와의 불화뿐만 아니라 극심한 내부적 갈등을 겪고 있다. "이름도 없고 얼굴도 없는, 서로 아무런 관계도 없는 익명의 개인들 무리"15)가 오늘의 '우리'다. 탈장소화를 겪고 있는 현대인들은 누구나 실향민인 채로 존재한다. 오늘의 시조는 이러한 우리의 자화상이 되어야 한다.

장르는 완성체로 존재하는 것이 아니라 생성중인 산물로 이해해야 한다. "모든 시대나 모든 역사에는 적어도 생성의 포텐셜이 있"16)는데, 이때 생성은 단선적인 시간 개념으로는 독해할 수 없는 뒤엉킴의 상태를 의미한다. 서정은 이 뒤엉킴을 풀어내는 한 방식이다. 이때 서정적 서정시조만이 이러한 뒤엉킴을 발화할 수 있는 것은 아니다. 자유시가 다양한 주제의식을 표출하듯이 시조 역시 현대사회의 이슈를 서정화할 수 있어야 한다. 시대감각은 전위적이거나 저항적인 투쟁의 수사이기도 하거니와 동시에 그 시대를 살아내는 각 개인의 삶 자체에서 묻어나는 자연스러운 생활이기도 하다. 그렇기에 매순간을 살아가는 사람들의 삶 속에서 서정의 감각을 발견해야 한다.

예컨대 박현덕의 경우 "민중의 삶의 양태를 조명함으로써 '혁명적 서정'이라는 모순적 수사를 가능하게 한다. 그렇기에 그의 시조는 소외된 현대인들이 놓치고 있는 은폐된 삶의 양태에 대한 보고이자, 소외된 자기 주체를 찾아나서는 산책자의 산물로 그려진다. 자본주의의 외부자인 동시에 그것에 도취되어 있는 군중이기도 한 산책자는 끊임없이 자본주의가 낳은 산물들에 '균열-내기'를 시도한다."17) 다음 작품에서는 이러한 시대감각의 서정적 발화가 인상적으로 표현되어 있다.

---

15) 강상중, 송태욱 역, 『살아야 하는 이유』, 사계절, 2012, 81쪽.
16) 존 라이크만, 김재인 역, 『들뢰즈 커넥션』, 현실문화연구, 2005, 172쪽.
17) 졸고, 「시조時調, 전위를 선언하다」, 『일곱 개의 단어로 만든 비평』 해석과판단4, 산지니, 2010, 266쪽.

노란색 스쿠터를 몰고 나간 다방 언니

　상점마다 굳게 다문 입을 열어 파릇한 아침 공기를 마신다 지난밤
에 취객이 쏟아놓은 비린 것이 말끔하게 치워져 있다 전봇대에 낡은
양복 걸어둔 채 심해에 가라앉아 산란을 꿈꾸던 사내도 도망친다 바
람의 꼬리를 물고 늘어지는 읍엔 빈 소문들이 무성하다

　소읍의 삼거리 지나며 또 바람소릴 듣는다

　허기진 배 움켜쥐고 얘기 나누고픈 철물점과
　간판이 너덜거리는 역전 광장 이발소와
　언니는 버스 터미널까지 물음표를 찍고 온다

　노란색 스쿠터가 거리를 달릴 때면
　끝내는 어지러워, 날갯빛이 노랗다
　더듬이 힘들게 세운 노랑나비 우리 언니
　　　　　　　　　　－ 박현덕 「스쿠터 언니」(『스쿠터 언니』) 전문

　박현덕의 인물들은 사실적이다. 그들은 하나 같이 비루한 일상을 토대
로 위태롭게 서 있다. 허공에 줄을 매달고 걷는 광대의 위태로움처럼, 그
들의 전투는 그들만의 투쟁으로 치부되고 만다. 그 정도로 그들은 모두
사회적 약자이며 그의 시조는 말할 수 없는 이들 존재들의 목소리를 담고
있다. 그러나 자본주의의 외부로 내몰린 사람들의 발화라고 해서 동일한
수사만을 반복하는 것은 아니다. 특히 이 작품은 상당히 서정적으로 읽힌
다. 자본주의의 구조에 대한 충분한 성찰을 토대로 이를 최대한 객관화하
여 배경으로 배치하고 그 안에 카메라 옵스큐라를 통해 투사하듯이 "노란
색 스쿠터를 몰고 나간 다방 언니"를 쫓는 것이다.
　박현덕 시조의 아름다움은 대상 자체뿐만 아니라 대상을 형상화하는
시적 화자의 따스한 시선이 고스란히 묻어난다는 데서도 찾을 수 있다.

"빈 소문들이 무성"한 "소읍"은 시적 대상의 삶의 모습을 예상케 한다. 그러니 스쿠터의 속도는 걷는 것보다는 빠르지만, 충분히 주위의 삶을 시선에 담을 수 있는 만큼의 여유를 허락한다. 그녀의 시선을 통해 보는 소읍의 풍경은 고만고만한 삶들이, 좌절된 꿈을 안고 살아내는 생활의 공간이다. "허기"지고 "너덜거리는" 삶들이 도란도란 그런대로 살아내는 소읍에서 "다방 언니"인 그녀에 대한 수사는, "물음표" 속 "노란색 스쿠터"로 형용된다. 시인은 소문을 생산해내는 주체였다가, 소문의 대상이 되기도 하는 삶의 고리를 "노란색 스쿠터"를 통해 시각적이고 상징적으로 포착하고 있는 것이다. 또한 박현덕 시조에 등장하는 주체들은 더 이상 고고한 정신적 포지션에만 머물 수 없는 실존적 가치에 대한 고발이며, 많은 부분 생존과의 길항과 분투를 통해서 '간신히' 획득될 수 있을 뿐이라는 사실을 자각케 한다.

시조는 노래에서 출발했지만, 오늘의 시조는 철저하게 문학적 조건에 부합해야 살아남을 수 있다. 이때 문학적 조건이란, 특히 시문학에 있어서는 운율과 리듬이라는 시적 조건을 토대로 구성될 수 있다. 나아가 전위적 상상력의 발화가 수반되어야 한다. 전위적 상상력이란 문학적·시적 상상력의 다른 표현이랄 수 있을 것이다. 이는 시적인 판단을 가능하게 하는 상상력이며, 늘 새로운 감각을 선도하는 낯선 것의 다른 발화법을 모색하는 작업이기도 하다. 형식미학의 구축이 시조적인 것의 추구라면, 참신한 현시대적 감각의 형상화는 시적인 것의 구현이라 할 수 있다.

3. 현대시조, 오래된 미래를 욕망하다

요컨대 현대시조는 시적인 것이어야 한다. 이 시대의 서정은 바로 시적인 것의 발견에서 비롯되며 이를 시조적 형식을 통해서 발화함으로써 완성된다. 양식의 고유성은 단순히 '과거'로부터 이어진 시간의 축적에서 비롯되는 것이 아니다. 그것은 서정적 연속성을 이어온 그 계승의 정신에서 비롯된다. 시조는 시와는 다르다, 는 것에서부터 시작하자. 시적인 것을 욕망한다는 동일 목적은 다른 발화법을 통해서 소통되어야 한다. 시문학의 장르적 다양성은 바로 이 지점에서 가능해진다. 대화 주제가 같다고 해서 말하기 방식 역시 같을 필요는 없다. 설득력이나 적합성 등은 독자가 판단할 몫이다. 오늘의 시조는 정형시로서의 아름다움을 충분히 간직하고 있으며, 이에 대한 자부심을 토대로 열린 차이성을 구축해야 한다.

그렇기에 현대시조의 가능성을 과거로부터 전승되어온 전통적 장르를 통한 현대적 감각의 표현에서 찾는다면, 이는 그 시대적 흐름과 창작주체의 확장 등을 통해서 자연스럽게 획득될 수 있다. 창작주체의 경험적 층위에 따라 그 주제적 다양성 역시 구성된다는 말이다. 때문에 시조문학을 통해 한국시의 오래된 미래를 욕망하는 일은, 지금 이 자리에서의 삶을 창작하는 일이어야 한다. 지금-여기의 감각에 충실할 때, 시조문학의 내일도 약속할 수 있을 것이다. 나아가 시조적인 것과 시적인 것의 조화를 추구한다면 오래된 미래로서의 장르적 가능성을 현대시조에서 발견할 수 있을 것이라 기대된다.

현대시조에 대한 단상

1. 얼굴지우기 : 시와 현대시조, 그 경계에 서다

'갸루상¹⁾은 사람이 아니므니다.' 분장으로 자신을 지운 혹은 만든 갸루상은 타인을 통해 자신을 본다. 무엇으로도 규정하지 못하는, 존재조차 아닌 것으로 부유하는 갸루상은 그저 얼굴 없는 가면의 형색을 하고 있다. 탈(가면) 속에서 탈(벗어나기)을 욕망하는 것이다. 횡설수설하는 그의 언어를 통해 온전한 문장으로 존재할 수 없는 우리를 발견하게 된다. 갸루상은 그때그때 다른 존재로 말해지는, 그리하여 아무것도 아닌 채로 있는 우리들의 얼굴을 대변한다. 얼굴이나 목소리, 그 중 어디에도 형체를 규정할 수 있는 게 없어 보인다. 갸루상에게 있어서 정체성을 확정하는 일은 부질없다. 정체성을 규정하는 순간, 갸루상은 사라지고 동시에 이 캐릭터가 지니고 있는 무한 가능성 역시 소멸될 것이기 때문이다. '가루'로 떠도는 불확정적인 존재는 언제든지 '말 한 마디로' 원하는 형태로 화

---

1) '갸루상'은 KBS 인기 개그프로그램인 ≪개그콘서트≫의 한 코너인 <멘붕스쿨>에 등장하는 캐릭터다. 가부키처럼 짙은 화장을 한 여장남자는 말 그대로 무엇으로도 명명하기 어려운 아우라를 내뿜는다. 얼굴과 가면이 동시병존하는, 무엇도 아니면서 무엇이나 될 수 있는 '−되기'의 리좀적 존재라고 할 수 있겠다.

할 수 있지만, 무엇으로도 영원히 존재할 수는 없다. 생성중인 '－되기'의 상태로만 그 찰나의 의미가 있을 뿐이다.

우리는 이러한 갸루상의 모습에서 현대시조를 떠올리게 된다. 인간의 존엄성조차 가격으로 책정되는 시장사회에서 서정의 타자발견, 특히 낡은 장르라는 오명을 쓴 채 대중으로부터 철저히 소외되고 있는 시조문학에 대해 말하는 일은 어떤 측면에서 무의미하게 여겨진다. 그러나 엄연히 서정 문학의 하위를 구성하고 있는 현대시조에 대해서 말하지 않고, 이 시대의 서정을 말한다는 것은 어불성설이다. 때문에 자유시와 정형시의 경계에서 어정쩡하게 명명되고 있는 현대시조에 대해 논의하는 일은, 오늘의 서정 문학을 이해하는 데에 반드시 필요하다. 시와 시조라는 간극, 그 장르적 허공에 위태롭게 줄을 매달아 놓고 그 위를 걷고 있는 현대시조에 대해 고찰해 보자. 이 작업은, 갸루상의 형상으로 존재하는 오늘의 시조문학이 치러야 하는 냉엄한 자기성찰과 맥을 같이 한다.

2. 서정과 타자, 현대시조의 가능성

시조문학은 가람 이병기 등에 의해 그 현대화 논의가 체계적으로 진행된 바 있다. 이때 그 근거는 '조선적인 것'의 현대화, 곧 특수성의 보편화에 둔다. 현대시조는 시대의 필요에 의해 재호명된 순간부터 시와 시조라는 길항과 조화를 경유하며 일정 부분 모순적 수사를 함의할 수밖에 없었다. 조선 고유의 시형으로 조선의 정조를 표현한다는 시조문학의 자부심은, 오랜 시간 현대시조의 한계 상황을 묵인하며 독단적 정체성의 고정화를 야기했다. 감히 토를 달 수 없는 민족이라는 표상에 숨어버림으로써 문학적 가능성으로서는 침체되었던 것이다. 현대시조로서의 장르적 얼굴이 완성되기도 전에 민족을 대변한다는 짙은 목적성이 부여되면서, 문학 장르적 아우라를 상실한 채 텅 빈 표상의 목소리만 넘치는 모양새가 그 형성 초기에 생성되었다고 할 수 있다. 그렇기에 "시조의 문학−되기는 여타의 장르들과는 달리 그 역사적 층위에서 논의되어야 한다. 서정(시)과 서사(소설)가 명징한 문학 장르로 인식되어 그 미학적 성취를 변화 · 발전시킨 반면 시조문학은 가창 장르에서 문학 장르가 되기 위한 일종의 진통을 겪은 탓이다. 구술문화에서 문자문화로의 전환뿐만 아니라 한국적인 역사의 지형 위에서 이해되어야 하는 것이다."[2]

　장르는 탈영토화와 재영토화의 과정을 통해 보다 견고해질 수 있다. 특히 현대시조는 그 생성에서부터 이러한 복합적인 과정을 반복해 왔다. 예컨대 시조문학에 가해진 장르적 폭력 양상은 문학장에 편입−되기, 즉 소통−되기 열망에서 비롯된다. 정형시만의 네트워크를 형성하기 위한 갈망은 자유시라는 거대 주체를 해체함으로써 획득될 수 있다. '낯섦'이 내장하고 있는 새로움의 에너지를 충분히 활용하여 이 특성을 보다 강화하는 것이 하위 장르의 생존전략이어야 한다. 조선이라는 과거적 시간으로부터 탈영토화를 시도하고, 다시 현대적 시대감각을 재영토화함으로써 현대시조는 가능성의 장르로 정립될 수 있을 것이다. 현대시조가 현대라는 수식어와 시조라는 장르적 정체성을 두루 이해해야 함은 당연하다. 이때 지배적 문학언어인 자유시적 감각을 좇아서는 시조만의 존재이유가 사라질 것이다. 그렇기에 스스로를 장르적 폭력상황에 방치하지 않기 위해서라도 자유시와 시조의 영역을 보다 독자적으로 이해하고, 이를 다시 상생적 사유로 연결접속하려는 태도가 요구된다. 마찬가지로 복고주의적 관점에서 단순히 과거의 재생산에 그칠 것이 아니라 감각의 현재화를 구현하기 위한 미학적 노력이 시도되어야 한다.

　이처럼 현대시조의 장르적 가능성을 타진하기 위해서는 범박하게 두

---

2) 졸고, 「嘉藍, '오래된 미래'를 기획하다」, 『문예연구』 68, 2011 봄호, 61쪽.

가지 층위에서 밀도 있는 논의가 진행되어야 한다. 우선 서정성의 문제이다. 서정은 시적 발화가 획득해야 할 가장 기본적인 전제라고 할 수 있다. 서정적 서정시의 발화는 일인칭 화자의 독백적 진술로 구성된다. 때문에 서정시의 발화구조는 소통이 아닌 관찰에 기초한 관음적 성격을 띠기도 한다. 이는 병적 상태의 관음이 아닌 동일시를 통한 소통 욕망이 투영된 치유적 의미로 독해되는 것이 옳다. 그러니 주관성의 서정 문학이 심미적 울림을 획득할 수 있는 까닭은 보편적 질서를 관통하는 특수한 개인의 공통적 위상에 있다. 주체와 대상 간의 거리 지우기를 통해 획득되는 감동이라는 소통의 환상은, 서정시의 구조적 단순성을 다각화하는 역할을 하게 된다.

물론 "우리가 결핍하고 있는 것은 소통이 아니라 (우리는 그것을 너무 많이 갖고 있다) 차라리 생성하고 있을지 모르는 것에 대한, 그것이 우리 자신 안에서 현실화되는 특이한 시간과 논리에 대한, 우리들 서로 간의 관계에 대한 이런 믿음이다."[3] 장르 역시 하나의 온전한 완성체로 존재하는 것이 아니라 생성중인 과정의 산물로 이해해야 한다. "모든 시대나 모든 역사에는 적어도 생성의 포텐셜이 있"[4]는데, 이때 생성은 단선적 역사성으로는 독해될 수 없는 뒤엉킴의 상태를 말한다. 장르 역시 완성태가 아닌 뒤엉킴의 상태로 존재한다는 것을 수긍한다면 서정의 생성은, 시대 감각의 구축을 의미하게 될 것이다. 현대시조 문학이 과거적 환영에 갇힌 채 다양한 감각을 구현하지 못하고 몇 가지 부류의 주제의식만을 재현한다면 오늘의 문학으로서는 수용될 수 없을 것이다. 그러나 지금—여기의 우리가 만들어가야 할 정서적 감각 혹은 행동해야 할 어떤 것들에 대해 끊임없이 질문한다면 충분히 오늘을 구성하는 문학 장르가 될 수 있으며, 동시에 이에 값하는 충분한 평가가 이루어져야 할 것이다.

---

3) 존 라이크만, 김재인 역, 『들뢰즈 커넥션』, 현실문화연구, 2005, 239쪽.
4) 위의 책, 172쪽.

"다양체는 잡다함이 아니며, 다양체를 만든다는 것은 '삶'에 대한 또 다른 개념을 요구한다. 그것은 마치 우리의 인격과 동일성이라는 "제2의 천성" 아래에는 우리를 독자적 존재로 만드는 것을 없애 버리지 않으면서도 우리를 한데 모을 수 있는 선행하는 잠재적 '삶'이 있"[5]다. 결국 문학적 다양성은 "항상 구성된 자아나 의식적 인격으로서의 우리를 능가하며, 바로 그것들과 그것들의 다른 가능성이야말로 우리가 서로 타인이나 타자(autrui)라고 표현하는 것"[6]을 이른다. 우리는 항상 오늘의 고유한 삶을 구성해내야 한다. 현대적 감각이란 바로 이러한 자리에서 빚어질 수 있기 때문이다. 현대시조가 오늘의 삶을 구현할 때 그 장르적 위치 역시 선명해질 수 있는 것이다.

이러한 맥락에서 검토해야 할 두 번째 층위는 장르적 타자성의 문제이다. 시조 장르에 대한 가장 큰 불신은 단순반복의 패턴으로 다층적인 삶의 양상과 그 감정을 표현할 수 있는가라는 회의에서 비롯된다. 타자는 통합적 맥락에서 독해되어야 한다. 가령 서정시는 역설적으로 더 이상 서정성을 허락하지 않는, 물화된 정신주의를 보여줄 때 존립 가능하다. 타자는 절대적으로 이질화된 존재에 대한 명명이 아니라 동일한 상황에 놓여 있는 다른 존재 혹은 나로부터 분리해서 사유하고 싶은 분신의 일종이다. 장르적 층위에서 자유시와 시조의 관계는 자아─타자라는 폭력적 도식으로 규정되고 있지만, 이들은 서로 서정 장르라는 형상에 대한 분신이라는 점에서 공통성을 찾을 수 있다. 역설적이게도 "실존적으로 타자의 얼굴은 이미 나 자신성을 구성한다는 논리를 갖게 되는"데 "타자의 얼굴은 주체의 나 자신성 또는 고유성을 표현하며 나의 얼굴과 타인의 그것은 본질적으로 동일한 얼굴"[7]로 이해될 수 있는 것이다.

---

5) 위의 책, 146쪽. 인용문 안의 중복되는 인용부호는 원문을 그대로 옮김.
6) 위의 책, 151쪽.
7) 윤대선, 『레비나스의 타자철학』, 문예출판사, 2009, 305쪽.

"문학이란 일정한 문체로 인간의 사상·감정·상상력을 세련되게 표현하는 것으로서, 실용과 쾌락의 목적으로 많은 사람들에게 기본적인 지식을 전달하는 것"[8]이다. 그러나 이것이 장르적인 범주로 고정되는 순간, '기본적인 지식'을 담는 그릇은 폐쇄적 조건으로 고착되고 만다. 탈(가면/脫)의 변주가 요청되는 것은 이 때문이다. 정형의 양식인 현대시조가 탈脫을 표현하는 방식의 하나는 실험적인 시행발화에 있다. 정형의 율격을 갇힌 양식의 한계로 인식하지 않고 변주의 방식으로 새로움을 모색한다는 점에서 현대시조의 형식 미학적 가능성을 타진할 수 있을 것이다. 타자 없이 자아는 존재할 수 없다. 때문에 굳이 레비나스의 언어를 빌리지 않더라도 우리는 타인의 얼굴을 통해서 신의 현시를 보게 되고, 무엇보다 나를 공고하게 만들 수 있게 된다. 그렇다면 혼자서 존재한다는 것은 큰 의미가 없다. 시조문학은 자유시를 토대로 자신의 특수성을 강화할 수 있고, 자유시 역시 정형시를 통해 자신의 시형식이 함의하고 있는 의미맥락을 극대화시킬 수 있다. 그런 점에서 "존재의 타자적인 분리는 세계 안에 존재하는 나(Moi)를 구성"[9]하고, "타자는 '나'라는 주체와 마주하는 관계에 있다."[10]는 레비나스의 표현은 적확하다.

오늘의 현대시조는 여전히 생성중인 리좀적 장르로 이해되어야 한다. 이미 과거에 완결된 장르로 시조문학을 인식한다면 그것은 더 이상 오늘의 서정을 담을 수 없는 복고적 양식에 불과할 것이다. 도정에 있는, 그리하여 언제나 변화무쌍한 시대감각과 소통할 수 있는 열린 장르, 변화중인 장르로 인식할 때 현대시조의 발전적 가능성을 모색할 수 있을 것이다. 자유시와 현대시조는 공존을 통해서, 타자의 얼굴을 발견함으로써 보다 견고하게 존립할 수 있을 테다!

---

8) 스즈키 토미, 왕숙영 역, 『창조된 고전』, 소명출판, 2002, 100쪽.
9) 윤대선, 앞의 책, 292쪽.
10) 위의 책, 22쪽.

3 . 얼굴만들기 : 치유를 말하다

오늘의 우리는 외부적 요소와의 불화뿐만 아니라 극심한 내부적 갈등을 겪고 있다. "이름도 없고 얼굴도 없는, 서로 아무런 관계도 없는 익명의 개인들 무리"[11]가 오늘의 우리다. 탈장소화를 겪고 있는 현대인들은 누구나 실향민인 채로 존재한다. 치유해야 할 상처가 있다는 것도 망각한 채 죽어가는 삶을 살아내고 있는 우리가, 다시 살아가는 삶을 살 수 있도록 문학이 도울 수 있을까. 타인의 고통을 응시하고 이를 통해 자신의 얼굴을 되찾을 수 있을까. 나아가 얼굴만들기, 그 치유의 가능성을 현대시조 문학이 감당할 수는 없을까.

이때 얼굴만들기는 궁극적으로 '해체'를 예비한 유동적 상태에서만 유용하다. 확장적 의미의 정체성으로 개방적 형태로 구성되어야 하는 것이 급변하는 이 시대의 장르다. 그러기 위해서는 무엇보다 대중과의 문학 네트워크를 형성해야 할 것이다. 단순히 창작을 좋아하는 사람들끼리 둘러앉아서 합평회나 낭독회 따위를 하는 것으로는 이러한 네트워크를 기대하기 힘들다. SNS와 같이 개방적인 소통장을 통해서 대중과의 친밀감을 높이는 작업부터 진행해야 할 것이다. 이처럼 현대시조가 상처받은 현대인을 치유할 수 있는 장르로 거듭나기 위해서는 서정을 통한 소통의 강화가 요구된다.

다음으로 시조문학의 특색을 강화하는 일이다. 현대의 생활감각이나 무궁무진한 상상력을 표현하기 위해서 정형의 현대시조가 자유시의 외형을 닮으려 한다면 궁극적으로 시조문학의 존립에 대한 의문만 야기할 것이다. 때문에 자유시가 할 수 있는 역량은 자유시의 몫으로 내어주고, 현대시조는 시조의 형식적 조건을 미학적인 수준으로 승화하는 한에서 그

---

11) 강상중, 송태욱 역, 『살아야 하는 이유』, 사계절, 2012, 81쪽.

것만의 독특한 매력을 구상해야 한다. 모든 문학 양식이 제1의 장르일 수는 없다고 했을 때, 현대시조는 보다 냉철한 성찰을 토대로 장르적 의미를 구성해 나가야 할 것이다.

이 시대 시조적 定義/正義에 대한 고찰

? : 현대시조에 대한 물음

문학은 무엇인가, 혹은 무엇이어야 하는가에 대한 본질적인 물음 앞에 명쾌한 답을 내놓기란 쉽지 않다. 定義는 무수한 불가능성의 가능성을 내포하지만, 한편으로는 正義의 실현을 도모하는 원동력이 되기도 한다. 正義는 인간을 인간이게 하는 질서의 균형이다. 문학적 正義는 각박한 현실로 인해 자칫 망각하게 되는 인간다움의 감각을 자극하는 역할을 수행한다. 그렇기에 불화하는 현실에서 부대끼며 살아가야 하는 개인과 사회의 간극을 메우는 일 역시 문학적 상상력의 몫이다. 다양한 삶의 차이를 발견하고, 타자와의 관계에서 자아를 정립하는 일은 문학적 행위가 지향하는 바다. 문학적 발화는 각자의 '방'에 갇혀 살아가는 사람들이 타자의 삶을 관음하는 방법이며, 이러한 관음적 행위를 시작으로 비로소 소통을 모색하게 된다.

한 걸음 더 나아가서 문학적 상상력으로서의 시(時調)는, 생경한 서사적 발화를 지양하고 서정적 깊이를 더함으로써 생각의 시간, 곧 성찰할 수 있는 휴지를 부여한다. 표정을 잃은 사람들에게 얼굴을 만들어 주고,

감정을 숨기는 사람들에게 그것을 드러낼 수 있는 용기를 준다. 시적인 감수성은 서사가 파헤쳐놓은 참담한 현실에 실존적 의미를 부여하는 작업이기도 하다. 상처를 보듬고 절망에 놓인 인생을 위한 여백을 남겨두는 것이다. 이러한 시적인 감각에 절제의 엄정성을 더하는 것이 시조적 상상력이다. 시적인 미학에 더해진 시조의 형식미학은 서정적 긴장과 이완을 통해 사유의 강약을 조절한다. 현대시조는, 현대 사회의 正義에 복무해야 한다. 정치적·경제적 권력 구조를 서정적 상상력으로 해체함으로써 오늘의 고독을 해소할 수 있는 문법으로 정립되어야 하는 것이다.

여기, 네 명의 시인이 말한다. 나는 그저 듣고 있을 뿐이다. 그들의 말에는 가시가 돋쳐 있기도 하고, 꽃이 피기도 한다. 확실한 것은 유폐된 공간에 낯익은 풍경을 선사함으로써 낯선 곳으로의 시간 여행을 가능하게 한다는 것이다. 시적인 것(시조적 감각)의 찬란함은 물음표에서 발화한다. 현대적 절망과 소외를 극복하기 위한 방편, 곧 나 아닌 것들에 대한 관심과 소통, 그리고 그 긴 여정을 통해 '나'라는 존재로 귀환하기까지의 분투, 그것이 바로 시적 定義/正義가 아니겠는가.

1. 김창근 : 산책자, 도시 유목민의 시적 태도[1]

'첫' 시집을 출간하는 시인의 마음은 어떨까? '시인' 김창근은 자신의 처녀시집이 마냥 설레고 행복하지만은 않다고 말한다. 되레 마음에 품고 있던 서정적 심사로 "처음으로 한 벌의 옷"을 차려입었는데, "맵시가 있는지 없는지 잘 모르겠"(「시인의 말」)다는 고백에서 시적 두려움마저 느껴진다. 시를 대하는 시인의 자세가 중요한 까닭은, 그것이 단순히 한 편의

---

1) 김창근, 『푸르고 질긴 외뿔』, 동학사, 2013.

시를 쓰고 발표하는 것에 그치는 것이 아니라 자신이 세상을 대하는 방식을 드러내 놓는 까닭이다. 한 편의 시는, 시인의 모든 것을 대변한다. 그것은 사상이기도 하고, 가치관이기도 하며 어떤 아집이기도 한 탓에 독해에 따라서는 어떤 왜곡이 불가피할 수도 있다. 그렇기에 시인은 자신의 시를 세상에 무겁게 내려놓기 위해 세상 어느 것보다 낮은 자리를 골라 앉아야 하는 것인지도 모르겠다.

> 한 영혼이 쏟아내는 더늠으로 쌓은 탑
> 지독한 독공 끝에 마침내 솟아오른,
> 내밀한 득음의 경지 층마다 스며 있다
>
> 바람에 숭숭 뚫린 내 가슴 밑바닥에
> 지댓돌 놓는 법도 아직은 요원하지만
> 책갈피 그늘에 젖는다 자모음을 놓는다
>
> ─「시집을 펼치며」 전문

김창근은 시인─되기를 명창에 비유한다. "지독한 독공"이라는 표현에서 시인이라는 고독한 존재의 무게를 절감할 수 있다. 속된 말로 고봉밥한 그릇 나오지 않는 '시인'이라는 직장을 구한 탓에, 하루에도 수십 번씩 응답 없는 제 속만 들락날락거려야 하는 운명이란 얼마나 한심한가 말이다. 그럼에도 "한 영혼이 쏟아내는" 독특한 음색에 귀 기울이고, 종래에는 자신만의 "더늠"을 완성하기까지의 고집이야말로 시인이 스스로의 무게를 감당하는 방식이 아니겠는가. 시인은 자신만의 언어를 만들기 위해 "바람에 숭숭 뚫린" 내면에 "자모음"의 "지댓돌"을 놓는 방법을 터득해 나가는 지난한 과정을 감내한다. "눌러 감춘 이 속내"를 "어떻게 들춰 보이나"(「맨홀」) 망설이던 시인이, 세상이라는 거울 앞에서 아직은 궁색한 면이 없지 않은 서정의 맵시를 뽐내는 행위야말로 상당한 용기를 필요로 한다. 속내를 들키는 일, 혹은 발각(당)하는 일은 그 안에 숨겨둔 온갖 종류의 상처를 치유하는 일이기도 하다. 때문에 詩作의 始作은 상당한 중량으로 시인을 압박하게 된다.

또한 불구의 뿌리로도 "기어이" "푸르고/ 질긴 외뿔"(「죽순」)을 탄생시키는 끈질긴 시적 생명력을 그의 시조에서 발견할 수 있다. "시공의 씨 날줄로/ 엮어진 울을 타고// 설움의 너울까지/ 기어이 피어"올리는 생명, 시인은 "온 몸이/ 퍼렇게 멍든/ 선나팔꽃 한 송이"(「목숨」)에서도 살아있음의 고통과 아름다움을 배운다. 살아있는 것들을 발견하는 일은 스스로 살아있음을 자각하는 일이기도 하다. 가을 한낮, "절집을 입에 물고 먼 바다 저어" 가는 풍경소리를 "바람이 뒤따라 가며 등 두드려 주고 있다"(「가을 한낮」)고 표현하는 시적 발견은 언어의 맵시에 신경 쓰는 시인의 세심함을 잘 보여 준다. 또한 시인은 "쪽빛 하늘 문지방은/ 감히 넘지 못한 채" 산자락에 걸려 있는 뭉게구름을 보고 "재 너머 훌쩍 달아날/ 뜬소문 아닌가요"(「흰 구름 몇 송이」)라고 엉큼하게 묻는다. 시는 사물을 향한 물음에서 시작되기에, 시어는 무수한 물음이 교차하는 지점에서 탄생한다. 시인은 자연에서 길들인 시적 언어를 핍진한 현실을 응시하는 시선으로 탈바꿈시킴으로써 인간과 자연, 그리고 사회를 한자리에 불러온다.

　　　　가을볕 환한 날에 노부부 걸음마 연습
　　　　아내는 앞장서서 빈 유모차 밀고 가고
　　　　남편은 뒤뚱거리며 지팡이를 짚고 간다

　　　　거친 삶의 전선에서 돌아온 상이용사
　　　　서로를 살펴 가며 남은 생을 가늠하며
　　　　거꾸로 아이가 되는지 웃는 모습 착하다
　　　　　　　　　　　　　　　　　　　　　－「산책」 전문

김창근은 산책자의 모습으로 현실을 응시한다. 인생에 대한 성찰을 통해, 모난 "거친 삶의 전선"을 둥글게 깎아서 보듬는다. 삶을 산책하는 시인은, 시간을 걷는 존재다. 아이에서 노년에 이르기까지의 일생을 두루 살피는 일이기에 시간 여행자가 될 수밖에 없다. 삶의 매순간뿐만 아니라 "이생과 내생 사이"(「경계」)를 경유하기도 한다. 우리는 누구나 늙어간다. 막 "걸음마"를 시작한 아이처럼 "웃는 모습"이 둥글게 "착"한 "노부부"의 모습을 응시하는 시선은 따뜻하다. 치기어린 시간들과 인생의 고비마다를 서툴게 건너왔던 순간들이 쌓이고 쌓여서, 환하게 둥근 웃음이 완성된 것이리라. 비록 "빈 유모차"를 "밀고 가"야 하는 느린 걸음이지만 "뒤뚱거리며" 함께 걷는 사람이 있기에, 또한 비록 "지팡이를 짚고" 걸어야 할 정도로 불편한 몸이지만 "앞장서서" 기꺼이 길라잡이가 되어주는 사람이 있기에, 늙음도 찬란할 수 있는 것이 아니겠는가. "거친 삶"을 돌고 돌아왔기에 "가을볕 환한 날"이 주는 온기를 제대로 느낄 수 있는 것이리라.

김창근의 시조에는 다양한 인간군상이 등장한다. 이들 인물들은 자신의 전생애를 풀어놓는 탓에 그의 서정은 북적댄다. 사이좋게 늙어가는 노부부, "영등포 계단 한쪽 구석에"(「그 사내」)서 노숙하는 사내, 자본의 논리에 폐점된 "오래된 구멍가게"(「행복 슈퍼」)를 들락거리던 사람들, 촛불을 들고 "광화문 네거리에" 나온 사람들, "굉음"에 바람소리도 괴기스러운 "교각 밑에"(「고가 밑 풍경」)서 노숙하는 사람, 사는 일이 버거워 계단에 주저앉은 사람들, "봄비"내리는 "파장 무렵"의 "시장 어귀" "좌판에 쪼그린 채" "젖은 화폐"를 "거푸 세"(「목련시장, 봄비」)고 있는 상인 그리고 도시 "재개발"로 쫓겨난 "산동네" "원주민들"(「소나무 가지처럼」)에 이르기까지 각양각색이다. 이들은 스스로의 "슬픔 따위는"(「독백」) 돌볼 여력이 없다. 넘쳐나는 물질의 시대에 겪어야 하는 가난은 더욱 처량하다. 이들의 삶이 놓인 자리, 이곳은 '유목민의 도시'다.

시인이 도시 유목민으로서의 삶을 살아낼 수 있는 원동력은 자신의 뿌리에서 발현된다. "아버지 무덤 앞에 쪼그리고 앉아서" 가난했던 어린 시절 "이 빠진 이발기계"(「아버지와 이발」)로 아무렇게나 머리카락을 깎아 주시던 아버지를 생각한다. 우리는 누구나 "저리 야위도록" 진흙길을 건너와준 "돌아누운 한 생"의 "등", 그 희생 덕분에 '살게' 된다. 침묵의 언어, "적을 수"도 "읽"(「백간」)을 수도 없는 언어로 한 사람이 누워 있다. 우리는 그렇게 누군가의 등에 기댄 채 살아간다. 어쩌면 이토록 당연한 사실을 오늘을 살아가는 많은 사람들은 놓치고 있다. 이렇게 시인은 현대인이 스쳐 보내고 마는 것들을 붙잡는 존재다.

2. 박현덕 : 유배언어의 서정적 발화[2]

박현덕의 이번 작업은 오늘의 시조가 어떤 모습이어야 하는지에 대한 실험적 성과라 할 수 있다. 서포 김만중의 일대기를 60편의 시조로 풀어냄으로써 시조문학의 서사적 가능성을 보여준 것이다. 보다 엄밀하게 말한다면 서사의 서정화라 할 수 있을 테다. 과거적 양식의 현대적 생존전략은 '현대' 담기에 국한되어 그 소재적 접근이나 내용 및 주제적 구성에 있어서 일상적 요소들을 장려한 일면이 있다. 반면 그는 역사적 소재에 내재한 시조적 경쟁력을 보여주었다는 점에서 현대시조의 정체성에 대한 그의 기존 답변을 확장했다고 평가할 수 있다. 기존의 그의 작업이 현실의 핍진성을 고스란히 보여주는 것이었다면, 이번 작품의 경우 역사적 인물의 재구성에 기여하고 있기 때문이다. 이처럼 현대시조에서 낯선 유배언어는 시조의 정체성에 대해 다시금 각인시키는 역할을 담당한다.

---

2) 박현덕, 『노도에서의 하룻밤』, 깊은샘, 2013.

바람 불고
일순간
하늘이 어두워진다

…중 략…

다 저녁
창호지 더듬는
갯바람의 지문指紋들.

—「서시序詩 —바람」 부분

앵강만이 훤히 보인
가게에서 낮술 한다

가슴이 찢어지도록
서포처럼 우는 바다

뭍으로
갈 수 없는 몸,
파도를 내리친다

…중 략…

한밤중
삿갓 쓴 사내가
나를 향해 걸어온다.

—「노도에서의 하룻밤」 부분

"김만중과 접신하는"(「당선소감」, 9쪽) 마음으로 작품을 엮었다는 시
인의 고백처럼, 시집의 처음과 끝은 시적 화자와 김만중의 조우로 구성된

다. 김만중은 『구운몽』, 『사씨남정기』, 『서포만필』 등을 남긴 문인이자, 붕당정치에 희생되어 귀양지에서 죽음을 맞은 정치인이기도 하다. 박현 덕 시인은 비교적 세세하게 그의 행적을 쫓아 이번 작품을 엮었다. "병자 호란 난리 통에 병선에서"(「유복자」) 유복자로 태어났으며, 어머니 윤씨 의 지극한 보살핌으로 성장했기에 효성이 남달랐다는 사실 등을 그의 시 조에서 발견할 수 있다. 김만중은 "금강송/ 껍질 같은 손"으로 "가난을 풀 고 있"는 어머니의 "삯바느질"(「어머니 · 3」)과 같은 희생 덕분에 일찍 과 거에 급제하고 벼슬에 나아갈 수 있었던 것이다. 정쟁의 소용돌이에 휩쓸 려 쓸쓸하게 유배되어 걸작을 창작하기도 했지만, 끊임없이 가족을 그리 워하다가 남해 노도에서 마지막 숨을 거두게 된 그의 일생은 시인을 통해 서 재탄생하게 된다.

유배언어는 "바람"의 이야기다. 바람은 유한과 무한을 잇는 매개가 되 며, 스스로 경계 없는 시공이 된다. 남해의 "갯바람의 지문들"을 쫓는 두 사람의 시선을 통해 현재와 과거를 한자리에서 목도하게 되는 것이다. 엄 청난 시간의 간극에도 불구하고 김만중의 서정적 현재화가 가능한 것은 자연의 힘이다. 존재의 유한성, 그 단절의 시간에도 묵묵히 제자리를 지 키고 있는 바다, 섬 그리고 그곳의 바람 덕분에 언제라도 과거는 현재로 호출될 수 있다. 그러니 인간과 자연 사이의 유한과 무한의 간극은 이질 성을 강화하는 것이 아니라 서로의 세계에서 놓치고 있는 것들을 간직해 주는 상생의 관계를 형성하게 한다. 17세기의 김만중, 그가 느꼈을 온갖 감정을 21세기의 시인은 바닷소리에서 느낀다. 이로 인해 시인은 "가슴 이 찢어지도록/ 서포처럼 우는 바다"를 통해서 "뭍으로/ 갈 수 없는 몸"이 었던 김만중으로 화한다.

마음 잡을 수 없다 가슴 쓰린 유배의 나날, 복사꽃 지는
날에 허튼 꿈만 꾸었구나 뱃전을 때리는 파도가 만근의 눈물 같다

한양땅 식솔들이 물결에 내비치고 숨어 있던 아픔이 미역처럼
자라서 저 바다 풍덩 빠지게 배를 잡고 흔든다

이제 다시 노도에 어둠은 빨리 오고 무성한 외로움을 파도로
다스린다 오늘도 여윈 낮달이 몸속에 숨어 운다.
− 「노도 가는 길 · 2」 전문

이 작품은 유배의 심사를 잘 보여준다. 한양과는 아득한 거리에 있는 섬에 유폐된 인물의 고독이나 무기력함 따위가 그렇다. "가슴 쓰린 유배의 나날"에는 "뱃전을 때리는 파도"조차 "만근의 눈물 같"은 무게로 시적 화자를 억누른다. 화자는 "한양땅 식솔들"에 대한 걱정과 그리움으로 괴로운 밤을 보내고, "다시 노도에 어둠은 빨리 오고 무성한 외로움을" 저와 같이 요동치는 마음으로 괴로워하는 "파도로 다스"리기 위해 부단히 애쓴다. 스스로의 울음조차 "몸속에 숨어" 울어야 하는 처지인 것이다.

시조적 상상력은 역사적 사건을 재구성하기보다 인물의 심사를 조명한다. 이는 서사를 서정으로 풀어내는 묘미에서 가능하다. 서정은 사건의 인과를 따지지 않는다. 다분히 시인의 관점에서 이해된 만큼만 새롭게 투사되는 것이다. 모진 풍파를 겪으며 살아야 했을 역사 속 인물의 삶을 시조적 절제미로 재해석함으로써 역사의 심장을 뛰게 하는 작업이다. "바람도 잠시 멈춰 세상이 화선지 같다/ 먼 곳에 유배 떠나는 내가 그린 한 획의 몸"(「금성 가는 길 · 3」)이라고 탄식하는 화자처럼, 오늘을 살아가는 우리도 누구나 유배된 자다. 그렇기 때문에 시간을 거슬러온 그의 심사를 이해하는 데 어려움이 없다. 홀로 노도에 앉아 "바람 속에 사는 일은" "꼿꼿한 들풀이던가"(「노도 가는 길 · 1」) 하고 읊조렸을 김만중의 처지처럼 우

리도 유배된 상황에 직면해 있다. 우리는 번잡한 현실의 삶에서 매순간 사회로부터, 타인으로부터 무엇보다 나 자신으로부터 유배된다. 그래서 우리 모두는 외롭고 고독한 존재이며, 그것으로부터 벗어나기 위해 쉼 없이 분투하는 존재다. "아무 일도 없는 듯이 상처를 숨긴 바다"(「앵강을 보며」)를 응시하는 일은, 역사를 들추는 일이다. 시적 형상화를 통한 발화는 엄밀한 의미에서 사적 고증이 불가능한 한 개인의 일대기를 시적 상상력으로 재구성하는 작업이다.

박현덕의 이번 시집을 읽다보면 자주 시인을 놓친다. 아니, 애초에 시인은 없고 김만중만 어슬렁거린다. 그래서 시조를 읽고 난 후 오랫동안 김만중을 생각하게 된다.

3. 서석조 : 서정의 찰나를 훔치는 시선視線/廝禪/詩仙[3]

서석조의 시조는 현대사회를 살아가는 우리에게 서정적 상상력의 필요성을 절감케 한다. 오늘의 시조는 현실을 타개할 수 있는 내면의 울림을 요청한다. 휴머니즘의 회복으로 실존적 터전을 다시, 다듬어야 하는 것이다. 그런 점에서 시조는 현실을 응시하는 視線이며, 자아와 타자 그리고 개인과 사회가 소통하는 성찰의 廝禪이기도 하다. 황량한 삶의 현장에서도 서정의 찰나를 발견하는 시인이야말로 또 다른 시 · 공간에 거주하는 詩仙인 것이다.

---

3) 서석조, 『바람의 기미를 캐다』, 동방, 2013.

내 안을 스멀대며 알을 슬던 흰 개미 떼
구인사 선방에 들자 화들짝 달아나더니
산문을 나서자마자 언제냔 듯 몰려온다

문경새재 굽이굽이 산목련 입을 빌어
모반의 칼을 벼리던 언어들이 회귀하고
개미 떼 나를 덮쳐서 환골탈태 시키는 밤

월악산 월악리 둥지 나온 새가 사는 집
그 한바탕 향연에서 시구詩句 한 줌 움켜쥔다
깊은 밤 대추 고목이 달을 품고 전율할 적
                           ─「고목이 달을 품다」 전문

　시를 엮지도 못하고, 잠들지도 못하는 불면의 밤, 시인은 날카로운 "고
양이 울음소리"에 "바람의 기미"(「바람의 기미를 캐다」)를 쫓고 있다. 잘
익은 오디를 몰래 따고도 "바람에 흔들리거나 사람에 흔들리거나" 매한
가지라고 시치미를 뗐다가도, "죄 하나 슬쩍"(「각연사 익은 오디」) 지었
다고 고백하는 태도에서 자연만물을 대하는 시인의 자세를 엿볼 수 있다.
자연은 서정의 찰나를 감추고 있는 영원, 곧 전지전능한 대상이기에 그
앞에서 시인은 경건하다.
　두 번째 시집을 세상에 내놓으면서 "가슴이 쿵쿵"(「시인의 말」) 뛴다고
고백하는 시인에게서 시적인 것이 주는 "전율"이 느껴진다. 시인의 시선
이 닿으면 어느 것이나 서정이 된다. 서정의 찰나를 포착하는 관찰과 발
견의 묘미야말로 시적 상상력의 전제가 되는 것이다. "내 안을 스멀대며
알을 슬던 흰 개미 떼" 같은 시상은, 그것을 붙들려고 하면 기어이 "달아
나"고 만다. 자연 속에서는 "모반의 칼을 벼리던 언어들이" 시를 지을 때
에는 의뭉스럽게 모른 척을 해댄다. 때문에 시인은 절망의 시간을 건너

겨우 "시구詩句 한 줌 움켜쥔다." 흠씬 앓고 난 다음, 방문을 열고 나가 맞는 바람의 기운처럼 시가 탄생하는 순간의 기운은 살아있음의 안도와 같이 특별하다. "고목이 달을 품고" 있는 것 같은 환희의 찰나인 것이다.

맨발로 걷는다 설한풍의 잿빛 길을
하염없이 내딛는 발 감각은 이미 없다
도시는 황량한 채로 까마귀를 날려대고

까마득 솟아오르다 주저앉은 마천루
호객용 깃발들만 화려하게 나풀댈 뿐
확성기 호명소리는 벽에 붙어 녹슬었다

가랑잎이 휘몰려도 사람들은 모르는 체다
폭탄세일 현수막이 갈가리 찢겨지고
폐지를 줍던 노인이 비칠대며 일어서도

저 먼 언덕 너머 그 너머 언덕으로
해가 숨고 달이 뜨고 탄식의 밤이 오면
마침내 종식할 허망 후빙기後氷期 최후의 일각
                    ―「까마귀를 날리는 도시」 전문

오늘의 시인은, 오늘을 살아가는 "참 희한한 세상의 참 희한한 사람들"(「미물도 아픈 것이다」)을 응시해야 한다. 그리고 그들을 둘러싼 무수한 상황과 사건에도 귀 기울여야 한다. 사는 일이 그저 "허방쯤에 발"(「개미귀신」)을 헛디디는 실수투성이라 할지라도, 우리는 나름의 희망으로 산다. 그것이 단순히 절망을 견디는 방식의 하나이거나 그저 시간을 견디는 것에 불과할지라도. 가난한 사람이 삭막한 도시에 산다는 것은 "맨발로 걷는" 사람의 언 발 마냥 아리고 초라하다. "까마득 솟아오르다 주저앉은 마천루"를 따라 도시의 하늘이 조각나고, "확성기 호명소리"에 공기마저 이명을 앓는다. 그럼에도 "가랑잎이 휘몰려도 사람들은 모르는" 채 하고, "폐지를 줍던 노인이" 휘청거려도 등을 돌린다. 서로를 향한 무관심으로 더욱 고독한 도시의 "황량"함은 인간의 절망이 소통부재의 소외에서 비롯되었다는 사실을 다시금 확인해 준다.

병든 도시에서 살아가는 일은 쉽지 않다. 장터에서 힘겹게 살아가는 사람들, 고속도로 갓길에서 행상을 하는 사람들, 먼 타국 땅에 와서 "만근 노역"(「영화 완득이」)을 감내하는 외국인 노동자 등 "벼랑을 걸어 쥐고 허공에 멀미하며" 간신히 살아가는 이들은, 아슬아슬하게 "땅도 끝 세상도 끝 천애에 바투 서서"(「투신, 그 한 발짝은」) 생의 미동에도 소스라치게 놀란다. 뜻하지 않은 오해와 암투, 자본주의 사회에서 폐전한 전사가 되어 운명을 달리한 '영웅'도 있다. 죽음은 다시 죽음을 낳을 수밖에 없다. 모순적이게도 그러니 우리는 살아야 한다. 야속하게도 생과 사의 경계는 겨우 한 발짝 차이다. 허공으로 한 걸음만 짚으면 경계를 넘어설 수 있다. 하지만 많은 이들은 아무것도 아닌 것 같으면서도 무시무시한 그 선택을 참아낸다. "기댈 곳 없는 바람"같은 인생, "반추할 추억이란 신호등에 걸린 멈춤"(「11월」) 지점에서 시인은 살아야 하는 이유를 찾는다. "삶이란 이름"이 "부질없"(「큰바위 얼굴」)게 여겨질지라도, 그것은 죽음보다 삶이 더 쉬워서가 아니라 지금 이 순간을 놓치지 않기 위해서 살아내야 한다. 시적 상상력은 살아있는 것들을 응원하는 것이어야 한다. 이 시대의 시는, 세상을 향한 두려움을 안고 추락하려는 것들을 위무하는 언어여야 한다. 추락하는 찰나의 절망을 말해주고, 지금의 삶도 얼마나 찬란할 수 있는지를 깨닫게 해주는 것이어야 한다. 서정은 삶의 유효성을 역설하는 화법이어야 하기 때문이다.

4. 임성구 : 죽비소리, 시작과 끝의 시적 울림[4)

"골목을 걸어 나온 나의 시詩가 곳곳에 가닿아 살구꽃처럼 세상을 환하게 비추는 등불이었으면 좋겠"(「시인의 말」)다는 시인의 바람에서 임성구의 시적 태도를 엿볼 수 있다. 골목을 가득 메운 필부들의 삶, 그 삶을 건강하게 비출 수 있는 시적 상상력을 발현하겠다는 담금질에서 청명하게 울리는 죽비소리를 듣게 된다. 이 소리를 그의 시가 주는 울림이라고 표현해도 좋을 것이다. 모든 시작과 끝은 만난다. 평행선을 그리는 직선의 구조에 집착한다면, 순환하는 곡선상의 시작과 끝이 일치되는 순간을 놓치고 말 것이다.

시인은 끝이 "뭉텅한 시詩"(「이력서」)를 짓는다. 낙하한 단풍과 은행이 "땅 위에 시를 쓴다."(「낙엽의 시詩」) 자연의 시적 언어에 정신을 쏟다보면, "욱신거려 환장"할 것 같은 시병詩病이 돈다. 시인은 빈자리 없는 시의 "허공"(「허공에 떠 있는 시」)에서 언어의 길을 탐한다. 그의 시조에서는 자주 행간의 언어를 만날 수 있다. 사이, 틈, 행간의 여백은 시조의 형식미학과 절묘하게 어울린다. 절제와 방만, 긴장과 이완의 줄 위에서 위태롭게 시적 묘기를 선사하는 시인을 통해서 균형의 위대함을 다시금 깨닫게 된다. "오래 감춘 비밀의 말" 같은 시적 상상력이 "익는 시간"에는 허공을 맴도는 바람조차 "하르르"(「허밍」) 음계를 탄다. 시적 언어는 자연만물과 소통할 수 있는 것이어야 한다. 풍경과 풍경에 녹아든 시간은 시인을 만나서 새롭게 재탄생하게 되는 것이다.

> 무쇠 같은 하루가 노을에 닿는 시간
> 시퍼런 몸에 감춰진 찌든 먼지 털어낸다

---

4) 임성구,『살구나무죽비』, 책만드는집, 2013.

속 비운
살구나무죽비
내 등에서 꽃 핀다

꽉 막힌 혈전들이 녹아내리는 몸속 행간
천 년 전 바람 냄새 스멀스멀 배어들면

그 봄을
기억하는 살구
몸의 터널 환하다

—「살구나무죽비」전문

시인에게 죽비소리는 세계를 인식하는 스스로의 계율이 된다. 이를 통해 세상을 대하는 시인의 경건한 시적 태도와 조우할 수 있다. 그 옛날 정화수에 담긴 마음과 같은 깊은 울림이 느껴진다고 해도 좋을 것이다. "하루"가 저물어 "노을에 닿는 시간"에 서 있는 시적 화자는 기억 행위를 통해 과거와 현재의 "행간"을 발견한다. 그 거리를 시적 상상력으로 메우면서, 시인은 오랫동안 그리운 것들을 생각한다. "그립다는 건 연어에게 고향 물길 묻는 것"이며, "선명한 발자국 찍은 나이테가 운다는 것"(「명창박물관」)이기도 하다. 시인은 자주 '틈' 그 무수한 관계의 사이를 응시한다. 詩作은 비어 있는 행간을 채우는 일이다. 그렇게 호명된 시간의 행간들끼리 부둥켜안았다가 다시 볼 붉히기도 하는 것이다. "고여 있는 눈물은 상처가 매우 깊"으며 흉터도 오래 간다. 봉합해 놓은 시간의 "행간마다/ 동풍動風이"(「흉터」) 분다. 생각이 서성이는 시인의 시간은 오늘이기도 하고, 어제이기도 하며, 내일이기도 하다. 순환적인 시간질서를 붕괴하고, 무질서한 듯 새로운 시적 질서에 따라 기억을 기록한다. 이러한 시간의 행간은 주로 자연의 음정이나 박자를 통해 발견된다. "바람이 문 댓잎 한 장"

이 "허공에 올"(「댓잎피리」)라가는 찰나거나, 노을이 "뜨거운 꽃으로 피어 출렁이는 시간"(「뛰어가는 노을」)이 그렇다.

참새들이 구구단을 외우는 초등학교
운동장 벤치에 앉아
둥근 새를 바라본다

키 작은
한 아이 헛발질에
나이키 신발 한 짝도

허공에 뜬 신발 따라 내 유년이 지나간다
시간에 긁힌 흉터 진흙으로 문지르는
검정색 쇠똥고무신엔 말 한 필씩 키웠지

맨발로 수문 지키다 말고삐 놓쳐버린 날,
어둠 짙게 내릴 때까지 대문 밖 서성이다
아버지 날 선 얼굴에 덴
종아리가 울었지

그날의 아이들 말발굽 소리 쟁쟁한 하오
나이키 운동화와 말표 고무신 사이로
슛 골인! 환호성이 빛난다
헛발질하던
아이도

－「공」 전문

"나이키 운동화와 말표 고무신 사이"에는 무수한 길항의 고리들이 뒤엉켜 있다. 풍요와 가난이라는 대결구도도, 아들을 향한 사랑과 현실적 한계에 갇힌 아버지, 부끄러움과 자존심의 혼종 그리고 시간이 훌쩍 지나 깨닫게 되는 아버지가 살아내야 했던 삶의 무게까지 범벅되어 있다. 그때의 아버지의 나이가 된 화자는, 아버지가 떠난 빈자리에서 비로소 그의 사랑을 뜨겁게 확인한다. 또한 아버지가 감당해야 했던 가장으로서의 책무를 이해하게 된다. 아버지의 삶은 죽음으로 종식되었지만, '나'를 통해서 새롭게 시작 혹은 연속되고 있다. 아버지로서의 '나'의 시작 역시 '나'의 아버지의 마지막과 중첩될 수밖에 없다. 유한한 인생의 무한한 고리를 가족구조 속에서 발견하게 되는 것이다. 그러니 '띠포리국밥' 한 그릇에서 아버지를 만나는 것도 어색하지 않다. 가난했던 시절, 늘 허기졌던 그 시절은 "완행으로 간 시간인데"도 어쩐지 어렴풋하다. "몸의 행간마다" 고스란히 남아 있는 시간의 잔해에 대책 없는 "바람이 분다." 아버지는 자주 '나'에게서 발견된다. 이런 시인의 몸에서 자꾸만 "흑백의 시간을 끄는 종소리가"(「띠포리국밥」) 난다. 시인은 찰나를 붙드는 존재이면서, 영원을 형상화하는 존재이기도 하다. 시간의 언어화, 시간의 구체화를 가능하게 하는 연금술사인 것이다.

"경전"처럼 "불울음이 쓴 문장"을 "마주하고 싶"(「시조바라기」)다는 시인은 "봉하"를 떠난 "밀짚모자 노란 새"를 쫓는다. "주인 잃은" 사람들끼리 부질없는 줄 알면서도 "끝없는/ 향불행렬"(「밀짚모자 노란 새」)을 이룬다. 시는 간절함에서 시작되고 끝나야 한다. 상실의 감각, 시적 허기를 채울 슬픔은 불가피하다. 슬픔의 발견이야말로 소통 욕망을 자극하는 매개가 된다. 때문에 시인은 늘 "가난의 여백"을 남겨두어야 한다. 그리하여 "허한 배속"을 든든하게 달래주는 "한 술의 밥"(「지우개밥을 먹다」)의 가치를 잊지 않아야 하고, 종래에는 스스로 그러한 가치를 생산해야 한다.

?! : 현대시조, 존재와 인생에 대한 탐미적 소통

이 시대 시조는 막중한 책무를 띠고 있다. 이들 네 시인의 작업은 현대시조에 대한 각양각색의 물음에 답한다. 현대시조 장르의 필요성에 대해 회의적인 이들에게 이들의 작업은 시조적 감각을 통한 존재의 正義 가능성으로 답한다. 번잡한 시대, 물질적 산물이 정신적 가치를 대신할 수 있다고 오도되는 현실에서 시적인 상상력과 재해석에 더해진 절제의 언어 구조가 주는 낯섦은 그늘을 제공한다. 햇빛 속에서는 햇빛의 길을 알 수 없다. 현대시조는 기꺼이, 화려한 현대적 삶이 감추고 있는 이면을 파헤치는 데 봉사할 것이다. 시와 시조라는 간극만큼이나 부로 인한 계층적 단절은 첨예해지고 있다. 시조적 상상력은 동일한 자장에 있는 듯 보이면서도 다른 영역으로 분할된 삶의 영역을 연계하는 작업이어야 한다. 그러기 위해서는 시인 스스로 시인으로서의 책무에 대해 인식해야 함은 당연하다. 시를 대하는 태도 혹은 시적 책무에 대한 자각을 토대로 현실 세계를 투시한다는 점에서 이들은 동일성의 자장에 위치한다.

오늘의 자리에서, 시조문학이 안고 있는 물음에 대해 물음느낌표의 감각으로 대응해야 한다. 존재에 대한 본질적이고 근원적인 탐구에서부터, 이 시대의 인생'—살이'에 대한 '돌봄'에 이르기까지 소통의 언어를 생산하기 위해 열정을 다한다면, 오늘의 시조문학이 직면한 물음과 깨달음이 한자리에서 만날 수 있을 것이다.

지역문학의 정체성과 현대시조

– 대구시조선집을 중심으로

1. 지역문학과 현대시조

지역문학에 대한 연구는 1990년대 후반부터 꾸준히 진행되어온 바 그 축적된 연구 성과 역시 상당하다. 지역문학을 "지배적인 문학에 대한 거부, 특히 지배적인 언어가 가진 헤게모니를 거부하고, 지배문화의 언어를 바꾸어 재구성함으로써 피지배 문화의 경험과 전통을 전달하는 대항문학으로서의 가능성을 지닌 문학"[1]이라고 정의했을 때, 지역문학은 중앙문단에 대한 경계와 더불어 폭력적으로 규정되는 대문자 문학사에 문제를 제기한다는 측면에서 의미가 있다. 현재 지역문학은 장르적 다양성 모색이나 역량 있는 문학인 발굴 및 양성 등을 통해 중앙에 대한 열등감[2] 없는 지역문학 풍토를 구성하는 것에 주안점을 두고 있다.

시와 소설 등의 장르에서 지역문학 연구가 활발하게 진행된 것에 반해

---

1) 오연희, 「지역문학에 나타난 폭력의 몇 가지 양상」, 『비평문학』 47호, 한국비평문학회, 2013, 177쪽.
2) 박태일은 지방적 인식("중앙중심주의에 대한 열등감이 표출된" 지역 인식)과 향토적 인식("지역의 배타적 가치를 부풀리고 절대시하는 인습")이라는 표현으로 "지역패배주의의 양면"을 비판한 바 있다. 박태일, 「인문학과 지역문학의 발견」, 『현대문학이론연구』 21호, 현대문학이론학회, 2004, 117쪽.

시조 영역의 사정은 그렇지 못하다. 이는 여타의 장르에 비해 상대적으로 현대시조가 중앙문단에 대한 집중이 덜한 편이기 때문이라고 낙관할 수도 있겠지만, 달리 보면 그만큼 논쟁적인 논의가 부족하다는 반증일 것이다. 정도의 차이는 있겠지만, 지역문학으로서의 현대시조 역시 중앙문단에 대한 동경과 지역문단의 한계를 절감할 수밖에 없는 다양한 여건에 놓여 있다. 예컨대 시조문학의 매체 생산과 유통 및 소비가 비교적 손쉬운 중앙문단과 달리 지역문단은 모든 부분에서 어려움을 겪고 있다. 게다가 지역에서 창작되는 작품에 대한 편견과도 싸워야 하며, 스스로 지역에 갇히는 우를 범하지 않기 위해 분투해야 하는 상황에 놓여 있다.

그럼에도 희망적인 것은 각 지역 혹은 모임 단위를 통해 시조문단이 꾸준히 성장하고 있으며 소통을 위한 시도를 하고 있다는 점이다. 문제는, 신진 작가로 올수록 중앙과 지역문단을 이분해서 재단하는 경우가 많다는 것이다. 중앙문단에 대한 지역문학자들의 열등감은 스스로 피해의식에 갇혀 지역문단의 성장과 발전을 저해하는 요인이 된다. 또한 주례사 비평에 급급한 채 작가와 작품에 대한 냉혹한 비판을 거부하는 친가족적인 지역문단 풍토 역시 이러한 상황을 악화시킬 뿐이다.

지금껏 현대시조 연구는 시조성 자체에 '과도한' 변명을 거듭해 왔다. 이는 현대시조 문학장의 취약성 때문이었는데, '충분한' 논의가 이루어진 지금에 와서 시조 연구는 시조문학의 시적 감수성에 집중할 필요가 있다. 물론 이때 시조인 것과 시조인 '척'하는 것의 '색출'이 선행되어야 한다. 시조를 시조이게 하는 가장 본질적인 요소인 정형의 형식미학을 전제로 할 때, 비로소 시적인 상상력을 토대로 오늘의 삶과 사유를 시조문학을 통해 표현하는 의미를 찾을 수 있기 때문이다. 시조의 본질을 간과한다면 그것은 이미 시조가 아니다.

이에 본고에서는 지역문학의 정체성을 '특수한 것의 보편적 형상화'에서 찾고, 현대시조가 획득한 일성취를 대구시조선집을 중심으로 고찰하고자 한다. 『대구, 시조의 숲』(만인사, 2013)은 대구시조시인협회의 "16년간의 결산"(「발간사」)인 바, 한 지역의 문학적 과업으로 평가할 수 있을 뿐 아니라 지역문학으로서의 현대시조의 면모 역시 엿볼 수 있을 것이다.

2. 장소성과 오늘의 지역

장소는 각 개인의 역사를 증거한다. 우리는 이 사실을 토포필리아나 토포포비아로 명명되는 장소에 투영된 상이한 성격을 통해 알 수 있다. 특히 토포필리아, 곧 장소애에 내재된 인문학적 지리학은 개인의 가치를 발견할 수 있도록 조력한다. 오늘날 지역을/이 호명하는/되는 것에서 가장 큰 문제는 지역을 과거화하거나 향수의 공간으로 치부해 버리는 향토성에 있다. 지역 역시 생활공간으로 인식되어야 하는데, '고향'이 갖는 상징성에 지나치게 집중하다보니, 지역이라는 장소성이 갖는 현재성을 간과하게 되는 것이다.

이를 타개하기 위해서는 박제화된 지역 풍물을 소개하는 지역시 창작 방식에 대해 재고해야 한다. 범박하게 말해 지역에서, 지역에 대한 소재를, 지역 시인에 의해서—지역문학의 범주를 어떻게 규정하는가는 여전히 논란이 되고 있다— 생산된다는 측면에 집중하다보면 지역의 역사적 사건이나 특정 장소, 그리고 이벤트 등에 집중해서 작품을 창작하는 경우가 많다. 특히 지역행사나 정치 등과 결합될 때 이러한 성격은 두드러진다. 목적성이 짙어질수록 시조의 문학적 완성도는 기대에 미치지 못하게 되는 것이다. 예술적 감각이 상당한 작가들의 경우에도 그 내용 전달에 집중한 나머지 시적인 상상력을 제대로 구현해 내지 못하는 경우가 허다하다. 문학은 어디까지나 문학이어야 한다. 지역을 소개하는 문구가 필요하다면 다른 서술

방식을 취해야 할 터이다. 모두가 문학적으로 공감할 만한 지역문학이 되기 위해서는 현재의 삶과 생동하는 지역 공간의 재장소화가 필요하다.

"장소는 세계 경험에 질서를 부여하는 기본적인 요소"3)다. 대구라는 지역적 특수성은, 역사적 사건 등으로 구성된 개별성이나 분지지형적 특수성과 더불어 현대-도시라는 보편성을 획득하는 공간이다. 이것이 삶의 자장, 그 개별자적 분투의 현장에서 축적된 경험과 조우하게 되면 특별한 장소성으로 재구성되는 것이다. 감흥 없이 지역의 풍물이나 사건 따위를 나열하는 시는, 시가 아니다. 지역문학은 자주, 지역을 박물관화 · 풍토화 하는 것에 급급한 나머지 시적 감각을 놓친다.

> 삶과 죽음의 경계를/ 느긋하게 읽어가는//
> 그 언제 꽃상여 한 채 흔들리며 지나갔을//
> 조붓한/ 길 가장자리/ 만삭의 저 봉분들//
> 비릿한 밤꽃 향기/ 어스름을 덮는 동안//
> 아들과 함께 풀고 또 묶는 삶의 긴 매듭//
> 눈부신/ 이승의 한때/ 바삐 저물고 있다
>
> — 김세진, 「불로동 고분군에서」 전문

이 작품은 소위 지역 명승지를 노래한 특수성에서 발상되었으나 그 시상을 통해 모두가 공감할 만한 보편성을 획득하였다. 생사의 경계는 유한자적 인간이 매순간 통각하게 되는 절망의 다른 이름이기도 하다. "아들과 함께 풀고 또 묶는 삶의 긴 매듭"을 따라, 생사의 경계는 세대를 거듭해 족쇄가 된다. 과거의 죽음은 "느긋하게 읽어"갈 수 있는 타자의 것이지만, 언제든지 "이승의 한때"를 살아가고 있는 우리에게 닥칠 수 있는 불가항력이라는 것을 자각한다. 때문에 "만삭의 저 봉분들"은 단순히 '불로동 고분군'에 한정되지 않고 여타의 지역에 있는 무덤을 연상케 한다. 그 탓

---

3) 에드워드 렐프, 김덕현 외 역, 『장소와 장소상실』, 논형, 2005, 104쪽.

에 오늘의 우리는 죽음이 주는 삶에의 겸손과 그 "눈부신" 가치를 재발견할 수 있게 된다.

고유한 장소성을 보편화하는 작업은 지역 외부와 내부를 연결하는 서정적 장치가 된다. 일상의 깊이를 응시하면 '대구'라는 장소성은 존재가 살아가는 삶의 자장으로 확장되며, 이를 통해 그곳과 연계된 사람들만의 장소가 아니라 외부자까지도 장소 내부로 끌어올 수 있게 된다. "저마다 갈 만큼씩 차표 한 장 손에 쥐고" 오고가는 사람들의 일상적인 발길처럼 "이승길 떠나는 날도 저리 가면 좋겠다"(리강룡, 「북부정류장에서」)는 바람에서도 이러한 유한자의 무게를 짊어진 채 자신에게 주어진 삶을 살아내는 개별적 존재와 조우할 수 있다. 그리하여 우리는 지역이라는 장소, 그 길 위에서 존재적 동일시를 경험하게 된다.

> 사는 것이 지루하거든 팔달시장에 가 보라
> 산처럼 쌓여있는 배추더미 끌어안고
> 잽싸게 새벽을 훔치는 사내와 만날 것이다//
> 예리한 눈빛으로 텃밭을 들었다놓는
> 버려진 묵정밭이 금싸라기 되기까지
> 가격은 인정머리 없이 올랐다 내리기를//
> 어쩔거나, 어쩔거나 흙에게 부끄럽다
> 도대체 몇 그램이 하루치 무게일까
> 주인을 찾지 못한 채 으스러진 푸성귀//
> 자전거 오토바이 리어카 빠진 뒤에
> 좌판 위 채소들과 실랑이를 해야 하는
> 불현듯 생의 무게가 또다시 궁금해진다
> — 박희정, 「팔달시장에서」 전문

지역문학이 지향해야 할 '모범적' 시상이 응축되어 있는 작품이다. 시조의 형식미학을 잘 살렸을 뿐 아니라, '팔달시장'이라는 특수한 공간을 서사적으로 형상화한 덕분에 이는 다시 보편적인 공간으로 확장된다. 스토리텔링적 서정표현 방식은 지금-여기의 현장성을 토대로 작가와 독자 간의 상호작용을 이끌어내는 데에 유용하다. 기술이 발달하고 인간이 노동으로부터 해방되면서 문학은 새로운 방식으로 독자의 몰입을 주도해야 했다. 이야기성은 지역내부와 외부, 그리고 작가와 독자를 연결할 공감과 소통의 매개가 된다. 문제는 서사가 아닌 서정의 방식으로 이야기를 구성해야 한다는 점이다. 실제로 이야기적 요소가 서정화 되는 사례는 꽤 일반화되어 있다. 구체화된 인물이 처한 상황이나 사건을 통해 서정적 메시지를 전달하는 시적 발화 방식은 시의 소통에 있어 긍정적인 기여를 한다. 그러나 이때 시적 언어의 긴장을 유지하는 것은 어려우면서도 중요하다.

박태일의 지적처럼 "모든 문학은 늘 장소문학이거나 지역문학이다."[4] 지역문학은 지역민으로 대변되는 다양한 인간군상의 삶-살이의 양상을 표현해야 한다. 때문에 삶을 응시하는 시선을 토대로 독자의 공감을 이끌어내야 하는 것이다. "사는 것이 지루하거든" 혹은 고독하거든 "시장"으로 가라. 혼자만 힘겹게 살아내고 있다는 절망으로부터 해방시켜줄 동무를 그곳에서 만날 수 있을 테다. "새벽"부터 "배추더미"와 씨름하고 있는 "사내", "생의 무게"에 분투하고 있는 존재의 "실랑이를" 통해 역설적이게도 내 삶이 위안을 얻게 될 것이다.

궁극적으로 지역문학은 대형쇼핑몰이 아니라 재래시장을 지향해야 한다. 허영에 찬 현대인들을 유혹하기 위해 치장한 쇼윈도우 안의 허상이 아니라, 거칠 것 없는 방만이 낭자한 속됨, 이성의 지배에서 벗어난 감정이 고스란히 뚫고 나오는 경박스러움의 진창인 재래시장의 삶을 담아야 한다. 이러한 삶-살이의 장소로서의 지역을 호명하는 순간 고향은 상실된 이상 공간, 유년의 추억이 깃든 공간으로 절대화되는 한계를 극복할 수 있

---

4) 박태일, 「지역문학 연구와 경북 · 대구 지역」, 『현대문학이론연구』 24호, 현대문학 이론학회, 2005, 42쪽.

게 된다. 이때 시장은 어린 시절 "울엄마 저녁장 보시던 흔적들이 남아 있"는 유년의 장소이기도 하고, "인생의 좌판을 벌이는" 사람들의 분투가 "투박한 사투리로"(배인숙, 「관문 풍경」) 언쟁을 벌이는 곳이기도 하다.

이와 같은 장소성을 구현한 지역시조가 보다 성장하기 위해서는, "자기가 딛고 사는 고장의 삶을 자기 삶의 일부로 접수하고 그 공간 속으로 침투해 들어감으로써 지역적 실천 속에 전지구적 사고를 벼리는, 그리하여 문학과 삶을 함께 구현하려는 지역 문인들의 등장"[5]이 절실하다.

3. 시적인 것의 발견 ―차이 너머의 보편성

절대적이고 불변하는 정체성이란 없다. 때문에 한 지역의 정체성은 고정된 것이 아니다. 때에 따라 유동적이고, 확장과 축소를 거듭하는 것이 정체성을 구성하는 다양한 요소들 간의 긴장이다. 오히려 이러한 긴장을 통해서 지역 정체성은 그 성격이 보다 선명해질 수 있으며, 이를 토대로 그 문학적 특이성도 구성될 수 있다. 무엇보다 시조 장르를 통해 대구의 지역문학을 이해할 때에도 "대구에만 국한된 자폐적인 문학"으로 구성해서는 안 된다. "대구 사람들의 구체적 체험과 개별성을 살리면서 동시에 타지역의 삶이 안고 있는 문제점과 소통"[6]할 수 있는 문학을 지향해야 하는 것이다. 이에 3장에서는, 기본적으로 시조성을 획득한 작품들 중에서 시적 보편성을 형상화한 수작을 중심으로 고찰하겠다.

---

5) 최원식, 『생산적 대화를 위하여』, 창작과비평사, 1997, 70~71쪽.
6) 민현기, 「대구지역 문학운동의 역사적 성격과 그 활성화 방법 연구」, 『어문학』80호, 한국어문학회, 2003, 283쪽.

1) 인간 본질에의 궁구

　지역문학은 분명 차이의 산물이어야 한다. 그럼에도 그것이 문학적 가치를 획득하기 위해서는 예술적 보편성을 구현하기 위해 노력해야 한다. 특히 시적 발화는 유한자로서의 인간 존재가 스스로의 본질을 이해하고 이를 극복하는 한 과정에서 발생한다고 볼 수 있다. 존재로서의 공복감이나 갈증이 문학으로 승화되는 것이다. 때문에 모든 예술은 인간 존재를 위무하는 성격을 띠게 된다. 시는, 특히 시조는 침묵이라는 소란스러움을 정갈하게 담는 그릇이다. "침묵도 오래되면 아무것도 읽을 수 없"(문수영, 「오래된 군자란」)다. 시인은 인간 본질을 궁구함으로써 침묵의 언어를 독해하려는 존재다. 그리하여 종국에는 "뻥 뚫린 심장의 말을// 전"(박희정, 「몽당연필」)하고 싶어 한다.

> 심인고등 운동장에서/ 무심히 바라본 벽//
> 그것이 영대병원/ 영안실 경계란 걸//
> 한 개비 담배를 물고/ 돌아서서 느꼈다.//
> 문으로 가려놓은/ 이승과 저승의 두께.//
> 앞발은 빛을 밟고/ 뒷발은 죽음에 묻혀//
> 이대로 눈을 감는다/ 이런 건가, 사는 것이……//
> 우리가 악수를 나누며/ 서로 잔을 주고 받는//
> 애절한 몸짓으로도/ 달랠 수 없는 말을//
> 감추고 떠나고 나면/ 내 빈 자리에 풀 돋을까.
> 　　　　　　　　　－ 류상덕, 「그리고 별리別離」 전문

　때때로 우리는 생사 경계의 가벼움에 절망한다. 겨우 "문으로 가려놓은/ 이승과 저승의 두께" 그 경계에서 "앞발은 빛을 밟고/ 뒷발은 죽음에 묻"힌 채로 살아간다. 이 위태로운 동거로 인해 존재는 자주 스스로의 본질을 궁구하다가 고독해지고 만다. 매순간 이별을 예비할 수밖에 없는 유한자로서의

자의식은 역설적이게도 '다른 것'을 통해 이를 극복 혹은 대체하고자 하는 욕망을 발산한다. 예컨대 종족 번식이 그럴 것이고, 내가 떠난 자리를 대신할 완성품으로서의 예술을 생산하는 일이 그렇다. 죽음은 그 어떤 "애절한 몸짓으로도/ 달랠 수 없는" 마지막 순간이다. 거짓말처럼 내가 그리고 우리가, "떠나고 나면", 그 "빈 자리에 풀 돋"아 내 존재의 사라짐을 아쉬워나 하겠는가 라는 허망함이 무한한 생명성의 상징인 풀로 인해 도드라진다.

류상덕의 이러한 감수성은 「외과병동 가을」에서도 발견할 수 있다. 생명의 위협을 받고 있는 "환자"와 대비되는 무한한 "파란 하늘"의 공간은 인간의 유한성을 극대화한다. 때문에 눈부시도록 아름다운 계절 앞에서 시적 화자는 "누가 이리 눈물 겨운 가을을 훔쳐 와서// 마지막 가는 이의 머리맡에 놓아두고// 투명한 창공을 건너 떠나시라 하는가"라고 탄식한다. 이처럼 인간은 누구나 "목숨이 육신을 벗고 가는 곳"이 어디인지 알지 못한 채, 언젠가는 "쓸쓸히 이승을 떠나는 꽃상여"(조동화, 「가을 언덕에서」)에 누워 있는 순간을 맞이해야 할 존재다.

> 채워도 차지 않는 목마른 계절이 와
> 업보도 나눠지며 가난도 기워놓고//
> 밤이슬 눈물로 젖던/ 가을은 가을이게 하라.//
> …중 략…
> 언제나 그 가슴은 감꽃 냄새가 난다.
> 연緣 깊어 맺은 목숨 하늘 보며 별을 따는//
> 참으로 아름다운 사람/ 가을은 가을이게 하라.
> — 김세환, 「가을은 가을이게 하라」 부분

> 약간은 남겨 놓고/ 채울 줄을 알아야지//
> 살아 가며 더러는/ 비울 줄도 알아야지//
> 채운 것/ 다 비워 주고/ 웃을 줄도 알아야지.
> — 김석근, 「살아 가며 더러는」 전문

두 시조는 잠언적 울림이 큰 덕분에 오래 여운을 준다. 본질적으로 시적 언어는 시인의 발견과 사색을 통해서 탄생한다고 했을 때, 모든 시는 인간의 언어로 엿볼 수 없는 것들을 인간의 언어로 표현하는 것이다. 김세환의 작품은 신비주의 시를 썼던 루미의 언어가 그러했던 것처럼, 형상화하기 어려운 본질의 한 겹을 발설한다. "채워도 차지 않는 목마른 계절"을 함께 한 "아름다운 사람"에게 바치는 헌시이자, 존재 모두에게 심심한 위로를 던지는 작품이기도 하다. "업보도 나눠지며 가난도 기워놓고" 겨우 살아낸 인간의 삶을, 매순간 새가 알을 품듯 어루어준 것은 역설적이게도 무심한 듯 늘 그대로 눈부신 자연이다. 물이 흐르듯, 그저 그렇게 인생의 고비도 지나갈 거라는 믿음을 준다. "가을은 가을이게 하라"는 반복 시구의 깊은 울림은, 가을을 가을 너머의 어느 것으로든지 등치시킨다.

특히 김석근의 시조는 단시조의 묘미를 보여준다. 삶을 대하는 태도, 그 깨달음을 잠언적 언술에 담은 「살아 가며 더러는」을 통해 불립문자의 불가능성에 도전하는 시적 발화를 엿볼 수 있다. "남겨 놓"는 미덕, "비"우는 미덕, 그렇게 과욕을 버리는 순간 삶은 행복해진다. 이 단순한 진리를 물질의 풍요로움, 그 방만 속에 살아가는 우리는 자주 잊는다. 언어를 최소화하기 위해 분투하고 그 고통스러운 노정을 거친 후 본질을 표현하고자 시도하는 것이 시조시인이다. 이처럼 시인은 본질에 가닿기 위해 몸부림치는 존재다.

2) 자연과 사물의 비의 포착

궁극적으로 시인은 침묵의 언어를 듣는 자이며, 시적언어로 자연과 사물의 비의를 발견하는 시선을 가진 존재다. 언어로 표현하기 힘든, 혹은 표현할 수 없는 자연의 질서나 사물의 이면을 발견하려는 욕구는 인간의 삶에 의미를 부여하는 작업이기도 하다. 자연의 섭리를 규명하는 일은 존재자의 자기 물음에 답하는 일이기도 하며, 동시에 더불어 살고 있다는 감각을 상기시켜 주기도 한다. 문학은 타자의 발견을 토대로 구성된다. 자연과 사물은 일차적인 타자로서 자아를 구성하는 한 요소가 된다. 시인은 그저 제멋대로 자란 듯한 들풀을 보고도 "어쩌자고/ 저를 벤 낫을/ 향기로/ 감싸는지…"(민병도, 「들풀」) 놀랍다며, 삶―살이의 자세를 발견한다. 절로 그러한 자연을 두고도 인간 스스로 경계하려는 긴장을 유지해야 한다고 시인은 말한다. 시인은 스스로 한없이 낮은 자리를 자청해야 하며, 그 겸허의 시선을 통해서만 볼 수 있는 비의가 있다. 그 발견의 찰나에 비로소 진정한 시인―되기가 완성되기 때문이다.

> 피거나 말거나 흥, 아무도 눈 주지 않네//
> 개복사꽃 이운 자리 서넛너덧 개복숭아//
> 달기는, 고 망할 것이 달기는 또, 고로코롬
> ― 박기섭, 「개복숭아」 전문

자연은 유한자인 인간과 대비되는 영원의 산물로, 시인들은 이미 오래 전부터 그 생명 자체에 내재한 신비를 시적 상상력을 통해 형상화해 왔다. "아무도 눈 주지 않"는 산속에서 제멋대로 자란 개복숭아의 생명성, 시인은 뭇 사람들의 눈길이 머물지 않는 곳까지 두루 살펴 자연과 사물의 의미를 만들어가는 존재다. 게다가 이 작품은 쉼표를 적절히 사용하여 형식적 긴장을 더할 뿐 아니라 "고로코롬"이라는 방언적 수사를 통해서 친밀감을 더해준다. 긴장과 이완의 시조형식의 묘미와 더불어 방언 구술체의 적절한 어울림은 시조의 맛을 배가시킨다. 게다가 3장의 단형만으로도 시상을 전개하기에 부족함이 없다는 것을 다시 한 번 절감커 한다. 곧 시조의 묘미는 역시 단형의 긴장이 그 기본에 충실할 때 발산되는 것임을 보여주는 작품이다. 별 예쁠 것도 없이 야생에서 나고 자란 개복숭아의 질긴 생명은, 지역시의 오늘을 말해주는 듯하다. 지역문학으로서의 현대시조는 무엇보다 시적 울림의 감동을 선취한 후 비로소 그 다음을 모색할 수 있을 것이다.

> 위험스런// 광녀의 깔깔대는 관능이다// 뜨겁게// 밟고 가는 절묘한 떨림이다// 환장할!// 오르가슴의// 숨 막히는 간통현장
> — 조명선, 「파도」 전문

 사물을 새롭게 보는 시선과 정형미학에 응축된 시상이 두루 맛깔나는 작품이다. 게다가, "간통"이라니! "환장할!" 파도의 리드미컬함은 "광녀의 깔깔대는 관능"으로 표현된 높은 파고와 "절묘한 떨림"으로 잦아드는 파도의 고저 사이의 긴장을 통해 배가된다. 대상을 새롭게 형상화하는 시적 상상력은 시조의 힘이 된다. 시인의 얼굴은 다양하다. 점잖은 척, 혹은 무심한 듯 "나무가 되"(조명선, 「그런 나무되고 싶다」)고 싶다고 담백한 어조로 고백을 했던 모습과는 판이하다. 파도의 역동성을 이처럼 매혹적으로 표현하기란 퍽, 어려운 일이다. 이외에도 대구시조선집에서 자연과 사물의 비의를 훔치는 시선은 자주 발견된다. "햇살이 간척지를 애무하는"(이상진, 「남도 가는 길」) 찰나를 포착하는 시선이거나, "다시 침묵을 위해 문을 닫는 산에" 드는 법, "호흡 낮추어"(채천수, 「겨울 산 보법」) 산의 보법을 익히는 겸손의 마음가짐, 그리고 "동짓달/ 갈대숲 따라/ 흩어지는 하얀 은유"같은, "엄동의/ 비늘을 터는/ 물이랑 환한 속살"(김봉근, 「겨울강」)을 드러내는 겨울강의 발견 등이 그렇다.
 그리고 우리는 자주 자연에서 답을 얻는다. "가끔씩은 문을 내어 내리는"(리강룡, 「운문사 가서」) 구름에서 선문답을 얻기도 하고, "산다는 건 어떤 불의에도 굴하지 않는" 것이라는 사실을 "산이 무너지고 터널이 지나가도" "헤어지지 않"는 "도롱뇽 부부"(박희정, 「힘」)에게서 배우기도 한다. 사람이 살아갈 답은 자연에 있다고 했던가. 길을 잃어버린 사람들은 자주 자연에 들어 길을 배운다. 이처럼 풍경을 눈부신 언어로 적절히

표현한 시어를 만나면 오래 발길이 머문다. 자연시는 서정시의 오래된 소재다. 그만큼 심사를 투영하기에 이상적이라고 할 수 있다. 시적인 것에 기대하는 보편적 가치에 충실하면서 상상력의 새로움을 제시한다면 지역에서 생산되는 오늘의 시조가 갖는 경쟁력도 커질 것이다.

3) 지금─여기를 사유하는 생활시조

중언하자면, 차이를 내재한 지역성은 역설적이게도 보편성을 지향해야 한다. 지역적 특수성, 그 문화적 정체성은 언어와 역사의 고찰이 수반되어야 한다. 그러나 더 중요한 것은 삶의 감각을 유지해야 한다는 점이다. 오늘의 시조는 무엇보다 지금─여기의 삶에 밀착되어야 한다. 특히 시조문학을 고수하기 위해서는 "우리 민족이 지켜온 오랜 역사적 유물이라는 당위론을 대신할 분명한 현실적 명분이 필요하다. 아무리 훌륭한 유산이라 할지라도 현실적 미의식이 결여된 외형의 보전을 창작이라는 이름으로 합리화시킬 수가 없기 때문이다."[7] 그렇기에 형식적 제약과 상상력의 창조성 사이의 긴장, 그 길항의 묘미를 맛깔나게 요리하는 힘이 시조시인에게는 필요하다. 경계를 지키면서도 그 경계 너머를 통찰할 수 있는 발상의 새로움이 요구되는 탓에, 현대시조 창작자가 스스로 짊어져야 하는 책무는 실로 엄청나다.

> 한 평생 흙 읽으며 사셨던 울 어머니
> 계절의 책장을 땀 묻혀 넘기면서
> 호미로 밑줄을 긋고 방점 꾹, 꾹, 찍으셨다//
> 꼿꼿하던 허리가 몇 번이나 꺾여도
> 떨어질 수 없어서 팽개칠 수 없어서

---

7) 민병도, 「현대시조, 그 반성적 진단」, 『대구시조』 17호, 2013, 73쪽.

어머닌 그냥 그대로 호미가 되셨다

— 문무학, 「호미로 그은 밑줄」 전문

　다리에 힘 빠지면 어디 잘못 다닌다고 노자 보내 준 것 보름 전에 잘 받았다. 네 돈이 지팡이 아니가 참말로 고맙다.//

　갈대 두른 강경 포구가 가을 맛을 돋운다만 까탈스런 아비 입맛 물려준 것 다 내 죈데 내 대신 애면글면 사는 네 보기 늘 미안타.//

　간장 종지 하나 정도면 고봉밥도 뚝딱한다는 명란젓과 어리굴젓 눈에 들어 싸 보낸다. 키 크고 싱거운 놈과 간맞추며 잘살아라.

— 채천수, 「택배 쪽지」 전문

　문무학의 작품에서 어머니의 노동은 호미와 동일시된다. 결국 "한 평생 흙 읽으며 사셨던" 어머니의 육체는 "허리가 몇 번이나 꺾여" "호미가 되"고 말았다. 삶의 잔혹함은 자주 그것과 마주하는 것 자체를 두렵게 한다. "계절의 책장", 그 생활의 무게를 오롯이 살아낸 육체에 빚지고 성장한 스스로에 대한 자책과 죄스러움이 두루 엉켜, 시인의 언어는 서정으로는 풀어낼 수 없는 어머니라는 서글픈 이름의 말단만 겨우 읊조릴 수 있을 뿐이다. "사는 일/ 벼랑이란들/ 어찌 다 피해가랴"(노중석, 「폭포」)는 자조마냥 시적 언어의 책무는 이러한 삶의 무게, 인생의 무게로부터 절로 부여된 것이기도 하다. 핍진한 삶 자체를 응시하는 용기가 생활시조의 전반에 필요한 것은 이 때문이다.

　채천수의 시조 역시 삶과 더불어 생동하는 시조의 묘미가 잘 표현된 작품이다. 시조 한 수를 한 행, 한 연으로 배치하여 시각적으로 '쪽지'를 완성한다. "명란젓과 어리굴젓"을 택배로 보내면서 마음까지 담은 시어머니의 정성이, 혹은 며느리에 대한 알뜰한 마음이 정겹게 형상화되고 있다. 구술체의 발화법은 잊지 않고 용돈을 챙겨주는 며느리에 대한 "고"마움과 "까탈스런" 아들 "입맛 물려준" "미안"함을 진실성 있게 전달하기에 적합하다. 더불어 서로 "간맞추며 잘살"았으면 하는 마음까지 더해져, 늘 자식 걱정이 먼저인 어머니의 육성을 그대로 담았다. 서정적 시조가 재현할 수 있는 이야기성은 이토록 풍성하다. 그럼에도 왜 지역문학에서 지역언어는 갈수록 사라지고 있는가에 대해서는 의문을 가져야 한다. 추방당한 방언과 표준어 사이의 긴장을 유지하는 것 역시 지역문학이 고민해야 할 문제이다.

> 등도 반쯤 휜 노인 유모차 밀며간다
> 아이 대신 타고 있는 기다란 오후 햇살
> 툴, 툴, 툴 일용할 양식 가득 싣고 간다//
> 그림자도 구부러져 말없이 뒤따르며
> 어디론가 바삐 가는 시간 뒤를 따라간다
> 속도감 잊어버린 듯 저물녘 흔들린다
> — 윤경희, 「직선 혹은 곡선」 전문

> 모른 척 해버릴까/ 아는 척 해야 할까//
> 핏발선 눈빛으로/ 서로가 등 돌리고//
> 난감한 제 모습 탓하며/ 거울 앞에 서 있다//
> 지난 밤 들이킨 술/ 흠흠거리는 엘리베이터//
> 내뱉는 비릿한 숨에/ 섞일 듯 위태한데//
> 함부로 내 숨 끌어다/ 필터 가는 두 남자
> — 이숙경, 「프라임빌 남자」 전문

먼저 윤경희의 작품은 시간의 축적, 그 더께를 열고 비의를 훔치는 특별한 시선을 보여준다. "인기척도 없는" "오백 년 거염지게 선 고목"(윤경희, 「고목」)에 귀를 열기도 하고, "좌판에 하루 끼니/ 고스란히 기댄" 삶의 힘겨움, 그 "지상의 오독汚瀆"(윤경희, 「첫눈」)을 위로하기도 하고, 현대의 "속도"전에 뒤쳐진 가난하고 나약한 존재들을 알뜰히 보살피기도 한다. "등이 반쯤 휜 노인"이 밀고 가는 "유모차", 그 느릿한 풍경은 우리 주위에서 흔히 볼 수 있다. 스펙터클한 현대 사회와 대립되는 풍경을 응시하는 시선에서 소외된 사회 곳곳에 마음을 주는 시인의 따스함을 느낄 수 있다.

　이숙경은 "모른 척" 할 수도, 그렇다고 "아는 척" 하기도 어색한 일상 속 상황을 목도한다. "서로가 등 돌리고" "난감"해 하는 "엘리베이터" 안에서, 그 폐쇄된 공간의 밀폐감은 이러한 불편함을 배가시킨다. 지금─여기의 삶의 방식을 두고 옳다 그르다를 평가하기란 어렵다. 그러나 생활환경이 변했기에 어쩔 수 없다고 치부해 버리기에는 서글픈 구석이 없지 않다. 소통 단절의 사회에서 겪는 관계 맺기의 불편함은 자주 '어정쩡한' 상황을 야기한다.

　지금─여기를 묘파하는 생활시조의 면모는 대구시조선집 곳곳에서 발견할 수 있다. 가령 이경임의 「탁란」처럼 상실의 아픔이 작품 전반을 지배하거나, 그 서늘한 시상을 통해 삶의 잔혹함이나 적막과 고독을 고스란히 시로 받아 내거나, "소리없는/ 도시"에서 "언어 잃은 사람들이"(정표년, 「말없는 시인의 나라」)거나, "삶의/ 작은 몸짓도/ 일어서는 힘"(송진환, 「가을을 엿보다」)이 된다는 것을 알기에 "삶의 굳은 각질이"(송진환, 「아내의 티눈」) 자꾸 내 쪽으로만 튀는 것도 감내하는 삶이거나, "정상이 비정상인/ 불감증 거리에서// 타율이 자율되어/ 고삐를 당"(김우연, 「꺾이는 소리」)기는 폭력적인 시대를 살아내야 하는 잔인한 삶이거나, "희망교 아래"로 밀려난 "노인들"(문수영, 「희망교」)의 삶이거나, 삶이라는 "시간에 지명수배된 사람들을 인화하는"(이솔희, 「세월 사진관」) 그리하여 사진 한 장에 박제된 사연들이 우글거리는 낡은 사진관이거나, "세속도시의 종말 처리장"(박기섭, 「그리운, 강」)이 되어버린 자연이거나, "삶의 길/ 험난한 수레"(장식환, 「손수레」)를 끌고 가는 사람이거나, "낡은 선풍기마냥/ 힘없이 툴툴거리는// 방향 잃은 남자"(윤경희, 「백일홍 저녁」)거나, "철거 반대를 철거하며 쳐들어온 포클레인"(박방희, 「살구꽃」)의 폭력 앞에 주저앉은 생이거나, "승자도 패자도 없는 장렬한 전장에서"(김병락, 「달집 태우기」) 그래도 이겨 보겠다고 우격다짐을 해보는 삶이거나, "비릿한 좌판 위에 한생 엎어두고" 잊어버린 "제 바다를 생각"하는 "어물전 박씨"(송진환, 「어물전 박씨2」)의 삶이거나, "안개도 걷히잖고/ 세상 멀미 심"해 고통스러운 "떠돌이"(신후식, 「떠돌이별」)거나, "인력시장에서 품을 판 김씨의 고된 하루"처럼 "질겅거리는 생"(김세진, 「돼지 국밥집에서」)을 살아 내거나, "아무나 가 닿지 못할 허공인 줄 모르고"(문수영, 「먼길」) 그 아득한 허공에 집을 짓고 살고 있는 생이거나, 우리는 모두 삶이라는 외줄 위에서 위태롭게 곡예중이다. 괘씸하고 잔인하지만 그게 삶이다. 오늘의 시조는 이토록 잔인한 삶과 씨름해야 한다. 오늘의 삶 속에서 분투하는 시조 작품의 풍성함은, 곧 지역시조의 미래가 될 것이라 믿는다.

4. Busker—되기, Busking live

전술했듯이 시조문단은 현대시 영역에 비해 중앙 패권주의가 덜한 편이다. 그러나 매체의 중앙집중현상이나 우리 안에 내재된 중앙에의 동경은 이미 위험한 수준이다. 이를 극복하기 위해서는 꾸준한 창작과 비평장을 마련해야 한다. 현대시조 연구의 풍성함은, 지역·장소성이라는 관점에서 이해될 때 보다 활발해질 수 있을 것이다. 다양한 문학주체의 모색과 더불어 지역문단을 이끌어갈 신진 작가와 매체의 발견은 작품의 개방성에도 기여할 것이다. 지역의 발견은 지역을 지역화, 즉 고향이라는 수사로 향토화하고 변방화하는 것에서 벗어나야 한다. 기념비적 공간으로 구성하고, 지역 자본과 결탁하여 관광자본화하는 것에 반성적 경계가 필요하다. 지역을 단순히 동물원화하는 것은 위험하며, 관람이 아니라 소통과 대화의 체험 공간으로 구성해야 한다. 자본적 사회구조가 구획한 오늘의 지역은, 장소가 갖는 본질이나 이에 함의된 경험의 진정성을 외면한다. 바로 이 때문에 지역문학이 필요하다. 시대적 요구에 따라 지역 역시 호명되고 만들어질 수밖에 없는 공간임을 인정하고, 적극적인 자발성으로 긍정적 가치를 생산해야 하는 것이다.

어느 예술 장르든지 대중성을 상실하게 된다면 그 시대를 대변한다고 말하기 어렵다. 특히 현대사회에서 예술적 양식이 유통되고 소비되는 방식을 고려했을 때 현대시조의 소통장 마련은 시급하다. 지역문학이 버스킹 라이브를 지향해야 하는 이유 역시 여기에 있다. 대중의 관심 외부에 있는 주변부 문학으로서의 지정학적 한계를 스스로 극복하기 위해서는 스스로 소통의 장을 마련해서 대중의 몰입을 주도해야 한다. 현대시조의 버스킹 라이브를 위한 방법을 간략하게 제시하면 다음과 같다.

첫째 지역문학사 서술이 필요하다. 지역문학사는 우리 문학사가 외면하고 은폐한 이면이다. 때문에 새롭게 구성되어야 할 문학의 역사이자 한 지역의 역사이기도 하다.

둘째 매체 생산과 대중적 유통망을 구성해야 한다. 무엇보다 자료를 공유하는 개방적인 풍토를 조성해야 한다. 꾸준한 모임과 더불어 이를 현재화하고 동시에 역사화할 수 있는 매체 생산이 중요하다. 매체 연구는 지역문학 연구에서 반드시 필요하다.

끝으로 다른 예술 영역과의 컨버전스를 기획해야 한다. 현대적 소통방식에 따른 매체 활용도를 높여 시조에 덧씌워진 낡은 산물이라는 편견을 극복하기 위한 노력이 필요하다. 현대시조뿐만 아니라 문학 자체가 대중으로부터 외면 받고 있는 시대다. 때문에 대중의 현대적 감수성과 감각에 걸맞은 무언가를 찾아내기란 쉬운 일이 아닐 것이다. 그렇기에 지역에서 활동하는 우리 모두는 버스커로서의 자의식을 지녀야 한다. 문학이 갖는 엘리트적인 고유성이나 권위의식에 갇혀서는 오늘의 예술로 수용되기 어렵다. 흡사 거리공연자들처럼, 언제 어디서나 독자와 만나 소통하려는 자세, 버스커―되기를 감행해야 한다.

시조(時調)를 즐기는 다른 방식 '들'

0. 즐김의 미학과 오늘의 시조

시절이 하, 수상하다. 참담함의 연속, 절망이 스멀거린다. 이런 때일수록 문학은 그 역할에 대해 진지하게 고민해야 한다. 여기 네 권의 시조집이 있다. 채 온기가 가시지 않은 따뜻한 신간이다. 이들 작품집을 통해 오늘의 시조는 지금—여기를 어떻게 투시하고 있는지, 어떤 언어로 세상을 위무하고 있는지 그리고 어떤 목소리로 우리에게 말을 건네고 있는지 엿볼 수 있을 것이다.

'즐기는 일'은 중요하다. 단순히 오락만을 위한 '놀이'가 아니라 각양각색의 '즐김' 덕분에 삶은 풍성해지고, 살만해 진다. 즐기는 일은 존재 이유가 되기도 한다. 다른 놀이나 학문, 혹은 여타의 예술이 아니라 굳이 시조를 고집하고 즐기는 까닭 역시 우리가 처한 인생의 곤란함을 치유하기 위한 한 방편이리라. 늘 치유 불가능성에 직면하지만, 그럼에도 더 깊은 절망의 수렁으로 빠지지 않기 위해 끊임없이 분투하는 것이 바로 치유의 언어로 발화하기다. 즐김은 현실로부터의 도피이자 현실에 더 깊이 관여하기다. 일상의 무게를 견디기 위해 즐길 거리를 찾지만, 이는 곧 보다 진지하게 삶을 응시하는 계기를 제공하는 것이다. 이것이 즐김의 미학이 아니겠는가. 여기 시조를 즐기는 다른 방식'들'이 있다. 닮은 듯, 서로 다른 이들의 즐김은 오늘은 시조가 감당하고 있는 다양한 역할 중에서 한몫을 담당한다.

1. 담락(湛樂); 한분순, 단수의 서정미학1)

먼저 한분순 시조는 오래 시조를 즐긴 깊은 맛을 낸다. 과한 욕심을 부리지도 않고 불화를 조장하지도 않는다. 그것 자체로 담락의 세계를 구성한다. 고요한 정갈함이 시상 곳곳에 정좌해 있다. 무엇보다 단수시조의 묘미를 잘 살리고 있다. 시조 한 편이 흡사 카메라 옵스큐라의 프레임을 형성하고 있고, 넉넉한 여백과 압축된 이미지로 변주한 시적 대상이 정물화처럼 어울려 있다. 묘하게도 시상을 통해 전해지는 시적 정물화에는 감정이 느껴진다. 특히 '섧은' 정조가 프레임 전체를 지배하고 있다.

> 저물 듯 오시는 이/ 늘/ 섧은/ 눈빛이네// 엉겅퀴 풀어놓고/ 시름으로/
> 지새는/ 밤은// 봄벼랑/ 무너지는 소리/ 가슴 하나 깔리네.
> > – 「저물 듯 오시는 이」 전문

무엇이 이토록 원통할까. 그/녀의 슬픔, 그 설운 심사의 근원은 "별리"(「연기의 추상抽象」)에서 비롯된다. 오랜 기다림과 그리움이 점철된 심사가 원망어린 "눈빛"으로 전해지고, 화자는 고독을 상징하는 "엉겅퀴 풀어놓고" 긴 기다림에 "시름"한다. 적막한 "밤", 기척 없이 "무너지는" "봄벼

---

1) 한분순, 『저물 듯 오시는 이』, 인간과문학사, 2014.

랑"에도 "가슴" 시린 여인이 말없이 앉았다. "저물 듯 오시는"의 엇박, 그 무기한의 기다림으로 인해 화자의 고독은 배가된다. 차라리 오지 않는다고 말하면 미련이라도 없을 텐데, 올 듯 오지 않는 님의 태도가 잔인하다.

근원적으로 시인은 존재의 고독을 대변하는 사색가다. 시인은 자주 "무쇠처럼 녹슬은 고독"으로 인해 "기다림에 춥다."(「정지」) "진종일/ 살을 비꼬아/ 푸른 멍이 들"(「목숨」) 정도로 담금질해도 기다림은 쉬이 끝날 기미가 보이지 않는다. 그런데 아이러니하게도 시인은 설운 심사를 즐긴다. 슬프고 억울해서 죽겠다고 말하지만, 실상 그 힘으로 살아갈 수 있다. 우리는 수시로 자신의 "손안에/ 잡힌/ 슬픔을 본다." 그 "일렁이는/ 그리움의 파편들"(「갈색의 파문」)로 자주 적막해지지만, 기약 없는 기다림이 주는 좌절은 동시에 어떤 기대를 내포하기 때문이다. "누군들 고적함이 없"(「밤에」)겠는가. "마냥 섧은 한숨이지만" 가슴 한편 "그리움의 빛다발"(「길」)로 찬란하고, "불그레 두근거리는"(「손톱에 달이 뜬다」) 설렘이 머문다. 쿨하게, 시인은 "하루쯤은 사랑에 놀아나도 괜찮다"(「노을이 그녀를 좋아해서」)고 말한다.

> 못내 서운해도/ 쏟아내지 못하는 걸/ 낙엽에만 실려도/ 호르륵/ 타버릴 걸/ 조용히/ 옷고름 고르며/ 문설주에/ 앉는/ 달.// 소망도 한 치의 원怨도/ 제풀에/ 섞이는 뜰/ 된소리/ 더 높인들/ 별만/ 무더기 질 걸/ 가만히/ 손톱을 매만지며/ 이마에 와/ 걸치는/ 놀.
>
> — 「지등紙燈」 전문

> 담아 보았더니 손에 가득 찼다. 무던한 물인데도 살갑게 달라붙는다. 손금을 드나들면서 숨결은 늘 고르다.// 햇빛을 이고 서서/ 눈매가 문득 맑갛다// 이끼가 필적에는/ 흐르던 땀도/ 머뭇해// 봉긋이 부푸는 서정/ 쌀이 익고 봄을 달인다.
>
> — 「서정의 취사 —쌀을 씻다가」 전문

궁극의 아름다움을 포착하는 절정의 미학, 예술사진 한 컷에 응축된 미감이 시조형식으로 변주한다. 찰나의 서정을 이미지로 엮어내는 솜씨가 오래 시조를 즐긴 여유를 가늠케 한다. 노을이 내려앉는 시간은 저무는 시간이다. 「지등紙燈」은 불타는 저물녘의 시간을 고요하게 응시한다. 한 편의 시조는 마치 한폭의 그림인 듯, 혹은 오랜 시간 기다린 끝에 찍은 풍경 사진인 듯 변주한다. "못내 서운해도" 차마 "쏟아내지 못하는" 마음을 "조용히/ 옷고름 고르며/ 문설주에/ 앉는/ 달"의 은은한 밝음에서 시인은 어떤 슬픔을 읽는다. "소망도 한 치의 원怨도" 모조리 "섞"어 "가만히" 달랜다. 지는 노을과 일찍 뜬 달의 조화, 시인은 그 풍경 속에서 번민하는 심사를 위무한다.

시인은 생활 속에서 시를 찾는다. 그만큼 시조를 구사하는 그의 놀이는 자기 자신에게 충실하다. 쌀 씻는 행위와 서정을 다듬는 일이 다르지 않음을, 시인은 안다. "손금을 드나들면서 숨결"을 "고르"는 정갈한 "쌀"이 "봉긋이 부"풀어 찰진 밥이 되듯이, "서정"도 정성껏 가꾸면 맛도 좋고 향도 매혹적인 시조를 낳을 거라고 기대해 본다. 한분순에게 시조는 "서늘한 이부자리에/ 낙화한 낱말"이며, 고독과 절망을 "잠재우는 언어들"(「피안의 오수」)로 지은 존재의 안식처다. 그러니 "봄을 앓"(「살갗에 젖는 꽃빛」)듯 시를 앓는 일은, "은유를 거둔 뒤에 번지는 저런 피로"(「시에 대한 시」)가 안겨주는 어떤 희열 덕분에 차라리 축복이다. 그에게 서정적 상상력은 "하루"의 "피로를 꿰어/ 강나루에 흘리"(「서울 한낮」)는 일이다. 시작詩作은 "석유내" 진동하고 "그을음"(「백합과 도시」) 가득한 도시에서의 삶의 부조리나 "바람을 견디던 자리"(「은행나무 아래서」)에서의 그 힘듦을 견디기 위한 극약처방인 셈이다. 그런 점에서 시인의 고독은 스스로 선택한 "푸른 은둔"(「푸른 은둔」)이다.

이처럼 한분순이 시조를 즐기는 방식은 가장 고전적이다. 흡사 황진이의 시조를 연상케 하는 그리움의 심사가 지배적이다. 게다가 단아한 형식적 고전미가 일품이다. 군더더기 없는 언어의 정갈한 맛은 단수 시조의 형식적 긴장과 어울려 극대화 된다. 하이쿠의 성공이 간결한 형식미학을 잘 살린 데 있는 것처럼 시조의 가능성, 특히 단수시조의 가능성도 그 본질에 충실할 때 발현될 수 있을 것이다.

2. 동락(同樂); 민병도, '선동'의 언어[2]

　민병도 시인은 우리를 선동煽動한다. 선동仙洞의 언어로 수시로 우리를 두드린다. 어울림, 함께 즐겨야 한다는 그의 선동은, 우리를 둘러싼 사회와 역사에 대한 관심에서 비롯되어 자기 자신에게로 회귀한다. 역사를 살피는 일은 자신을 성찰하는 일과 다르지 않음을 그는 말한다. 선동의 언어로 그가 말하고 싶은 것은 예술적 염결성이며, 동시에 수시로 변덕스러운 삶에 대응하는 방편의 일환이다. 현실을 투시하는 눈, 어제와 오늘, 그리고 내일을 투시하는 눈은 한 개인의 인생을 성찰하는 눈이 된다. 나아가 이는 시조의 본질을 회복하고자 분투하는 사색의 언어로 변주하기도 한다. 민병도 시조의 묵직한 진지함이, 삶을 성찰하는 경건한 의식으로서의 시작詩作 행위의 본분에 대해 말한다.

　　구급차를 따라가며 또 하루가 저물고/ 시간이 멈춰버린 시계탑에 눈이 내린다/ 아마도 짓밟힌 꽃잎을 덮어주려나 보다.// 하나 둘 모여드는 얼굴 없는 군중 사이/ 바람은 돌아와서 제 과거를 닦는지/ 찢겨진 현수막 앞에 공손히 엎드린다.// "광장을 닫으려면 자유도 함께 닫아

---

2) 민병도, 『칼의 노래』, 목언예원, 2014.

라"/ 누구도 소리 질러 외치지 못했지만/ 허공을 떠돌고 있는 뜨거운 목소리들.// 그 누가 침묵 더러 가장 큰 소리라 했나/ 하나 되기 위하여 건네주는 촛불 속에/ 밟아도 밟히지 않는 발자국이 보인다.

　　　　　　　　　　　　　　　　　　　　　－「광장에서」 전문

　민병도의 시조는 그 주제적 스펙트럼이 다양하다. 특히 이 시는 현실참여적 메시지가 강렬하다. 극도로 자본화된 신자유주의 사회에서 현대 질서를 지탱하는 많은 부분이 억압과 폭력으로 구성되었음을 고발한다. "촛불"집회의 현장, 오늘의 부조리를 들고 "광장"으로 나왔지만 "얼굴 없는 군중"의 말들이 수렴될 거라는 기대는 없다. 어떤 정치적인 요구를 위해 자발적으로 모인 군중들은 아무렇게나 "짓밟"히면서 기대보다는 분노에 더 기대게 된다. 광장은 민주적으로 열린 공간이다. 적어도 그래야 한다. 그러나 미국산 쇠고기 수입을 중단할 것을 촉구하고, 반값 등록금 공약을 실천할 것을 요구하는 평화적인 시위와 집회를 위한 공간으로 그 쓰임이 확대되자, 누군가에게는 통제해야 할 공간으로 인식된다. 시민들의 여론 분출구가 두려워서 민주주의를 허울로 만들고 공권력을 투입한다. 다시, '민주주의여, 만세'를 불러야 하는가. 시간은 거꾸로 간다. 촛불을 켜놓은 "침묵"의 소리가 두렵다면, 그들이 왜 광장으로 나왔는지 물어보면 될 일이다. 그런데 정부는 도무지 들으려고 하지 않는다. 묻지도 않는다. 궁금해 하지도 않는다. 이쯤 되면 누구를 위한 정부인지 의심스럽다.

　이러한 사회적 발화는 시집 전반부에 배치되어 있다. 특히 「검결劍訣」에서는 동학을 창시한 수운 선생의 억울한 죽음을 '칼의 노래'로 형상화하고, 「면암 유소勉菴遺疏」 등에서는 면암 선생의 항거와 절개의 정신을 시화하고 있다. 이런 작품들을 통해서 민병도의 역사의식과 시대인식을 엿볼 수 있다. 그가 호출한 역사는 과거의 산물이 아닌, 오늘의 부조리를 타개할 수 있는 방책을 모색하는 데 있다. 「너무 늦기 전에」와 같은 시편에서 표출되는 통일을 향한 염원 등이 그렇다.

먹을 갈다보면 시간이 온 길이 보인다/ 아무런 의심 없이 몸을 섞는
물의 뒤태,/ 눈물에 발목이 잠긴 발자국도 보인다// 창보다 예리하고
칼보다 날카롭게/ 붓끝을 기다리는 조선의 맑은 숨결,/ 민초의 잠든 새
벽을 소리 없이 깨운다// 아직은 볼 수 없고 보이지 않는 경계,/ 모습도
색도 버리고 가만히 엎드리지만/ 어쩌나 눈이 부신지 묵죽墨竹 저리
환하다// 먹을 갈다보면 시간이 갈 길도 보인다/ 누구나 걸어가되 아무
나 갈 수 없는,/ 함부로 맞설 수 없어 신발 벗고 가는 길

　　　　　　　　　　　　　　　　　　　　　－「먹을 갈다보면」 전문

　민병도 시인은 화가이기도 하다. 그런 그의 이력을 놓고 보면 그림을
그리거나 시조를 짓는 행위는 크게 다른 의미를 목적으로 하지 않는다는
것을 알 수 있다. 그것은 삶을 성찰하는 방식이기도 하고 시대의 부조리
를 타개하려는 방편이기도 하다. 무엇보다 예술의 사회적 책무에 대한 고
심의 산물이다. 때문에 그에게 예술적 행위는 과거를 지나 현재에 당도한
역사적 오늘, 그 "시간이 온 길"을 되짚는 일이며, 이를 통해 "시간이 갈
길도" 헤아릴 수 있게 된다. 찬찬히 "먹을 갈다보면" "아직은 볼 수 없고
보이지 않는 경계"까지도 다 "보인다." 덕분에 "함부로 맞설 수 없"던 것
에도 용기 있게 나설 힘이 생긴다. 그러니 그에게 예술적 행위란 곧 행동
할 수 있는 원동력인 것이다.

　시인은 "비루한 과거를/ 온 몸으로 껴안듯이"(「두물머리」), 과거를 거
울 삼아 오늘을 살고, 이를 토대로 내일을 예비한다는 역사관을 갖고 있
다. 이 때문인지 시인의 자기 성찰은 무척 진지하고 스스로에게 냉혹하기
까지 하다. 때때로 "제 가슴/ 불칼로 긋는" "자학"으로 표출되기도 하고
어떤 때에는 시종 "긴 침묵"(「번개」)으로 스스로를 고문하기도 한다. "절
망에 기대지 않은 삶"이란 없다. "시간의 덫에 걸린 세상 모든 상처", 그
"썩지 않는 슬픔"(「종소리 법문」)을 무겁게 짊어진 우리는 모두 아프다.
시인은 "저마다 저만 저울이라" 착각하는 사람들을 질책하고, "위선의 무

게"(「착각」)를 벗으라고 말한다. 그러면 "삶이 놓친"(「니르바나」) 일체의
것, 그 집착들로부터 자유로워질 수 있을지도 모른다.

> 어둑어둑 날이 저문/ 운문사 공중전화// 볼이 젖은 어린 스님/ 한 시
> 간째 통화중이다// 등 뒤엔/ 엿듣고 있던/ 별 하나가 글썽글썽
> — 「어떤 통화」 전문

　민병도의 시조에는 어떤 따스함이 어려 있다. 함께 어울리기 위한 관심
어린 시선은 자주, 현대를 살아가는 우리가 놓치고 있는 면면들을 보듬게
한다. 아직 "어린 스님"은 날도 저물었는데 "한 시간째 통화중이다." "엿
듣고 있던/ 별 하나가 글썽"이는 걸 보니 좋은 소식은 아닌가 보다. 속세
에 인연을 둔 부모 형제의 안부이거나, 아직 번뇌를 다스리지 못한 무게
때문인지 알 길은 없다. 우리는 누구나 불완전하다. 자주 절망하고, 자주
길을 놓친다. "마음에 도둑이 든 줄"(「도둑」)도 모르고 바쁘게만 살아가
는 삶이다. "날마다 밀려 가는/ 서투른 계산법" 때문에 시인의 "세상살
이"(「풀잎으로 서노라면」)는 녹록하지 않다. "버티고 서 있"어야 한다는
것도 알고, 언젠가는 "푸르게 일어서"겠노라 다짐도 한다. 그러나 "막다른
벼랑에서"는 속수무책이다. 삶이란 늘 "슬픈 옹이"(「소나무」)를 남긴다.
　시인은 자주 자연에서 길을 찾는다. "산다는 것은 서로에게 적당히 빚
지는 일"(「들꽃」)임을 들꽃에서 배우기도 한다. "바람이 읽어주던 푸른
시의 행간마다"(「저녁 숲 읽기」) 삶을 위무하는 시인의 손길이 머문다. 그
의 시조는 "나무의 말", 그 "식물성 언어"를 지향한다. 이는 잘 영근 풍경
과 깊은 사색이 빚은 시인의 시조 앞에 우리가 오래 겸허해지는 까닭이기
도 하다. 휴머니즘이 말소된 "이념적 사회"는 차가운 "시대의 속살"(「시
인의 말」)을 흉물스럽게 드러내 놓고 있다. 이런 시대에 예술을 한다는 것
은, '그럼에도 불구하고' 더불어 살아 보겠다는 의지의 발현이다.

3. 해락(偕樂); 이종문, 유쾌한 말 걸기3)

자주 비평 언어의 무력함을 절감한다. 시가 길을 내고 정갈하게 다듬어 놓은 공간을, 그 경건한 시적 시간을, 굳이 심술궂게 헤집어 놓는다. 시인이 지어 놓은 시공간에 정신없이 허우적대다가 덧말에 지나지 않는 훈수를 두는 일은 참 공허하고 멋이 없다. 이종문 시조에 와서 이러한 절망은 극에 달한다. 시에 대한 모든 해설을 군더더기로 만들어버리는, '엄청난' 재미와 깊이가 그의 시세계에 있기 때문이다. 시적 깊이를 갖는 건 쉬워도 유쾌하기까지는 어려운 법이고, 종종 유쾌할 수는 있어도 깊이까지 더해지기란 더 어려운 법이다. 그런데 탐스럽게도, 이종문의 시조는 그렇다.

이종문의 시조는 해락을 지향한다. 여럿이 더불어 즐기는 사이, 자연스럽게 '함께' 웃고 또한 운다. 다시, 이종문의 시조는 탐락耽樂의 언어다. 그의 시조를 읽노라면 정신이 혼미해질 정도로 빠져든다. 배꼽이 간지럽고 시종 미소가 떠나질 않는다. 가히, 여럿이 함께 즐길만한 재미도 내어주고 가슴 한편 쿵, 내려앉는 여운도 챙겨준다.

그 해 가을 그 묵 집에서 그 귀여운 여학생이 묵 그릇에 툭 떨어진 느티나무 잎새 둘을 냠냠냠 씹어보는 양 시늉 짓다 말을 했네// 저 만약 출세를 해 제 손으로 돈을 벌면 선생님 팔짱 끼고 경포대를 한 바퀴 돈 뒤 겸상해 마주보면서 묵을 먹을 거예요// 내 겨우 입을 벌려 아내에게 허락 받고 팔짱 낄 만반 준비 다 갖춘 지 오래인데 그녀는 졸업을 한 뒤 소식을 뚝, 끊고 있네// 도대체 그 출세란 게 무언지는 모르지만 아무튼 그 출세를 아직도 못했나 보네 공연히 가슴이 아프네 부디 빨리 출세하게// 그런데 여보게나 경포대를 도는 일에 왜 하필 그 어려운 출세를 꼭 해야 하나 출세를 못해도 돌자 묵 값은 내가 낼게

－「묵 값은 내가 낼게」 전문

3) 이종문,『묵 값은 내가 낼게』, 서정시학, 2014.

시인은 현대 사회가 안고 있는 다양한 문제에 대해 군이 시시콜콜 말하지 않는다. 특히 청년 실업 문제가 심각해서 큰일이라는 말은 일언반구도 없다. 그런데도 그의 시적 발화는 강렬한 메시지를 남긴다. "출세"를 못해 "아직도" 스승을 찾아오지 못하는 학생에게, "출세를 못해도" 사는 일 괜찮다고 넌지시 전한다. 그러니 "묵 값은 내가 낼게"라는 말은, 사회로 나간 어린 학생을 향한 위로와 응원의 전언인 것이다. 시의 힘은 직설적인 발언에서 비롯되지 않는다. 되레 시적 미감을 상실할 뿐이다. 시상과 혼연일체를 이룬 활달한 말부림이나 형식적 긴장미가 적절하게 어울릴 때 두루 박자를 맞춰 시의 힘은 배가 된다. "권력을 마구 휘두르는 그 맛"에 빠져 서로에게 총칼을 들어대며 전쟁을 일삼는 이들에 대한 경종을 울려도 모자를 판에 "탱크 좀 빌려"달라고 요청한다. 뭐하려고? 글쎄, 그 탱크를 "타고 가서" "삼천 원짜리 칼국수나 먹"(「탱크 좀 빌려주게」)고 오시겠단다. 이 태연함이라니! 이 태연한 질책이라니!

"시조라는 형식의 바늘구멍은 뜻밖에도 정말 놀라울 정도로 커서" 무엇이나 담을 수 있도록 넉넉하다. 그럼에도 종종 "그토록 거대한 바늘구멍에 번번이 걸려 진퇴양난으로 뒤뚱대"(「시인의 말」)기도 한다고 시인은 말한다. 시조 형식에 대한 이러한 긴장감을 유지해야 한다고, 무엇보다 형식에 대한 깊은 고민이 전제되어야 한다고 이종문의 시조는 말한다. 특히 이번 시조집에서 보이는 형식적 특이성은 대다수의 작품의 제목을 마지막 수의 종장 마지막 구와 일치시킨다. 이를 통해 시인이 전하고자 하는 주제의식, 그 메시지를 강화하고 더불어 의뭉스러운 능청이 주는 여운의 깊이를 더한다. 덕분에 시조의 율동미와 구술미도 보다 강렬해진다.

> ……실로 느닷없다, 목이 긴 장화 한 짝// 거기가 어디라고 지붕 꼭대기에 올라// 제 짝이 어디 있는지 찾고 있는 시늉이고,// ……실로 어이없다, 또 다른 장화 한 짝// 거기가 어디라고 우물 밑에 엎드린 채//

제 짝이 찾아올까봐 숨고 있는 시늉이다

　　　　　　　　　　　　　　　　　—「폐가」전문

　시인은 유쾌한 비틀기를 통해 발화한다. "느닷없"는 시인의 관심은 "어이없"는 사건을 만든다. 버려진 폐가, 그 빈집에 아무렇게나 버려진 "장화 한 짝"을 통해 빈집의 쓸쓸함을 말한다. 흡사 절로 "지붕 꼭대기에" 오르거나 "우물 밑에 엎드린" 것처럼 시인은 버려진 장화를 능청맞게 관찰한다. "거기가 어디라고" 그러고 있는 건지, 정적인 풍경을 동적으로 변주하기 위해 시인은 장화에 생명을 부여한다. "제 짝이 어디 있는지 찾고 있는 시늉"을 하거나 "제 짝이 찾아올까봐 숨고 있는 시늉"을 하고 있다는 발칙한 상상은, 폐가의 적막을 모조리 쫓아낸다. 언젠가는 그렇게 누군가 살았을 집이지만, 이제는 그 흔적만 무겁게 엄습한 빈집의 풍경을 재치 있게 재구성하고 있는 것이다.

　이종문의 시적 상상력은 종종 설화적인 성격을 띤다. 대표적으로 「야호!」나 「이거 정말 큰일이야」와 같은 시편에서 "연잎이 왕창 꺾어져 기절초풍" 하는 "작은 청개구리"(「야호!」)의 발견이나 "비행기구름, 그 하얀 철봉"에 매달려 "우주를 한 서너 바퀴"쯤 돌다가 "들입다 낮달 나라"로 "뛰어내려볼까"를 궁리를 하는 것도 그렇다. 게다가 "계수나무"에 사는 "소꿉장난 하던 토끼"가 "놀라서 기절"할까봐 "도저히 그러지를 못 하겠"(「이거 정말 큰일이야」)다고 눙치는 폼이라니! "이거 정말 큰일이야"를 외치는 시편이 또 있다. 똑같은 제목이지만 사건은 다르다. "개미 새끼 네 마리가 쌀 한 톨 짊어지고" 가다가 난관에 봉착하는 이야기다. "출입문이 너무 좁"은 탓에 "모로도 넣어보고 가로로도 눕혀보"지만 아무리 용을 써도 "들어가"지가 않는다. 개미에게는 정말 큰일이지 않은가.(「이거 정말 큰일이야」)

　발칙한 상상력도 재미나지만 그 상상력을 풀어놓는 구술적 화법도 일품이다. 틀에 박힌 시조형식이 아니라 마치 옛날 이야기 듣듯이 귀 기울이다 보면, 글쎄 그게 시조였던 게다. 어쩌려고 이렇게 맛있는 시조란 말인가. '감히' "배우 차인표"와 인기투표를 감행하는 사건도 재밌는데, 그것도 "직접 묻는 방식"으로 말이다. 그 스승의 그 제자라 했던가. "정말 허심탄회하게 대답"한 학생들로 결과가 "십칠 대 십육"이란다. "승복이 안"(「나이 차도 있으니까」) 된다는 시인이나 굳이 선생 앞에서 배우의 손을 든 학생들의 '용기'나 무엇 하나 코믹하지 않은 게 없다. 이렇게 실컷 시조에 빠져들다 보면, 여운이 남는다. 무릎을 탁, 치게 만드는 솜씨가 있다. 어떻게든 현대사의 한 단면이 떠오르는 것이다. "혁명이 지난 자리가 도로 엉망진창이"라고 직설적으로 말하지만, 실상 현실의 사건은 감추고, 한바탕 내린 "함박눈"(「젠장」) 탓을 한다. 이러한 은근한 발화법이 시조의 재미와 시적 긴장을 배가시킨다.

아마도 이러한 심성은 어머니에게서 물려받았나 보다. 글쎄, 그 어머니께서는 "하루에 두 번씩이나 혼절"을 하셔서 "응급실에" 실려 가시고도 "며느리 아들딸들이" 헐레벌떡 달려오자 "그마 마 확 죽어뿌머 내 인끼가 최골낀데"(「내 인끼가 최골낀데」)라고 말씀하신다. 놀랐을 자식들에 대한 미안함과 고마움의 표현이겠지만 이토록 유머러스할 수 있을까 싶다. 그러니 수시로 시인은 "엄마 생각에 울음보가 터지"곤 한다. 어머니가 살아낸 힘겨운 시간들이 헤아려질 때마다 "그만 울컥, 울"(「그만 울컥, 울었어요」)곤 하는 것이다. 그의 시조의 힘은 여기서 극대화 된다. 유쾌하게 웃어넘기다가도 마지막에 가서 쿵, 가슴 한편 내려앉는 자극이 있다. 때로는 사유의 깊이를 더해 주기도 하고, 때로는 현실의 부조리에 대해 되짚어 보기도 하며, 또 때로는 따스한 그리움 같은 여운을 남기기도 하는 것이다.

삼십 년 만에 만난 옛 동창생 하는 말이,// "종문아 누가 니가 시인
이라 그 카던데, 니 정말 시인이 맞나, 니가 정말 시인이가"// "그래 맞
다, 시인이다, 와 뭐가 잘못 됐나"// "니 거울 한번 봐라, 시인같이 생겼
는가, 아 니가 시인이라 카이 자꾸 우스워서 하하"// "시인 천상병을
이 무식아 니도 알제// 시를 하늘로 삼은 천상 시인이지마는 그 얼굴
대체 어디가 시인 같이 생겼노"

─「시인의 얼굴」 전문

이 시를 보면, 천진난만한 얼굴의 "시인 천상병"이 술병을 들고 쫓아오
겠다. "시인"이란 어떻게 생겨야 할까. 겉모습에 치중하는 우리네 삶을 풍
자하는 것 같기도 하고, 그저 가볍게 친구 사이에 주고받은 시시껄렁한
농담이 담긴 안부 같기도 하다. 외적인 것을 떠나 시인의 구색은 어때야
하는지 오래 생각하게 한다. 친구가 말한다. "니 거울 한번 봐라, 시인같
이 생겼는가, 아 니가 시인이라 카이 자꾸 우스워서" 죽겠다고. 이처럼 그
의 시조는 웃음을 잃은 시대에 유쾌한 말 걸기를 하고 있다. "모르는 사
람"이 아는 척을 하는 머쓱한 순간에도 "남의 삶을 뜬금없이 물으면서"
(「이게 누구야」) 호쾌하게 술잔을 나눌 정도로 대책 없지만, 이게 바로
그의 시조의 묘미요 인간 이종문의 인생관이 아닌가 싶다. 차별 없이 누구
에게나 익살스런 농담을 건네고, 소통의 손을 내민다. 그가 보는 세상은
다르다. "순하디 순한 짐승의 눈망울" 같아서 "포도를 못 먹겠다"(「포도
를 못 먹겠다」)고 하는 것이나, "더 이상 버티기에는 팔이 너무나도 아
파"(「낙엽」)서 스스로 낙하를 선택하는 낙엽을 응시하는 것이나, 시인은
우리와 사물을 보는 눈이 다르다. 엉뚱하면서도 순수한 그 눈으로 세상을
투시하고 삶을 통찰하고 있는 것이다.

이종문의 시조는 한시도 독자를 가만 두지 않는다. 덩달아 감정이 부산
스럽다. 유쾌, 통쾌하다 못해 상쾌하고, 살풋 미소를 머금다가도 어느새
가슴 한편이 촉촉하게 따스했다가 찔끔, 눈물 한 방울 주책없이 맺히는

것이다. 이게 끝이다 싶을 때, 무방비인 독자를 어느새 먹먹하게 만들고 종래에는 삶에 대한 진지한 사색에 빠져들게 한다. 익살스런 농담과 진지한 언술 사이, 잔잔하게 여운이 전해진다. 기분 좋은 긴장이다. 독자를 들었다 놨다 하는, 실로 '요물' 같은 언어가 낭자하다.

4. 독락(獨樂); 정온유, 게으름의 감수성[4]

　문학, 특히 시적 발화는 기본적으로 고독의 산물이다. 유한자적 숙명이 야기하는 고독이거나 사회 구조나 삶의 양태가 빚는 고독이거나 혹은 타인으로부터 스스로를 유폐하는 고독이거나 인간은 무수한 고독의 조건에 내동댕이쳐져 있다. 그러니 모든 시적 발화는 정온유의 시조처럼 독락의 산물이다. 결국은 혼자라는 사실을 수긍하고, 혼자임을 견디기 위한 나름의 방식을 모색하는 일이 곧 삶을 사는 가장 큰 목적이라고 할 수 있다. 이때 시인은 다른 어떤 존재보다 더 치열하게 이 고독에 침잠하고 스스로를 해부한다. 고독의 끝, 혹은 조각난 파편들조차도 결국은 모두 고독 그 자체일 뿐이라는 것을 굳이 재확인하기 위해 분투하는 것이다.

　한 시인에게 처녀시집의 무게는 실로 엄청날 것이다. 기분 좋은 설렘일 수도 있겠지만 그것보다도 자신의 맨몸을 세상에 내어 보이는 심정일 테다. 그러니 많은 용기가 따라야 할 일인 셈이다. 어찌 보면 가장 치열한 시작詩作 열정의 산물이며, 시적 정체성에 대한 심도 있는 고민이 수반된 작업이리라. 시인은 시심과 끊임없이 신경전을 벌인다. "시를 좇으려 하면 시는 멀게 있"는 야속함과 "시를 떠나려 하니 오히려 시가 나를 찾"아오는 심술궂음 사이의 신경전 말이다. "시를 기다린다는 핑계로 철저히 게

---

4) 정온유, 『무릎』, 책만드는집, 2014.

을러"져 있는 순간에도 시인은 시어 하나에서 희망을 보고 차마 언어로 화하지 못하는 시상 때문에 절망의 나락을 경험하기도 한다.

이때 시인 정온유가 말하는 게으름이란 "시와 내가 한몸임을 증명하"는 것이다. 시적인 게으름! 시인의 시적 상상력을 온전히 표현하기에 시어는 항상 비좁다. 늘 어딘가 허전한, 감수성을 마음껏 펼치기에 그 언어적 표현 도구는 얼마나 작위적인가 말이다. 그 불편함을 조금이라도 해소하기 위해서 시인은 사색과 언어 사이를 들락거린다. 시인이 말하는 게으름이란 바로 이것이리라. "게으름 속에"서 충분히 절망할 때쯤 불쑥, 시는 찾아온다. 그러니 가능한 한 오랫동안 시인은 게을러질 수밖에 없다. "시가 나를 데리고 간다는 것을 알게"(「시인의 말」) 될 때 비로소 스스로 시인임을 말할 수 있게 된다. 그러나 안타깝게도 시인임을 천명한 이후에도 시는 자주 시인을 배반하고 그때마다 시인의 게으름은 한층 길어지게 된다. 이처럼 게으름이란 세속의 조건이 아닌 성찰과 사색의 시간에서 비롯된다. 속도전으로 분주한 자본적 질서에서 시인은 홀로 점잖은 사유에 젖는다. 이 시대, 시의 유일성이나 독특함은 바로 여기에서 발현된다.

> 투명한 하늘이 내려와 쌓이는 것은// 철없이 지난날 내가 흘린 그리움들.// 동그란 세상 하나에// 첨벙! 내가 잠긴다.
>
> — 「비 오는 날」 전문

> 찻잔을 받든 손에 생각 틈이 고이고/ 뜨거운 찻물이 겨를을 타고 흘러들어/ 한 모금 녹빛 게으름이 나른하게 고인다.// 차茶를 왜, 타지 않고 우려낸다 하는지……!/ 몸 불리는 찻잎들의 춤사위를 바라보며/ 차향의 잿빛 묵언에 생각까지 젖어든다.// 곱게 내린 저녁 빛이 코끝에 쌉쌀하여/ 설익은 언행들이 시나브로 길 떠나고/ 비워진 찻잔 가득히 고요만 남는다.
>
> — 「다도 시간」 전문

시를 쓴다는 것은, "지난날 내가 흘린 그리움"의 "동그란 세상"에 "첨 벙!" 뛰어들어 자신을 뒤흔드는 일이다. 그러니 시인의 게으름은 그리움 의 무게에서 비롯된다. 천천히 사유하는 법, 바지런히 스스로를 담금질 하는 법이 시인에게는 "게으름"으로 발산된다. 시인이 말하는 게으름이 사색의 시간이라는 것을 여기서 발견할 수 있다. 소용돌이치는 생각을 잠 재우는 법이나 "고요"해지는 법에 관한 탐구를 통해 "설익은 언행들"을 곱게 "우려"내어 "묵언"의 시적 표현을 배운다. 때때로 알맞은 언어를 찾 지 못해 생각들은 사산되고 만다. 이런 일이 반복될수록 끝끝내 시가 되 지 못하고 온 생각이 사라지고 말거라는 불안은 가중된다. "언어 하나 명 치끝에 걸려 헛트림"(「소화불량」)을 아무리 해대도 시인은 자신의 무기 력함을 확인할 뿐이다. 시인에게는 가장 무서운 형벌의 시간인 것이다. 아프지만, 조금만 용기를 내어 "상처가 만들어낸 길"을 따라가다 보면 "환장하게"(「산수유」) 아름다운 시 하나 낳을 수 있지 않겠는가. 이런 기 대로 시인은 "버리지 못하고 쌓아둔 묵은 말들을" 알뜰히 "다림질을 한 다." 그러면 "서릿발, 차갑던 언어들도 녹"고 "가슴 밑바닥 눌어붙은 날말 들"도 인심 좋게 관대해 진다. 시가 오는 길이다. 어떤 "신성한 행위들"(「다 림질」)의 의식이 끝나면, 잘 익은 시 한 편이 시인에게 당도할 것이다. 시 인은 이 욕심에 산다. 이 욕심 때문에 자신의 고독을 더 담금질 한다. 시를 쓰는 일은 신성해지기 위한 분투다. "영혼이 씻겨지는 그 착한 시간"을 맞 이하기 위해, "몸 다 연 그리움들이" 한데 몰려와 "축복"(「봄 편지」) 같은 시를 쏟아내는 일, 그 불가능성에 기대 스스로를 고통스럽게 하는 것이 시인이 살아내는 한 방식이다.

바람은 언제나 홀로 일지 않는다/ 사물과 사물이 부딪혀야 바람이 일고/ 손바닥 마주쳤을 때 바람이 생긴다.// …중 략…/ 사람도 서로 통 해야 바람이 생긴다.// 마음과 마음이 술렁거려 바람이 일고/ 말과 말이 오고 갈 때 바람이 생긴다/ 바람은 언제나 빈 몸, 스스로를 낮춘다.
- 「바람의 몸」 부분

이처럼 정온유 시인은 혼자 시조 쓰기에 분투하지만, 알고 있다. 기다림의 무게, 그리움의 무게 덕분에 외로움도 견딜 만 하다는 것을. 결코 "바람은 언제나 홀로 일지 않는다"는 것을, 결국은 서로 "부딪혀야" 한다는 것을 안다. 마찬가지로 "사람도 서로 통해야 바람이 생긴다." 시인은 소통을 위해서, 함께 하기 위해서 "언제나 빈 몸"이 된다. 혼자 있되, 언제나 누군가를 위한 자리를 비워두고 있는 것이다. "그리움 가득 안은 마음의 행간들"(「봄비」)로 우리는 자주 적막하다. "마음을 놓쳐버린 내가 자꾸만 나를" 불러도 "희나리 같은 생각들"에 떠밀린 시인은 스스로를 "찾는 마음" 때문에 자꾸만 "무릎이 몹시 시리다"(「시월의 귀뚜라미」)고 고백한다. 시인은 시종 경건한 의식을 치르듯이 스스로를 낮춘다. 겸허한 그 자세에서 어떤 엄숙함마저 느껴진다. "무릎은 신이 주신 겸손이란 가르침"이다. "신 앞에 나를 낮추어 모두 내어드리는 일"(「무릎」)을 무릎으로 대신한다. 무릎을 꿇고 간구하는 어떤 간절함에서 삶을 대하고 시를 대하는 진지함을 발견하게 된다. 그러니 시인의 시선이 온통 낮은 데로 향하는 것도 이상할 게 없다. "발꿈치가 간지러워"서 "내려"다 본 "땅"에서 "작은 속삭임"을 듣는다. "하늘만 그리느라" 놓치고 살았던 "생명"(「들꽃 감상」)을 "걸음을 조금 늦추는 자리"(「가을이 오고 있다」)에서 발견한다. 함께 어울림의 시선도 결국은 한갓 게을러지는 시간, 그 게으름이 깊어지는 독락의 시간에 있음을 깨닫게 되는 것이다.

시인의 전언처럼, 사는 일 "때때로 직진 말고 돌아서도 가볼 일이다."(「볼록거울」) 시인은 오늘도, "절실한 언어"(「테트리스」)를 찾기 위해 길을 나선다. 혼자서 즐겁고, 혼자서 슬프지만 왕왕 혼자만은 아니다!

0. 時調, 유토피아를 열망하다

　예술은 현실이 디스토피아임을 수긍하고 이를 극복하려는 다양한 시도의 산물이다. 때문에 예술, 특히 문학은 유토피아를 열망한다. 현실이 디스토피아임을 재확인하는, 근원적으로 삶이란 고독의 확산에 지나지 않고 끝끝내 완전한 유토피아의 실현은 불가능하다는 절망을 깨닫는 순간부터, 역설적이게도 문학은 유토피아적 환상을 호출하려 애쓴다. 그러니 문학은 스스로 즐기지 않으면 성취하기 어렵다. 자락自樂하는 마음가짐이 있으니, 시 쓰는 고통도 인내할 수 있는 것이다. 이들 시인들과 함께, 다시 처음으로 귀환하자. 이때 처음이란 정체성을 구성하는 가장 기본적인 전제, 그 본질의 회복을 의미한다. 시조 자체의 미학에 충실할 때 시적 즐김은 배가될 것이다.

민낯으로 응시하기

- 2015년 봄을 맞이하는 시조의 얼굴

0. 다시 일 년 : 불통, 무책임한 시대

다시 봄! 세월호 참사 이후 일 년이 흘렀다. 그 당시 나는 부산의 모대학에서 이제 갓 대학생이 된 학생들에게 자기발견과 사회적 소통을 위한 커뮤니케이션 방법에 대해 강의를 하고 있었다. 오전과 오후에 걸쳐 연강이었던 탓에 세상에 그토록 큰 사건이 일상을 '습격'했는지조차 모르고 있었다. 그리고 일 년 후 우연찮게 그 시간 같은 대학에서 역시 갓 새내기가 된 대학생들에게 비슷한 수업을 하고 있었다. 섬 속의 또 하나 섬이 되어 바다에 솟아 있는, 혹은 천공의 섬처럼 떠 있는 그 학교에서 수업을 하자니 어쩐지 종일 마음 갈피를 잡기가 힘들었다. 그 아이들이 살아 있다면 내년쯤에는 대학에서 만났을지도 모를 일이다. 어쩌나? 그래도 산 사람은 살아야 한다는 책임회피로 '무책임한 일상'이 굴러가고 있다. 여전히 시간은 일 년 전 그날에서 헤어나지 못하고 있는데도 말이다.

무게로 온몸을 난도질 한 배에게
숨 한 번 고른 후에 자리를 내주곤

바다는 그 흔적마저 지워내곤 침묵한다.
　　　　　　　 – 서순석, 「용서」(『시조시학』 2015 봄호) 전문

　인생이란 자주 "알 수 없는 일들"의 연속이다. "우연이라는 언어 뒤에
숨"(한미자, 「삶이란」, 『시조시학』 2015 봄호)어 무수한 사건이 무책임
하게 은폐되고 있다. 수많은 인과관계와 이해관계로 발생한 사건을, 우발
적인 사고로 조작함으로써 사건의 진상은 요원해지고 만다. 시간이 갈수
록 세월호 참사는 우리들의 싸움에서 당신들만의 싸움으로 변질된다. 서
순석의 시조는 세월호 참사를 연상시킨다. 참사 이후 온 국민이 겪은 희
망과 절망 사이의 길항, 그리고 무겁게 내려앉은 무기력과 죄의식이 두루
착종되어 있다.

　혹시라도 "해안 구석 바위"와 같이 "외"지고 깊숙한 곳에서 두려움에
떨며 "울고 있을 아이"가 있지나 않을까, 하는 희망을 품으며 무정한 바다
를 향해 수없이 "안부를"(서순석, 「속죄」, 『시조시학』 2015 봄호) 물었지
만 되돌아오는 것은 "침묵" 뿐이다. 자본의 비리와 부패의 "무게로 온몸
을 난도질 한 배", 우리의 미래도 그 배와 함께 수장되고 말았다. 사건과
사고의 일상화는 삶의 안전을 위협한다. 유한자로서의 한계를 수긍하고
힘겹게 삶에 분투하고 있는데 순식간에 그 삶을 통째로 앗아가는 무지막
지한 폭력이라니. 특히 인재에 의한 사건의 습격은 우리를 얼마나 무기력
하게 만드는가 말이다. 자본 축적에 매달리느라 기본에 충실하지 못했으
며 종래에는 '사람됨'의 가치, 그 윤리적 감각마저 간과해 왔다.

　다시 일 년! 오늘의 시조는 마주하기 힘든 오늘의 현실을 어떻게 묘파
하고 있는지 점검할 때다. 비단 세월호 참사만을 의미하지 않는다. 자본–
권력 복합체가 야기하는 폭력상황은 빈번하게 발생하고 있으며, 휴머니
즘은 무참히 말살되고 있다. 이러한 때에 문학의 역할은 무엇인지 무엇보
다 문학인의 책무에 대한 윤리적 자각이 요청된다. 신자유주의 시대를 인

간'답게' 살아내기 위한 삶-정치의 감각이 요구된다. 시조 문학은 한때 시절가로서의 면모를 띠었다. 그러나 현대시가 서정적 서정시의 미학에 집중한 것처럼 현대시조 역시 서정적 서정시조의 창작에 열정을 쏟아왔다. 무엇보다 시(조)는, 시적인 것이어야 한다는 점에서 그 심미적 상상력에 가치 우위를 둘 수밖에 없다는 지적은 타당하다. 그러나 서정적 서정시(조) 역시 현실에 대한 감각을 기저로 한다. 집단지성·대중지성의 주체로서의 민중적 서정시조의 가능성을 발견해야 한다. 방관자적 태도를 버리고 이 시대와 진정한 소통을 갈망한다면, 시조(인)의 사회적 역할에 대해 진지하게 고민해야 할 때다. 이처럼 오늘의 시조는 시적인 것의 심미성을 유지하면서도 현실감각과 윤리적 자의식을 구축해야 한다. 무엇보다 시대적 산물로서의 시조(인)가 할 일은 무엇인지 냉철하게 점검함으로써 불통의 시대, 시적 소통과 연대의 가능성을 진단할 수 있을 것이다. 이에 2015년 봄호에 실린 시조를 통해서 오늘의 시조적 발화가 재현하는 현실의 양상을 살펴보려고 한다.

1. 삶-살이의 민낯과 시조적 발화

1) 위태로운 도시와 서벌턴

민낯의 생활세계를 날-것으로 포착하고 이를 시적인 언어로 심미화하는 일은 쉽지 않다. 그럼에도 민낯으로 민낯의 삶-살이와 마주하는 일은 중요하다. 이때 시인 역시 민낯으로 삶을 투시해야 하는 까닭은 자본의 안경을 벗고 권력적 구도가 야기한 이해관계를 떠나 고찰해야 함을 뜻한다. 이는 미약하나마 삶을 구성하고 있는 자본적 질서에 함몰되지 않는 한 방편이며, 무엇보다 그것이 내재하고 있는 권력적 구도에 비판적·저항적 목소리를 가질 수 있는 최소한의 의지이기도 하다.

최근 몇 년 간의 힐링담론이나 느리게 살기 등의 움직임은 현대인의 위태로운 삶의 위기를 반증한다. 자본적 질서의 내부에서 그 외부를 조망하는 일은 그것이 내재한 구조적 모순과 한계를 극복하기 위한 분투의 일환이다. 고도 성장의 기치 아래 도시 공간은 그 물리적 경계를 외부로 확장하는 데 집중함으로써 이미 오래 전에 자연과 인간의 공생관계는 파기되고 말았다. "기우뚱 중심 잃은 도시의 스펙들/ 원산지를 떼어낸 꼬리들은 퇴화되"(강지원, 「이력서」, 『시조시학』 2015 봄호)었으며, 인간다움의 가치가 소거된 유령─기계만이 부유하고 있다.

> 척박한 작은 밭뙈기//
> 고기잡이로 연명한 섬//
> 세기의 공항이 들어서자//
> 그 오지도 사라졌다//
> 공항 옆 숲의 자투리//
> 고라니도 떨 듯싶다.
>   ─ 이상범, 「영종도 오지의 자투리」(『시조21』 2015 봄호) 전문

> 소리에 베이면서//
> 직각으로 떨어지는//
> 그림자 풍덩하고//
> 어둠 속에 빠진다//
> 내 발등 찍기도 하지//
> 달빛 한 점 없는 날
>   ─ 강지원, 「맨홀」(『시조시학』 2015 봄호) 전문

> 다시 못 올 오늘에 렌즈를 맞추어라//
> 구도심 낡은 황혼, 창녀들도 철거된다//

개울 옆 재개발지역, 시린 똥개 한 마리
― 이달균, 「사진 개론 ― 철거마을」(『시와문화』 2015 봄호) 전문

세 편의 시조는 삭막한 도시 공간의 풍경을 형상화 한다. "공항"을 건설하기 위해 자연―질서를 파괴하고, 그곳에서 자연과 더불어 살아가던 어부들의 삶도 위협 받기에 이른다. "섬"은 "숲의 자투리"만 겨우 남은 채로 제 모습을 잃었다. 또한 무분별한 도시화로 인해 도시의 곳곳은 "직각으로 떨어지는" 싱크홀 천지이고, "그림자"도 남기지 않는 "어둠 속"으로 침잠하고 있다. 개발과 성장이 휩쓸고 간 자리에는 "달빛 한 점" 들지 않는다. 그곳에도 사람이 산다고 아무리 외쳐도 "구도심"은 "철거된다." 이때 철거되는 것은 오래된 도시 공간만이 아니다. 자본의 조건에 의해 인간의 조건이 모조리 철거되는 것과 다르지 않다. 법을 앞세운 자신들만의 제도와 논리로 가난한 사람들의 집과 땅을 빼앗고 "재개발지역"이라는 거대한 푯말을 꽂아버리는 오늘의 도시 공간은 철저하게 자본과 권력으로 재구성되었다. 이처럼 "살인을 포장해 놓은 도시 한가운데"에서 "앙상한"(조영일, 「세상 풍경」, 『시조21』 2015 봄호) 언어로 남은 시적인 것으로 시인은 무엇을 할 수 있을까. 적어도 현실의 모순을 볼 줄 알고, 이를 비판함으로써 오늘의 서정이 태어날 자리를 부끄럽지 않게 하는 일 역시 시인의 몫이 아니겠는가.

이런 맥락에서 오늘의 시조는 낮은 곳의 삶을 살뜰히 보듬어야 한다. 존재하나 동시에 존재하지 않는 존재들. 주체가 되지 못하는 호모 사케르들. 우리 삶의 곳곳에서 우리는 외부자를 양산한다. 배제하고 은폐하고 삭제하기를 거듭하다가 종래에는 자신조차도 그리 되고 있다는 사실은 망각하고 만다. 소외된 지층을 돌보는 일은 삶―살이의 오늘을 보다 훈훈하게 만들 것이라 믿는다.

김씨 할머니 하루 종일 폐휴지 줍다 지쳐
　　막걸리 병째 마시고 노을 받아 안주한다

　　얼결에 터지는 가슴
　　붉게 물들고
　　　　　　　　　　－ 황성진,「공감」(『시와문화』 2015 봄호) 전문

　‘도시’를 살아가는 하위주체들의 삶은 잔인하고 힘겹다. 우리 주위에는 무수한 “김씨 할머니”가 있다. “종일 폐휴지”를 주워도 끝나지 않을 것 같은 숙명을 감내해야 하는 삶을 살아가는 고단한 인생들이 있다. 실제로 재활용품을 수거하는 손수레를 흔히 볼 수 있다. 병든 몸으로 힘겹게 쌓아올린 폐지 따위들을 보면, 이 사회의 무관심과 외면이 극에 달했음을 깨닫곤 한다. 또한 그것마저도 그들끼리의 전쟁을 불사해야 한다는 점에서 비극은 가중된다. 일에는 귀천이 없다고는 하지만, 늙고 쇠약해진 몸으로 하기에는 그 노동의 정도가 심하며 무엇보다 생계를 유지하기에는 터무니없는 노동의 대가 역시 문제다.

　서발턴들의 생활공간은 낡은 골목이나 버스 종점 등과 같이 도시의 자본으로부터 버려진 아토포스다. 가령 “도시의 후미진 골목”에는 가난한 이들끼리 “무리”지어 모여 산다. “일인분 삼천 원짜리 뒷고기집”을 찾는 사람들, “땀 절은 작업복”의 사람들이 술에 취해 인생에 지쳐 “해쓱한 도시골목을 벌레처럼 기어 다”(김종렬,「우울한 저녁」,『시조21』 2015 봄호)니고 있다. 또한 “생애의 반쯤은 알고 있는 표정”으로 “새벽 발차”(염창권,「종점 부근」,『열린시학』 2015 봄호)에 오른 사람들의 삶 역시 별반 다르지 않다. 이들의 지친 얼굴은 그들의 치열했던 삶의 이력을 증명한다. 고된 삶을 살다보면 자연스럽게 알아지는 것이 있다. 그건 어떤 의미에서의 체념이기도 하고 또 다른 의미에서의 수긍이기도 하다. ‘종점 부근'의 풍경은 단순히 심미적 대상이 아니라 삶 자체의 현장성을 획득하므로 핍진하게 살아가는 하위주체들의 삶을 형상화하는 데 기여한다.

> 씨가 마른지 오랜
> 욕을 까먹으며
>
> 삶이 헐어 터진 누더기 끌어안고
>
> 자정이 지난 서울 역
> 지하도 안 잠 깊다
>
> 인적 끊긴지 오랜
> 밤이 깊어갈수록
>
> 하나 둘 늘어나는 신문지로 가린 봉분
>
> 꿈길에 눈리 내리는
> 엄동(嚴冬)을 건너고 있다
>
> — 조영일, 「노숙」(『시조21』 2015 봄호) 전문

조영일의 시조는 서발턴의 삶의 현장을 포착함으로써 현실 비판과 시대인식을 고루 보여주고 있다. 민중적 서정시조의 성격이 강하며, 미학적 발화에도 공을 들이고 있어서 현 시대가 안고 있는 구조적 모순을 현장성 있게 구성하고 있다. "서울 역" "지하도"에 "신문지로 가린 봉분"에서 노숙하는 이들은 많다. 그들의 "삶이 헐어 터진 누더기" 위로 무작위의 "욕" 설이 날카롭게 박히고, 상처를 숨긴 딱딱한 딱지는 굳은살이 되어 버렸다. 자본으로부터 철저하게 배제된 존재들의 좀비 같은 형상은 이 세상의 논리에 내재된 단절의 벽을 더욱 도드라지게 한다. 이들이 연명하고 있는

"바람 끝에서 떠는 한 생의 가벼움들"(조영일, 「바람 앞에서」, 『시조21』 2015 봄호)은, 오늘의 삶이 누군가를 향한 냉대와 소외에서 비롯된 산물임을 대변한다.

> 엄동의 새벽녘은 칼바람을 세우는데//
> 청소부는 어김없이 새벽길을 쓸고 있다//
> 가로등 고개 숙인 채 묵묵히 길 밝힌다//
> '춥지요' 내 입김이 부스스 부스스르르//
> 인생의 새벽 비질이 어디 그리 만만한가//
> '아니요' 그의 입김이 부스스 부스스르르
>   – 박옥위, 「청소부」(『시조21』 2015 봄호) 전문

"청소부"의 삶−살이는 고달프지만 그래도 살아낼 수 있는 힘은 서로를 향한 관심이라고 시인은 말한다. 자본이 우리를 외부자로, 쓰레기 같은 존재로 치부해 버린다 해도 이러한 상황일수록 우리끼리의 연대가 절실하다고 말한다. 그러나 시인처럼 각자의 자리에서 "묵묵히" 제 할 일을 하다보면 살아진다고 말하기는 싫다. 오늘날과 같이 자본화된 도시에서의 삶은 스스로 개척하고 성취하는 데 한계가 있다. 자본과 권력으로 재단한 한계선에 저항하기 위해서 우리는 연대해야 한다. 그것은 거창한 구호를 부르짖는 집회를 의미하는 것이 아니라, 자신의 삶에 내재한 객관적 폭력상황을 목도해야 한다는 의미이다. 즉 사회적 질서에 내장되어 있는 권력적 구도에 대한 저항적 목소리를 가져야 한다는 것이다. 그래야만 온전히 살아질 수 있는 세상이다. 시인이 발견한 희망처럼 "춥지요" 관심을 가져주고 기꺼이 제 "입김"을 나누어 준다면, "인생의 새벽 비질"도 거뜬히 해낼 만하지 않겠는가. 스스로 말하지 못하는 서발턴도 그들끼리의 연대를 통해서 충분히 말할 수 있는 집단−지성을 형성할 수 있을 것이다. 물론 그들 스스로 목소리를 낼 수 있도록, 그리하여 연대할 수 있도록 조

력하는 일은 오늘의 문학(인)이 일정 부분 담당해야 할 것이다. 예컨대 삶의 실상을 폭로하는 일, 그리하여 인간의 존엄성을 지키고 삶의 윤리적 감각을 구축하는 일 등이 여기에 해당한다.

이러한 연대의 가능성을 고정국의 시조에서 찾을 수 있다. "애써 벽을 넘고 다시 벽에 갇히"고마는 시지프스의 삶이지만, 그 "절망 앞에서"도 다시 "탈옥"을 꿈꿀 수 있는 것이야말로 용기가 아니겠는가. 감히 말하건대, "초록연대"(고정국,「담쟁이 바람벽에」,『열린시학』 2015 봄호)의 가능성은 오늘의 삶을 포기하지 않기 위한 마지막 희망일 것이다.

2) 생존과 실존의 길항

주지하듯이 오늘의 삶-살이는 자본의 계층적 불평등으로 인해 그 고단함이 가중된다. 자본이 고도화된 사회는 자본을 축적하지 못한 존재를 외부자로 배제하고 그들의 삶을 비참하게 만든다. 전 세대를 아울러 힘들지 않은 세대가 없는 이 사회에서, 십 대들은 불합리한 교육과 입시 제도로 고통 받고 있으며, 이십 대들은 청춘을 담보로 취업 등 낙타 구멍 같은 사회 입문용 통과의례에 절망하고 있다. 그리고 삼십 대들은 사회가 부여한 정상이라는 약호(취업, 결혼 등)를 포기했으며, 중년들은 안정적인 인생을, 노년층은 최소한의 삶의 안정조차 보장받지 못하고 있다. 그러니 누가 누구를 위로해 줄 수 있단 말인가. 이런 세상에서 '행복'이란 가치는 도대체 어디에서 찾을 수 있을까. 안타깝게도 실존적 감각을 추구하지 못하고 생존에 내몰린 사람들이 너무도 많다. 물질적 풍요가 넘쳐나는 시대에 겪어야 하는 경제적 궁핍은 많은 부분 소외와 억압의 요소로 작용한다. 더불어 사는 공동체의 구성은 자본 앞에 한없이 무기력하다. 그러니 적어도 오늘의 시적 미학은 진실한 공감에서 비롯되어야 한다.

'고맙다, 국밥이나 한 그릇 하시라.'
죽음 곁에 놓여있는 깔깔한 지폐 176장
마지막 예의를 갖추고 최씨는 그만 갔다

국밥 앞에 염치없는 수많은 최씨들이
목에 걸린 국물을 간단없이 뱉는 동안
세상이 따라 죽었다
유언도 따라갔다
　　　　　　　－ 윤채영, 「마지막 인사」(『시조시학』 2015 봄호) 전문

　자본주의 사회에서 존재를 위협하는 것들은 도처에 있다. "최씨는" 세상을 향한 "마지막 예의를 갖추"었지만, 그 자신에게는 일말의 희망도 허락하지 않았다. 누구를 향한 인사일까? 고마울 것도 없는 세상, "수많은 최씨들"을 남겨놓고 먼저 떠나가는 미안함일까? 차마 "간단없이" 죽음을 선택했다고는 말할 수 없겠다. 다만 사는 일이 죽는 일보다 힘겹다는 이 시대의 절망 앞에 고통스러울 따름이다.

　우리는 "덧셈을 배우고 나서 뺄셈을 배웠"으며, "곱셈을 배우고 나니 나눗셈도 알게" 되었다. 세상이 어떤 건지도 모른 채 우리가 교육받은 지침대로 "신나게 셈을 하면서 여기"에 당도했다. 그렇게 우리는 "끝없이 이어지는 방정식"을 풀어내기 위해 부단히 애를 쓰며 간신히 살아내고 있다. 그런데 "끙끙대며 다다른 마지막 칸"에서 "맙소사 곱하기 0이라니?" 삶은 이토록 당황스럽고 자주 스스로를 배반한다. 때문에 삶의 전부라 믿었던 "숫자가 사라"(윤채영, 「정답이 있을까」, 『시조시학』 2015 봄호)지고, 삶을 살아내는 방식도 잊어버리고 만다. 살아내기 힘든 시절, 우리는 과연 '제대로' 살고 있는 것일까?

1.

고용센터 게시판에 붙어 있는 저 안내문//
사람답게 살고 있나 자격 시험 보라는데//
누구를 기다리는지 회전문도 딴청이다

구직 신청 필기대를 붙잡고 서서 보니//
몸 속으로 기습하는 난삽한 겨울바람//
무엇도 갖추진 못한 빈 가슴만 펄럭인다
— 김삼환, 「자격증 나들이」(『시와문화』 2015 봄호) 부분

　온전한 사회구성원이 되는 데도 "자격"이 필요한 세상이다. 그래서 각
종 자격증을 따고 "사람답게 살고 있"다는 인정을 받기 위해 분투한다.
"고용센터 게시판에 붙어 있는 저 안내문"이 알려주는 대로 '자격'을 획득
하면 사회로부터 버림 받지 않을 수 있을까? 그런데 그 자격이라는 것은
누가, 무슨 '자격'으로 부여한단 말인가. 자격을 주거니 받고, 게다가 그
자격이라는 것을 충족하지 못한다고 해서 사회 밖으로 내몰리는 일이 부
지기수다. "구직"에 매달리는 동안 삶이 주는 불안은 가중된다. 그러니
이 시대의 삶은 이미 실존이 아닌 생존의 얼굴을 하고 있다고 판단할 밖
에. 이미 그 사람—자체가 아니라 사회 맞춤형 로봇을 추구한다고 생각
할 밖에.

벽하나 건너기가
강물보다 더 깊었나

홀로 사는 옆집 할머니
현관문이 뜯겨졌다

한 달 째 인기척 끊긴
그 시간도 함께 뜯겼다

퍼렇게 멍든 가슴을
가두고 잠가버린

노모의 부서진 문에
망연자실 서 있는 아들

자잘한 안부만으로도
열 수 있던 문이기에
— 최재남, 「잃어버린 열쇠」(『시조21』 2015 봄호) 전문

　겨우 "벽하나"를 "건너"지 못해, "홀로" 살던 "옆집 할머니"가 죽은 지 "한 달"이 지난 후에야 발견된다. "자잘한 안부만으로도/ 열 수 있던 문"인데도 불구하고, 죽음조차 방치되고 있었던 것이다. 그 죽음 앞에 무심했던 아들도, 그리고 이웃도 죄인이 된다. 치열하게 삶을 살아냈는데 죽음은 이토록 무책임하고 폭력적이다. 실컷 부려먹은 대가로 태연하게 죽음-자리를 놓고 가는 뻔뻔함이라니. 고령화 사회로 진입하면서 노인 문제는 우리의 미래를 결정할 중요 사안으로 부각되고 있다. 그럼에도 독거노인의 삶은 한 개인의 문제로 치부되는 경향이 있다. 고령화 사회를 예비하는 공동체적 노력과 정책 마련이 필요한 시점이다.

　이웃이 사라진 세상이다. 공동주택은 넘쳐나는데 먼 친척보다 낫다는 이웃을 찾기란 쉽지 않다. 고독사가 사회 문제로 대두된 지는 오래 되었다. 그럼에도 이에 대한 별다른 대책이나 개선의 여지는 보이지 않는다. 이 시대 우리에게 가장 필요한 것은 연대다. 우리는 그것을 이웃-만들기/ 이웃-되기에서 시작할 수 있을 것이다. 1인 가구가 증가할수록 이웃의

필요성은 커진다. 사회적 가족 구성이야말로 가장 손쉬운 연대의 가능성이라 할 수 있을 것이다.

0. 다시 일 년 후 : 자본 사회의 시적 윤리

현대사회에서 문학의 책무는 무겁다. 그것은 감동과 공감을 줄 수 있는 심미적 상상력의 산물이어야 하며 동시에 삶을 위무하는 연대의 가능성을 보여주는 희망의 산물이어야 한다. 이를 위해서 때로는 냉철하게 현실을 직시해야 하며 또 때로는 유쾌한 언어로 말걸기를 시도하는 이웃이 되어주어야 한다. 다시 일 년 후에도 세상은 크게 바뀌지 않을 것이다. 그러나 미약하게나마 오늘의 삶―살이 공간에서 윤리적 감각을 유지하려는 문학인의 노력은 생각보다 큰 파동을 일으킬지도 모른다.

시조가 젊어진다는 것은 단순히 작가층의 연령대를 두고 하는 말은 아니다. 또한 급진적인 내용의 전개나 형식 실험을 의미하는 것도 아니다. 오늘의 삶을 이야기해야 하며, 무엇보다 문단 헤게모니가 안고 있는 모순을 질타할 수 있어야 한다. 핍진한 삶의 오늘과 억압과 모순의 현실을 폭로하고 싶다면, 기꺼이 '그들의 언어'로 '날 것'의 그들의 삶 속으로 투신했는지를 냉철하게 확인해 봐야 할 일이다. 이때 '그들은' 우리 속의 서발턴이자 소외된 이웃을 지칭한다. 그들의 삶을 온전히 끌어안고 연대를 욕망한다면 시적 화자의 목소리 역시 그들의 언어로 쓰여야 할 것이다. 그러니 우리도 모르는 사이 기득권인 채로, 혹은 과거적 향수를 재현하려는 회상적 목소리에만 치중하고 있는 것은 아닌지 경계할 일이다.

탐식의 시대, 거식증을 앓다!

1. 탐식(貪食)의 시대,

나는 탐식가라고 하기에는 편식이 심하고, 미식가라고 하기에는 맛 볼 줄 모른다. 철학자 강신주의 말처럼 나도 그저 '사료'를 먹고 있는 족속이다. 그런데 현대 사회는 가히 식문화 전성시대다. 기형적이라고 할 정도로 먹는 것에 집착하고, 남이 먹는 것을 관음하기도 한다. 바쁜 현대인들이 언제 이렇게 '먹방'에 탐닉하게 되었는지 신기할 따름이다. 먹는 것은 배를 채우는 일일 뿐 아니라 임시방편으로 결핍을 은폐하는 일이기도 하다. 충족되지 않는 여타의 욕구를 습식을 통한 욕구로 대체하고 있는 것이다. 끼니를 챙기는 일은,—생활에 쫓겨 사료로 연명하고 있는지 아니면 식사조차 여가로 즐기고 있는지에 따라서—삶의 질을 가늠하는 척도가 되었다.

투르니에M.Tournier는 작가는 거식증을, 독자는 탐식증을 앓아야 한다고 말한 바 있다. 작가는 거식증을 앓는 것처럼 의미의 직접적 해석을 피하고 다양하게 독해될 수 있는 가능성의 작품을 생산해야 하며, 더불어 독자는 탐식증에 시달리듯이 작품의 의미를 탐색하고 새롭게 재의미화해야 한다는 정도로 이해할 수 있을 것이다.

현대시조단은 그 어느 때보다 풍성하다. 시조 장르에 대한 진지한 고민과 성찰의 일환으로 다양한 실험적 시도들이 있었으며, 이는 여전히 진행중이다. 그런데 어쩐지 허기가 진다. 탐식하는 독자가 있는지, 그리고 시인들은 충분히 거식을 앓은 작품들을 생산하고 있는지 의문이다. 특히 시조문단에서 독자의 탄생은 절실하다. 생산자가 곧 소비자가 되고 있는 작금의 현실은 아무래도 시조가 안고 있는 한계일 수밖에 없다. 여기 잘 차려진 밥상에 주인이 없다. 맛깔나는 반찬을 조목조목 살펴보면 집 떠난 그들이 돌아와 줄까. 작은 기대, 그러나 큰 바람으로 오늘의 시조를 살펴본다.

2. 윤금초 ; 단시조의 미학[1]

현대시조의 가능성은 그 정형의 형식미학을 극대화하는 데서 발견할 수 있을 것이다. 시조의 시 닮기는 한계에 도달한 지 오래다. 주제적 관점에서 상당한 유연성이 확보된 것은 사실이지만, 정형시로서의 시조의 정체성과 위상은 투미해 졌다. 이에 단시조의 강화는 시조의 문학적 정체성을 보다 공고히 하는 일의 일환이다. 자유시로 말하는 것과 정형시로 말하는 것은 그 '시맛'이 달라야 한다. 차이의 생산이야말로 시조의 존립을 위해서 필요하다. 오늘의 시조는, 서사화가 강화되는 등 길어지는 시에 대한 경종을 울릴 수 있는 양식적 차이를 생산할 수 있을 것이다. 예컨대 단시조의 묘미를 통해서 간결함의 극치를 추구하는 것이다. 하이쿠가 5-7-5의 음수에 자연과 계절감, 그리고 인생을 담듯이, 단시조 역시 한 수의 음보율을 강화함으로써 사색적 함축미를 극대화할 수 있을 것이다.

---

1) 윤금초, 『앉은뱅이꽃 한나절』, 책만드는집, 2015.

왜 자유시가 아니라 정형시로 말하는가, 하는 장르적 특이성에 대해 충분히 고민해서, 이 시대 시조문학의 필요성에 반문을 제기하는 이들에게 응답해야 할 것이다. 단언컨대 단시조에 대한 탐색은 가장 기대되는 시조의 대중화 전략이라고 생각한다.

> 코앞에 핀 달개비와 눈싸움만 이냥 하는,
> 대곡사 돌장승은 잡귀 쫓는 시늉은커녕
> 밤새껏 달은 보지 못하고 달빛이나 줍고 있네.
> — 「달빛 줍는 돌장승」 전문

고요하고 정갈한 풍경이다. "달개비와 눈싸움만 이냥 하는" "돌장승"이라니. 시인의 눈으로 발견하는 사물은 저마다 생동한다. 그것 자체로 얼굴을 가지고 있고 낭랑한 목소리도 낼 줄 안다. 사람이 찾지 않는 한적한 산사의 밤, 그 고요를 돌장승을 통해서 발화하는 것이다. 달빛만이 소리없이 부산스러운 사찰의 밤은, "잡귀 쫓는 시늉은커녕/ 밤새껏 달은 보지 못하고 달빛이나 줍고 있"는 돌장승 덕분에 생동감을 획득한다. 예사로운 풍경도 시인의 언어를 거치면 제 스스로 살아있는 듯 정적 속에서도 '움직인다.' 풍경에서 사물의 목소리를 발견하고 이를 시적 발화로 옮김에 있어서 단시조는 적절한 긴장을 부여한다. 한 수의 정형 안에서 서정은 시작과 끝을 보여야 하고 무엇보다 짧은 형식에서 촉발되는 여운까지 그 내부에 품어야 한다. 그러니 단시조의 묘미는 형식적 길이는 짧지만, 내용이 주는 감흥은 단순하지 않은 데서 그 시적 긴장을 유지한다고 볼 수 있다.

또한 한 수의 단시조는 그 시행발화를 새롭게 함으로써 충분히 시의 형식적 미학을 즐길 수 있다. 무리한 실험성 없이도 상상력의 감각적 재현이 가능한 것이다. 이것이야말로 단시조의 가능성이라고 할 수 있다. 가령 짧은 봄을 아쉬워하며 "하마하마// 조루중인가,// 미선나무 조생 꽃 진다."(「봄, 조루증」)는 탄식이나, 꽃이 만발한 봄의 향연에 "아으! 코 쩨는, 꽃의 난전 이 봄날"(「난전」)을 찬양하는 등의 시조에서 그 시행배열을 달리 함으로써 단시조의 형식적 단순함을 시각적 재배치와 호흡의 긴장과 이완으로 극복하고 있다. 이러한 시행발화의 새로움과 풍경의 긴장은 "매화"가 벙그는 환희의 찰나를 포착한 「불타는 신전」이나 "눈먼 돌부처"도 깨운 "능소"의 화려한 개화를 노래한 「능소야, 능소」 등과 같은 작품에서 극대화된다. 이러한 생동하는 봄의 이미지는 서정의 정수를 포착한 단시조의 미학과 어울린다.

> 쇠심줄 질기나 질긴 밥줄인가, 명줄인가.//
> 반도 하늘 쥐락펴락 관피아, 정피아라//
> 여보게, 돈도 빽도 없는 우린 그저 천치라.
>
> ─「줄」 전문

단시조는 감성적인 서정을 발화하는 데 적합할 뿐 아니라 비판적 어조를 표출하는 데도 효과적이다. 자본주의 사회에서 "밥줄"과 "명줄"을 연명하기란 녹록치 않다. 특히 "돈도 빽도 없"이 "관피아"와 "정피아"의 만행이 일상화된 사회에서 정직하게 사는 게 오히려 "천치라" 치부되고 있는 모순을 비판한다. "줄"타기가 삶을 살아내는 요령이 되어버린 사회에서 윤리적 정의를 외치는 일은 고독할 수밖에 없는 것이다.

현대시조는 현대인의 삶과 더불어 호흡해야 한다. 삶을 구성하는 제반 요소를 두루 살펴야 하며 무엇보다 정치·경제·문화 등 사회적 질서를 지탱하는 구성원의 역학관계에 예민하게 반응해야 한다. "슬프나 슬픈 이생에 손사랫짓"을 하는 인생의 적막, 그 "고요가 고요더러 눈인사를 건네"(「슬픈 고요」)며 위무한다. 모든 시적 언어는 존재를 보듬는 위로와 격려의 언어다. 그러니 문학은, 삶─살이에서 얻은 "상처는 다 별이"(「상처

는 별이 된다」) 될 수 있도록, 치유 불가능한 상처에도 훈김을 불어넣는
역할을 담당해야 한다.

> 싸구려판 저잣거리//
> 양잿물도 천세난데.//
> 작파할까, 작파할까,//
> 비렁뱅이 글쓰기를!//
> 원고료//
> 한 푼 없는 원고//
> 그나마도 빽을 쓴다.
>
> — 「어떤 뚱딴지」 전문

　삶의 이야기는 어쩐지 둥글고 고요하다. 쓸쓸하게 고요한 삶의 시간은
불가항력이다. "시마에 젖"(「가을 시마詩魔 2」)은 시인에게 시조―쓰기의
자의식은 이러한 삶을 인식하는 한 방편으로 작용한다. 자본의 논리가 삶
의 척도가 되어버린 사회에서 시를 쓴다는 것은 스스로 자본의 이방인으
로 물러나는 것을 의미하기도 한다. "비렁뱅이 글쓰기를" 그만두어야 한
다는 스스로를 향한 무수한 위협, "원고료// 한 푼 없는 원고"에 매달리는
자기 자신을 위해 어떤 당위를 찾아야 한다. 돈도 되지 않는 글을 발표하
기 위해 "그나마도 빽"까지 쓰는 데에는 그만한 가치가 있지 않겠는가. 그
렇게까지 시(조)―쓰기에 매달리는 이유는 자기 존재에 대한 최소한의 존
재적 예의를 지키는 수단이기 때문이다. '뚱딴지'들이 많을수록 자본의 외
부는 확장되고 이방인 혹은 괴물로 취급되는 자본의 외부자들의 삶의 방
식도 일정한 이해와 동의를 얻을 수 있을 것이다.
　윤금초가 단시조를 통해 구성하는 시적 세계는 오늘의 시조가 나아갈
방향을 제시한다. 시조의 본질을 궁구함으로써 그 정체성을 규정하는 형
식적 미학을 극대화할 뿐 아니라 다양한 주제를 시적 소재로 삼음으로써

서정적 담론장을 확장하기에 이른다. 이때 시조 형식은 과음보를 피하고, 함축과 절제미를 최고조로 실현해야 한다. 정형을 준수하는 일은 시조의 시조-다움을 강화함으로써 그 장르적 특이성과 존립을 명시하는 일이기도 하기 때문에 시조 형식에 대한 예민한 감각을 겸비해야 한다. 이때 형식에 기계적으로 대입하는 등 그 긴장을 살리지 못한다면 오히려 시조의 묘미는 반감될 것이다. 때문에 형식 속에 자연스러움을 발휘할 수 있도록 시조 형식을 갖고 놀 수 있는 자질이 요구된다. 이처럼 단시조는 함축미를 극대화한다는 점에서 거식증을 앓는 작가에게 적합하고, 동시에 오랜 여운과 해석의 여지를 남겨둔다는 점에서 탐식증을 앓는 독자에게도 적합한 양식이다.

3. 박기섭 ; '각북'에서 삶을 탐하다[2]

박기섭의 시조집은 주례사에 그칠 공산이 큰 시집 해설 대신 '시인의 산문'이 그 에필로그를 대신하고 있어서 '각북'이라는 공간을 효과적으로 재현하고 있다. 시집 전체가 '시인'을 말하고 있어서 작품 한 편 한 편이 고향에 온 듯, 아득하고 고요하며 담백하기까지 하다. 시인의 고향 각북이 상징하는 토포스적 의미는 귀향한 삶이자 돌아온 탕자로서의 자기 성찰에 닿아 있다. 고향에의 헌시이자, 자신의 삶과 생의 본질에 대한 물음이기도 하다. 시집에 실린 모든 시조는 각북이라는 대명제 아래 기획되었다.

유한자에게 고향이란 상상적 위안을 제공한다. 존재의 본질을 찾는 일은 현재를 살고 있다는 감각을 회복하는 일이기도 하다. 때문에 고향이란 단순히 물리적 · 태생적 공간에 그치지 않고 그 상징적 외연이 보다 큰 토

---

2) 박기섭, 『角北』, 만인사, 2015.

포스적 공간이다. 시인의 귀향은 자신의 삶을 반성하는 계기를 제공할 뿐 아니라 회상적 추억의 공간이다. 이러한 고향의 복원은 시인이 살아가는 삶의 의미를 재탐색하는 일이기도 하다. 특히 현대인들에게 고향의 회복은 존재가 겪고 있는 상실감을 극복하는 한 방편이 되며, 뿌리 뽑힌 채 유목하는 삶의 불안정성을 위무하는 역할을 담당할 수 있을 것이다. 이런 까닭에 박기섭의 시조집은 따뜻함으로 충만하다. 따뜻한 풍경과 따뜻한 사람, 그리고 무엇보다 따뜻한 오늘의 삶이 있다.

> 하늘 어느 한갓진 데 국수틀을 걸어 놓고 봄비는 가지런히 면발들을 뽑고 있다//
> 산동네 늦잔칫집에 安南 색시 오던 날
>
> — 「봄비」 전문

"봄비"가 내리는 풍경이 서정의 절정을 이루고 있는 작품이다. "하늘 어느 한갓진 데 국수틀을 걸어 놓고" "면발들을 뽑고 있다"는 상상력으로 봄비를 형상화 하고 있다. 이러한 상상력은 늦장가 든 시골 청년의 결혼기와 결합하여 절묘하게 들어맞는다. 게다가 가난한 "안남 색시"가 조금 덜 가난한 타국의 외진 "산동네"에 시집을 오니, 그 봄비는 어떤 속울음을 닮은 것 같기도 하다. 어쨌거나 참 따뜻하고 절묘한 서정이다. 시어 하나 허투루 있는 법이 없고, 국수와 봄비, 그리고 안남 색시와 봄비의 관계를 통해 계절감각과 인생사에 대해 인상적으로 통찰하고 있다. 또한 자연과 인간사가 두루 함축된 단시조의 묘미를 제대로 구현하고 있는 작품이기도 하다. 한 수의 긴장을 유지함으로써 봄비 내리는 산동네의 전체 풍경을 상상할 수 있는 여지를 남겨주며, 안남 색시의 사연이나 늦장가 드는 산동네 총각의 사연을 짐작하게 한다. 독자가 상상할 수 있는 여백을 남겨줌으로써 오히려 시조의 완성도는 높아진다.

방물차에 실려왔던 뜬소문은 간 데 없고 몇 켤레 코고무신 양지쪽
에 나앉았네//
　　온 동네 이불 홑청을 뜯어 말리는 가을

—「가을 洞口」 전문

비평적 오만을 질책하듯, 그의 시적 언어는 흠 없이 정갈하다. 고향집
잘 차려진 밥상마냥 소박하지만 젓가락질 절로 흥이 나는 맛깔이 그의 시
조에는 있다. 아직도 "방물차"가 다니는 시골 마을에는 "뜬소문"도 쉽게
나고 "간 데 없"이 쉽게 사라진다. 전국 방방곡곡을 떠돌면서 소문을 트럭
가득 싣고 온 방물차는 산 너머 '저 곳'에서 살아가는 사람들의 이야기를
전한다. 화자는 "몇 켤레 코고무신"을 샀거나 혹은 방물차가 오고 간 흔적
도 없이 고요만 잔뜩 내려앉은 대청쯤에 앉아서 "동네"를 내다보고 있다.
가을볕이 좋아서 "온 동네" 집집마다 "이불 홑청을 뜯어 말리"고 있는 평
화로운 날이다. 사진 한 장으로 정지한 듯싶은 풍경에서도 수군거리는 삶
이 보이는 작품이다.

시인은 산동네에서 절로 우는 뻐꾸기 소리도 예사롭게 듣지 않고, 그
"뻐꾸기 소리"가 "골짜기 웅당못물을 물지게로 길어"서 "산등성일 넘어
간다"고 표현한다. 게다가 한 걸음 더 나가 "등 너머 뻐꾸기가 짓는 덕밭
뙈기 있나 보다"(「뻐꾸기 소리」)고 능청까지 떤다. 마찬가지로 햇빛이며
비를 맞고 자란 "봄똥"을 보면서, "한 섬 가웃쯤의 봄볕을 싣고 와서// 낱
되로 한 됫박씩 덜어서는 팔고 간다"거나 봄비가 내리고 나니 "초록이 서
말 석 되"(「봄똥」)나 된다고 표현한다. 봄날 온전히 자연만물에 빚지고 자
란 봄똥에서 생명의 찬란함을 발견한 것이다.

　　매미 떼가 유월 한낮을 떠메고 다니다가//
　　개울 바닥에다 메치고 멱 감기고//
　　산발치 깨밭 콩밭에 물도 주고 그런다//

물을 주다는 말고 위뜸으로 올라가서//

홀어밋집 마당 가에 물동이를 엎어 놓고//

웃자란 호박 넝쿨을 울 너머로 보낸다

- 「유월」 전문

각북의 자연은 농경하는 인간의 삶과 일체를 이룬다. 요란스러운 "매미떼" 울음소리에서 생동하는 여름 산동네의 사람—살이를 형상화 하고 있다. "유월 한낮"의 더위를 "떠메고 다니다가" 장난스럽게 "개울 바닥에다 메치고 멱 감기"도 하고, "산발치 깨밭 콩밭에 물"을 주기도 한다. 그러다가 "홀어밋집 마당 가에 물동이를 엎어 놓"거나 "웃자란 호박 넝쿨을" 손질하기도 한다. 마치 매미떼 소리가 드론으로 화하여 온 마을 곳곳을 관찰하고 있는 듯하다. 시인이 보고 있는 각북의 풍경, 그 삶—살이의 현장을 매미떼의 눈으로 응시하는 척 의뭉을 떤다. 자연만물을 경작과 연결시킴으로써 시인이 형상화 하는 자연은 그것 자체로 생동한다. 가령 "봄비는" "파 고추 모종을 내고/ 상추씨를 뿌리"거나, "가을비는" "깨타작 콩타작을 하고/ 저녁밥을 안"(「봄비, 가을비」)친다는 표현 등이 그렇다.

이처럼 자연에 순응하는 삶은 각북으로 돌아온 시인이 지향하는 삶의 자세이기도 하다. 농경사회의 삶은 자연 순응적이다. 경작은 인간이 자연 속에서 더불어 사는 무욕의 삶의 방식이다. '각북' 시편은 자연의 섭리, 그 속에서 순리대로 살아가는 삶에 대한 성찰의 산물이다.

시 몇 줄 시답잖이 세상에 던져 놓고 그저 흥, 콧방귀 다 알 건 다 안다는 듯//

안다고? 알긴 뭘 알아 제 코밑도 못 닦고선//

그 시 몇 줄 눈발처럼 장바닥을 떠돌다가 어느 시궁창에 처박힌 줄도 모르고//

칼 하나 거꾸로 박혔다 떨어지는 줄도 모르고

- 「시 몇 줄 시답잖이」 전문

각북에서의 삶을 작품화한 이 시조집은 시조-쓰기의 엄정성에 대해 깊이 고민함으로써 성취한 산물이라는 점에서 그 의미를 더한다. 이 작품은 시를 짓는 마음을 담백한 서정으로 표현하고 있다. 시인은 "시 몇 줄 시답잖"게 무책임하게 발표해 놓고 모른 척 하고 있는 건 아닌지, 혹은 아는 것도 없으면서 "다 안다는 듯" 오만을 부리고 있는 것은 아닌지 스스로 경계한다. 실상은 "그 시 몇 줄 눈발처럼 장바닥을 떠돌다가 어느 시궁창에 처박"히거나 "칼 하나 거꾸로 박"혀 이미 제 명을 다했는지도 모르는데 말이다. 시인은 겸허하게 시를 써야 한다고 말한다. 늘 스스로 경계하며, 존재를 위무할 수 있는 시를 써야 한다고 말한다.

시의 본질은 인간학에 있으며, 시의 책무는 인간의 근원, 그 본질을 구성하는 지금-여기의 삶을 발화하는 데 있음을 이 시집을 통해 새삼 깨닫는다. "바라건대 나의 시들이 시의 집을 들명나명 사람살이에 지친 이들의 눈꺼풀이나 한 번씩 쓰다듬었으면 싶다. 귓밥이나 한 번씩 만졌으면 싶다."는 '시인의 말'에서 자신의 정처인 각북을 호명한 이유를 감히, 짐작할 수 있겠다.

4. 김복근 ; 환한 동행3)

김복근 시인은 이번 시조집에서 "풀기 어려운 저 삶의 방정식"(「아침」) 앞에서 무게를 줄이는 '새들의 생존법칙'을 일러준다. 삶이라는 문제에 골몰하는 시인의 분투는 삶에의 예의이자 존재의 존엄을 증명하는 한 방편이 되기도 한다. 시인의 언어는 '마철저'의 자기염결성과 삶을 대하는 겸허함에서 태어나, 기꺼이 현대인들의 거친 삶-살이를 위무하는 데 동행한다.

---

3) 김복근, 『새들의 생존법칙』, 도서출판 경남, 2015.

오늘의 시조는 현대인의 삶의 감각과 그 고민을 함께 해야 한다. 작가로부터 온전히 자유로운 문학이란 존재할 수 없다. 그것은 어떤 방식으로든 교묘하게 연관된다. 또한 당대가 안고 있는 각양각색의 시대적 문제와도 관련될 수밖에 없다. 이는 작가가 개별적이고 독자적인 존재인 동시에 한 사회의 구성원으로서의 역할을 담당하고 있기 때문이다. 시인이 자본화된 사회에서의 생존방식에 골몰하는 것은 오늘의 시조가 설 자리를 탐색하는 일과 닿아 있다. 시인은 "경계를 밀어내"고 "어울려 살고 싶"다고 "밀어를 속삭"(「악수론」)이는 존재들에게 기꺼이 먼저 다가가서 손을 내민다. 오늘의 삶의 가능성, 그 연대를 추구하기 위한 한 방편으로 시인은 시적 소통을 지향한다.

> 얼마나 속을 비우면 하늘을 날 수 있을까//
> 몸속에 흐르는 진한 피를 걸러 내어//
> 이슬을 갈아 마시는 비상의 하얀 갈망//
> 혼자서 견뎌야 할 더 많은 날을 위해//
> 항로를 벗어나는 새들의 저 무한여행//
> 무욕의 날갯짓으로 보내지 못할 편지를 쓴다.
>
> —「새」 전문

현대를 "산다는 건 바람을 안고" 있는 듯 공허하고, 현대인들의 "얼룩진 삶"은 군데군데 "더께 앉은 각질"로 상처투성이다. 답답한 거울 속 같은 삶—살이에 "갇힌"(「거울」) 이 시대의 자화상은 어쩐지 어색하고 낯설다. 우리는 "고단한 이름 위에 직함을 덧씌"운 채로, 도무지 민낯은 드러내지 않는 사람들이 "숨어 사는 익명 시대"에 자신을 증명해 줄 마지막 수단인 듯 겨우 명함 한 장으로 "소통을 기다"(「명함」)린다. 이처럼 자신의 온전한 모습은 숨긴 채 마치 거래를 하듯이 관계를 맺는 현대인들의 소통법은 어딘지 불편해 보인다.

삶의 방식을 터득하는 일은 살아있는 동안 늘 시행착오의 반복이다. "항로를 벗어나는 새들의" 비행처럼 망설임 없이 비상하고 싶지만, 삶이란 "혼자서 견뎌야 할" 일들의 연속이다. "속을 비우"고 다시 비우기를 반복해도 도무지 가벼워지지 않아 허공에 대고 덧없이 "날갯짓"만 해댈 뿐이다. 쉽사리 인생이라는 궤도를 벗어나지 못한 채로 끊임없이 제자리를 맴도는 삶에 지친 이들에게 시인은 착한 손을 내민다. 이렇게 시인은 삶에의 온갖 "갈망"들을 함께 나누는 연대의 첫 시작을 제안한다. "그리움은 또 다른 그리움을 몰고 와"(「뮤즈에게」) 삶을 번민과 미련 속에 밀어넣는 매순간들로부터 자신을 지킬 수 있는 방법은 존재끼리의 연대임을 선언한다.

> 버스에 올라타자 잠시 중심이 흔들렸다
> 서둘러 요금을 카드로 계산하고
> 차 안에 탄 사람들을 가만히 둘러봤다
>
> 가방 멘 학생들과
> 지팡이 든 사람들
>
> 아득함이 어깨 위를 스치듯이 지나가자
> 누군가 그리움을 모아 바람 속에 부어버린다
>
> 통통하게 살이 오른 어둠의 그늘에서
> 사는 일 고단하여 답답해진 꽃잎마냥
> 차오른 숨을 고르며 돌아보는 삶의 고리
>
> —「저녁 외출」 전문

"버스"에는 다양한 삶이 있다. 어딘지 모르게 "차 안에 탄 사람들"은 존재로서 있기 보다는 그들이 살아가는 삶인 채로 탑승해 있는 듯 보인다.

가령 오래 전부터 "중심이 흔들렸"던 것처럼 불안한 눈빛으로 그들은 "가방 멘 학생"의 삶을 살고 있거나 노쇠한 몸을 "지팡이"에 지탱한 채로 늙어버린 듯한 노인의 삶을 살고 있는 것처럼 보인다. 원래부터 학생이었고 노인이었던 것처럼, 마치 그것이 이 생에서 맡은 유일한 배역인 것처럼 여겨진다. "삶의 고리"를 벗어나지 못하고 "사는 일 고단하"다고 하소연 한 번 제대로 하지 못한 채로 그대로 정물이 되어버린 느낌이다. 삶이란 이토록 애처롭고 "아득"한 이름이다. 모두가 "통통하게 살이 오른 어둠"에 익숙해진 탓에 누구도 다른 누군가를 위로할 수 없는 상황이다. 삶의 고독은 여기서 발생한다. "사람이 사는 도시"는 "역한 냄새 넘"(「소금에 관한 명상 · 2」)쳐나고, 그 냄새의 근원은 어쩌면 서로 무관심한 우리들이 아니겠는가.

시인은 이러한 삶─살이의 뭉뚝한 자리를 가만히 위무하는 따뜻한 언어를 발화한다. 인생의 "먼 길을 돌아오느라 지쳐"버린 존재들을 보듬고, 애초부터 "산다는 건 외줄타기"(「오늘의 운세」)였으니 이에 조금은 태연해 질 수 있어야 한다고 조언한다. "지나온 삶의 흔적"이 "느슨해진 일몰마냥/ 무심히 내린"다. "어둠"에 익숙해진 존재는 자꾸만 자신을 "낮은 데로"(「그림자의 詩」) 숨긴다. 우리는 누구나 잠시 잠깐 이 생에 "유배"왔다. 그러니 "삶의 설계"(「유배」)도 유배 온 처지를 고려하여 조금은 더 느슨해져도 좋을 일이다.

> 만나자고 전화하면 '왜'라고 묻지 않는 그런 친구 하나쯤 있으면 좋겠다.//
> 둘레길 돌아오느라 까칠해진 손 잡아주는//
> 만나자고 전화하면 군말 없이 건너오는 그런 친구 하나쯤 있으면 좋겠다.//
> 소주잔 나눠가지며 가만히 바라보는//

가볍게 손을 잡고 술 한 잔 권할 수 있는 그런 친구 하나쯤 있으면
좋겠다.//
　　흥허물 다독거리며 고개를 주억이는

—「좋겠다」전문

　시인은 인간사의 고독을 해소하기 위해서 '새들의 생존법칙'을 배운다.
"설계도 허가도 없이 동그란 집을 짓"는 새들처럼, "무게를 줄"이고 욕심
도 내려놓은 채로 "대문도 달지 않고 문패도 없는 집에"서 기거하자고 제
안한다. "울타리"도 "마을 등기하는 법도 없이" 가벼워질수록 높이 날 수
있는 새들처럼 자신의 삶을 증언하는 육체를 "비워"(「새들의 생존법칙」)
야 한다고 말한다. 주지하듯이 이러한 새들의 생존법은 "더불어 숨을 쉬
며 함께 가야 할 사람"들의 연대를 촉구한다. 누군가에게 "등 푸르고 둥근
사람"이 되어 그와 함께 "동행"(「따뜻한 동행」)한다면 우리가 살아가는
이 세상도 살만 해지지 않겠는가. 삶에 지친 우리는 더 이상 삶이 고독해
지지 않도록 "까칠해진 손 잡아주는" "그런 친구 하나쯤 있으면 좋겠다"
고 희망한다. 어떤 계산속도 없이 서로의 "흥허물 다독거"릴 수 있는 그런
동행이 있다면, "잠깐의/ 여유도 없이/ 단절의 선"(「엘리베이터」)을 새기
고 있는 이 세상도 살아낼 수 있을 것이라 기대해 본다.
　삶이 조금 더 너그러워 진다면, "게송이 울려 퍼지는 해탈의 우담바라"
처럼 거룩한 "만다라"를 "대자연 운율에 맞추"어 "장엄한 시詩"(「화중련
火中蓮」)로 잉태할 수도 있을 것이다. 시인은 여전히 종교적 숭고를 지닌
숭엄한 시의 탄생을 기다린다. 이때의 시는, "고단한 그리움이 둥글게 모"
여 "뿌리의 힘"으로 삶을 지탱하려고 분투하고, "바람에 덧난 상처"까지
도 어루만져줄 수 있는 "낙관 없는 시"(「등꽃」)를 의미한다. 그것은 평범
한 삶 곳곳에서 기꺼이 위무의 언어가 되어줄 것이다.

5. 박용하 ; 무심한 듯 담백하게[4]

문학은 미완의 가능성의 산물이다. "몸은 비록 노쇠하여 가지만 앞으로는 젊고 새롭게 시를 써야겠다."(시인의 말)는 시인의 다짐은 미완성인 채로 진보하는 노년의 양식을 추구한다. 시는 영원히 종결될 수 없는 양식이다. 하물며 보다 더 엄정성을 요구하는 시조 장르야 두말 할 나위 없다. 시조─짓기는 완성될 수 없는 완결성을 지향하는 지난한 시적 작업인 동시에 끊임없이 그 형식적 어울림에 골몰해야 하는 투쟁의 작업이다. 그런 점에서 젊고 새로운 시를 쓰기 위해서 분투하겠다는 시인의 의지에서 시조를 향한 열정을 느낄 수 있다. 시인은 지금의 시조에 안주하지 않고, 새로운 시적 언어를 잉태하기 위해 적절한 성찰의 긴장을 유지하려고 늘 경계한다.

시조를 대하는 이러한 태도 덕분인지, 박용하의 시조는 MSG에 길들여진 우리에게 심심한 듯 담백한 맛을 낸다. 또한 기계적이다 싶을 정도로 음보율을 고수하고 있는 데서도 시조를 향한 그의 고집을 엿볼 수 있다. 그의 시조집은 많은 부분 가족과 부모님을 향해 있다. 존재를 구성하는 무수한 관계 중에서 혈연으로 연계된 가족 집단은 한 존재의 정체성을 구성하는 전제조건이 된다. 또한 한국 사회에서 가족은 자주 한 개인을 구성하는 거의 전부로 치환되기도 한다. 가족은 한 존재의 인격을 구성하고 시간의 더께로 기억을 재생산함으로써 존재의 전 생애를 장악한다. 특히 부모와 자식 간의 천륜은 죽음으로도 끊어낼 수 없는 인연이다. 유한자는 관계 맺기와 관계 끊기의 무한한 반복 속에서 살아간다. 그리고 부모가 떠나고 자신이 부모의 나이쯤 되어서야 그 심사를 얼추 비슷하게나마 헤아리게 된다.

---

4) 박용하,『백화산 풀벌레』, 고요아침, 2015.

백화산 바라보며 깊은 잠이 드신 뒤로
자식들 찾아와도 아무 기척 없으시고
두 그루 늙은 소나무만 부모님을 뫼시네

앞들에 농토 사서 무척이나 기꺼워하며
날이 새면 부지런히 흙과 함께 사시던 곳
여태껏 그 땅의 쌀로 메를 지어 올립니다

벌초 때나 한번 찾고 훌쩍 뜨는 자식들
이승 인연 끊었다며 나무라지 않습니다
웃자란 잡초 더미 속에 아프게 우는 풀벌레
　　　　　　　　　　　　　　　 ―「백화산 풀벌레」 전문

　죽음은 늘 아프다. "백화산 바라보며 깊은 잠이 드신" 부모님은 "자식들 찾아와도 아무 기척 없으시"다. 생전 "기꺼워하"시던 "농토"에서 난 "쌀로 메를 지어 올"리지만 더 이상 부모님을 만날 길이 없다. "웃자란 잡초 더미 속에 아프게 우는 풀벌레"처럼 아무리 울어대도 그저 빈 메아리만 허공에 머물 뿐이다. 죽음 앞에 인간은 한없이 나약해져서 그저 아픈 채로 그리움을 견딜 수밖에 없다. "열한 식구 웃가지들"에 "빨랫줄도 바지랑대도" 씨름한다. 안간힘으로 버티고 있는 바지랑대처럼 "어머니/ 살아온 세월" 역시 그러했을 테다. "구부정한 허리통에"도 "무릎" 통증에도 겨우 "파스 붙"(「어머니의 빨랫줄」)여 견디던 어머니의 삶은 세상 모든 자식들을 아리게 한다. 죽음은 유한자의 슬픔을 가중시키고 유한자인 채로 살아가야 하는 숙명에 속수무책으로 무너지는 존재를 방치한다. 그리움은 존재자의 숙명이라며 야멸치게 모른 척을 하는 것이다. 박용하의 시조는 현재를 응시할 때조차도 깊은 그리움의 감수성으로 인해 과거 지향적이다.

모란시장 5일 장은 따라지들 즐기는 마당
옛날 고향 장터 같이 사투리가 정겹다
눈요기 둘러만 바도5) 하루해 푸근하다

승복 차림 차력사 앞 사람 많이 웅성거린다
재주도 가지가지 또 무슨 꿍꿍이 속일까
등 굽은 노인들 속여 약을 파는 세상인심

먹을거리 김나는 장터 몇 천 원에 배부르고
국밥집 막걸리 잔 추억 흠뻑 취하는 시간
석양에 짐을 꾸리는 어머니 모습도 본다

　　　　　　　　　　　　　　　　－「모란시장」 전문

　"모란시장 5일 장은 따라지들 즐기는 마당"이다. "옛날 고향 장터 같이 사투리가 정겹"고 어쩐지 지친 인생을 살다간 어머니의 삶과도 닮았다. 시장은 고만고만한 사람들끼리 부대끼며 삶과 한바탕 전쟁을 치르는 전장이다. 사람들을 끌어 모으기 위해 "승복 차림"으로 나선 "차력사"나 반신반의 하면서도 그들의 장삿속에 넘어가 효험도 없는 약을 사는 "등 굽은 노인들"이나 만만한 "먹을거리" 찾아서 "몇 천 원"으로 배를 채운 사람들이나 "국밥집 막걸리"에 취한 사람들이나 모두가 그럭저럭 삶을 살아내고 있는 중이다. "지금은 빌딩의 숲"(「들 찔레꽃 · 가뭄」)에 몸을 숨긴 사람들이 많아 삶이 적막하지만, 시장에 가면 여전히 생동하는 삶이 있다. 시장에서 전쟁을 치르고 있는 사람들은 삶의 불균형 속에서 삶의 균형을 발견하고 있는지도 모르겠다. "가끔 균형을 잃는 것도 균형 잡힌 삶의 일부"(영화 「먹고 기도하고 사랑하라」 중에서)이기 때문이다.

---

5) '봐도'의 오기

내 시집 받으시고 원로시인이 내린 글월//

　　시詩를 지키기란 만리장성 독수사위萬里長城 獨守四圍 대기만성

고졸古拙한 우보牛步이기를//

　　시 한 편 짓는다는 것 어려움은 커가네//

　　촌각을 다투는 속도전의 요즘 세태//

　　소걸음牛步 걷더라도 시 한 편 받고 싶다

　　깊은 뜻 되새기면서 누구나가 가슴에 담을

　－「소걸음牛步」 전문

　'우보만리牛步萬里'는 시인이 시를 대하는 태도를 대신한다. "시 한 편 짓는" "어려움"을 견디다 보면 "누구나가 가슴에 담을" "시 한 편" 쓸 수 있으리라는 믿음이 그것이다. 급한 대로 내달리는 "속도전의 요즘 세태"와는 어쩐지 어울리지 않는 느린 "소걸음"이지만 큰 뜻, "깊은 뜻"을 이루기 위해서는 조급해 하지 않아야 한다는 울림이 전해진다. 시적 울림은 느리게 걷기, 느리게 걸으면서 주위를 보듬고 가는 그 따뜻함에서 비롯된다. 그러니 우보로 자신의 "시詩를 지키"겠다는 시인의 다짐은 쉽게 시를 쓰고 가볍게 시를 세상에 내놓는 요즘 세태에 경종을 울린다. 특히 이번 시조집이 십 여 년만에 출간된 두 번째 시조집인 데서도 이처럼 우직한 우보의 행보를 엿볼 수 있다.

6. 거식증을 앓다!

　이 시대 시조적 정의는 무엇이며 그 역할을 어디에 두어야 하는지에 대한 근본적인 물음 없이 상차림만 요란한 것은 아닌지 경계해야 한다. 정형은 그 향유자로 하여금 어떤 책무, 일종의 무게를 부여한다. 그것은 정

형시가 위치한 자장에서 '본래적으로' 부여한 정형만의 특수성에서 기인한다. 이 굴레로부터 자유를 얻게 되는 경지에서 역설적이게도 참맛 나는 시조가 탄생하기도 한다. 정형의 형식이지만, 그것에 얽매여 있다는 인상을 지워야 한다는 역설. 자연스러운 율격미를 획득한 정형. 말도 안 되는 이러한 억지를 충족시킨 작품이야말로 정형미를 맛갈나게 살린 오늘의 시조라 할 만하다. 시조 형식은 이처럼 거리낌 없이 자연스러워야 한다. 그래야 시조적 발화에 귀 기울일 수 있게 된다. 종래에는 정갈하게, 그리고 품위 있게 제 그릇을 만든, 형식이 아니라 내용에 매료되게 하는 게 시조다. 시조의 형식이 시조를 음미하는 데 거북함이나 부자연스러움을 야기해서는 안 된다는 것이다.

과격하게 진단한다면, 자본과 문단 권력 중심의 오늘날의 문학 생산 및 소비 풍토에서 시조의 대중화 및 젊은 작가의 유치는 생각 보다 단순할 수도 있다. 가령 씁쓸하지만, 신춘문예나 신인상 등에서 여타의 부문 보다 상금을 높이면 된다. 도전해볼 만한 필요를 제공한다면, 생산자가 곧 소비자로 등치되는 현 문단이 안고 있는 문제는 어느 정도 해결될 것이다. 물론 그것이 얼마나 진지하게 시조문학 장을 풍성하게 만들지는 의문이나 적어도 자본 사회에서 문학의 생산은 이러한 역학관계와 무관하지 않다. 현재 시조문단은 등단에는 상당히 인색한 편이다. 이때 인색함이란 무분별한 자격—수여와 시인이라는 허울을 사고 파는 행위에 그친다는 비판과 더불어 자본화된 척도에서 그에 걸맞은 대우가 이루어지고 있지 않다는 의미다. 오로지 자본의 논리만 놓고 본다면, 생계가 해결될 리 만무한 시조단으로 투신하려는 젊은이는 많지 않을 것이다. 물론 이 역시 시, 혹은 시적인 문학 생산물이 자본적 척도로 계산된 시장경제의 외부에 있다는 데서 근본적인 원인을 찾을 수 있다. 냉정하게 말해서 신춘문예 등에서도 시조를 뽑지 않는 신문사도 많으니 시조의 위상이며 대중성을 논할 '가치'조차 없는지도 모르겠다. 어떻게 보면 상당히 안타깝고 씁쓸한 이 시대 시조문단의 실상이다.

비평 역시 마찬가지다. 오늘날 시조비평은 시적인 것을 탐색하는 보다 거시적인 관점에서 진행되어야 한다. 홍기돈은 권력적 구도 안에 잠입해서 그 내부에 저항할 수 있는 글쓰기가 필요하다고 했다. 그때 비로소 시의 윤리성이 성립한다는 것이다. 그런데 시조 비평은 비평만의 구역이 충분히 활성화되지 못했다. 시조 생산자가 비평을 겸한다는 점에서 객관적 거리-두기가 어려운 탓이다. 시조비평가 역시 탐식증자가 되어야 한다. 시조의 형식은 시조문학의 전제조건이자 가장 본질적인 요인이다. 때문에 이를 토대로 시조의 비평적 담론장을 구성하는 일은 중요하다. 이때 시조비평은 외부자이자 동시에 공범자가 되어 비평적 윤리를 실현할 수 있는 독자적이고 동시에 연대적인 입지를 구축해야 한다.

2부

시적 감수성에 도취되다

말의 향연; 시적 언어에 대한 성찰

— 김언론

1. 김언, '유령'이거나 '거인'이거나

　김언金言은 스스로 말言語이다. 그래서 그 스스로 금언金言이기도 하다. 금쪽같은 말이 되었다가 어느새 스스로에 의해 결박당한 금언禁言이 되기도 한다. 시인 스스로 '언言'이라는 이름을 사용함으로써, 말에 대한 긍정과 부정은 모두 그 스스로에 대한 물음이나 그가 세상을 향해 던지는 무수한 질문에서 비롯되었음을 암시한다. 무엇보다 이러한 고민은 시적 언어에 대한 성찰에서 기인한다. 김언은 그 스스로 말이 되었고, 원한다면 언제든지 "유령"이나 "뱀사람" 혹은 "거인"이 될 수 있다. 그는 그가 만들어낸 이것들을 통해서 다중인격으로 찬란하게 분화한다. 내 안에 내가 너무도 많지만 신기하게도 이것들은 낯섦을 가장假裝해서 소통하고 있으며, 소통을 가장했으나 여전히 낯설다. 김언 스스로, 잼 세션jam session의 연주자가 되어 혼자 또는 여럿의 몫을 감당하고, 자신의 연주가 벌이는 향연을 고통스럽게 즐긴다. 그가 즉흥연주를 할 수 있는 것은 그 스스로 말(문장)이며, 여러 개의 가면假面을 가진 덕분이다.

　이러한 향연의 결과물에는 『숨쉬는 무덤』(천년의시작, 2003, 이하 『무

덤』), 『거인』(랜덤하우스중앙, 2005), 『소설을 쓰자』(민음사, 2009, 이하
『소설』) 그리고 『모두가 움직인다』(문학과지성사, 2013, 이하 『모두』)가
있다. 우리는 "숨쉬는 무덤"에서 태어난 거인을 통해서 "소설을 쓰자"고
선동하는 이상한 시인을 만나 세상을 향해 서서히 '움직이는' 새로운 시적
발화법을 배우게 된다.

> 넘어갔다// 오늘부로/ 내 몸뚱아리/ 빈집이 넘어갔다// 그럼 나는?/
> 당신 몸밖의 나는?
> — 「신체포기각서」(『무덤』) 전문

　시인이 된 김언은, 혹은 시인이 되기 위해서 김언은 가장 먼저 자신을
버리는 일부터 감행한다. 스스로와 "적당한 간격을 두고" 끊임없이 "타인
을 만들고 있"(「미학」, 『모두』)는 것이다. 다소 공포스럽기까지 한 "신체
포기각서"라는 통과의례를 치르면서 김언은 시인이 된다. 자신을 부정하
고 종래에는 자신을 제 몸 밖으로 추방하는 냉혹함을 통해서 비로소 시인
이 된 것이다. "내 몸뚱아리"는 "빈집"이 되어 어떤 것이라도 될 수 있는
가능성의 개체로 남겨지고, 본래의 나라고 생각했던 것은 기꺼이 "몸밖"
으로 밀려난다. 이미 "당신"이 차지한 빈집을 서성이고 있는 "나는?/ 당신
몸밖의 나는?" 과연 누구인가, 라는 반문은 되레 시인이라는 존재는 이래
야 한다는 단언처럼 들린다. "나는 밖이다/ 이렇게 말하는 나는 밖이다/
(…)/ 이미 밖이다."(「나는 밖이다」, 『무덤』) 나는 밖에서, 다양하게 변이
할 자신의 빈 몸을 관찰하는 관음증자가 된다. 그렇기에 시인은 거인이거
나 유령이거나 뱀사람이며, 그 이상이기도 하고 이하이기도 하다. 끊임
없이 "배제"되고, 무수한 "사이"의 경계에 갇혀 스스로의 부재, 그 "없음"
(「청색은 내부를 향해 빛난다」, 『모두』)을 매순간 확인하게 된다. 이처럼
그는 스스로 주체이기를 포기하고 무엇도 아닌 채로 무엇이든 될 수 있는

빈집이 되었다. 그러나 빈집에서조차 시인은, "나는 어디에도 없었다"(「유령산책」, 『모두』)고 고백한다. 미정형의 존재가 되어 자유 혹은 방기放棄를 향유하는 것이야말로 시인이 지향하는 가치로 보인다.

"그가 유령인 것은 중요하지 않"다. 다만 "어느 시대를 살고 있느냐가 문제"이지 "나는 중요하지 않"(「유령-되기」, 『거인』)다. 그렇다면 시인이 '유령-되기'를 갈망하는 이 시대는 도대체 무엇이란 말인가. "아무도 없는 곳에서 너와 나는 통"해야 하고, "아무도 없는 곳에서 여행을 떠나고/아무도 없는 곳으로 소포를 보"(「아무도 없는 곳에서」, 『거인』)내야 하는 지금 이 시대야말로 낯섦을 가장假裝한 소통만이 가능한 것은 아닐까. 좌절과 절망의 시대, 불신이 공포를 낳는 우울한 시대에 시적 언어는 무엇을 발화해야 하는지 의문이다. "바닥에 배를 깔고" 걸어가는 "뱀사람"을 보고 사람들은 "기겁을 하겠지만"(「뱀사람」, 『거인』) 또한 그래야만 "닮은 점이 없"(「뱀사람2」, 『거인』)는 서로가 곁눈질로라도 존재확인을 해주지 않겠는가. 한없이 가벼워진 '관계 맺기의 무게'는 필연적으로 소통의 부재를 야기한다. 스펙터클한 현대를 살아가는 우리는 나 아닌 다른 것에 관심을 둘 여유조차 없다. 이러한 상황에서 소통을 이끌어 내기 위해서는 충격적인 자극이 필요하다. 즉 '지금-여기'는 전복시킬 것들이 난무한 시대이기에 시인은 기꺼이 '유령-되기'를 감행한 것이다.

이처럼 김언의 시에 드러나는 나의 타자화는 단순히 분열된 주체를 표현하는 데 국한되지 않고 무수한 사건의 기원이 된다. 벤야민의 말처럼 모든 현재가 기원(the time is now)이 되는 것이다. 지금 일어나고 있는 일 자체, 즉 주체의 분열이 곧 사건의 발단이 되기 때문에 "태초에 문장이 있었다"(「이보다 명확한 이유를 본 적이 없다」, 『소설』)라는 선언 자체가 매순간을 기원으로 치환시키고 있는 셈이다. 이처럼 기원(사건)은 문장에서 시작되고, 새로운 문장이 매순간 기원을 창출하게 된다. 그러나 기원을 위해 태어난 김언의 타자들에게 기원의 기원은 애초부터 부재할 수밖에 없는 양식이므로 기원의 찰나만 난무하게 된다. 그러니 김언의 문장은 계속될 수밖에 없는 운명을 타고난 것이다. "거인"은 종결되지 않은 "사건"에 집착하고 종래에는 시-언어를 빙자한 "소설을" 쓴다. 세라자데의 이야기처럼 김언은 말, 영원토록 종결되지 않을 미제의 사건 같은 말의 향연을 시작한다. 그것은 말이지만, 지금과 소통이 이루어지지 않은 불/가능성의 말이다. 소통하고 있으나 소통하지 않는 이율배반. 소통을 거부하는 듯, 소통하는 마술적 시작詩作. 그것이 바로 김언의 글쓰기이다. 그의 글쓰기, 곧 시적언어에서는 문장도 사람도 끝나지 않는다. "유령이 필요한 사람"과 "유령을 보관해야 될 사람"만이 잠깐 주어의 자리에 머물다가 "먼지처럼"(「유령시장」, 『소설』) 사라지고 마는 것. 바로 이것이 김언의 시가 드러내 보이는 세상이다. 김언 스스로 "계획적인 음모"(「건설적인 욕망」, 『소설』)를 욕망하는 태초의 문장이 된다. 그래서 그의 시는 어렵고, 또한 쉽다.

2. 불순한 상상력

　문학은 감추어진 세계를 언어라는 미끼로 건져 올리는 것이라고 할 때, 현실과 틈을 이룬 경계를 갖는 것이 곧 문학이다. 틈을 유지하는 것은, 상투성에 저항하는 전위적인 투쟁 상태를 의미한다. 문학은 체험에서 획득된, 그리고 그 체험 너머에서 사유된 상상력 덕분에 전범을 파괴할 수 있다. 문학의 바탕은 현실에 두되 온전히 현실에 국한된 것은 아니어야 한다. 이러한 공중부양 상태를 유지할 수 있는 것은 순전히 상상력 덕분이다. 가면을 쓴 비존재들의 문장이 등장한다는 것 자체가 발칙한 상상의 원천인 셈이다.

이처럼 "문학이 되지 않는 글이 무엇일까"(「방치」, 『소설』)를 고민해서 그것을 문학으로 만들어 내는 일은 상상에서 시작된다. 김언의 시세계는 "우리들의 눈과 감정과 손질 많은 상상만이 살아서 거대한 행성을 이루고 있"(「돋보기」, 『소설』)다. "전위는 새롭지만 선호하는 부위가 다르"(「취향의 문제」, 『소설』)기에 그의 상상력은 특별하다. 가면은 하나의 인격체를 거부하고, 김언이 여러 개의 문장들로 분화될 수 있는 알리바이를 제공한다. 조물주의 상상력이 생산하는 가면을 통해서 김언이라는 단일 인격체를 은폐하게 되고, 그 안에 내재되어 있는 다성적 인격을 폭로하게 되는 것이다. 그러니 그것은 김언이어도 좋고, 김언이 아니어도 무관하다. 김언이라는 인격체가 가면이 되어 '다른 자기들'을 은폐해 온 것이라는 혐의로 인해, 복수적인 가면이 김언을 낳은 건지 김언이 복수적인 가면을 잉태한 건지, 헷갈린다. 이것이 김언이 의도하는 바다.

> 사건을 잡아 오라니까 문장을 만들고 있어. 미친놈!/ 너는 완전한 문장이 아니야, 나는 거의 울고 있지만./ (…)/ 마지막 증언은 그들이 해 줄 것이다.
>
> — 「연루된 사람들」(『소설』) 부분

시인의 증언처럼 이 시집에는 "사람도 연루되어 있고 문장도 연루되어 있다." 서로에게 "연루된" 것들이 소통 아닌 소통을 빙자해서 한데 묶여 있으나, 정작 묶인 것은 아무것도 없고 남은 것은 "먼지" 뿐이다. "완전한 문장"이 없으니, 연루된 것들의 실체를 파악할 수 없고, "사건을 잡아"올 수도 없다. 고약하게도 "그 사건은 이리저리 주인을 옮겨 다닌다."(「동의하는 사람」, 『모두』) 그들은 모두 각자의 사건만 '싸지르는' 비존재들일 뿐이기 때문에 "마지막 증언" 역시도 부재할 수밖에 없다.

시인은 "불가능한 동격"(「불가능한 동격」, 『무덤』)을 만들어 내는 상상력을 통해서, 친숙한 것에 모른 척 하고, 의뭉스럽게 시치미 뗄 수 있다. 동질하다고 말하면서 이질적인 것을 발견하는 힘은 여기서 비롯된다. "당신의 상상은/ 깊이깊이 다른 건물을 쌓아 올"림으로써 나와 "사이좋게 평행선을 만든다."(「테이블」, 『소설』) "확인되지 않은 곳을 지나"(「미확인 물체」, 『소설』)면서 미확인된 물체인 채로 남는, 소통 불능의 상태에 함몰될 듯 하지만 시인은 이만큼의 거리에서 소통하기를 즐긴다.

　"꼬마 한스"가 무엇이든 되고 싶었던 것은 모두 "어제 일이다."(「꼬마 한스 되기」, 『소설』) 한스로 분화한 김언에게 어제도 어제고 1시간 전도 어제이며, 무엇이 되고 싶다고 말하는 순간도 어제다. 선형적 시간의 파괴를 통해서 자명한 존재로서의 김언을 회의하고 응당 '지금—여기'라 명명해야 할 것들을 의심함으로써 현존재의 가치는 침몰하게 된다. 시간의 사라짐, 과거—현재—미래가 모조리 '어제'로 치환될 때 가면들의 경계는 사라지게 되는 것이다. 김언은 "어제 일"이기에 책임질 것이 없는 상상의 방종 상태를 조립해 낸다. 그러니 김언은 김언일 필요가 없다.

　　커튼 뒤에 숨어서 나는 유령이 되었다./ 문 뒤에 숨어서 엿듣는 살
　　인마가 되었고/ 식탁 아래 숨어서 신의 은신처를 떠올리는/ 착한 양이
　　되었다 (…)/ 갑자기 문을 열고 나와/ 창백한 손이 잡은 고함이 되기
　　전까지.
　　　　　　　　　　　　　　　　　　　　　　—「숨바꼭질」(『소설』) 부분

　"숨바꼭질"의 긴장감. 우리는 모두 우리 안에 내재한 혹은 세상에 혼재해 있는 비정형의 얼굴들과 한바탕 숨바꼭질 중인지도 모른다. "고함"과 함께 발각되기 전까지 우리는 안전하다. 고함이 되기 전까지는 누구에게도 존재를 들키지 않을 수 있다. 침묵이 우리에게 다음과 같이 속삭인다. "사람은 상상력이 있어서 비겁해지는 거래. 그러니까 상상을 하지 말아

봐. 엄청 용감해질 수 있어."(영화 <올드보이> 중) 하지만 상상 덕분에 존재의 가벼움과 지루함을 이겨내고 은폐된 사실을 폭로하기도 한다. 그러니 굳이 침묵이라는 안전장치를 꺼내들 필요도 없으며, 말랑말랑한 상상을 포기할 필요도 없다. 우리는 술래이기를 중단하기 위해서 술래가 되어 비정형의 얼굴들을 찾아내야 한다.

"자신의 고유한 계界, 자신의 성性, 자기의 계급, 자신의 메이저리티를 배반하기―글을 쓰는 데 이외에 다른 이유가 있을까요?(…) 배반이란 창조하는 것이니까요. 배반자가 되려면 우리는 우리의 정체성, 얼굴을 잃어야 합니다. 사라져야 하고 미지의 적이 되어야"(질 들뢰즈·클레르 파르네, 『디알로그』, 동문선, 2005, 88~89쪽.) 한다는 지적처럼, 새로움은 배반에서 탄생한다. 그렇기에 김언이 불러낸 얼굴들은 새로움을 창조하기 위해서 끊임없이 변이과정을 거쳐야 하는 것이다. 뱀인간과 거인 그리고 유령은 호모 사케르(아감벤)를 지향하는 듯 보이나, 실상 "배반"을 통한 창조를 위해 시인에 의해 시적으로 철저하게 계산된 존재들이다. 그러므로 정치적·종교적인 의미를 상실한 채 단지 생명만 유지된 존재로서의 '벌거벗은 삶'이라는 수식어는 이들 개체에게는 해당되지 않으며, 김언의 문장에 사주 받았다는 것만으로도 김언의 분신들은 충분히 정치적이다. 자유라는 정치, 외부자라는 정치, 밖이라는 정치 말이다. 예컨대 질서와 율律을 거부하는 것이야말로 가장 눈에 띄는 정치적인 행보다.

이 소설의 등장인물이 그들의 주요 서식지다. 사건과 사건을 연결하는 등장인물은 광대하고 모호하고 그만큼 일처리가 늦다. 기다리는 것은 사건이다./ (…)/ 우리들은 모여서 의논하는 버릇이 있다. 그들은 흩어지면서 빈집을 방문한다. 바로 눈앞에서 벌어지는 일들이 믿기지 않는 한 사람의 떡 벌어진(사실은 텅 빈) 입속으로 들어가서 소문을 퍼뜨리는 것이다. 책장을 넘기면 다음 사건들이 소문의 진위를 파고들

것이다. / 종결된 사건은 더 이상 책을 만들지 못한다. 자신의 몸이 공
간이라고 생각하는 사람은 이제 책을 덮고 한 권의 소설이 될 것이다.

―「사건들」(『소설』) 부분

김언은 김언만은 아니기에 불순하다. 그는 필요에 따라 무엇이라도 될
수 있고, 생각대로 할 수 있다. 이름은 한 문장의 마침표처럼 모든 가능성
을 종결해 버린다. 때문에 김언은 모든 이름을 부정한다. 다만, 진실일 필
요 없는 "소문을 퍼뜨"려 일련의 문장들을 하나의 사건으로 만들기 위해
서 김언은 "등장인물"을 필요로 한다. 그래서 김언의 시는 소설을 차용
한다. 소설에서 빌린 가면과 사건을 통해서 김언은 새로운 시적 상상력
을 발휘하고 전지전능한 조물주가 되거나 "종결된 사건"이 되기도 한다.
이처럼 김언의 시에서 고유한 인격체로서의 '나'가 실종된 자리에, 유령이
나 거인처럼 불확정적인 존재만 남아 "사건"을 만들어 낸다. 이름은 모
든 부적합한 명명에 대한 성찰이지만, 어디에서도 "이미 사라진 주어를"
(「이미 사라진 주어를 어떻게 찾을까?」, 『모두』) 찾을 수 없다. 이때 비
존재적 지위는 오히려 고정된 동일성으로서의 전범적 주체를 자유롭게
한다. 놀랍게도 시인은 등장인물을 모색하는 방편으로 "가만히 앉아서 사
건이 되는 방식"인 분신의 원리를 포착한다. 태연하게 "불타는 두개골 속
을 들여다보는 자의 자기 시선과 과대망상. 협소한 두개골 내부의 끓는
뇌"를 응시하는 시인, "그는 그 자신의 고통을 앉은 자리에서 수행했"으
며 그를 도와준 것은 "공기"(「분신」, 『소설』) 뿐이다. 이러한 분신의 행
위는 김언을 죽이고 등장인물들을 호명하는 의식이다. 분신焚身을 통한
분신分身이라니. 결국 이야기는 신체를 변이시킬 뿐, 신체와 떨어질 수
없는 관계다.

3. 선언의 순간

> 내가 덥다고 말하자 그는 문을 열었다./ 내가 춥다고 말하자 그는
> 문을 꼭꼭 닫았다./ 내가 감옥이라고 말하자 그는 꼼짝 말고 서 있었
> 다.// (…)// 내가 명령이라고 말하자 그는 망령처럼 일어서서 나갔다.
> 누군가의 입에서.
>
> — 「감옥」(『소설』) 부분

주체가 변모하는 고유한 순간은 행위의 순간이 아니라 선언의 순간이
다(슬라보예 지젝, 『HOW TO READ 라캉』, 웅진지식하우스, 2007, 29
쪽). "사건 다음에 문장이 생기는 것이 아니라/ 문장 다음에 사건이 생긴
다"(「이보다 명확한 이유를 본 적이 없다」, 『소설』)는 김언의 선언이야
말로 감히 독자의 혁명을 꾀한다고 볼 수 있다. 독자를 거부하면서 동시
에 독자를 발견하려는 이율배반적인 시작詩作을 위해서 김언은 '시 밖의
시'를 발명한다. 김언은 서정 아닌 서정을, 서사 아닌 서사를 만든다. 동시
에 이것들은 서정이기도 하고 서사이기도 하다. 분명한 것은 김언의 발화
들이 시詩를 새롭게 탐한다는 점이다. 김언의 시에서 확실한 것은 그의 선
언처럼 문장이 사건 앞에 발생한다는 것뿐이다. 선언을 위해서는 문장이
더 유효한 까닭에 그는, 시어(단어)를 시의 작동원리에서 폐위시키고 그
자리에 문장을 책봉한다. 문장이 시의 왕위를 물려받을 수 있을지는 여전
히 실험중이며, 왕위를 물려받는 순간 김언은 문장을 버리고 다른 원리를
찾아 나설 것이기에 실험중의 과정에서만 이 책봉은 유효하다. 그러므로
김언의 "명령"(선언)을 받은 분신인 "그"는 처음부터 진위여부가 상관없
고, 왕위에도 관심 없는 "망령"의 문장에 지나지 않는다. 때문에 김언의
문장은 의미를 획득하기 위해서가 아니라 배열되기 위해서 태어난 산물
처럼 보인다. 김언은 '낯설게 하기'를 표현의 층위에서가 아니라 문장 배

열의 층위에서 실행한다. '말(문장)을 운용하는 자, 세상을 가질지니.' 김언의 선언은 얼추, 이렇다.

> 우리는 어떤 것도 말해 줄 것 같지 않다./ 우리는 어떤 보편적인 환상을 가지고 있는 듯하다. 혀에 대해서. 혀가 닦아 놓은 길에 대해서. 광택이 전부인 어떤 뱀에 대해서도 마찬가지 결론을 내려야 할 것 같다. 혀가 움직이는 순간// 말은 지나간다. 공기를 향해/ (…)// 나는 잠시 혀를 묘사했다.
>
> ─「뱀에 대해서」(『소설』) 부분

뱀과 혀는 동격일까, 아닐까. 김언의 시는 전복의 힘을 가졌다. 당연한 것을 당연하지 않게 만드는 힘, 당연하지 않은 것을 당연하게 만드는 힘. 나아가 당연한 것이란 애초부터 아무것도 없었다는 절망, 혹은 모든 것이 가능하다는 포용까지. "어떤 것도 말해 줄 것 같지 않"은 "혀"는 실상 너무 많은 말을 했고, '혀로 된 뱀'(또는 '뱀으로 된 혀')이 지나간 자리에는 소문만이 흔적처럼 남았다. 혀는 명령하는 순간 뱀이 되어 주어를 삼켜버린다. 선언을 통해서 주어 있는 문장들은 모조리 주어 부재의 문장으로 탈바꿈된다. "모든 발음과 증오가 소음 속에서 증발"하고 "소문 속에서 돌아왔"지만 "입을 다물면 곧 사건이 될 사람"(「입에 담긴 사람들」,『소설』)들만 우글거린다. 이 사람들은 주어가 아니다. 주어는 넘쳐나지만 주어로 머물러 있는 것은 아무것도 없다. 그래서 김언의 말은 위험하다. "누군가 혀를 내밀면 신기하게도 길이"(「퍼레이드」,『소설』) 될 정도니 "소문이 나를 그렇게 만들"(「서울에서 가장 우울한 남자의 왕」,『소설』)기 전에 혀를 지배해야 한다. 그래서 살아있는 혀의 감촉을 유지하는 일은 중요하다. 그것이 "환상"일지라도 말(문장)의 힘은 충분히 위력적이므로. 결국 뱀과 혀는 동격인 셈이다.

"나는 문장 안에서 단어를 대신할 수 있"으며, "그 반대의 단어를 걷어

찰 수도 있다."라는 건방진 선언 속에 시를 전복시킬 힘이 내재해 있다. 시를 걷어찬 자리에 또 다른 시를 갖다놓는 뻔뻔함이야말로 김언 시의 생명력이다. "다음 문장에서"(「오브제의 진로」, 『소설』) 계속될 것이라는 전언을 남기며, "지어진 순간부터 변"(「짐 자무시의 친구들」, 『소설』)이 할 운명을 타고난 무정형의 사건은 일단 종결된다. "그다음에 부는 바람이 정확히 어느 방향이었는지 당신은 모른다"(「자연」, 『소설』)는 말은 '그 다음에는 어떤 문장(사건)이 말해(벌어)질지 모른다'는 의미다. 소문이 문장을 대신할 것이기에, 문장은 죽음으로도 종결되지 않는다. 그렇기에 종결된 사건은 "아름다운 문장을" 쓸 수 있도록 고뇌의 "시간"(「아름다운 문장」, 『소설』)을 충분히 갖고, 이 시대에 시가 될 수 있는 것들이 무엇인지 끊임없이 고민해야 한다. 이러한 고민을 하지 않는다면 종결된 사건은 영원히 문장이 되지 못할 것이라는 사실을 시인은 명확하게 인지하고 있다. 김언의 선언들은 이 고민에 대한 일단의 답변인데, 이 답변들이 미봉책에 지나지 않기에 문장은 계속될 수밖에 없다. 그 탓에 시인은 "공허한 문장 가운데" 유폐되고 만다. 역설적이게도 "어떻게 써도 시가 되지 않는 문장"(「공허한 문장 가운데 있다」, 『모두』)으로 인해 시인은 유일하게 살아있음을 통각한다.

> 내가 기억하는 것만 기억하는 말들이 있고/ 거리를 곧장 달려가는 말들이 있고/ 거리를 온통 쓸어 담는 말들이 있고/ 와중에도 흘리는 말들이 있고/ 이 모든 걸 다 말할 수 없는 말들이 있고
> ─「말들」(『무덤』) 부분

언어는 규범적인 산물이나 김언은 그 순연성에 동의하지 않는다. 그의 화자들은 유령이지만, "말랑말랑한 혀"가 있다. 덕분에 "조금 더 외로워"진 "단어"와 "조금 더 상냥해"진 "문장"(「죽은 지 얼마 안 된 빗방울들의

소설」, 『모두』)이 있지만, 아무 의미도 없는 탓에 고독하다. 시인은 "가치를 알 수 없는 단어와 단어 사이에"서 "적지 않은 반항"을 해 보지만, 결국 "익사"(「나는 식사하는 문장을 쓴다」, 『모두』)하고 만다. 한 번 쓰인 "문장은 다시 씌어질 가능성이 매우 높"(「이 문장이 다시 씌어지는 예문 하나」, 『무덤』)기 때문에 김언의 "말들"은 "방관자의 혀를 가"질 필요가 있다. 애초에 "모든 언어는 은어"(「톰의 혼령들과 하품하는 친구들」, 『소설』)였으니까. "나는 괴한이 되고 말았다"라는 전언을 통해서 시인은 괴한처럼 행동하게 된다. 이어서 "그보다 빠르게 생략되는 존재는 없다"(「톰의 혼령들」, 『소설』)라는 전언을 선언하는 순간 시인은 다른 것으로 해체·분화되고 만다. 그래서 그 스스로 "내가 쓰는 문장이 너무 어렵다는 생각을 문득 하게 되"는 것이다. 그럼에도 시인의 무수한 선언들이 시가 될 수 있는 이유는 "긍정의 시간과 부정의 시간 사이에" 놓인 "아리송한 질문의 시간"(「인터뷰」, 『소설』) 덕분이다. 시인이 선언으로 "흘리는 말들이" 독자에게 질문으로 던져지면서 "말들"은 시가 된다. 그렇기에 김언의 시에서 언어의 규범을 읽어내려는 것은 어리석은 일이다.

"시의 주둥이를/ 콕콕 찍어서/ 죽였다"(「그게 뭘까?」, 『소설』)는 시인의 고백은 그 동안 시를 작동시켜온 동일성의 메커니즘을 파괴하고 새로운 전복을 꿈꾼다는 것을 의미한다. 그래서 달아나면서 뱉어지는 시인의 문장들은 항상 그 문장의 전복인 다음 문장에서야 유효하다. 김언의 모든 문장들은 그의 "의지와 무관하다."(「한없이 무관해지는」, 『모두』) 그래서 "주어가 필요 없는 문장"들은 항상 "수상"(「말 없는 발」, 『모두』)하다. 김언이 "불구의 문장들"로 "소설을 쓰는 것처럼 시를" 쓸 수밖에 없는 것은 이 때문이다. "인물 하나가 하나의 문장을 점유할 때 하나의 문장에 기대어서 자신의 성격을 까발리고 곧장 숨어버리는, 다음 문장에서는 또 다른 사건이 터지기를 기다리는" 것이 김언의 시다. 그러므로 그의 시는 "문장과 문장 사이의 틈바구니. 아니 한 문장 안의 긴밀함 속에서도 충분히 가능하다."(「詩도아닌것들이－문장생각」, 『거인』) 그래, "말을 하는 순간 말이 사라져 버리는 이 도시에서/ 지상의 언어를 받아 적는 자"(「그 곡은 딱 한 번 연주되었다」, 『소설』)인 김언의 선언은 '언제나' 불가능하기에, 가능하다!

4. 세미콜론(;)의 시

주지하듯이 구두점은 쉼표나 마침표를 일컫는 말이다. 하지만 김언이 '발견'한 구두점은 쉼표이기도 하고 마침표이기도 한, 동시에 쉼표도 마침표도 아니다. 세미콜론. 끝났으나 끝나지 않은 이야기. 나열이 중단된 쉼과 마침 사이의 구두점이 바로 세미콜론이다. 세라자데의 이야기가 그렇다. 종결되는 순간 다시 이어지는 이야기. 이야기는 살기 위해 계속된다. 시인이 자신의 목숨과 생계를 담보로 '세미콜론의 시'를 '발명'한 것처럼. 김언의 시는 시작했으나 끝이 없는, 언제 시작했는지 어디서부터 시작인 것인지도 알 수 없고, 알 필요조차 없는 공허한 문장들의 연속이다. 처음부터 "도착하고 싶은 곳이 없"(「외로운 공동체」, 『모두』)었던 시인 탓에 그의 문장들 역시 해체와 복원을 반복한다.

세라자데에게 중요한 것은 어떤 행위가 아니라 이야기 자체이다. 이야기의 연쇄가 곧 생존이기에, 세라자데에게 무수한 기표는 살아야 한다는 기의를 숨기기 위해 나열된다. 세라자데는 세상을 살아가는 방편의 하나인 침묵으로는 자신의 안전을 도모할 수 없다는 것을 깨닫고, 이야기(문장)를 선택한다. 세라자데의 끝나지 않는 이야기처럼 문장이 낳은 무수한 사건들의 연쇄, 기의를 위한 기표의 변혁, 이것은 모두 하나(소설)이거나 여럿(시)이다. 그러니 문학은 더 이상 고유하지도 신성하지도 않다. 문장

(시라는 장르)을 넘어서는 순간 새로운 사건(장르 가능성)이 발생하고, 문장은 문장 너머에도 중첩되어 있다. 김언이 '소설'을 시에 갖다 붙였을 때, 이것은 소설이라는 장르가 아니라 시의 또 다른 가능성이다. 결국 "이 또한 살기 위한 한 방식"(「시인의 말」, 『모두』)인 것이다. 그는 세라자데처럼 시를 중단하게 되면 죽을지도 모른다는 불안으로 산다. 이 불안을 포착하는 순간 규칙도 형체도 없이 분화하는 그에게도 일정한 율律이 있다는 것을 발견하게 된다. 그 율은 다음과 같다.

> 어느 좌표에도 찍히지 않는 점이 불가능할 것./ 반드시 찍힌다는 신념을 의심하지 말 것./ 차원의 문제는 신념의 문제에서 비롯될 것./ 그 새벽의 전혀 다른 도시를 보여줄 것./ 어느 공간에서도 외롭지 않을 문장일 것./ 어느 시간대를 횡단하더라도 비명은 아닐 것./ 고함도 아닐 것. 그것은 확실히 음악일 것./ (…)/ 오로지 쓸 것./ 한 명의 과학자를 움직일 것./ 백 명의 민중을 포기할 것./ 그 이상도 가능할 것./ 다른 문장일 것.
>
> — 「시집」(『거인』) 부분

> 전혀 시적이지 않은 소설을 쓸 것. 있어도 상관없고 없어도 상관없는 중요한 문장이 들어갈 것. 단어는 조금 더 동원되거나 외로워질 것. 저 혼자 있어도 눈물을 뚝뚝 흘리는 마침표일 것.(…) 미완성된 소설의 다음 소설을 구상할 것. 초심으로 돌아가서 길을 잃을 것.
>
> — 「소설을 쓰자」(『소설』) 부분

이것들은 김언의 명령을 넘어 시작詩作의 율법이 된 조항들이다. 이 조항들이 궁극적으로 지향하는 목표는 "백 명의 민중을 포기"하고 "한 명의 과학자를 움직"이는 시를 쓰는 것이다. 시인은 이 조항들에 의해 "시적이지 않은" 시를 써야 하는 까다로운 임무를 수행한다. "누구 눈에도 띄지 않는 복장을 상상한다는 것/ 그건 발견, 그건 발명, 그건 우스갯소리/ 말을 바

꿰 가며 증명할 수 있다는 것/ 경험을 말할 수 없지만 웃음은 이미 터졌다는 사실"(「문학의 열네 가지 즐거움」, 『소설』)을 기억하라. 덕분에 김언은 자신의 숙명을 즐기고 있으니. "먼지 행성의 주민"(「먼지 행성의 주민들」, 『소설』)인 시인은 자신이 "먹은 공기를 말"(「당신은」, 『소설』)할 뿐이다. 오로지 시인이 할 일은 돌연, 모든 것으로부터 무관해지는 것이다. 사건으로부터, 모든 문장과 선언들로부터 무관하게 달아나기, 단 티 내지 않고 치밀하게 시詩를 움직이기! 여기 문장이 있다. '항상 다른 문장일 것, 일단 이 문장에서는 즐기자!' 이것이 김언이 가진 유일한 정언명령이다.

'지금—여기'의 시(詩/時)를 읽다

1. 시란 무엇인가

　4월 총선이 끝나고 12월 대선을 준비하는 정치판의 이권 다툼으로 소란스러운 2012년 여름이다. 오늘의 국가질서를 작동하는 것은 법과 자본이다. 때문에 정치와 자본의 결탁, 이로 인한 권력 암투가 빚는 사건이 오늘의 역사를 구성한다고 해도 과언이 아니다. 이 두 요소로부터 괴리된, 혹은 괴리되어야 한다고 여겨지는 문학은 어느 지점에 위치해야 할까. 예술의 자율성은 가능한가.

　매체의 발전으로 오늘의 문학은 작가의 독점을 어느 정도 탈피했으나 그럼에도 대중에게 그다지 매력적이지 않은 것이 사실이다. 그렇다면 이런 시대에 다시 근원에 대해 묻는다. 역사가 계속되는 한, 물음으로 다시 환원되는 본질적 궁구는 끝나지 않을 것이다. 오래 전부터 시는, 형이상학적 물음에 답해 왔다. 추상성은 '언어'라는 속성이 생기면서 사유의 한 방식이 되었다. 가령, '사랑'이라는 추상적 언어를 표현하기 위해서 시인은 독창적인 구체성을 탐구하는 언어술사가 될 수밖에 없다. 추상성의 구체화야말로 시적 언어의 위치라 하겠다. 이때 시가 새로울 수 있는 여지는 언어의 추상적 정의가 단일함에도 그 구체적 표현은 충분히 다의적인 데에 있다. 또한 독창성은, 소위 새로움과 공감의 보편성을 동시에 충족하는 것을 일컫는다. 이처럼 시란 무엇인가 라는 물음은 시적 사유 혹은 시적 발화법과 관련하여 그 답을 내어놓는 경우가 흔하다.

논의의 한계는 있겠으나 부산지역을 대표하는 시 계간지 여름호에 실린 시를 세 가지 맥락을 통해서 고찰해 보자. 김기림의 말을 빌리면, 시학이 되지 못한 시론이 과학적 체계를 갖추기 위해서는 언어학과 심리학 그리고 사회학과의 통섭을 모색해야 한다.[1] 세기를 달리한 지금에도 그의 주장은 일정 부분 유효하다. 시란 창조적 상상력을 언어로 구성한 것에 그쳐서는 안 되며, 그것이 독자의 감동 혹은 공감을 이끌어야 하고 동시에 자신이 살고 있는 시대인식에 등한시해도 안 된다는 것이다. 계간지에 실린 시편을 통해 시란 무엇인지, 새삼스레 궁구해 보는 계기가 되었으면 한다.

2. 언어감각을 통한 세계의 재구성

당연하게도 시는 언어예술이다. 제아무리 매체의 급변을 겪는다 해도 언어−감각을 무시하고 시를, 문학을 이해하기는 어렵다. 시어의 감각은 영화 「일 포스티노 II postino」에서 마리오가 설레며 느꼈던 어떤 환희, 그 멀미나는 일렁거림이라 할 수 있다. 메타포가 안겨주는 사물의 새로움

---

[1] 김기림이 말하는 과학으로서의 시학은 종전의 형이상학적 시론을 탈피한 개념으로 소개된다. 우선 단순한 박식이 아니라 지식의 체계화이며, 다음으로는 관념적이며 다의적으로 해석되는 사고이자 객관적으로 검증되지 못하는 본질과 존재근거를 탐구하는 사고인 형이상학을 배제하는 시학이다. 끝으로 언어학, 심리학 그리고 사회학의 도움을 받아 정립되는 것이 과학으로서의 시학이라고 말한다. 김기림, 「과학으로서의 시학」, 『문장』 1940. 2, 176~183쪽.

은 시인만이 전할 수 있다. 때문에 어휘의 사전적 정의와 시적 표현은 달라질 수밖에 없다. 시인 류시화의 말처럼 "사물들은 저마다 시인을 통해 말하고 싶어 한다."[2] 사물은 시를 통해서 그 본질적 가치를 부여받으며, 시인이 그것을 발견한다는 것이다.

가령 하이쿠는 5-7-5의 음절로 이루어진 정형시다. 한 줄의 짧은 언어로 계절을 노래하고 자연을 말하며 동시에 인간의 실존이나 본질적 물음 등에 답한다. 무엇보다 하이쿠는 시의 존재 조건인 압축을 잘 보여준다. 시와 산문의 차이는 언어의 압축과 생략을 통해서 언어 너머를 표현한다는 데 있다. 시인의 언어는 사소한 단어 하나라도 무의미한 것이 없다. 각 시어들마다 제각각의 세계가 있고 시인은 그 언어의 세계를 세상에 내어놓기 위하여 분투한다. 그렇다면 오늘의 시-언어는 이러한 압축미를 잘 구현하고 있는가. 파도의 일렁거림 같이 생동하는 감각을 표현하고 있는가.

노벨문학상 수상(1996년) 작가인 쉼보르스카는 수상 소감 연설문에서 "진정한 시인이라면 자기 자신을 향해 끊임없이 '나는 모르겠어'를 되풀이해야 합니다. 시인은 자신의 모든 작품들을 통해 이 질문에 대답하기 위해 끊임없이 노력하는 사람입니다. 시인은 자신이 쓴 작품에 마침표를 찍을 때마다 또다시 망설이고, 흔들리는 과정을 되풀이합니다."[3]라고 말한다. 이처럼 시인은 '시인'의 책무에 대해 고민하고 영원히 열린 미종결의 양식일 수밖에 없는 시작詩作의 고통을 겸허하게 받아들이는 존재다.

울음은 군데군데 찢긴 검은 비닐봉지처럼 바람에 펄럭이다/ 게들이
기어 다니는 포구로 날아가고/ 철탑 아래 콘크리트 바닥엔// 싸늘히 식

---

2) 류시화, 「달개비가 별의 귀에 대고 한 말」, 『나의 상처는 돌 너의 상처는 꽃』, 문학의숲, 2012, 117쪽.
3) 비스와바 쉼보르스카, 최성은 옮김, 「시인과 세계」, 『끝과 시작』, 문학과지성사, 2007, 452쪽.

어가는 까만 어미 새의 주검/ 어린 새가 아픈 목울대를 세워 짹짹거리는 사이/ 철탑 피뢰침에 찔린 하늘에서 주르르/ 노을이 금붕어 떼처럼 쏟아지고/ 상갓집 마당의 구두들처럼 하나 둘 포구로 모여드는 배들// …중략…/ 아픈 기억을 각혈하듯 누가/ 수평선 뒤에서 계속 밀물을 토해 뭍으로 돌려보내고 있다

— 함기석, 「철탑 위의 까만 새」 부분4)

대상은 시인에 의해 자의적으로 해석되고 이야기로 구성된다. 때문에 자연 풍경 하나에도 사연이 담기고, 시인의 감상이나 기분에 따라 감정 섞인 언어 표현이 탄생하게 되는 것이다. 이 시에서는, "어미 새"의 죽음과 혼자 남은 "어린 새"를 시인의 시선으로 그려낸다. 시인이 창조한 이 세계는, 죽음 앞에 남겨진 모든 존재들을 보듬는다. 어미 새의 모성은 시어로 다시 형상화 되고, 자연 만물 역시 시인의 언어를 만나 다시 태어난다. 죽음 앞에서 토해내는 홀로 남겨진 어린 새의 "울음은 군데군데 찢긴 검은 비닐봉지처럼" 힘없이 "바람에" 나부낀다. 슬픔은 마치 "하늘에서 주르르/ 노을이 금붕어 떼처럼 쏟아"지는 듯한 형상으로 표현되고, 시를 읽는 우리는 누구나 "아픈 목울대를 세워"야 했던 자신의 기억을 더듬는다. 그리하여 삶과 죽음의 경계에 선 것은 모조리 "아픈 기억을 각혈하듯" 고통스럽다.

죽음에 대한 함기석의 형상화는 인간과 동물의 경계를 허문다. 아니 어쩌면 역으로 인간의 관념적 한계를 보여준다. 끝끝내 자연 자체를, 그 본질을 알지 못한다는 절망을 인간의 언어에 갇힌 자연을 통해서 말한다. "검은 포도송이처럼 나의 육체에도 다닥다닥" 죽음이 붙어있음을, "빛과 어둠 사이에서, 말의 여백과 공포 사이에서" 죽음은 늘 우리의 육체를 지배하고 우리의 오늘을 위태롭게 호령하고 있음을 보여준다. 결국 시인의 표현처럼 "우리의 생은 지름이 0보다 작은 원"(함기석, 「장지에서」, 『작

---

4) 함기석, 「철탑 위의 까만 새」, 『작가와사회』 47, 2012 여름호, 171~172쪽.

가와사회』47, 173~174쪽)에 불과한 셈이다.

언어로 건축된 시인의 세계는 이기인의 표현처럼 "착오"로 탄생한다. 인간과 자연 사이의 완전한 소통불가능이 '이해의 오해'를 불러오는 것이다. 시는 여기서 생성된다. "감겨 있는 덩굴의 오해"가 "기다림으로도 풀리지 않는다"는 사실과, "나비는 시비가 붙어서 소란스러운 사각의 풀밭을 사바사바 차버린다"(이기인, 「착오」, 『작가와사회』47, 156쪽)는 인간적 환상이 만나 시인의 언어로 말해지는 것이다. 이처럼 시인은 다른 존재들의 무수한 틈을 목도하는 사람, 응시하고 가상으로 재구성하고자 하는 사람이다. 이때 만들어진 세계는 언어라는 무기 없이는 시인 밖으로 나오지 못한다.

> 지난 날 두 손으로 어루만지며 치대던 생이라는 반죽 덩어리 지지고 볶고 끓이던 삶의 요리들 이제는 제법 부드러워졌을 법도 한 것이 뻑뻑하게 뻗대며 손이 하는 일을 방해하고 있다 지우려 하면 점점 번지는 얼룩처럼 이리 밀리고 저리 밀리며 자취를 남기려 기를 쓴다 나는 기를 쓰고 지우려든다/ 혀에 착착 감기며 살갑기가 마치 제 살이 아닌가 하여 꼬집어보기도 하며 꿀꺽 삼켜버리기도 했던 생의 편린들조차도 합세하여 소름의 정체가 되었다 심신에 슬어놓은 삶의 더께를 고무장갑을 끼고 세제 몇 방울과 수세미를 들고 닦아내려 하는 것인가
> — 조윤희, 「나의 게릴라」 부분[5]

궁극적으로 시는, 유한자적 삶을 견디고자 하는 인간의 분투다. 때문에 '인생'에 대해 말하고 정의하는 일은 시인이 언어와 싸우면서 성취하고자 하는 목적이다. "생이라는 반죽 덩어리"를 "지지고 볶고 끓이던 삶의 요리들"은 아무리 정성을 들여도 제멋대로다. "이리 밀리고 저리 밀리"는 와중에도 삶에 "자취를 남기려 기를" 쓰는, "지우려" 할수록 "점점 번지는

---

5) 조윤희, 「나의 게릴라」, 『신생』 51, 2012 여름호, 41쪽.

얼룩" 같은 "생의 편린들조차도" 마음대로 되지 않는 "삶의 더께를" 시인은 어떻게든 언어를 통해 조련하고자 애쓴다. 그러니 길들일 수 없는 생을 향한 투쟁이 충분히 가치 있는 게 아니겠는가. 삶은 "빈약한 상상력이 빚은 공포"를 견디는 일이다. 암전된 삶의 형체를 상상할 때 존재의 모습은 "입을 벌려 권태라는 벌레를 잡아먹"(조윤희, 「인생사용법」, 『신생』 51, 42~43쪽)는 듯 괴이하다.

이러한 삶을 사는 시인은 "죽은 책들의 올데갈데없는 시간 속에서/ 이승의 행간/ 저승의 행간으로 살아가"(고 은, 「귀가」, 『신생』51, 33쪽)는 존재다. 즉 시간을 탐구하는 혹은 시간에 갇힌 존재다. 이런 시인은 마들렌 냄새로 과거를 오늘에 호출하고, 무형의 신비를 가시적으로 건축해 낸다. 언어예술가이면서 그 언어의 경계를 뛰어넘을 때, 제멋대로 그 언어를 부릴 수 있을 때, 시인은 정말 시를 짓는 숭고한 직무를 완수하게 되는 것이다. 그러나 시인의 임무 완수는 영원히 불가능한 욕망이다. 절망하면서도 이 열망으로부터 자유롭다면 시인이랄 수 없을 것이다. "눈에 보이지 않는 뿌리가 그 힘을 감당하고 있"는 균형의 세계, 그리하여 제 나름의 균형으로 "그 어느 하나 아름답지 않은 것이 없"는 만물, "인연은 상호간의 균형을 맞추기 위한 보완의 관계라고/ 자연은"(윤종대, 「균형」, 『신생』 51, 54~55쪽) 말한다. 자연 속에서 이러한 균형을 찾고자 하는 열망은 불균형과 모순의 인간이라는 존재적 한계를 수긍하기 위함이리라. 결국 시인은 이 혼란스런 착종의 존재도 그 기저에는 어떤 균형이 숨어 있을 것이라는 위안, 혹은 간절한 착각을 만들고 싶은 것이다.

이처럼 시인은 사물의 언어를 훔친다. 때문에 그것은 낯설고 새롭다. "작고 초라한 집들이 거친 파도 소리에도 와르르 쏟아지지 않는다(문인수, 「굵직굵직한 골목들」, 『시와사상』73, 117쪽)"는 골목을 발견하거나 "달이 작은 솔 하나로 목젖을 톡, 톡 치는"(조 정, 「그믐밤에 웬 기침이」, 『시와사상』 73, 139쪽) 밤의 찰나를 발견하는 것처럼. 범람하는 사물의 언어를 정의하는 일은 쉽지 않다. 바람 소리 하나, 햇살 냄새 한 줌조차 느끼는 대로 표현하는 일은 녹록치 않다. 그렇기에 시인의 작업은 숭고하다. "800키로 순례 길은 버려야 사는 길"인데 모조리 버리고도 "6포인트로 줄여서 양면 출력한 시 한 묶음"은 마지막까지 남았다고 고백한 시인에게 시는 "생필품"(안차애, 「생필품」, 『시와사상』 73, 153쪽)이다. "모국어의 체위를 지키겠"다는 결심, "홀로 남은 모국어들의 모든 감정들"을 느껴보겠다는 욕망, 그리고 "텅 빈 모국어의 목록 속"(김 안, 「손」, 『시와사상』 73, 155~156쪽)을 헤매는 일, 이것들이 바로 시인에게 필요한 자세이며 시인이라는 직업이다.

3. 심리적 공감의 대화

시는 언어예술이라는 정의로부터 한걸음 나아가면 이를 통해 공감을 이끌어야 한다는 것이다. 일차적으로는 시인과 사물의 소통에서, 이차적으로는 시(시인)와 독자 개개인 간의 소통이 그것이다. 작가는 작품을 통해 독자와 소통하기 때문에, 시는 작가의 감성이면서 동시에 이를 매개로 독자의 감성을 자극하는 일이다. 그렇기에 시는 시인의 언어이면서 동시에 뭇사람들이 미처 표현하지 못한 '어떤 것'을 형상화한 것이다.

다시 처음으로 돌아가서, 시란 어떤 모습이어야 하느냐고 묻는다면 조지훈의 답안을 훔쳐보겠다. "시가 정서를 본위로 한다는 것은, 바꿔 말하면 감동을 위주로 한다는 말이다."[6] 감동, 교훈, 유희 등 시의 기능은 여러 측면을 지니고 있지만 가장 자연스럽게 그 시적 아름다움을 느끼게 하는 것은 감동이다. "시는 사람과 사람—즉 시인과 독자의 심리적 교섭 위에

---

6) 조지훈, 『시의 원리』 전집2, 나남출판, 1996, 139쪽.

성립된다. 즉 시인의 제작과정이라는 심리현상의 한 기호로서 시는 있는 것이고 그 기호가 독자에게 미치는 결과는 어떤 심리적 반응에 틀림없"[7]는 것이다. 감동을 통한 심리적 교섭이야말로 시의 역할이 아니겠는가.

> 어제가 만우절이었다는데/ 나는 주택가의 작은 문구점처럼 소심해져서/ …중 략…/ 어떤 거짓이 머물 작은 집 하나가 필요하다.// 누군가의 이마를 조준하지 않기로 한 돌멩이/ 누군가의 옆구리를 할퀴지 않기로 한 나뭇가지 옆에서/ 전혀 우습지 않지만 미소를 배워야 할까./ 전혀 놀라지 않지만 눈을 크게 떠야 할까.// 내겐 저들의 순진을 감당할 주먹이 없고/적선할 농담도 그들에겐 없고// …중 략…/ 시가 오려는 순간처럼 소심해지는데// 저들은 그냥 지나간다./ 저들은 더 이상 거짓말을 하지 않는다.
>
> — 김미령, 「어떤 하루」 부분[8]

오래 전부터 시는 동일성의 원리에 충실해 왔다. 물론 동일성의 시학에 대한 반기로 주체와 객체의 분열 및 파기를 통한 이질화를 강화하고 있는 것이 현대시의 큰 흐름이다. 그럼에도 본질적으로 서정적 서정시라 규정할 수 있는 시의 본류를 고려한다면 시는 주체와 대상의 교섭을 통해서 이루어진다고 하겠다. 시를 작가와 독자의 감정적 교류라고 한다면, "주택가의 작은 문구점처럼 소심해"진 시적 화자를 통해서 우리 역시 그러한/ 그러했던 '나'의 모습을 떠올리게 된다. "만우절"의 '어떤 하루'는 4월 1일이라는 특정 날에 한정되는 것이 아니라 "농담" 같은 우리의 삶, 우리가 살아내는 순간의 덩어리를 지칭하는 것이다. 오늘이거나, 어제 · 내일이거나 언제나 "어떤 거짓이 머물 작은 집"이 우리에게는 필요하다. "누군가의 이마를 조준"한 적 없지만 "누군가의 옆구리를 할퀴지"도 않았지만 삶은 늘 나를 배신해 왔다는 절망 같은 우울이 밀려오는 날이 있다. 시인

---

7) 김기림, 앞의 글, 181쪽. 띄어쓰기 등은 인용자가 수정함.
8) 김미령, 「어떤 하루」, 『작가와사회』 47, 144~145쪽.

의 고요 혹은 그 조심스러운 심사가 "시가 오려는 순간처럼 소심해"진다는 표현을 통해 우리 가슴에 와서 박힌다. 우리도 저마다 소심해지는 순간이 있고, 사건이 있고, 대상이 있다. 농담 같고 거짓말 같고 장난 같은 그것이 인생이다. 하나의 의미로 규정하기 어려운 삶이라는 것의 단면을 우리는 시인을 통해 보게 된다. 삶이라는 공통 영역에 있기에, 그리고 그 영역에 끊임없이 물음표를 던지고 고민하기에 시는 "하루"를 사는 모든 이들과 소통하고자 하는 열망인 것이다.

> 그래, 무게가 하나도 안 나가니 미안하다// 왜냐고 따지지 말라// 살점은 아무것도 아니기 때문,// 마음을 늘 비워둔 깊이 때문,// 내 저울 눈금이 눈멀고 닳았기 때문이다// 맑은 날에// 뚝,// 떨어진 가을의 무게를,
>   ─ 조영서, 「언밸런스」 전문9)

> 안녕하십니까? 저는 지금 속천항에 나와 있습니다.// …중 략… 북태평양에서 발생한 고기압의 영향으로 생성된 태풍 <하루>는 …중략…/ 다만 속천항에 정박 중이던 <사랑호>는 미처 손 쓸 여유 없이 스쳐간 <하루>에 푹 빠져 헤어나지 못한 가운데 <쌍봉호>에 뱃머리가 크게 부서져 조선소에 머물고 있다고 합니다. 비가 그치는 오후에는 예년의 날씨를 회복하는 맑은 하늘을 볼 수 있겠지만 사랑을 찾는 갈매기로 인해 혼잡하오니 바닷길에 주의하시길 바랍니다.
>   ─ 김성배, 「속천항」 부분10)

서정적 서정시의 정석이랄까. "시는 시인이 자연을 소재로 하여 그 연장으로써 다시 완미完美한 결정結晶을 이룬 '제2의 자연'이라고도 할 수 있다."11) 서정시의 오래된 문법 중 하나가 자연과의 소통을 통한 인간 본질

---

9) 조영서, 「언밸런스」, 『시와사상』 73, 2012 여름호, 106쪽.
10) 김성배, 「속천항」, 『작가와사회』 47, 146~147쪽.
11) 조지훈, 앞의 책, 21쪽.

의 발견에 있다. '시인'이라는 괴짜는 뭇사람이 감각하지 못하는 것을 형상하는 견자다. 그러니 "왜냐고 따"질 수 없다. 세상이 내어준 "저울 눈금이 닳"아 저마다의 무게가 다름을 인식하는 일, "완미한 결정"을 언어로 빚는 일은 오랜 고뇌와 숙고를 통해서야 가능할 것이다. 놓치고 있던 풍경을 발견하는 일, 혹은 익숙한 일상의 틈을 포착하는 일이 작가에게는 시작詩作의 시작始作이며 독자에게는 감동의 순간이다. 어찌, "가을의 무게를" 측정할 작정을 했단 말인가. "뚝,// 떨어진" 가을의 무게를 시인은 어떻게 본단 말인가. 이런 모순적 표현이 환기하는 충격이야말로 시인과 독자의 대화에 필수적이다. 세계와의 동일화를 욕망하는 주체의 시작詩作은 되레 그 틈을 발견함으로써 경계를 포착하게 된다. 서정적 전위를 욕망하는 오늘의 서정시는 시대적 변화에 예민하게 반응해서 그 소통 방식을 전복하게 된다. 균열의 찰나는 시적 재구성을 통해 봉합되고 이는 다시 균열과 봉합을 거듭하면서 독해되는 것이다.

이때 시의 형식은 공감을 극대화 하고자 하는 시인의 탐구활동이다. 시도 유쾌할 수 있다. 아니 시는 늘 유쾌하다. 저마다의 개성이 강한 현대인들만큼이나 그 시적 감수성 역시 다양하다. 혹자는 그 가벼워짐에 대해 경계하지만 어쩌면 가벼운 감성이야말로 복잡다단한 오늘의 어려움을 대변하는지도 모른다. 가령 김성배의 시 「속천항」은 일기예보의 형식을 취한다. 날씨는 자연의 기분이기도 하며 동시에 그것은 그대로 인간의 정서로 전이된다. 마치 시가 끼치는 영향관계처럼 날씨 역시 자연과 사람 사이의 소통 양상을 대변한다. 태풍 전야의 "속삭임"이 여린 빗방울이라면, 그것은 사랑이 시작되기 전에 옅은 설렘과 같다. 또한 "태풍이 지나간" 자리처럼 사랑이 지나간 자리 역시 그 길고 짧음, 혹은 강하고 여림에 상관없이 위험하다. 이때의 위험이란 일상의 지난함을 해소할 만큼의 긴장감이라 해도 좋겠다. "안녕하십니까? 저는 지금 속천항에 나와 있습니다"로 시작하는 일기예보는 예측불가능한 사랑이 시작되었음을 알리는 신호라

보아도 무방하다. 태풍 "<하루>는", 태풍 같은 삶에 대한 수사이며 사소한 일에도 "푹 빠져 헤어나지 못"하는 생의 일기에 대한 형상이다. 날씨처럼 변덕스러운 우리의 기분이나 감정 따위를 일기예보의 형식을 통해 시화함으로써 보다 효과적인 독자와의 소통을 의도한 것이다.

> 그녀와 그와 네가 동시에 펼쳐진다 조금씩 닮은 등장인물들이 한 사람을 창조해간다 …중 략… 한바닥으로 펼쳐진 책 속에서 작가가 감추어둔 것은 사상일까 사랑일까 …중 략… 주제는 언제나 익사직전에 튀어오른다 …중 략… 책을 덮어버리면 사상도 사랑도 겹쳐질 것이다 먼 여행지에서 보내온 소식은 작가의 머릿속에서 나왔다 아무데나 자전적 이야기를 삽입해놓고 거리두기를 시도한다 차례차례 페이지를 넘겨보니 대부분이 내 이야기만 떠오른다
>
> — 조말선, 「독후감」 부분[12]

글을 쓰는 사람이라면 공감할 만한 이야기다. 글은, 어쩔 수 없이 글을 쓰는 사람의 자전적 고백을 어느 정도 담을 수밖에 없다. "언제 어떻게 든 얼룩인지/ 아무리 씻어도 지워지지 않는/ 빛바랜 얼룩 하나"를 간직한 글 쓰는 사람에게 글이란 자기 자신 "속에서 오래된 기억을 끄집어"(최규장, 「아주 오래된 얼룩」, 『작가와사회』 47, 169쪽)낸 결과물이다. 싫든 좋든 배제의 순간까지도 표현되는 게 '나'라는 것이다. 자신을 온전히 드러낼 수 있는 용기가 필요한 셈이다. "작가가 감추어둔 것"이 "사상"이든 "사랑"이든 종국에는 작가가 아닌 독해하는 '나'만 남게 된다. 작가의 '나'는 독자의 '나'가 되고 어느새 독자의 "자전적 이야기"로 각색되는 것이다. 작가의 사연은 어느 독자의 지워진 기억을 연상케 하고 작가와 독자의 정서적 일체감을 획득하게 된다.

시인은 "석양을 담아둘 커다란 물방울을 짓는"(조정인, 「물방울 건축」,

---

12) 조말선, 「독후감」, 『작가와사회』 47, 161쪽.

『신생』 51, 73쪽) 사람들이며, 시는 기억의 재구성이다. 돌이킬 수 없는 그리움의 정서를 현재화할 수 있다는 환상 혹은 그 재현불가능성을 고백하는 것이 시다. "웃풍이 문틈을 파고드는 토방"을 떠올리며 "지나치게 뜨거웠"던 나 혹은 "뜨겁지 말아야 할 때도 뜨거웠"(동길산, 「웃풍」, 『작가와사회』 47, 154쪽)던 나를 반성하는 일은 작가의 행위에서 독자에게로 확장되는 것이다.

4. 시대감각과 시적 발화

시대인식은 지식인에게 부여된 책무의 하나이다. 사회적 동물인 인간이 국가를 형성하고 이념을 실현하려고 할 때 이러한 시대인식, 즉 역사감각은 반드시 필요하다. 이것은 이육사 등이 보여줬던 것처럼 행동에 옮기는 실천적 혁명을 도모하기도 하고, 다른 한편으로는 김소월이 보여줬던 것처럼 서정적 정서로 침몰[13]하기도 한다. 다른 양상을 보이지만 이 두 층위 모두 나름의 시대인식이라 할 수 있다.

미디어의 급변은 개인적 발화의 공공성을 강화했다. SNS의 확산을 통해 시·공의 경계가 사라지고 언론의 정보 독점 역시 약화되기에 이른다. 때문에 정보가 힘이요, 권력인 사회에서 누구나 그러한 권력을 욕망할 수 있다는 환상을 심어주게 된다. 종영한 SBS드라마 <추적자>의 경우 이러한 불편함을 고스란히 해부한다. 왕이 사라진 자리를 대신하는 것은 대통

---

13) 김소월의 서정적 발현이 침몰인 까닭은 그의 절망에서 찾을 수 있다. 그가 자살하게 되는 30년대 이후 그의 시편들에는 '돈' 없는 가난한 가장의 슬픔과 절망 따위들이 고스란히 묻어난다. 때문에 서정적 서정시라고 해서 시대인식이 결핍된 것은 아니다.

령이 아니라 재벌이라는 사실을 통해 평등이라는 환상이 우리에게 은폐한 두려움을 목도하게 한다. 자본주의 사회에서 돈의 힘은 법 보다 우위에 있다는 불편한 진실 혹은 외면하고 싶은 진실과 마주하게 될 때 우리의 분노는 참담하다. 어느 시대든지 혁명적 전위는 발화되어야 한다. 1인 미디어 시대, 시인 역시 시적 발화의 공공성을 고려해야 할 것이다.

> 온갖 꽃잎을 다 포식하고서도/ 괴물이 되어버린 우리의 민주주의를 위하여// 꽃비로 범벅된 축배를 들자/ 주머니에 가득했던 정의와 양심 따위/ 벗어던진 외투랑 흩어지는 꽃비./ 세상에 중요한 건 밥뿐임을/ 매 4년마다 되새기는 4월.
> — 김점미, 「낙화의 계절, 4월이여!」 부분[14)

> 군인들이 몰려온다는 소문이/ 전염병처럼 떠도는 도시에서/ 일자리를 찾지 못해 허기진 심장은/ 미래의 몽상illusion과 과거의 기억souvenir 사이/ 몽환illumination에 빠진/ 밤으로 들어서는 라쿠카라차였다.
> — 전기철, 「광주 −1980년의 비망록」 부분[15)

"인간으로 인간이기를 포기한" 한국의 2012년 4월의 풍경이다. 총선이 있는 "매 4년" "4월"은 보수도 진보도 혁명을 외치지만 그것은 자신만의 혁명에 그치는 경우가 허다하다. 그래서 "우리의 민주주의"는 오늘도 서글프다. "괴물이 되어버린" 영웅의 형상은 절망적이다. 파탄에 이른 영웅에게 기대할 수 있는 것이 있을까. 아니 실상은 괴물과 영웅이 한 얼굴이라는 사실을 언제쯤이면 납득하게 될까. 자본주의 사회에서 "중요한 건 밥뿐임을" 자위하면서 "정의와 양심 따위"는 안락의 재물로 바치는 시대에 정작 낙화하는 것은 우리다.

---

14) 김점미, 「낙화의 계절, 4월이여!」, 『작가와사회』 47, 151~152쪽.
15) 전기철, 「광주 −1980년의 비망록」, 『시와사상』 73, 121~122쪽.

전기철 시의 주석에는 "일루션illusion은 미래의 몽상이며, 수브니르souvenir 는 과거의 기억, 그리고 일뤼미나시옹illumination은 몽환이"라고 밝히고 있다. 과거 역사와 오늘 사이, 그 이상화를 통해 몽상하는 내일은 환각일 따름이다. "전염병처럼" 우리는 방황하고 한갓 "소문"에 운명을 맡긴다. 1980년의 한국과 2012년의 한국은 많이 달라졌을까. 정치인이 된 군인 이나 돈의 노예가 된 정치인은 여전히 민중의 "허기진 심장"을 걸고 거 래를 하고 있는 건 아닐까. 과거를 제대로 개혁하지 못하고 건설하는 미 래는 얼마나 위태로운 모래성이겠는가. 그럼에도 "혁명은 일어나지 않 았"지만 "전복을"(최휘웅, 「머리와 가슴이 따로 노는 날」, 『시와사상』 73, 115쪽) 포기하지 않은 오늘의 우리 덕분에 아직 희망은 환상으로라도 남 아 있다.

> 로또 하면 인생 확 바꿀 돈 만원을 가지고/ 자반고등어 한 손 사고
> 참치 캔과 두부 한 모 사니/ 에누리 없이 뚝 떨어진다/ 종잇장보다 얇
> 은 지갑을 툭툭 털고/ …중 략…/ 밥술이나 좀 뜨며 살고 싶은 내가/ 한
> 끼 땟거리를 담은 뷰티플 자본주의를 지나가고 있다
> — 박형권, 「<뷰티플 플라워>를 지나가고 있다」 부분16)

자유를 향한, 혹은 민주주의를 향한 불타는 투쟁이 있었던 시대에 비하 면 살만해 졌다고 한다. 허나 그렇기 때문에 앓는 소리를 내는 것은 더욱 큰 용기를 필요로 하게 되었다. "밥술이나 좀 뜨며 살고 싶"을 뿐인데 사 는 일 여의치 않아 "로또 하면 인생 확 바꿀" 수도 있다는 헛된 희망을 품 는다. 그러나 "한 끼" 해결하기도 쉽지 않아 주린 배로 "뷰티플 자본주의" 를 걷는 것이 현대인의 우울이다. "지금은 누구도 실업에게 손가락질 하 지 않는" "백수들의 시대"다. "물거품 아닌 생이 대관절 있기나 한 것인지

---

16) 박형권, 「<뷰티플 플라워>를 지나가고 있다」, 『시와사상』 73, 159~160쪽.

두리번거리"다 보니 "벌써 오십 줄을 바라보고 있다." 우리는 "어쭙잖은 일로 길 위에서 길을 잃"(박형권, 「자주 길을 잃지만」, 『시와사상』 73, 161~162쪽)곤 한다. 민주주의는 환상이다. 우리는 동시대에 살고 있지만 같은 세상을 사는 것은 아니다. 혹자는 재벌의 세상에 살고, 혹자는 평범하다는 환상에 살며, 또 다른 혹자들은 절망에 지친 실업자로 살고 있다. 그런데 어찌 같은 세상일 수 있겠는가.

"붉은 선 가득한 연결재무재표"(서정학, 「삼성전자2011년연차보고서」, 『시와사상』 73, 127쪽)에 갇힌 삶이라는 것은 이미 오래 전부터 자본의 볼모가 되었다. "낯선 바람에 자꾸 넘어"지는 "늙은 짐승들이 경계를 허무는 동안 새로운 불신과 불안이 태어"(서경원, 「향기로운 사막1」, 『신생』 51, 106쪽)난 시대를 우리는 살고 있다. "위대한 가난은 더욱 연약한 인간의 혓바닥을 핥으며/ 우리를 이간했지만"(김점미, 「청바지 2010」, 『작가와사회』 47, 150쪽) 그럼에도 살아야 한다는 사실. 먼저는 자신이 서 있는 자리에서부터 시대인식은 시작된다. "꽃은/ 피면 핀다고 아프고/ 지면 진다고 아프다."(동길산, 「꽃 몸살」, 『작가와사회』 47, 153쪽) 삶도 마찬가지다. 행복하면 행복한 대로 슬프면 슬픈 대로 아픈 것이 삶─살이다.

삶을 담는 시, 시대와의 불화를 폭로하는 시는 "젖은 눈빛을 주문하는 나쁜 시대"(김 춘, 「주사위」, 『시와사상』 73, 163쪽)를 사는 우리의 위치를 점검하는 일과 닿아 있다. 그럼에도 "어떠한 사상을 노래하든지 시는 먼저 시가 되어야 하고 언제나 시로서 시의 생명을 가지도록 하기에 힘"[17]써야 한다. 예술의 자율성은 그 미적 완결성을 꾀하고 동시에 정치적인 것으로부터 자유로운 자신만의 정치를 구성해야 하는 것이다.

---

17) 조지훈, 앞의 책, 164쪽.

5. 시라는 소통법

나가며, 김기림이 주장한 과학으로서의 시학은 많은 부분 서정시학의 본질적 물음과 거리가 있다. 시론이든 시학이든 우선은 시여야 한다. 시라는 장르적 완성도를 높이지 않고서는 시학의 정립 역시 불가능하다. 문학의 죽음, 다시 시의 죽음에 대한 논의는 이미 오래 전부터 있어 왔다. 문학 창작층이 아닌 사람이 시집을 찾는 경우는 아주 드물다. 그럼에도 '지금―여기' 오늘의 시는 건강하다. 압축된 언어로 시적 감수성을 표현하는 시만큼이나 단순히 언어를 나열한 시도 흔해졌지만, 그래도 '오늘'의 자리에서 시인의 분투는 계속되고 있다. 어제에서 오늘로, 다시 내일을 상상하는 일인 시는 불온한 것이어야 한다. 그러나 이 불온성이 독해불능의 언어를 배열하는 것이어서는 안 된다. 시적 언어는 사물과 인간을 연결하는 독특한 감수성을 표현하되 공감의 언어로 구성되어야 한다. 독해불능의 시들이 만연할수록 시문학의 고립은 더욱 가속될 것이기 때문이다.

고독한 시지프스여!

1. 이방인의 도시

폭력의 시대, 생존에의 분투는 다양한 방식으로 시도된다. 국가 제 영역에서 복합적으로 일어나는 폭력의 프레임은 일정 부분 고착화 양상을 띤다. 폭력상황에 무감각해짐으로써 모두가 피해자인 동시에 가해자가 되었다. 궁극적으로 주체와 타자의 공식에서 벗어나지 않는 한—절대 벗어날 수 없다— 이러한 폭력상황은 근본적으로 해결될 수 없을 것이다. 무엇보다 국가체제와 시장주의 아래에서는 누구나 이방인이 될 수밖에 없으리라. '이방인'과 '도시'라는 두 단어는 이러한 처지를 잘 보여준다. 표류하는 존재들, 차마 욕망을 버리지 못한 가여운 존재들, 한 번 손아귀에 들어온 것은 절대 내려놓지 못하는 존재들 이들의 공통점은 모두 불안하다는 데에 있다. 스스로 이방인임을 자각하지 못하거나 인식했더라도 어쩌지 못하는 고독이 현대인들을 지배한다. 그럼에도 살아야 한다는, 설득 없는 강압 속에 우리는 놓여 있다. 사는 일, 그리고 죽는 일에까지도 다층적인 폭력상황이 개입되어 있는 것이다.

오늘의 시는 견딤의 증상이다. 그것은 폭력에의 응전이며, 동시에 접합

불가능한 분절된 개인의 독백이다. 때문에 시인은 더 이상 실존적 존재에 그치지 않는다. 그들은 모두 생존에 분투하는 이방인이자 생존 너머 실존의 존엄성을 욕망하는 주체이다. 이방인은 끊임없이 생의 질서와 ─자·타의에 의해─불협하기에 시인의 생존 문법은 비극일 수밖에 없다. 폭력의 시대에 치유를 말하는 무지나 안일에 대해 혹은 덧없는 희망을 말할 수밖에 없는 시인의 사명에 대해 누구도 관심을 두지 않는다.

시대와 불화하는 무수한 시인은 시지프스의 형벌을 감내하고 있다. 바위가 늘 산꼭대기에 있게 하라는 명령은 불가능한 것의 가능성, 즉 결과 없는 과정을 강제할 뿐이다. 무익한 노동으로 생의 시간과 싸우는 시지프스는 우리의 모습이다. 까뮈가 그랬던가. 부조리를 인식하는 것이야말로 인간은 존엄하다고. 그러나 인간이 처한 폭력상황을 발견하는 일이 곧 삶의 부조리를 자각하는 것이기에 그것만으로도 시지프스의 형벌은 신에 대한 인간의 저항의 양식이 된다는 독해는 일면 잔인하다. 신이 준 고통에 절망하여 삶을 포기하지 않는 것, 이것은 우선 실존이 아니라 생존의 문제에서 시작한다. 일단은 살아남기, 그 후에야 실존을 탐색할 수 있기 때문이다.

여기 부산지역을 대표하는 계간지가 있다.[1] 이들 가을호에 실린 시 작품을 통해서 생존과 실존, 혹은 그 경계에서 '살아남음 · 살아있음'을 자극하는 오늘의 시를 만나보자.

2. 시적 환상과 푸념 ①

문학은 동일시를 열망한다. 그러나 예술의 숭고한 이상적 환상은 더 이

---

1) 계간지 《작가와사회》, 《시와사상》, 《신생》 2012년 가을호에 실린 신작시를 중심으로 논의하도록 하며, 본문에는 계간지명과 페이지만 수록하겠다.

상 존재하지 않는다. 이상과 현실, 그 고통스러운 괴리에도 불구하고 시인은 생존이 아니라 실존코자 하는 열망 위에 존립한다. 허나 존엄한 존재로서의 실존적 자리에만 있기에는 너무 배고픈 시절이다. 육신의 배고픔이 아니라 정신의 허기를 감당하기 어려운 시대다. 그렇다면 시가 자처하는 치유의 그것이 왜 대중과 소통하지 못하는가는 자명해진다. 삶—살이의 곤궁함은 경제적, 육체적 무엇보다 정신적 불안이 해소되지 않는 데서 비롯된다. 이런 복합적인 프레임을 오늘의 시가 아우르고 있는가 말이다. 시인 스스로 생존과 실존이라는 길항에 갇혀 있는 탓에 그 시적 생산물 역시 온전한 소통의 도구로서의 역할을 미처 수행하지 못하고 있는 실정이다. 그러니 오늘의 시는 넋두리다. 완전성을 추구하던 시적 오만함을 내려놓고, 존재가 놓인 오늘의 자리 그 생존과 실존이 공존하는 듯 해체되는 자리에 대한 푸념이다. "진정으로 위대한 예술이라면 모든 시대에 걸쳐 재발명되고 재발견"[2]되어야 한다고 했을 때, 시의 미학적 고민은 여기에서 출발해야 한다. 문학은, 특히 시는 (향상하는)진보의 양식이 아닌 (변화의 도정에 있는)진화의 양식이다. 그렇기에 시는 역사와 개인의 오늘에 대해 말해야 한다. 그것만이 오늘의 시인에게 부여된 시적 환상이라 할 수 있을 것이다.

평생 가난하게 살았던 시인 박재삼은 되레 슬픔의 아름다움에 대해 역설했다. 그 찬란한 슬픔에는 존재가, 시인이 산다. 시인은, 그 슬픔의 무게 때문에 모두 가난하다. 박재삼처럼 경제적으로 가난하거나 뭇시인처럼 시를 엮지 못해 가난하거나, 그들은 모두 저마다의 이유에서 가난하다. 그러니 시인은 살아내는 것과 죽는 것의 무수한 길항과 수긍 사이에 서 있는 존재가 된다. 결국 그들에게 산다는 것은 죽음에 답하는 일이며, 죽는다는 것은 그 앞에 당도하기까지 어떻게 살아내는가에 대한 분투인 셈

---

2) 슬라보예 지젝, 이현우 · 김희진 · 정일권 옮김, 『폭력이란 무엇인가』, 난장이, 2011, 214쪽.

이다. 가령 "손목에는 더 이상 그을 자리도 남아있지 않다"는 절망에 대해 말하기이며, "내가 버린 우울을 모두 합하면, 너는 숨도 쉴 수 없을 거"(이명, 「사거리 PC방, 렙은 올리고 가야지」, ≪신생≫, 102쪽)라고 엄포를 놓는 일이기도 하다.

> 길은 끝나는가/ 숨이 가쁘다/ 백악기 짐승의 마지막처럼/ 바튼 호흡, 영혼의 근육은 얇아져/ 날마다 홑세포/ 한웅큼씩 달아난다// 피의 골짜기 끝에서/ 겨우 제 이름을 찾아 꿈을 세우고/ 매일 태어나는 근대의 식탁 위에/ 희망을 배달한 세월/ 박수의 기억을 부르는 것마저 힘겹다// 황제와 추기경과 자본가가/ 자유자재로 합체되는 괴물의 시간/ 죽음을 매단 채 비행하는/ 늙은 조류처럼 위태롭다// 더 이상 기울 수 없는 남루/ 새로운 시민들은 널 위해/ 더는 잠을 설치지 않고/ 존엄사도 치르지 않을 태세다// 성하와 폐하와 성주로부터/ 새로 지은 이름들 불러주며/ 새벽을 깨우던 전령사/ 날마다 줄어드는 키/ 삐걱대는 활자들의 야윈 행간 위에/ 읽지 못할 묵시록을 쓰고 있다
> — 고광헌, 「신문사 앞에서 길 잃다」(≪신생≫, 50~1쪽) 전문

아, 자본주의! "황제와 추기경과 자본가가/ 자유자재로 합체되는 괴물의 시간"에 살고 있는 우리는 궁극적으로 바디우의 '세계없음worldless'[3]의 공간에 놓여 있다. 이상향과 전망이 사라진 장소에 "희망을 배달한 세월"은 또 얼마나 허무한가. "박수의 기억을 부르는 것마저 힘"겨운 상황에서 "죽음을 매단 채" 우리는 살아간다. 흡사 길의 끝에 선 것처럼 "숨이 가쁘"고, "바튼 호흡, 영혼의 근육은 얇아"지지만 "삐걱대는 활자들의 야윈 행간"은 무엇으로도 채워지지 않는다. "새로운 시민들은" 새롭지 않은

---

[3] "알랭 바디우는 우리가 살아가는 사회적 공간이 점차적으로 '세계 없음'*의 공간으로 경험된다고 했다."(*같은 페이지 주석 : 세계없음(worldless). 우리가 예전에는 지향하고자 하는 바가 있는 세계에 살고 있었는데, 유토피아적 전망 자체가 사라져버린 이곳은 이제 세계가 아니라 단순한 장소place에 불과하다는 바디우의 독특한 조어) 위의 책, 122쪽.

"성하와 폐하와 성주로부터" 벗어날 수 없으며, 동시에 아무도 그들을 추대하지 않는다. 괴물의 시대에, 괴물에 대해 말하는 우리조차 괴물이 되어 버렸다. 남은 것은 아무도 "읽지 못할 묵시록을 쓰고 있"는 제일 마지막 희생양뿐이다. 희생양은 "공동체를 하나로 묶는 정체성의 기준을 제공하여, 누가 우리에 속하고 누가 배제되는가에 대한 기본적인 의미를 부여"4)한다. 하지만 가장 마지막 희생양이 남을 때까지 누구도 희생양 아닌 것이 없다.

야수가 된 사람들, 이방인으로 격리된 사람들은 바로 우리의 자화상이다. "신뢰는 경제상의 거래에 있어서 근본이지 자본주의 시장의 신뢰는 아니"(최승철, 「링에서 살아남는 법 —야수들과 동거하기1」, ≪시와사상≫, 121쪽)라는 말에서 우리를 둘러싼 소통불가능한 상황들을 목도하게 된다. "1초와 2초 사이에 서식"하는 무수한 나는, "월급이 입금된 통장에서/ 빌려 쓴 미래가 모두 빠져나간 날처럼" "너덜너덜하게 서식한다." "위치추적이 불가능한 지대를 지나/ 나의 움막에 도착하려면 너는/ 나와 헤어질 장소를 짊어지고 나에게 와야 한다/ 그러나 그것은 불가능한 슬픔이다." 모든 불가능성의 가능성에 대한 회의 혹은 기대 사이에 우리는 살고 있다. 그러니 "나는 서식한다/ 내가 나에게서 가장 멀리 떠나는 순간에/ 용도와 홍미가 폐기된 가구처럼/ 나는 모든 것에 서식한다"(안주철, 「나는 모든 것에 서식한다」, ≪시와사상≫, 142~3쪽)는 시인의 고백은, 자본사회에서 시작詩作 행위가 더 이상 자신의 전 존재를 거는 숭고한 작업일 수만은 없음에 대한 자조이다. 시장이 모든 가치에 우선하는 자본사회에서 폭력 프레임은 어디에나 기본 사양이며, 고독의 표출방식은 개인적 삶의 층위마다 다르지만 우리는 모두 문제상황에 갇힌 존재다. "해결되지 않는 문제는 언제나 피곤하"고 "자가분열하는 자본주의의 욕망이" 수시로 우리를 감시한다. 그럼에도 우리는 "살아낸다." "파국은 또 파국으로

---

4) 리처드 커니, 이지영 옮김, 『이방인, 신, 괴물』, 개마고원, 2004, 49쪽.

살아낸다."(장이지, 「고엔지에서의 주장 -원자력시대의 시·4」, ≪신생≫, 87~8쪽) 파국인 채로 살아내는 삶은, 이방인이 되어 도시를 부유할 뿐이지만 그래도 일단은, 살아있다!

> 어느 날 나는 그걸 발견하였지/ 당신의 시는 총 다섯 편이더군/ 그때 눈이 왔었는지, 만년필로 쓴 글씨가 눈 물 방울에 얼룩져 있었어/ 80년대, 독재시절에 쓰여진 거였어/ 떠돌아 다니면서 언제 그런 것을 썼는지, 거기엔 삼촌의 이야기도 있었어/ 체불임금을 받으러 전국을 쏘다니다 자살해버린 삼촌/ 그렇게 뜨겁던 삼촌의 꿈이/ 은백색으로 빛나며 삼촌의 목에 감기어/ 이젠 빛바랜 주황색이 된 '실천문학'이란 잡지 깊이 누워 있었어, 진보 연합이라고 쓴, 귀퉁이가 닳을 대로 닳은 봉투에 소중히 담겨서// 꿈은 담기는 것, 삶의 봉투에 소복이소복이 눈송이로 담기는 것.
> — 강은교, 「꿈 -당신의 시」(≪작가와사회≫, 124쪽) 전문

> 왜 손댔어요?// 덧없게 놔두지.
> — 김언, 「꿈」(≪신생≫, 76쪽) 전문

꿈이라는 희망은 곧 좌절이나 절망과 동의어이며, 이 무한증식과 반복의 공식에 갇혀 우리는 표면적으로나마 죽어가는 대신 살아가는 것이 된다. 결국 우리의 삶이라는 것에는 꿈이 담겨야 한다고 시인은 말한다. "어느 날 나는 그걸 발견하였지"로 시작하는 시인의 고백은, 마치 꿈의 저편을 걷는 듯 아련하다. "눈이 왔었는지, 만년필로 쓴 글씨가 눈 물 방울에 얼룩져 있었"는데, 하얀 눈송이와 눈물이 만들어내는 기억-하기는 자신을 치유-물론 치유는 불가능하지만, 순간의 착각일지라도 치유되기를 기대하게 된다-하는 한 방편이 된다. 눈과 눈물의 시상이 오가는 사이, 시인은 현실과 기억 저편을 왕래하게 된다. 스스로 삶을 포기한 "자살해버린 삼촌"의 뜨겁던 꿈은 삼촌이 죽은 후에도 유효할까. 시인은 존재가

사라진 자리에서 "꿈"을 발견한다. 그것은 금방이라도 녹아 사라질 눈송이에 불과하다. 다행스러운 것은 시인과 같은 존재가 있어서 "귀퉁이가 닳을 대로 닳"아버린 "봉투"를 발견했다는 사실이다. 시인의 발견을 통해서, 자살로 마감한 생은 다시 한 번 호명되고, 봉인되었던 혹자의 삶이 성취되지 못한 꿈의 형태로나마 의미부여될 수 있는 것이다. 그러니 시인에게 "왜 손댔"냐고 질책하지 말 일이다. "덧없"는 채로 잠깐 세상 밖으로 나왔다고 해도 그것 역시 둥근 삶이니. 여전히 꿈은 무위의 형태를 하겠지만, 그럼에도 그 찰나의 되새김질을 통해 시인은 치유를 욕망하게 되는 것이니 말이다.

"망각하기란, 망각했다는 사실 자체를 망각해버리게 함으로써 우리의 고통을 강박적인 방식으로 "무의식 중에 실연해" 내도록 강제"[5]한다. 망각은 기억하기를 억압함으로써 일시적으로 고통을 무화시키는 듯 하지만 그것은 수시로 무방비 상태인 일상에 끼어들어 무장해제 시키는 힘이 있다. 때문에 경우에 따라 기억을 재현해내는 행위야말로 삶과의 불화를 해소하는 방편을 제공하기도 한다. "지금 여기서의 삶이 지루하"거나 비루할지라도 "간절히 바라는 꿈"(강인한, 「손을 그리는 손 −M. C. Escher의 석판화 「Drawing Hands」」, ≪시와사상≫, 88쪽)이 있다는 환상으로 인해 일말이나마 기대와 위안을 얻을 수 있다면 그것으로 족한 것이다.

오늘의 시인이 하고자 하는 시적 작업은 바로 이런 맥락에 놓여야 한다. 무수한 양상의 폭력상황에 놓인 존재들을 온전히 보듬을 수는 없지만 "삶의 봉투에" 꿈을 담는 일, 즉 삶을 응시하는 일을 수행해야 한다. 그것만으로도 불안은 어느 정도 가벼워지겠기에. "지나간 것을 기억하는 날/ 울음 울지 못한 상처 위로// 봄은 낯설게"(조진태, 「사람의 봄」, ≪신생≫, 52쪽) 온다. "울면서 곰삭은 시간들을 푸르게 물들이"는 것, "오래된 시간들은 새로 태어나고 있"(윤상운, 「낡은 성」, ≪작가와사회≫, 135쪽)음을

---

5) 위의 책, 321쪽.

발견하는 것이 시인이 할 일이다. "소통되지 않는" 사람과 삶의 "언어는 의문부호 사이에서 구르다 흩어지"(진명주, 「시선의 향방」, ≪작가와사회≫, 147~8쪽)기를 반복하지만, 이러한 무수한 엇갈림과 한 번의 조우라는 팽팽한 긴장감 속에 삶—살이가 있다.

> 엉겹결에 아침은 밝았다/ 햇살은 눈부셨다/ 어딘가 떠날 곳이 있는 유목민처럼/ 발길을 끌었다/ 돌이 걸리고 풀잎이 채이고/ 잿빛 하늘과 회색 아스팔트 공간에/ 숱한 이름들이 맴돌다 떠돌다/ 왼쪽 뒷주머니의 낡은 수첩 갈피로 잠겨들었다// 아무것도 아니었다가 아무개였다가/ 다시 아무것도 아니었다가 거시기로 호명되었다가/ 그 또한 반드시 누군가로 불리었고/ 어찌보면 행렬에는 모두 함께였을지도 모를 시간을 따라// 낮과 밤이 지났다/ 그리고 낮과 밤은 계속 될 것이다/ 티끌에 억겁이 들어 있다는데/ 서둘렀던 아침의/ 자취와 흔적이 낯설다/ 텅 비어 쩌렁쩌렁 울리는 모든 이것들 사이// 내 이름은 무엇인가
>
> — 조진태, 「익명」(≪신생≫, 53~4쪽) 전문

이 시대, 실존적 물음이 공허하다. "이름"은 더 이상 실존적 존재에 덧씌워진 명명에 그치지 않는다. 고독이 몰고 온 적막에서 나를 찾는, 살아남기 혹은 스스로 죽지 않기 위한 마지막 가능성이다. 그러니 범박하게 말해 그건 생존을 위한 태초의 표상이자, 생존의 마지막 보루인 것이다. "눈곱만큼이나 짧은 시기"에 불과할지도 모르지만 이 순간만큼은 절실한 "야만의 시절"(조진태, 「은행나무에게 물어보았다」, ≪신생≫, 56쪽)에서 살아남기 위한 가장 기본적인 소속이 이름에 있다. "어딘가 떠날 곳이 있는 유목민처럼" 길을 나서지만 어디에도 정착할 곳은 존재하지 않는, 고독과 단절의 "회색 아스팔트 공간"뿐인 거대한 세계에서 우리의 이름은 "아무것도 아니었다가 아무개였다가"를 반복한다. 거기 어디에도 순연한 '나'라는 존재는 없다. 어제의 "자취와 흔적"을 쫓아 오늘을 살아내고 있을 뿐이다.

그러니 이름을 가진 우리에게 실상 이름이란 없다. "칠십이 넘어 보이는 노인의 이름은/ 옥이도 아니고 분이도 아니고/ 정희야~~~라고 부르는 정희"라는 사실은 새롭지 않다. 다만 "노인은 주섬주섬 봉투를 접어 넣어 버"리는데 그 봉인된 인생을 깨뜨리고 세상에 나오지 않는, 혹은 나올 수 없는 존재에 대한 포착만큼은 뭉클하다. "열여덟 상큼한 문정희 였을까/ 스무 살 긴 머리 서정희 였을까."(안효희,「스무 살 정희」, ≪시와사상≫, 118~9쪽) 알 수는 없지만, 누군가를 궁금해 한다는 것 특히 삶보다 죽음에 가까운 존재를 삶의 자리에서 호명한다는 것은 상당한 의미가 있다. 그것은 유한자에게 부여된 무수한 외로움을 끌어안는 행위이기 때문이다. 이처럼 시인은 존재의 시간을 좇는 일에 관계해야 하는 운명이다. 신이 준 시인의 자질을 시적 감각이라고 한다면, 언어를 부려 비의秘義를 탐구하는 존재, 유일하게 신이 허락한 우주목으로서의 존재가 시인이리라.

3. 시적 환상과 푸념 ②

'그럼에도' 가을이다! 이번 계간호에는 유난히 계절색이 짙은 시편들이 많다. 가을만 되면 가슴 한 편 먹먹해지는 것은 매일반인가보다. 가을의 쓸쓸함은 존재의 고독으로 가닿고, 종래에는 인생의 종착에서 되돌아보기를 한다. 그래서일까. 오늘의 시인이 노래하는 시는 슬픔의 언어로 구현된다. "마흔을 넘긴 뒤에야" 손에 쥔 아버지의 용돈처럼, 평생 받아본 적 없는 용돈에 "유년의 아궁이 앞에서 망설"(김효선,「나무는 수직을 꿈꾼다」, ≪시와사상≫, 132쪽)이는 시인의 모습도 가을이고, "리어카에 신문지 골판지를 담고 가는 생도 있다// 내 삶을 아는 자가 아무도 없다"(정일남,「단풍 길」, ≪작가와사회≫, 139쪽)고 좌절하는 시인의 모습도 가을이다! 어쩌면 아주 상투적인 이야기일 뿐일지도 모르나 달리 생각하면, 존재 근원에 대한 자각만큼 본질적인 것도 없다.

이처럼 시편들에서 가을의 쓸쓸함을 숨기지 않는 까닭은, 시적 환상이 해체되는 찰나와 비견될 수 있기 때문이다. "끝까지 상처만을 더듬고/ 다듬을 시"는 불가능하다. "아무것도 저주하지 못하는 것을/ 저주하는/ 피 묻은 시"(김경후, 「반편의 시」, ≪신생≫, 69~70쪽) 역시 불가능하다. 그럼에도 시는 환상을 선물한다. 현실 세계에서 구축하지 못한 완전함 혹은 안전함을 시적 구조 내에서는 발화할 수 있다는 환상, 그 안에서는 소통할 수 있다는 환상, 그리하여 치유할 수 있다는 환상을! 그러나 시를 헤집고 들어가 보면 그 안에서조차 나약한 유한자의 삶이 볼품없는 채로 묘사될 뿐이다. 환상의 주입과 파기가 동시적으로 구현되는 것이 시이다.

> 귀청에 쉿소리가 자란다/ 성대가 붓는다/ 종일 목마르다 무능한 철학이 불량한 슬픔을 만난 것처럼// 빈 물병이 늘어난다/ …중 략…/ 물 한 모금, 사육된 언어들은 자꾸 엎어진다// 마음의 방향을 바꾸라는 뼈들의 당부/ 매일매일 용서를 배우라는 핏줄의 전언// 말이 자주 끊기는 자리, 햇빛이 말라간다/ 최선의 밥, 그 진한 실선은/ 하루하루 점선으로 바뀌는 중// 발목까지 사막이 되고 나니/ 녹슨 거울도 시든 제라늄도 지겨운 사랑도 저수지로 다가온다/ 당신도 당신의 슬픔도 끔찍하고 아름답다
> — 김수우, 「갱년기」(≪작가와사회≫, 128~9쪽) 부분

> 어둠의 잔주름이 채 가시지 않는 새벽 4시/ 북아현교회당 불빛이 하나 둘 켜지면/ 부품 쓰레기더미 속에서/ 거대한 체구가 구물구물 일어선다// 졸음에 겨운 듯 반쯤 감은 눈으로/ 멍하니 하늘 한번 쳐다보고/ 일기를 점친다// 아직 인적 드문 철길 옆 난간에/ 못이며, 나사며, 모든 잡동사니 가지런히 내어놓고/ 스스로 기계 부속물 되어/ 톱니바퀴처럼 하루를 살아내는 저 칠순 노인!/ 잠일하며 배운 기술로 간혹 날

품 팔기도 하지만/ 항상 제 시간에 시계추처럼 움직인다// 오늘 잡동사
니 부품 망태에 달고/ 뒤뚱뒤뚱 급히 길 나서는데/ 어디 수도관이라도
터진 걸까?
　　　　－ 손정순, 「철물점 뚱보아저씨 －우리 동네 스크린 #3」(≪신생≫,
　　　　　　　　　　　　　　　　　　　　　　　　　89~90쪽) 전문

　"끔찍하고 아름"다운 슬픔, 이 역설의 문법이 곧 삶이다. 궁극적으로 삶－
살이는 "불량한 슬픔"의 그것일 수밖에 없음을 시인은 안다. 육체의 늘어
감이, 삶의 퇴락 그 낡은 풍경을 조장하는 것처럼 시인은 어떤 "전언"과도
융합하지 못한다. "자꾸 엎어"지는 "사육된 언어들" 속에서 무수히 방황
하는 시인의 숙명은, '갱년기'라는 유한자의 꺾임, 바로 그 순간으로부터
자유로울 수 없다. 철학적 궁구로도 해결되지 않는 유한자의 생과의 불화
는 죽음이라는 한계상황에서 비롯된다. 예술의 완전성 "그 진한 실선"도
"녹"슬거나 "시든" 육체 앞에서는 희미한 "점선"일 뿐이다. 육체의 시간
을 걷다가 그 종착역 즈음, "인간적인 고독과 의식의 표면에 쌓이는 우수
를" 마주하면, "삶이란 지팡이에 의지해 걸어보는 것/ 지팡이의 그림자가
길어지면 저녁에 붙들린 것을 앎"(정일남, 「독거노인」, ≪작가와사회≫,
137~8쪽)게 되는 순간이 온다. 삶과 죽음의 경계, 그 다음 죽음의 시간을
수긍하게 하는 육체의 노쇠함을 응시하게 된다. 생의 좌표에서 자주 휘청
거리지만 그것마저 무료해지는 시간이 온다는 것을 알게 된다. 그러니
"발목까지 사막이 되"도 늘어감은, 죽어감의 징후가 아니라 '살아감/살
고 있음'의 한 모습으로 읽힐 수 있는 것이다.

　시에서 치유의 가능성을 찾는다면 손정순의 시편에서일 것이다. 이름
없는 존재의 삶을 끌어안는 일이야말로 시가 할 수 있는 가장 숭고한 언
어적 행위이기 때문이다. "사는 슬픔 다 알지 못하면 떠날 수도 없는 미
물"(손정순, 「아현시장 －우리 동네 스크린 #4」, ≪신생≫, 91쪽)일지라
도 시인의 위치가 범인과 조금이라도 다를 수 있다면 그것은 바로 시인의

응시력에 있을 것이다. 궁극적으로 슬픔은 생의 비루함에서 온다. 그리고 이웃의 삶을 통해서 그것을 보다 객관적으로 목도하게 된다. 이웃에 대한 이야기는 곧 나에 대한 이야기다. "이웃이란 본래 하나의 사물이고, 충격을 안겨주는 침입자이며, 우리와 다른 생활방식을 지니고 있어서, 더 정확히 말하자면, 이웃은 저 나름의 사회적 관습과 의식에 따라 구체화된, 주이상스를 추구하는 방식이 다르기 때문에 우리를 불안케 하는 자이고, 우리 생활방식의 균형을 깨뜨리는 자다."6) 이때 이웃을 적으로 간주하는 것은 우리가 이웃에 대해 모르기 때문이다. "적이란, 그의 이야기를 당신이 들은 적 없는 사람이"7)라고 했을 때, 궁극적으로 적을 양산한 것은 무관심한 나, 고립된 나로부터 비롯되었기 때문이다. 이웃이라는 이방인을 아는 사람으로 만든다는 것은, 곧 나 역시 이방인이 되지 않음을 의미하는 것이기도 하다. '철물점 뚱보아저씨'의 일상에 갖다 댄 카메라의 시선을 통해서 우리는 한 이방인을 적이 아닌 아는 사람으로 대면하게 된다. 보잘 것 없는 삶을 "살아내는 저 칠순 노인"을 관찰함으로써 삭막했던 우리 삶에도 인기척이 나게 되는 것이다.

> 연못에 지상의 꽃 그림자가 놓여있다. / 그림자는 물에 젖지 않는다. / 어떤 슬픔도 그림자를 젖게 할 수 없다. / 인생도 슬픔에 젖지 않을 수 있으면 좋겠다. / 새들이 나뭇가지에 앉아 건반을 두드리자 / 하늘에서 / 세상의 모든 슬픔을 안고 빗방울들이 / 줄지어 뛰어내린다. / 일순간 세상의 모든 슬픔이 사라졌다. / 잠시 뒤 다시 몰려올 자세를 취하는 슬픔이라는 파도 / 슬픔의 크기가 아무리 커도 / 그림자는 물에 젖지 않는다.
> — 김경수, 「그림자는 물에 젖지 않는다」(≪작가와사회≫, 127쪽)
> 전문

---

6) 슬라보예 지젝, 앞의 책, 98쪽.
7) 위의 책, 80쪽.

늙음에의 한탄이나 유한자적 슬픔은 시의 오래된 손님이다. 극단적으로 말해, 인생에 대해 함구하는 예술가는 직무유기라 할 것이다. 그러니 "세상의 모든 슬픔"으로부터 초연해지는 상태를 희구하는 것은 시인이 지향하는 또 하나의 환상이라 하겠다. "그림자는 물에 젖지 않는다"는 단정적 어조는 "인생도 슬픔도 젖지 않을 수 있으면 좋겠다"는 기대로 나아간다. 그러나 물에 젖지 않는 것은 그림자일 뿐이다. 그림자로는 온전한 존재일 수 없다. 그러니 "그림자는 물에 젖지 않는다"는 반복어구를 통한 강조는, "세상의 모든 슬픔을 안고" 연못으로 낙하하는 "빗방울"처럼 존재의 모든 고통도 해소될 수 있다면 얼마나 좋겠는가를 기원하는 축문으로 읽힌다. "슬픔의 크기가 아무리 커도" 물에 젖지 않는 그림자처럼, 그렇게 슬픔으로부터 태연해졌으면 하는 희망 말이다. 그러나 시인은 안다. 아무리 발버둥 쳐도 온전히, "울음에서 생을 끄집어"(신용목, 「리어카」, ≪신생≫, 81쪽)내는 일은 불가능하다는 것을. 그럼에도 시인은 우리가 할 일은 "몸을 껴안고 슬픔을 어루만"(유희봉, 「나무 · 8」, ≪시와사상≫, 102쪽)지는 일임을 잠언으로 남긴다.

우리의 슬픔은 많은 부분 소통의 장애에서 온다. 더 이상 말을 나누지 않고, 시선을 교환하지 않으며 체온을 공유하지도 않는 사람들, 그리고 그들이 살아가는 세상은 그 사실만으로도 적막하다. "나의 가슴은 비었다/ 누군가가 텅 빈 그 안을 그리움과 슬픔 대신/ 실리콘과 석고로 단단히 채우고/ 몸통과 얼굴을, 팔과 다리를 나사와 못으로/ 꿰맞추고 웃음을 경화제로 굳혔다./ 그리고 향수와 원색으로 달콤하게 덧칠한 것이다./ 이렇게 꿰맞춘 웃음으로 당신과 관계할 것이다."(구석본, 「마네킹의 증언」, ≪시와사상≫, 91쪽) 마네킹이 사람의 형상에 근접해질수록 묘하게도 실상 사람은 마네킹화 되는 듯 보인다. 텅 빈 가슴과 굳어버린 감정, 표정에서조차 진실을 알 수 없는 훈련된 포커-페이스pokerface로 우리는 관계한다. 그 무미건조한 소통부재의 상황이야말로 우리의 고독을 가중시킨다. 역설적이게도 이 때문에 희망이라는 환상을 품는 일은 가치 있다. 서로의 삶의 무게를 내보임으로써 기쁨과 슬픔을 나누고 관계 맺기를 하는 일은 생의 비루함을 견디는 좋은 방편이 되기 때문이다. 사는 일은 마치 "술래잡기" 같다. "나는 술래가 아닌데 아무도 나를 찾지 않는"(이이체,「육신 없는 밤의 광시곡 −葬」,≪신생≫, 107~8쪽) 것 같은 단절감을 우리는 경험하게 된다.

나중에야 듣고 보니, 할아버지는 세상을 뜨기 며칠 전부터/ 마음이 무척 조급해 보였다고 합니다// 이레 전/ 읍내 장의사에 들러 손수 수의를 만져보시고// 엿새 전/ 갯벌에 나가 느슨해진 말뚝과 그물을 촘촘하게 손질해 놓으시고// 닷새 전/ 얼마 되지 않는 구판장의 외상값과 밀린 품삯을 갚으시고// 나흘 전/ 맏며느리 아픈 허리를 걱정하시다 의료기 한 대 장만하라며/ 벽장 속에서 시든 뭉칫돈을 내 놓으시고// 사흘 전/ 아직 어린 염소 떼를 몰고 나가 배불리 푸른 오월을 먹이시고// 이틀 전/ 늘 함께였던 동기간과 솔밭에 앉아 오래 전에 보아 둔/ 공원묘 자리가 참 따습고 좋더라 자랑하시고// 하루 전/ 집 안 구석구석 해진 곳을 못질 한 후, 처마 아래 빈 제비집/ 무너지지 않게 낡은 받침대 새 것으로 바꾸어 놓으시더니// 그날 저녁 밥상이 당신 생의 마지막 한 끼라는 걸 알고 계셨는지/ 맛나다, 고것 참 맛나다 산채비빔밥 쓱쓱 비벼 과식을 하시더니/ 좋아하시던 일일연속극이 끝날 즈음, 조용히 잠자리에 드신 채/ 보름 후에나 갈 꽃구경, 미리 앞당겨 그 길로 먼저 가신 할아버지// 여든 넷 마지막 호흡까지 詩처럼 사시다, 이따금 詩가 되어 나를 만나러 오시는 할아버지는 달리 말씀 한 마디도 없이 내 영혼이 너무 춥지 않게 내 생의 작은 아궁이 앞에 웅크리고 앉아 늘 풍로를 돌리고 계시지요
　　　　− 김형엽,「할아버지의 마지막 이레」(≪작가와사회≫, 131~2쪽)
　　　　　　　　　　　　　　　　　　　　　　　　　　전문

기본적으로 인간은 유한자이기에 크나큰 상실과 불안이 내재할 수밖에 없는 존재다. 죽음은 삶에 의미부여를 종용하거나 삶을 내려놓게 만드는 모순적인 작용을 주도하게 되는데, 우리가 겪는 최초의 죽음은 대개가 조부모의 그것이다. 채, 삶과 죽음의 경계를 분간키도 전에 우리는 '다시는 볼 수 없음'의 무게를 인지하게 된다. 그러니 삶—살이의 무게라는 것은 한없이 쓸쓸한 그리움을 감당하는 일에서 비롯된다고 볼 수 있다. 시인의 숙명, 끊임없이 미완의 시를 엮어야 하는 형벌 같은 작업은 바로 그 무게값이라 하겠다. '당신들의 죽음'으로 삶의 자리는 한층 선명해지고, 영원히 고독한 것으로 유폐되고 만다. 그렇다면 시는, 생의 무거운 짐을 떠안은 불안한 존재를 치유할 수 있는가. 산다는 것은 무수한 그리움으로부터 태연해지는 것이리라. 그리움에 태연—하기가 되지 않기에 인간은 근원적으로 불안할 수밖에 없다. "니 할매는 이 맛을 두고 어찌 갔을거나"(송수권, 「봄날, 영산포구에서 · 1」, ≪신생≫, 42쪽)와 같은 애절한 탄식은, 생에의 미련이나 아쉬움 따위를 잘 보여준다. 그것은 살아있는 존재의 생에의 집착이 아니라 사라진 존재가 남긴 생생한 기억을 떠안은 산자의 숙명에서 비롯된다. 그리움에 절대 초연할 수 없는 인간의 운명, 그래서 어떤 형태로든지 인간은 끊임없이 죽음과 관계한다. 그러니 삶의 자리는 온전히 살아있음의 표지가 될 수 없음은 당연하다.

김형엽의 시는 할아버지의 마지막 일주일을 좇고 있다. 죽음이 다가오면 감지할 수 있을까. 시 속의 할아버지는 마치 자신이 죽을 날을 아는 듯 황천길을 준비한 것처럼 보인다. "이레 전"에는 자신을 위한 "수의를" 지었고, "엿새 전"에는 "말뚝과 그물을" 손질했으며 "닷새 전"에는 "외상값"과 "품삯을 갚"았고 "나흘 전"에는 며느리에게 "뭉칫돈을 내 놓"았다. 그리고 "사흘 전"에는 "염소 떼를" 먹이고 "이틀 전"에는 "묘 자리"를 살폈으며, "하루 전"에는 "집 안 구석구석"을 살뜰히 돌봤다. 자신이 갈 길과 남아 생전에 자신이 했던 일을 대신할 몫까지 두루 살핀 후에야 "당신 생의 마지막 한 끼"를 "맛나"게 먹고 "여든 넷 마지막 호흡"을 "조용히 잠자리에" 내려놓은 것이다. 이 시의 감동은 죽음을 아무렇지 않게 말하고 있음에 있다. 그냥 아침식사하고 마실 나갔다고 말하는 것처럼 '편안'하다. 죽음 자리가 따로 있는 것이 아니라 생과의 연속성에 놓여 있음을 이 시를 통해서 느끼게 된다. 죽음은 축제라 했던가. 시인은 천운을 다한 삶, 그리고 죽음에 조금은 태연해져도 괜찮다고, 말하는 듯하다. 슬프지 않아서가 아니라 그것도 삶이기 때문에!

4. 생존이라는 형벌

시는 이 시대적 불화와 불안을 극복할 수 있는 작은 수단이 될 수 있을까. 어쩌면 문학은 이들 불협화음의 치유 혹은 연대 불/가능성을 더 선명하게 노출하는 것은 아닌가. 시적 완전성, 혹은 완벽한 미적 가치의 구현은 가능한가. 이때 '완전성'이나 '완벽'을 평가하는 잣대는 다분히 창작 주체의 몫이다. 예술가는 손에 잡히지 않는 이러한 희망에 산다. 희망인 동시에 절망인, 불가능성의 희망을 욕망하기에 절망적일 수밖에 없는 것이 예술가라는 존재의 숙명이다. 고독한 형벌을 멈출 수 없었던 시지프스의 생존 혹은 실존방식은 그대로 이들 시인들에게로 투사된다.

시는 삶에 대한 문학적 단상이며, 그 안에는 우리의 삶의 자리가 놓여 있다. "유목민처럼 살며 어쩌다 한 번씩 찾는 낯익은 도시/ 그 낯익음이 이제는 슬픔이 되어버린 도시"(김형엽, 「두고 온 우산」, ≪작가와사회≫, 133쪽)에 시인은 산다. 시는 자신의 존재를 내지르는 고독한 실존의 흔적이다. 누구나 자신의 방식으로 생존하고 있으며 생존 너머 실존적 삶을 갈구한다. 오늘날 형성된 다양한 '문화'야말로 그러한 고투의 족적이라 하겠다.

눈 뜨니 사막이다. 황당하다. 어제 밤 분명히 내방 침대에 누워 잠들었는데 내가 왜 사막에서 눈을 떠야하나. 목이 탄다. 나는 잠옷 차림으로 물을 찾아 나선다. 뜨거운 모래를 맨발로 밟으며 걷고 또 걷는다. 가끔 발이 모래에 푹푹 빠진다. 발을 헛디뎌 모래언덕 아래로 굴러 떨어지기도 한다. 물을 찾아서 걷고 또 걷지만 아무리 걸어도 모래뿐이다. 공중에 뜬 뜨거운 태양이 나를 내려다본다. 목이 타 죽을 것 같다.

　　　　　　　　　　　　　　　　　　　　　　– 김참, 「사막」(≪시와사상≫, 105쪽) 전문

현대시를 고민하다

− 김인환, 『현대시란 무엇인가』(현대문학, 2011)를 읽는 한 방식

1. 문학, 힐링은 가능한가

복합적인 폭력의 프레임이 작동하는 시대에 제각각의 사연으로 상처 입은 존재에게 문학은 치유의 역할을 수행할 수 있겠는가. 폭력상황에서 이방인의 자리로 떠밀린, 현대인의 고독을 시적 상상력은 어루만져줄 수 있을까. 오늘의 문학은 이러한 고통과 투쟁하는 주체들의 흔적이며, 그 견딤의 징후들이거나 적어도 그런 몸부림에 관심을 기울여야 한다. 힐링 (치유)담론의 유행은 이 시대를 살아가는 모든 세대들의 불안을 단적으로 보여준다. 미적 자율성을 욕망하는 시대, 역설적이게도 우리의 욕망은 그 불가능성에 대한 인식을 통해 구성된다. 이러한 시대에 시인은 매순간 시대와의 불화를 통해서 자신의 포지션을 확보하게 된다.

시란 미정형의 양식이어야 한다. 고전은 있되, 전범/전형은 없어야 하거나 적어도 유동적이어야 한다. 왜냐하면 시야말로 '영원히 생성중인 상태'에 놓여 있는 창조적 상상력의 산물이기 때문이다. 시는 살아있는 존재나 사물의 심연을 들추어내는 발견의 단계에서 시작된다. 이러한 시적 발견을 통해서 시인은 고독과 불안이라는 통증으로부터 찰나나마 자유로

워질 수 있게 되고, 독자는 시적 화자와의 심리적 소통으로 치유를 경험하게 된다. 물론 이때의 치유는 고통의 종결을 의미한다기보다는 일시적인 망각으로 보는 것이 맞다.

그렇다면 문학은, 특히 시는 오늘의 우리에게 치유자/치유제의 역할을 담당할 수 있겠는가. 김인환[1]의 글을 통해서 이러한 물음에 범박하게나마 답할 수 있다. 그에 의하면 "시란 무엇보다 먼저 현실의 한복판을 뚫고 넘어서서 질문하는, 하나의 방법이"(322쪽)다. 시는 우리에게 삶을 살아가는 정답을 제시해 주는 것이 아니라 늘 열린 상태로 고민하는 방법을 제시해주기 때문이다.

2. (현대)시란 무엇인가

전술했듯이, 시적 상상력은 매순간 재발견되어야 한다. 이는 지적·정신적 귀족주의에서 비롯되는 시인의 오만함을 타개하기 위해서도 반드시 필요하다. 시적 완결성이나 미적 가치 등은 쉽게 발설되어서는 안 된다. 창조적 산물인 시에서 완전성이란, 어찌 보면 사형선고와 같다. 변화를 두려워하지 않는 개방적 사유가 시적 상상력의 전제가 되어야 한다. 무엇보다 현대시는 끊임없는 변화의 도정에 익숙한 양식이어야 한다. 그 까닭은 현대사회를 구성하는 패러다임의 급변과 더불어 고착된 사유에 대한 거부감에서 찾을 수 있다. 시는 기억의 끊임없는 현재화이며 동시에 도래하지 않은 시·공간을 구성해 내는 일이기도 하다. 이때 "서정시는 단일한 심정, 단일한 마음의 상태가 관념을 해체하여 감정의 언어로 재구성하

---

1) 김인환, 『현대시란 무엇인가』, 현대문학, 2011. 본문에서의 인용은 그 쪽수만을 밝히기로 한다.

고 사물의 단순성과 신비성을 동시에 드러내주어야 한다. 서정시의 조용하고 단순한 표면 아래에는 결코 분석할 수 없는 생명의 신비가 들어있"(130쪽)어야 한다는 저자의 지적은 시의 고유한 역할을 짐작케 한다. 시적 상상력을 '발견'이라고 표현하는 까닭이 여기에 있다.

김인환의 이 책은 현대시란 어떤 모습이어야 하는가에 대한 논자 나름의 견해를 담은 것으로, 전체 세 가지 맥락으로 구성되어 있다. 우선 타자의 발견을 통해 현대시의 구성요소를 점검한다. 현대시조의 율격을 탐색함으로써 현대시의 자리를 재검토하고 나아가 현대시란 어떤 모습이어야 하는지에 대한 나름의 답을 내놓는다. 가령 현대시의 형식적 표현을 운율에서 찾고, 내용적 표현을 비유를 통한 참신함에서 발견한다. 무엇보다 현대시의 구성원리에 있어서 기본적으로 시조율격에 대한 비판적인 선이해를 토대로 논의를 진행한다는 점이 인상적이다. 그리고 이를 비판적으로 점검함으로써 다양한 변조가 있기는 하지만 현대시의 주조를 이루는 율격을 3음보와 4음보의 혼합음보의 형태라고 진단한다. 특히 7·5조는 우리 민족의 기본 율격으로 3·4·5조나 4·3·5조의 3음보 혹은 3·4·3·2조나 4·3·3·2조의 4음보로 다양하게 해석 가능하다고 본다. 논자는 시의 율격은 직관에 기여하는 것이어야 하는데, 시조의 경우 4음보 율격에 구속되어 상식에 함몰되고 만다고 그 한계를 지적하고, 무엇보다 한 종류의 율격에 고착되는 것에 경계를 드러낸다. 이처럼 그는 현대시의 구성요소를 율격과 비유에서 찾는다. "모든 비유는 인간의 정신을 각성시켜 다른 현실을 꿈꾸게 하는 수단이다."(326쪽) 그렇기 때문에 "비유의 문맥은 사물을 낯설게 하고 지각하는 데에 소요되는 시간을 증대"(41쪽)함으로써 시의 미학적 세련미를 추구한다. 이러한 비유는 사물의 존재적 가치를 발견한다는 시의 본질적 목적을 심미적으로 수행할 수 있도록 조력한다.

또한 그는 문학 작품을 완결된 "자족적(自足的) 질서"(49쪽)로 본다. 그에 의하면, "문학 작품은 어떠어떠한 것이라고 규정된 존재이면서 동시에 어떠어떠한 것으로서 자기를 스스로 규정하는 존재다. 문학 작품의 형성 과정은 끊임없이 자기 자신에게로 돌아오는 운동"(50~51쪽)인 셈이다. 시에서의 주제는 생경한 사상성이 아닌 문학성으로 이해되어야 한다. 특히 그는 한용운의 시와 불교 사상의 관계를 예로 든다. 한용운의 시를 불교적 관점에서 해석할 수는 있지만, 그것이 곧 불교 사상의 하나로 자리매김할 수는 없다는 측면에서 시의 주제를 어떻게 이해해야 하는가를 제시해 준다. "작품의 동적 체계에 포섭되어 있는 사상은 이미 사상 자체의 독자성을 상실"(55쪽)한다는 것이다. 때문에 "우리가 고려해야 할 것은 사상 자체가 아니라 문학과 사상의 상호작용이"(54쪽)라는 것이 그의 생각이다.

나아가 그는 음악과 시, 그리고 소설과 시를 비교 검토함으로써 시 문학의 특성을 도출한다. "현실과 묘사를 매개하는 것이 전형이라면, 현실의 전형을 묘사된 현실로 변형하는 것이 화법이다."(109쪽) 특히 전형의 문제에 있어서 운율과 비유에 근거한 시의 화법은 전형을 구체화하는 하나의 방법이다. 김인환은 "전형을 현실에 실재하는 것이 아니라 현실을 묘사하는 수단으로 작가에 의해 구성된 장치라고 생각한다."(99쪽) 그래서 그에게 "작품은 어디까지나 현실을 묘사하는 언어이지 현실은 아니다."(97쪽) 그러나 문학 작품을 현실 그 자체로 이해하는 것은 위험하지만, 그렇다고 순전히 별개의 산물 역시 아니다. 문학 작품은 현실을 조망하는 작가의 시선이 서정적 장치를 통해 개입된 상상력의 발화이기 때문이다.

다음으로 현대시의 좌표를 그 계보를 토대로 재구성한다. 김인환이 생각하는 성공적인(?) 현대시는 규칙적인 율격을 파괴하고, 유사성에 근거한 비유를 부정할 때 완성된다.(148쪽) 그는 정형의 시조양식으로부터 가장 멀리 떨어져 있는 이러한 현대시의 성과로 시인 이상李箱을 꼽는다. 그리하여 이상과 이상 반대쪽으로 양분하여 현대시를 분류하고, 다시 이상 아닌 쪽의 가장 큰 흐름을 형성하고 있는 소월을 기점으로 소월 우파와 소월

좌파로 구분한다. 이를 근거로 2부에서는 소월과 소월 우파인 서정주를 검토하고, "이상의 시에 시학을 도입"한 김춘수와 "이상의 시에 정치를 도입"(150쪽)한 김수영을 각각 이상 우파와 이상 좌파로 명명한다. 특히 소월 우파인 정지용과 서정주 등은 형식주의적 측면을, 그리고 소월시의 좌파인 신동엽과 백석 등은 현실주의 시를 조탁했다고 평가한다(157쪽).

마지막으로 현장비평을 통해 현대시의 현재적 모습을 검토한다. 김영태, 문정희, 황지우 그리고 김민정의 작업에 대해 예각화된 시선으로 비평을 감행하지만, 1부의 문제제기가 충분히 습합된 비평인가에 대해서는 의문이다.

이러한 김인환의 논의는 몇 가지 물음을 남긴다. 첫째 현대시의 표준형이란 가능한가. 난해하고 장황한 일단의 '젊은' 시들에 대한 문제제기는 가능하겠지만, 내재율의 자유에 의해 형성되는 현대시를 일정한 기준으로 평가할 수 있는가에 대해서는 설득력이 떨어진다. 또한 시의 구성요소로 율격이나 비유를 제시하는 것 역시 기존 논의와 비교했을 때 새로울 것이 없다. 무엇보다 파격과 참신한 비유는 이미 오래 전부터 많은 시인들에 의해 창작의 주요 기법으로 고려되어 왔다. 그의 견해처럼 "한 시인의 작품은 창窓 없이 고립되어 있는 단자單子가 아니라 그 시인의 다른 작품들과 연관되어 있는 그물의 한 매듭"이기 때문에 "개별 작품의 세부구조에 집착하면 문학적 상상력의 본질을 놓치"(221쪽)고 만다. 계보적 표준형을 모색함으로써 역으로 작품 자체의 생명력을 온전히 파악하지 못하게 되는 함정에 빠질 수도 있다.

둘째 "7·5조 3음보는 한국 현대시에만 나타나는 율격"(159쪽)으로 보고 이를 민족적 리듬으로 보는 견해다. 현대시는 이미 민족이라는 표상을 초월하는 상황에서 형성되었다. 아니 적어도 민족 보다는 개인이나 공동체를 지향하면서 구성되고 있다. 그럼에도 여전히 현대시를 평가하는 잣대를 소위 민족을 표방하는 요소들로 삼는다면 모순이다. 오늘의 시가 여전히 7·5조의 율격이나 3음보와 4음보의 혼합음보를 지향하는 것은 한글의 언어적 특이성에서 찾아야 할 것이다. 아울러 언어미학을 토대로 현대시의 새로움을 발견하는 작업 역시 진행되어야 한다. 특히 시적 언어는 그 내적 질서에 시대의 흐름을 함의하고 있으며 나아가 언어구조 자체가 이미 이데올로기적 생산물이다. 때문에 시어는 시인의 시적 발화뿐만 아니라 이에 영향을 끼친 다양한 요소의 집합체라 할 수 있다.

끝으로 귀납적 비평이 야기하는 장·단점에 대해서다. 시는 작가 개개인의 창조적 영역이다. 그런데 이를 비평적으로 검토하여 객관적이고 일반적인 원리를 추론할 수 있는가에 대해서는 의문이다. 일단의 분류는 가능하겠으나 그것을 토대로 현대시의 정체성을 일반화하는 것은 옳지 않다. 물론 개별 작품에 대한 면밀한 독해를 토대로 깊이 있는 이해가 가능하다는 측면에서 상당히 매력적인 비평 방법임에는 찬성한다. 하지만 일반화의 유혹으로 인해 과잉해석이나 끼워 넣기나 편 가르기 등의 오류를 범할 수 있다. 게다가 개별 작품이나 작가에 대한 평론에 머문다는 인상을 주기도 한다. 곧 저자는 장르에 대한 본질적인 물음을 던졌지만 그에 대한 응답은 단편적인 데 그친다.

그럼에도 김인환의 작업은 예술의 미적 자율성에 대해 성찰하게 한다는 점에서 가치 있다. 나아가 시를 완성체로 보고 그 유기체적 질서를 투시하도록 돕는다. 흔히 서정시에서 시인과 화자는 동일시된다. 이는 시를 시인의 경험 그 자체로 이해할 때 가능하다. 즉 시와 시인은 미적 연속성을 토대로 연결된다. 김인환은 문학적 상상력을 토대로 이상을 뛰어넘을 수 있는 시인을 기다리고 있는 건지도 모른다. 언어로 직조된 시적 진실을 통해서 시와 현실, 그리고 시인과 대중독자 사이의 대화를 매개하려는 비평가로서의 자의식이 그렇다.

무궁무진한 상상력의 시대다. 기술은 이미 대중의 상상을 추월해 앞지르기를 한 상태다. 기계문명을 쫓기도 바쁜 시대에 문학은 시대의 불온성이나 불친절함을 해소함으로써 타인과의 소통을 견인할 수 있을까. 혹은 주체 스스로의 고독을 해소할 수 있겠는가. 문학 스스로 불온의 상상력을 토대로 그러한 문화양식의 하나가 되어버린 것은 아닌가, 의문이다. 이미 자본 너머를 생각할 수 있는 상상력은 부재한다. 이러한 상황에서 문학은 언어의 힘에 내재한 이야기적 상상력을 토대로 불안을 불식시키는 역할을 수행해야 한다. 박현수는 절망이 기교를 낳고 기교가 절망을 낳는다는 이상의 말을 인용하면서, 현대시가 미적으로 세련되었지만 폭넓은 육성이 부족하기에 왜소하다고 평가한다.[2] 문학적 상상력이야말로 파국을 회복할 수 있는 일 방편이 되리라 기대한다면, 그것은 다양한 목소리가 모여서 만들어내는 힘에 의해서 가능할 것이다.

3. 소통 불/가능성을 탐하다

궁극적으로 치유의 가능성은 소통에서 발견된다. 그러나 동시에 이것은 문학적 치유의 불가능성을 두드러지게 할 뿐이다. 문학적 치유의 공허함은 역설적이게도 시대의 소통 불/가능성에서 야기되는 것이기 때문이다. 치유한다는 것 자체가 고치다, 라는 맥락에서 일정 부분 수직적 성격을 띨 수밖에 없다. 때문에 온전한 소통이란 불가능하다. 어쩌면 치유담론이야말로 치유가 불가능한 시대에 대한 일종의 봉합에 불과할지도 모른다. 그럼에도 불안과 우울에 갇힌 우리는 단말마에 그칠지도 모를 치유를 욕망한다. 현대시의 구성요소, 그 정체성을 고민하는 자리에서 치유담론은 작가와 독자 모두에게 해당된다. "혼자 써 놓은 시를 발표는커녕 같

---

2) 박현수, 「왜소한 시를 넘어서기 위하여」, 『유심』 57, 만해사상실천선양회, 2012. 1, 2~9쪽 참조.

이 읽어 줄 벗조차 없어서 사람 없는 창경원을 찾아 말 모르는 이국의 동물들 앞에서 혼자 시를 읽던 슬픈 기억을 지니고 있다."[3]는 조지훈의 고백처럼 작가의 시적 소통은 독자를 전제함으로써 성립될 수 있다. 이처럼 현대시에 대한 고민은 무엇보다 대중독자와의 소통문제에 대한 방법적 고민을 수반해야 한다. 문학과 대중의 거리가 멀어질수록 문학은 그들 생산자들의 고립을 야기할 뿐이기 때문이다.

---

3) 조지훈, 『조지훈 전집3, 문학론』, 나남출판, 1996, 208쪽.

시, 여자(女子)를 죽이다 아니, 발견하다

"밖에선
그토록 빛나고 아름다운 것
집에만 가져가면
……//
다 죽었다"[1]

바야흐로 여자의 시대다. 걸 그룹이 장악한 가요계를 비롯해 대중문화의 화두는 단연 여자다. 그럼에도 그곳 어디에도 진짜 여자는 없는 아이러니! '섹시한 어린 소녀'들은 남성의 시선에 의해 기획된 산물이니, 실상 어디에서도 우리는 주체적 존재로서의 소녀들을 찾을 수 없게 되었다.

시에서도 여자를 만나는 일은 어렵지 않다. 90년대 이후 활발해진 생태에 대한 관심은 여성성과 여자의 몸으로 확장되었고, 덩달아 에코페미니즘이 그 성과물로 조명 받았다. 하지만 이 화두는 스스로 탈중심을 지향함으로써 여성의 신체만이 공적 영역에 남고, 그 존재의 주체적 가치로부터 멀어지는 결과를 초래하기도 했다. 여전히 시는 여자를 말한다. 그러나 그것은 여자로서의 순연한 존재성을 탐구하는 데 있지 않고, 되레 남성화된

---

1) 진은영, 「가족」, 『일곱 개의 단어로 된 사전』, 문학과지성사, 2003.

시선으로 여성을 관음하거나 고정화하는 데 치중한다고 볼 수 있다.

자아—타자의 대립에서 여자는 영원한 이방인으로 치부된다. 현대, 윤리가 사라진 자리, 전위를 표방하며 윤리를 갱신해야 하는 자리, '여자 죽이기'를 감행하는 까닭은 무엇인가. 어쩌면 한 번도 여자로서의 주체로 살지 못한 여자들을 이 시대에서야 발견하게 된 것은 아니겠는가. 애통하게도 여자는 비로소 '발견'되기 시작한 것이다.

이 시대 여자는 크게 세 종류로 분류되어 '살해'되고 있다. 우선 어머니라는 이름으로 구속된 여자는 최상의 가치를 구현한다고 그 존재를 인정받지만, 스스로의 삶의 층위가 없다. 여자로 인해 태초가 있었으나 엄밀하게 말해 그건 여자가 아닌 어머니라는 만들어진 사회적 존재에 불과했던 것이다. 두 번째는 소문의 주체로 소비되는 유령 같은 여자를 들 수 있다. 얼굴 없는, 혹은 얼굴 지우기를 감행함으로써 여자의 현존이 얼마나 불안했던가를 확인하게 된다. 끝으로 타인의 어머니까지를 함의하는 '아줌마'라는 군집이다. 이들은 사회적 영역과 동시에 사적 영역에서도 자신의 역량을 발휘해야 하는 천하무적 '슈퍼우먼'으로서의 책무를 부여받았다(누구로부터?). 아줌마들의 역량을 여자—찾기에 끌어올 수는 없을까. 자, 죽어가는 여자들, 이를 통해 살아있다고 외치는 고통스러운 여자들을 만나보자.

1. 태초에 모성이 있었고,

여자는 잠재적으로 어머니가 될 수 있지만 어머니만은 아니다. 우리는 여자를 어머니이기 이전에 주체로서 독립된 존재임을 인식해야 한다. 그럼에도 우리에게 여자는, 그 여자의 '으뜸'은 단연 어머니이다. 때문에 어머니는 여자라는 존재 자체 보다 그 의미맥락이 더 구체적이다. 즉 모성을 내세운 어머니라는 사회적 존재 안에서 여자는 은폐된 존재에 불과하다.

> 수련의 하루를 당신의 십년이라고 할까/ 엄마는 쉰살부터 더는 꽃이 비치지 않았다 했다// 피고 지던 팽팽한/ 적의(赤衣)의 화두마저 걸어버린/ 당신의 중심에 고인 허공// 나는 꽃을 거둔 수련에게 속삭인다/ 폐경이라니, 엄마,/ 완경이야, 완경!
> ― 김선우, 「완경(完經)」 부분(『도화 아래 잠들다』, 창비, 2003)

김선우가 말하는 여자는 자궁과 동의어이다. 때문에 자궁의 질서는 자연의 섭리로 확장되고, 시인은 여자의 몸을 통해 생명의 근원 나아가 삶의 이치를 포착하고자 한다. "폐경"의 어머니에게 "완경"이라는 찬사를 보내지만 그것은 더 이상 어머니에게서 여자를 발견하기 어려워졌다는 의미이기도 하다. 어머니로 살면서 스스로 여자임을 자각할 수 있었던, 어쩌면 유일한 지표의 사라짐은 "선정에 든 와불"이기보다는 "허공"을 밟고 있는 느낌이 아니겠는가. 시인이 "나는 이제 엄마에게 오래오래 살라고 말하지 않는"(김선우, 「당신의 옹이」, 『내 몸속에 잠든 이 누구신가』, 문학과지성사, 2007) 이유 역시 하나의 개별적 존재로 태어난 고유한 주체로서의 삶을 성취할 수 없는 사회적·가족적 제도 안에서의 어머니를 발견한 탓이다. "엄마가 다시 태어나려는지 꽃 진 자리가 환장하게 가렵"(김선우, 「다디단 진물」)다는 사실을 통감하기 위해서는 세상 모든 자식들이 어머니를 해방시켜야 하고 죽여야 한다. 그러나 "자궁 속에서"(나희덕, 「나는 아직 태어나지 않았다」, 『야생사과』, 창비, 2009) 태어나지 않은 채 살아가는 우리와 어머니 간의 연결고리가 사라지면(폐경) 그 해방의 시기도 놓치게 되고, 어머니라는 존재는 끊임없이 유보될 수밖에 없다. 저주 받은 어머니라는 역할만으로도 여자의 절망은 예고된 것이라 하겠다.

1990년대 이래 시에서의 여성의 신체 노출(몸, 자궁 등)은 공적인 장에 만연해 있는 남성적 이데올로기에 대한 항거라 할 수 있다. 그러나 이러한 '저항' 운동이 남성적 시선을 충족하는 노출에 길들여져 버리거나 몸에 집착하게 될 때, 일정한 한계에 봉착하게 된다. 때문에 이제는 보다 다양한 스펙트럼으로 여자를 말하기 위해서 한편의 여자를 죽여야 하고, 여자들의 다른 면모 즉 존재의 주체로서의 여자를 발견해 가야 한다.

> 그녀를 사랑하기 위해선 그녀의 일부를 내 안에 결박해야 한다/ 만 명의 남자가 입을 댔던 그녀 유방 앞에서/ 만 명 중의 하나가 되는 일은/ 만 명의 그녀를 다시 태어나게 하는 일/ 그녀라는 허구의 몸통 안에서/ 온몸을 친친 감고 나는 그녀의 바깥이 세상에 존재하지 않는다고 믿는다
> — 강정, 「그녀라는 커다란 숨구멍, 혹은 시선의 감옥」
> 부분(『키스』, 문학과지성사, 2008)

> 가장 뻔한 옛이야기, 그것은 우리들 누구나의 이야기. 내가 슬픈 건, 언젠가 내가 족집게였을 때 미처 다 안 뽑혀버린 이야기. 엄마는 그때 또 나를 낳고 있었지.
> — 김민정, 「陰毛 한 터럭 속에 세상 모든 陰謀가 다 숨어 있듯이」
> 전문(『날으는 고슴도치 아가씨』, 열림원, 2005)

여자는 어머니를 복제하면서 삶을 연명한다. 이는 남성화된 이 사회의 질서 속에서 남성들이 만들어 놓은 모성이데올로기에 스스로 충실한 복무자가 된 불행한 존재로서의 여자의 삶을 의미한다. 모성은 아름답고 우월하다는 허구의 덫에 갇혀 여자들은 그것을 자신들의 계보로 삼아버린 것이다. 아니 그렇게 강요되었다. "그녀의 바깥이 세상에 존재하지 않는다"는 것은 그녀의 존재적 순연성이 세상에 수긍되지 않는다는 말과 다르

지 않다. 철저하게 남성적 질서에 갇힌 여자들! "또 나를 낳는" 여자들은 끊임없이 딸들을 자신의 복제물로 생산·조형해 내고, 덕분에 비극의 끝은 보이지 않는다. "그녀라는 허구의 몸통"으로 "만 명의 그녀를 다시 태어나게 하는 일"은 시지프스의 저주처럼 영원한 도돌이표를 그린다. 여자들은 "우리들 누구나의 이야기"가 되어버린 가족주의의 "음모"에 결박당한 것이다.

> 7시간 수술 끝나고/ 어머니 환자복 갈아입히며/ 어머니 흰 젖가슴 꼬집어본다/ 다시 시집가도 괜찮겠다는/ 아이 서넛 그 젖으로 키우겠다는/ 쉰 넘은 아들의 농담에/ 아직 풀리지 않은 전신 마취 속에서/ 이내 얼굴 붉어지는 어머니/ 아름다워라! 어머니라는 이름의/ 저 사랑스러운 여자
> — 정일근, 「어머니, 여자라는」 전문(『기다린다는 것에 대하여』, 문학과지성사, 2009)

고장난 어머니의 신체를 열어 "수술"을 하니 비로소 여자가 발견된다. "환자복" 안에 "분홍 꽃 팬티"의 여자를 숨기고 사는 어머니라는 이름, "세상 모든 어머니는 여자다"(정일근, 「분홍 꽃 팬티」)라는 발견, 그 선언을 통해서 비로소 어머니는 태초에 여자였음을 통감하게 된다. 너무도 분명한 이 사실을 묵과해온 우리들의 뻔뻔함이 선명해지는 순간이다. 어머니에게서 여자를 발견하지만 그 여자가 할 일 역시 결혼을 하고 아이를 낳아 키우는 일이라니 악몽의 재현은 끊임없이 반복된다. 시지프스의 여자들이여! 이 저주를 풀기 위해서 시들은 말한다. "너는내가/ 아직도니엄마로보이니?"(김민정, 「용용 죽겠지」)

2. 소문의 주체? 혹은 유령?

진원지를 알 수 없는 스캔들의 주인공들은 늘 여자다. 유일하게 여자가 장악하고 있는 영역이 있다면 그것은 단연코 소문의 장場일 것이다. 남성적 질서를 전복시키고 동시에 여자를 규정해버리는 모순의 이중성을 지닌 소문과 진실 사이에서 그 팽팽한 긴장감을 즐기는 관음증은 인류의 오래된 질병이다. 여자가 소문의 주체라는 것은 여자에 대해 다분히 정치적이고 부정적인 남성적 욕망이 투사된 것이라 볼 수 있으며, 동시에 여자들도 소문을 통해서 자신이 갇혀 있는 제도로부터 우연적 일탈을 갈구한다고 볼 수 있다. 소문의 폭력에 의해 일방적으로 희생되던 여자들이여, 그것을 역이용하여 여자의 현존성을 구축하는 하나의 방편으로 삼을 수 있지 않겠는가!

> 그녀의 얼굴은 싸움터이다/ 축제의 행렬이 지나가는 공동묘지,//
> ……어둠 속, 한 여자가 울고 두 번째 여자가 울고 세 번째 여자가 뛰
> 쳐나간다// 기침 끝없는 기침처럼 거울을 사이에 두고 두 여자가 서로
> 의 얼굴을 향해 침을 뱉었다
> — 황병승, 「그녀의 얼굴은 싸움터이다」 부분(『트랙과 들판의 별』,
> 문학과지성사, 2007)

> 전우처럼 함께했던 얼굴은 또 한 명의 전우처럼 도망쳤다. ……//
> 그리고 다시 얼굴이 달라붙을 때의 코는 한없이 옆으로 퍼져 있었다.
> ……// 햇빛이 비추는 이 거리의 닳은 구두코. 신발을 신은 사람들. 늪
> 처럼 발부터 빠진다
> — 김행숙, 「얼굴의 몰락」 부분(『이별의 능력』, 문학과지성사, 2007)

소문의 주체에 얼굴 따위가 있을 리 없다. 얼굴의 사라짐은 주체로서의 여자의 부재를 발견하는 일이다. "엄마"를 외치던 김행숙, 그 모계 계보학이 주는 살인성을 포착했던 시인은 드디어 "얼굴" 지우기에 돌입한다. 얼굴은 그 사람의 주체성이며 인격이다. 그러한 얼굴을 몰락시키는 까닭은 다른 얼굴에 대한 갈망 때문이다. 무엇이되 무엇도 아닌 가면을 쓰고 다른 존재가 되고자 하는 가면무도회, 그것 역시 자신의 얼굴을 지우는 일이며 동시에 자신의 욕망을 투사해 다른 얼굴−되기를 갈망하는 것이기도 하다. 때문에 얼굴에 대한 집착은 존재에 대한 갈망이며, 현존성의 부재에 대한 인식이라 하겠다.

과잉된 어머니라는 책무는 "얼굴로부터 넘친 얼굴"(김행숙, 「해변의 얼굴」)의 모양으로 기이한 결핍의 형상을 하고 있다. 이제는 "무슨 표현을 하"고 있는지도 알 수 없는 "얼굴은 유령처럼"(김행숙, 「검은 해변」) 부재중이며, 흡사 소리 없이 고독한 "싸움터"로 둔갑한 듯 보인다. 잉여적 존재로 추락한 얼굴들은 "공동묘지"에 주저앉아 실체를 찾아내려 하지만, 끊임없이 탈주하는 얼굴들의 "울"음소리만 들릴 뿐이다.

> 마리아 츠베타예바/ 실비아 플라스/ 윤심덕/ 나혜석/ 미쳐서 죽은 까미유 끌로델/ 프리다 칼로// 언제나 그들이 더 가까웠다// 어디에서부터 무엇이 잘못되었을까?// 비탄에 잠겨 미친 듯이 춤을 추는 지젤// 죽을 때까지 춤을 추었을 뿐이다
> ─ 김승희, 「유령 배역」 전문(『냄비는 둥둥』, 창비, 2006)

이들은 모두 혈연관계에 있다고 김승희는 말한다. 여자라는 시뮬라크르를 양산할 수 있는 것은 너무도 견고한 혈연집단 덕분이다. 복제를 반복하다보니 실상의 원본은 기억에조차 남아있지 않은 형국, 김승희는 이러한 시뮬라크르로 생산되고 있는 이 시대 복제된 여자들을 포착하고 있다. "유령 배역"을 맡은 여자들은 "죽을 때까지" 그 배역에 충실하지만

"어디에서부터 무엇이 잘못 되었"는지 알 수 없으므로 근본적으로 "비탄에 잠겨"있을 수밖에 없다. 모두 다른 얼굴들이 같은 고민을 하고 있는 공포, 그리하여 하나의 이름도 고유성도 없는 무존재에 대한 자각을 통해서 김승희는 이 시대 여자들의 존재적 위치를 고발한다.

가족이라는 신화를 유지하기 위해서 어머니는 절대적인 존재이다. 허나 허상의 자리에 여자들을 가둬두고 벌이는 잔혹한 인생살이, 그것이 제도화된 사회에서의 여자의 삶이 갖고 있는 실상이다. 그러니 여자가 제아무리 얼굴을 바꾸고 새로운 소문의 주인공이 된다 해도 어머니라는 이데올로기로부터 자유로울 수 없다. 여자에게 어머니 할머니 누나 여동생 아내 며느리 딸의 이름이 주어졌을 때부터 여자들은 여자 아닌 것, 벌레이든 유령이든 다른 무엇이 되어버렸다. 너무도 오래된 일이라 그 기원을 알 수 없으며, 마치 그것이 진리인 양 수용되고 있다. '아내는 여자 보다 아름답다'는 감언이설에 태초의 이브부터가 속았던 것이다.

3. 슈퍼우먼, 우리의 아줌마가 나가신다

현대 자본주의 사회에서 가족을 유지하기 위해서 여자는 어머니로서의 자신의 영역을 초월해야 한다. 공적 영역에서 퇴출된 여성 주체에 대한 편리한 명명인 '아줌마'처럼 그 특성이 뚜렷한 것도 없을 것이다. 아줌마를 다르게 표현하면 옆집에 사는 누군가의 어머니쯤 될 것이다. 내 어머니만이 위대한 줄 알았는데 알고 보니 옆집에 사는 누군가의 어머니도 우리 어머니만큼이나 대단하기 때문에, 나날이 '아줌마 담론'은 거대한 신화를 형성해간다.

하얀 얼굴에 긴 생머리를 한 여자가 있었다 낮에는 며느리, 밤에는
아내가 되었던 여자, 버드나무 늘어진 가지를 치렁치렁 머리에 붙인
여자였다 그러던 그녀가 미련없이 출가했다
　　　　　－ 권혁웅, 「슈퍼맨」 부분(『마징가 계보학』, 창비, 2005)

손목을 비틀어 총알을 튕겨내던 한 여자가 있었다 악당들은 그 여
자의 뿅브라만 뚫어지라 노렸다 여자가 그리는 반원은 얼굴에서 배
꼽까지인데, 악당들의 과녁은 늘 그 반원을 벗어나지 못했다 총알이
사방팔방 튀었다 헛심 쓴 악당들의 어이없는 표정이 늘 클로즈업되
곤 했다
　　　　　－ 권혁웅, 「원더우먼과 악당들」 부분(『마징가 계보학』, 창비, 2005)

아줌마 담론은 억척스러운 어머니상에 대한 다른 명명에 불과하다. 아
줌마라는 집단적 주체성은 여자의 세계에서도 탈각하여 가족제도의 충실
한 추종자가 된 일단을 의미하기도 한다. 여자가 스스로를 타자화함으로
써 획득한 지위인 것이다. 가사 노동과 모성, 나아가 경제적 활동까지 '거
뜬히' 수행해 내는 기계적 존재, 어떤 상황에서도 "악당들"을 물리칠 수
있는 존재, 그것이 슈퍼우먼이다. 그러나 항상 그 생산력이 갖는 가치는
평가절하 되고 여자는 더 '성능 좋은' 며느리 아내 엄마 딸이 되기 위해 달
리지만, 정작 사적 영역과 공적 영역 모두에서 이방인화를 면치 못하는
것이 아줌마의 실상이다.

권혁웅이 형상화하는 슈퍼우먼은 남성의 시선을 충족시키는 외양적
요소인 "하얀 얼굴에 긴 생머리를" 하고 있다. 그것은 매체에서 그려지는
여자의 형상과 다르지 않다. 이를 통해서 이 사회가 요구하는 여자의 모
습이 얼마나 재현 불가능한 기계적 존재인지, 여자에 대한 이 사회의 이
기적인 욕망을 꼬집는다.

그렇다. 불행히도 '가족'은 어떤 식으로든 견고할 것이다. 현실에서 제아무리 부모를 살해하는 패륜아들이 넘쳐나고 바람난 부부가 득시글거려도 가족은 다른 요소(굳이 이성애적 혈연 구성체가 아니더라도,)를 통해서라도 그 정치성을 해체하지 않을 것이다.

그럼에도 여자는 생물학적인 성의 범주를 넘어 사회학적인 주체로 재인식되고자 한다. 은폐된, 너무도 명백한 '여자의 존재성'에 대한 진실은 이제야 말해질 수 있는 것으로 변모하고 있으며, 그것은 그 동안 여자라는 이름 대신 명명된 어머니나 아줌마를 죽이고, 여자의 독립적인 존재성을 발견하는 것에서 시작되고 있다. 살기 위한 죽이기. 죽음으로써 비로소 살 수 있게 된 여자들의 세상이 시 속에 펼쳐지고 있다. 우리는 의미를 구성하는 존재로서의 여자 발견을 통해서 가족을 떠나 다른 위치에 여자가 설 수 있게 해야 한다. 그러한 발견은 활기를 띠고 '생성 중'becoming이다.

반성하는 삶에 대하여

1. 가난을 재현하는 방식

궁극적으로 문학적 재현은 삶과 문학의 상관관계에서 비롯된다. 재현이 시와 대상 사이의 거리를 통해 획득되는 것이라면, 오늘의 재현은 그 거리가 지워지면서 시와 시적 대상이 일치되는 순간, 그것이 해체되고 만다. 가령 재현 대상을 신성시했던 것이 자연친화적 시나 전통서정시의 그것이라면, 2000년대 이후 미래파 등이 재현하는 시적 형상은 시와 대상의 거리를 삭제하는 것에서 발생한다. 이는 동일화와는 전연 다른 방향성이며, 기존의 수사에 대한 벡터로써 작동한다. 시적 감각은 소통의 우회로를 마련하는데, 현상이나 사건에 대해 생경하고 직접적인 형식을 취하는 것이 아니라 세계에 대한 간접화를 시도하는 것이다. 때문에 현실 유지에 복무하는 재현 체계의 환상은 다른 방식의 표출 형식을 통해 폭로된다.

예컨대 이 시대 문학이 가난을 재현하는 일 방식에 대해서 궁구하기 위해서는 그 가난의 양상에 대해 접근해야 한다. 현대 사회에서 존재의 아우라는, 더 이상 실존에 있지 않고 그가 입고 있는 옷, 사는 집, 그리고 타고 다니는 자동차 따위에 있다. 그렇기에 가난한 사람들에게는 존재의 실존적 후광이 존재하지 않는다고 여겨지는, 이것이 현실이다.

특히 현시대 가난의 양상은 노동과의 상관관계를 통해서 획득된다. 노동의 부재나 계급화를 통해서 많은 형태의 가난이 양산되며, 이에 대한 다양한 방식의 재현이 이루어졌음에도 가난과 현대사회라는 두 항의 이질성을 어쩔 수 없는 것이 사실이다. 노동의 계층화는 새로운 계급적 질서, 아니 보다 공고한 전근대적 질서를 재현한 것이기도 하다.

김사이와 하종오가 감행하는 시적 '반성'은 궁극적으로 가난에서 비롯되었다. 대대로 반성해야 하는 삶은 세습된다고 했을 때, 이들이 주목하고 있는 가난은 단순히 물질적 자원의 결핍만이 아니라 역사의 소용돌이에 휘말린 가난하고 나약한 주체들의 삶—살이 그것이다. 때문에 이때 반성反省은 자신을 향해 있는 것이라기보다는 사회를 투시하는 태도의 문제로, 역사적 비판의 의미를 띤다. 즉 역사의 파도가 개인을 지배하는 일 방식인 것이다.

반성은 은폐가 아니라 '펼침'으로 가능한 사유방식이다. "예술작품은 작가에 의해 펼쳐진 세계"라는 점에서 "예술의 표현은 원본이나 진리로부터 자유로운 사건이고 생성이며, 실타래 같은 미로 속에서의 길 찾기다."[1] 이러한 '~되기'의 욕망을 작품을 통해 실현하기 위해서 반성은 필수적인데, 이는 '살이'와의 전투에서 주저앉은 삶을 의미하는 것이 아니라 투쟁의 욕망이 투사된 그것이다. 어떤 의미에서 이들의 시적 재현은 핍진한 현실에 대한 복사물에 지나지 않는다. 그럼에도 이들 시편이 갖는 의의가 있다면 근대적 질서체계에 의해 작동되고 있는 현 시대의 부조리에 대한 폭로와 고발에 있을 것이다. 또한 현실을 복사한 시적 발화는 비판적 주관에 의해 끊임없이 생성되는 '유동하는 사유체'라고 보아야 할 것이다.

---

1) 채 운, 『재현이란 무엇인가』, 그린비, 2009, 165쪽.

2. 김사이의 경우─『반성하다 그만둔 날』(실천문학사, 2008)

1) 가리봉동, '이방인의 도시'

'노동'의 시대, 그것이 문제인 시대를 살고 있다, 우리는. 그것이 더 이상 놀이가 아니게 된 순간부터, 그것이 더 이상 '함께'가 아니게 된 순간부터 노동은 분열의 그것이 될 수밖에 없었다. 노동부재이거나 노동 과잉이거나 그것은 늘 문제다. 노동과 이주가 필연적 혹은 필요에 의한 짝이 되어가는 시대에, 부정하고 싶지만 노동은 인간의 실존 보다 분명 우위에 있다. 어쩔 수 없이 노동은 이 시대를 살아가는 인간을 인간이게 하는 조건의 하나인 것이다.

이 시대 과학과 기술은 근본적으로 인간을 대체할 수 있는 노동력의 양산을 목표로 하고 있으며 이를 통해서 인간의 삶이 보다 가치 있는 것으로 영위되기를 희구한다. 그러나 이것은 말 그대로 이상理想일 뿐이다. 노동으로부터의 해방은 철저하게 자본적 질서에 편입되어 가진 자만이 누릴 수 있는 새로운 특권이 되고 있는 것이다. 또한 기존과 마찬가지로 여전히 특정 분야의 노동을 수행하고 있는 사람을 해당 분야에 파견된 기계 정도로, 혹은 그것 보다 못한 존재로 강등시키는 데에 복무하게 된다. 즉 생산적인 노동과 그렇지 않은 노동을 양분하고 그것으로 존재적 가치의 중량을 측정하는 것이다.

> 십 년 전 거리를 메운 아이들은 온데간데없고/ 십 년 전 벌집은 그 자리에 있고/ 출렁거리는 술집은 여전하다// 구로공단 한구석 조선족 거리를 걷다가/ 가을 한낮 햇살이 따가워/ 눈을 크게 치켜떴을 때/ 문득 구로공단이 달라져 있었다/ 어릴 적에는 하얀 스카프에 푸른 작업복 무리가 수상했고/ 스무 살에는 거리를 배회하는 가출 아이들이 낯

설었고/ 지금은 이곳에 있는 내가 낯설다/ 언제부터일까/ 이방인들 틈
에 내가 이방인같이 보이는 이곳/ 어느 사이에/ 국적도 피부색도 방해
가 되지 않는/ 낯선 것을 느끼는 동시에 낯익어 있는/ 정체 모를 이 끈
적함/ 이국 채소가 식당이 간판이 언어가 내 얼굴을 덮고/ 공단 울타리
를 에워싼 노동자 연대의식이/ 연례행사처럼 마음속을 드나들고/ 쿠
르드 필리핀 방글라데시 네팔 몽골 연변 구로/ 그래도 이 거리가 한국
이 좋다고 하는 그이들과/ 삼삼오오 비켜서서 무관하게 밥을 먹고/ 아
파트형 공장 굴뚝에서 연기가 나는,/ 십 년 전 꽃무늬 치마 팔랑거리며
저만치 걸어가는/ 내가 중심에 있었다고 생각하는 순간 아무것도 보
이지 않는/ 찰나

—「이방인의 도시」전문

　가리봉동은 서열화된 노동의 양상 중에서도 최하위에 놓인 주체들의
공간이다. 이는 단순히 지역적 함의의 문제가 아니라 노동하는 주체들이
살아낸 삶의 흔적이 적층되어 만들어진 표상이다. 이들은 주권의 외부에
존재하는 호모 사케르로서 법적 보호는커녕 처벌 받아야 할 불법 체류자—
내국인 노동자라고 해서 크게 달라지는 않는다—의 형상이다. 이방인
은 이방인인 채로 존재하지만 그것은 스스로를 은폐함으로써 최소한의
안전을 확보할 수 있게 된다. "이방인들 틈에 내가 이방인같이 보이는 이
곳/ 어느 사이에/ 국적도 피부색도 방해가 되지 않는/ 낯선 것을 느끼는 동
시에 낯익어 있는/ 정체 모를 이 끈적함"은 이방인들이 운집해 있는 가리
봉동의 특성을 잘 대변해 준다. 결국 이방인이란 특정 지역에 존재하는
인종적 수치에 불과하다는 것을 느끼는 순간, 시적 화자와 이방인의 자리
는 전복되고 만다. 이때 이방인은 한국 국적이 없는 존재들이면서 동시에
한국 내에서도 전근대적인 노동을 수행하고 있는 존재들을 일컫는다. 그
리하여 이방인이란 낯섦의 공포를 체화한 존재에 대한 총칭인 것이다. 이
들 노동자들은 "고유의 이름을 빼앗긴 자로서 낯설고 공포스런 '이방인'

의 모습을 한 채 죽임"2)—육체적이든 사회적이든—을 당하게 된다. 이질
성이 혼종적으로 배합된 이방인이라는 호명은 타자에 대한 배제를 일정
부분 정당화할 수 있는 공포가 도사리는 표현이기도 하다. '우리들'의 영
토를 견고하게 지켜나가기 위해서는 어쩔 수 없다는 정당성이 그것이다.

　"구로공단"은 "십 년 전"의 그것과 확연히 달라진 듯 하면서도 여전히
"가리봉오거리 가는 공장들 담 아랜/ 우울한 가슴들이 다 모"(「초록눈」)
여 산다. "그래, 이곳도 서울/ 아직 뱉어내지 못한 징그러운 삶이 있는"(「가
리봉엘레지」) 곳이라는 탄식에는 절망이나 희망으로 단순화할 수 없는
삶의 질곡이 엿보인다. "구로공단, 가리봉오거리의 역사는 디지털과 아울
렛이라는 거품의 표면 저 아래에 무거운 침전물처럼 가라앉은 채 은닉되
어 있"3)는 것이다. 허기진 생들이 보여 새로운 연대를 결성하기보다 "인
간에 대한 두려움"(「카타콤베」)만 증폭된 상황에서 감히 공동체를 거론
할 수 없는 절망적 공간이다.

　흔히들 내뱉는 어떤 '주의'들이 실상 삶의 현장에서는 무용이라는 것을
혼종의 가리봉동에서 깨닫게 된다. "30여 년 전 산업화의 발과 손이었던/
여공은 노동운동사의 유물로 사라지고/ 사각 콘크리트 건물들이 자본의
기둥처럼" 들어선 가리봉동은 그것 자체로 이미 이질적이다. 노동자의 도
시가 소비자의 도시가 되고, "여공의 제복을 벗고 발가벗겨진 여성이/ 불
법체류자로 낙인찍혀도 국경을 넘는 아시아 여성이/ 돈 벌러 홀린 듯이
모여"들어 "가장 싼값에/ 노동을 팔아 몸을 사고/ 몸을 팔아 삶을 사"(「달
의 여자들」)는 곳이다. 자본의 외부조차도 치밀한 자본의 속성으로 굴러
가고 있는 비극을 통해서 감히 희망을 말할 수 없는 세습되는 가난의 맹
독성을 알 수 있다.

---

2) 리처드 커니, 이지영 옮김, 『이방인, 신, 괴물』, 개마고원, 2004, 5쪽.
3) 방민호, 해설 「헐벗은 삶의 육체성, 물질성」, 『반성하다 그만둔 날』, 실천문학사,
　　2008, 119쪽.

김사이의 시는 "돈 벌러 서울 가면 구로동으로 온다는/ 밑바닥 인생이 거쳐가는"(「머물기 위해 떠나다」) 곳에서 시작되었다. 그러니 그의 시는 그것 자체로 가리봉동을 표상하는 것이라 해도 과언이 아닐 것이다. 하지만 그것은 다양한 모양의 가리봉동에 대한 재현의 한 방식일 뿐이다. 독자는 그를 통해 가리봉동의 전체가 아니라 한 면모만을 조망해야 한다. 나머지 여백이 궁금하다면 실사의 그것에서 찾아야 하리라.

2) '목숨값'에 대하여

벤야민이 말한 것처럼 유년은 '먼저 와 있는 시간'이다. 그러니 기억이나 추억 행위 역시 진실의 그것이 아니라 만들어지는 서사의 형식으로 발화된다. 유년의 순수가 부재한 사람들은 복원할 어제가 없고 이는 재현할 욕망이 없는 것이기도 하다. 어제의 부재는 내일의 부재이기도 하기에. 생존에 분투하는 사람들에게 있어 유년을 재구성하는 것 따위는 사치이며, 실존을 욕망하는 것 자체가 비극을 양산한다는 것을 그들은 잘 안다.

"아찔해지는"(「경고」) 삶−살이의 도중, 의지할 것 없이 경계에 선 사람들이 있다. "몽롱해지면/ 내 마음에 들어앉는" 흐린 기억 속의 세상이 있기는 하지만, "옛이야기도/ 또는, 먼 훗날의 그리움도 아닌/ 오늘 끄트머리"(「가끔 다녀오다」)에 놓인 사람들이 그렇다. 추억하는 일조차 사치인 사람들, 살아온 인생에 비해 흐뭇한 기억이라고는 찾기 힘든 사람들에게 그들의 생존기에 대해 묻는 일은 잔인하다. 김사이의 시는 스스로에게, 가리봉동이라는 장소성으로 표상되는 일 계층에게 잔혹한 드러내기를 요구함으로써 세상 밖으로 나온다는 점에서 펼침의 그것이다.

이제 한 명 죽는 건 뉴스거리도 되지 않아/ 떼로 죽어야 공론화될까 말까 하지/ 끊이지 않은 전쟁 소식은 폐허와 난민으로 가득하고/ 기아와 가난에 쪼들리는 제3세계 소식들/ 아내가 남편에게 뺨 한 대 맞은 건 폭력이 아니듯이/ 야구방망이냐 칼이냐가 더 중요해/ 불법체류 때문에 쫓기다 죽고/ 산재혜택 못 받아 병신 되고 천대받아 죽고/ 농약 먹고 자살하기까지/ 심심찮게 죽어나가는 죽음은 죽음도 아니지/ 국경을 넘어서 잠식당하는 일상/ 아시아노동자들의 코리안드림/ 가당치 않은 미래를 꿈꾸며/ 가난한 나라에서 가난하게 건너오는데/ 이십여 년도 채 안 된 이전에/ 아메리카드림이 안개처럼 뒤덮었을 때처럼/ 그 이전 이전 젖살 뽀얀 처녀들이/ 일본들이 돈 벌러 갔을 때처럼/ 몸뚱이 하나뿐인 내 목숨값은 얼마나 될까

— 「목숨값은 얼마일까」 전문

    문학이 사회를 반영한다는 것은 일종의 환상이다. 현실의 재현을 희구하는 시에는 현실 자체의 아우라가 빠져있기에 그것은 지극히 표피적인 말하기에 그칠 수밖에 없다. 그럼에도 말하기, 즉 원본과 일치할 수 없는 현실의 복제물들을 생산하는 까닭은 다행스럽게도 아직 두려움이 남아 있기 때문이다. 지금처럼 "드림"이 "드림"인 채로 끝나버릴까, 혹은 그 안에 내재된 온갖 추악한 폭력이 은폐를 거듭하다가 결국은 암처럼 세상 천지를 잠식해버릴지도 모른다는 공포 말이다. 특히 무서운 것은 내성이다. 아무것도 감각할 수 없는 내성이야말로 은폐를 위한 가장 효과적인 덕목으로, 일상화된 죽음을 목격하고도 문제의식을 느끼지 못하도록 하는 것이다.

    "목숨값"은 애초 책정되지 않는 것이어야 하지만, 인간의 존엄성 위에 자본적 질서가 군림함으로써 불행하게도 목숨의 경중이 거론되곤 한다. 지구촌을 표방한 국경지우기가 되레 국경을 강화하는 것에 지나지 않는다는 것은 신자유주의의 양면성을 여실히 보여주는 지점이다. 일상이 전

쟁인 사람들에게 그들의 삶이 자체가 "난민"의 그것이며 "폭력"이나 "죽음" 따위의 무거운 단어들이 그 아우라를 상실한 채 거론된다. "가난한 나라에서" 온 가난한 사람들의 "목숨값은 얼마나 될까." 그들이 생계를 위해 "국경을 넘어"온 것처럼 우리의 역사도 별반 다르지 않지만, 철저한 구획을 통해서 외면하는 것이 사실이다. 그들 존재 자체가 우리가 은폐하고자 애쓰는 선진국화의 이면인 탓일 것이고, 자국민의 경우에도 얼마든지 자국 내 소외를 감내해야 할 존재들이 많다는 것을 법의 내부에서는 묵과하고 싶은 때문이다. "ON-OFF하는 시간/ 거기에/ 분류되지 않는 계급이 있다."(「기름때와 계급」) 그들은 목숨값을 제대로 책정 받지 못한 노동자들이다. 몸—노동에 대한 천시는 그들 노동자들에 대한 가치평가에 다름 아니다.

일찍이 "꿈을 빼앗긴 내 이력엔 무기가 없"지만 그럼에도 "살아 있는 동안 끊임없이 이력서를 쓴다"는 사람들은 "주홍글씨처럼 부유와 빈곤이 나"뉜다는 것을, "자궁 속 태아에게도 계급이 있"(「이력서를 쓰다」)다는 것을 온몸으로 알게 된다. 그리고 그것을 알게 된 순간에는 이미 그 비극을 어떻게 타계해야 할지 조망할 수 없게 된다, 현기증 같이. "나에게조차" "나는 늘 처음 보는 사람이"(「얼굴」)기에 "도처에 흔들리는 일상들"에 더 이상 "등급 매기지 않기로 했다"(「반성하다 그만둔 날」)는 선언은 자조로 읽힌다. 그의 시는 세상을 향한 "비틀린 언어들"이다. 스스로의 시작詩作을 애벌레가 나방이 되는 것에 비유하면서, "생에 한 번 나방은/ 시를 쓴다"(「나방」)고 말한다. 결국 그의 시는 온 생애를 대신한 무게로 쓰인 것으로, 그렇게 읽혀야 한다.

3. 하종오의 경우—『남북상징어사전』(실천문학사, 2011)

1) 남북의 사람들

하종오가 말하는 남북은 정치적 대립장이기보다는 그 시공간을 살아내는 주체들의 '살이'의 공간이다. 이는 궁극적으로 효과적인 통일을 모색하는 일과 닿아 있다. 한국 전쟁 이후, 이념적 대립으로 인한 갈등의 증폭과 이를 강화하는 방식으로 정치적 상황이 흘러갔던 것이 사실이며, 이러한 분위기 속에서 남북은 서로에 대한 진실을 은폐하거나 묵인하는 것을 각각의 사회에서 살아남기 위한 방법으로 체득하게 된 것이다. 그리하여 서로에 대한 철저한 침묵은 문화 전반에 있어 이질성을 강화하는 데에 복무하게 되었다.

하종오는 현대시가 버린/버려둔, 사실주의적 상상력 혹은 저항적 상상력으로 담론의 시적 재현을 탐색한다. 수많은 '하종오 씨들'의 재림은 시인이 자각하는 아우라적 존재인 하종오를 수없이 복제하고 동시에 분해함으로써 시적 의미를 생성한다. 흡사 벤야민이 말한 것과 같은 복제의 유의미 지점을 관통하겠다는 의지로까지 보인다.

> 서울 시민 하종오 씨는 걸어서 평양 가고/ 평양 시민 하종오 씨는 걸어서 서울 간다/ 두 하종오 씨는 옛 비무장지대에 다다라/ 호기심 가득한 얼굴로 돌아다니다가 마주치자/ 멋쩍어 눈인사하지만 동명이인인 줄 모르고/ 목적지까지 얼마나 걸릴지 서로에게 물은 다음/ 지방도시 사는 시민이려니 여기고 금세 잊는다/ 서울 시민 하종오 씨는 처음 밟는 북한 길 걷다가 쉬고/ 평양 시민 하종오 씨는 처음 밟는 남한 길 걷다가 쉰다
>
> ─「두 하종오 씨의 순례」 부분

하종오의 시편, '하종오 씨들'에 대한 연작은 시와 대상 간의 재현적 거리를 삭제한다. 이들은 "남한에도 북한에도 살고 있을" 모든 "동명이인"들에 대한 이야기이며 동시에 분단된 조국에서 살아가는 한민족 전체에 대한 수사이기도 하다. 이들 사이 "무엇이 다르고 어디가 같은지" 우리는 알 길이 없다. 우리가 "아는 건 하종오 씨들도 나를 모른다는 것이다." 이때 "나"는 온전한 주체에 대한 명명이기보다 수많은 분신을 가진 몸체 혹은 그 분신의 하나에 지나지 않는다. 이들은 "각각 남한에서도 북한에서도/ 하종오 씨로 살아남았다는 것이 소중"(「하종오 씨」)할 뿐이다. 그러니 '두 하종오 씨의 순례'라고 하는 것은 결국 민간적 차원에서 남북한의 동족들이 교류할 필요가 있다는 문제제기의 그것이라 하겠다. "하종오 씨들은 동갑내기였지만/ 남한에서는 독재 정권이 세워졌다가 무너지기까지/ 북한에서는 세습 정권이 세워졌다가 튼튼해지기까지" 다른 삶을 살아야 했고, "남한에서 살기 좋아진 하종오 씨는/ 구경거리 찾아서 북한에 가고 싶어했고/ 북한에서 살기 힘들어진 하종오 씨는/ 먹을거리 찾아서 남한에 가고 싶어"하기에 이르렀다. 이들은 "각각 다른 꿈을 꾸며 살아낸 줄 모른 채/ 한 번 만나 통성명도 하지 못하고 죽"(「동갑내기 하종오 씨들」)어야 했다. 시인은 담담한 어조로 남북의 현실을 인물을 통해 서술한다. 이러한 말하기적 재현은 자신의 정치적 성향을 가능한한 배제한 채 그 실상에 대한 고발의 역할을 묵묵히 수행하도록 조력한다. "아무리 생각해봐도/ 같은 건 성명이라는 것이고/ 다른 건 출신 국가라는 것이었다/ 아니었다 다른 것이 더 많았다"(「하종오 씨들」)는 자각에 이르기까지 우리는 서로에 대해 얼마나 방관하고 있는지를 시인은 '발견'한 것이다. 그는, 정치적 지향성을 부각하지 않은 채, 그저 '사람'과 '살이'에 집중하여 남북이 처해 있는 현실을 목도함으로써 그 이질성을 극복해 나가기를 염원하는 듯 보인다.

얼굴은 지극히 정치적인 영역이다. 자신이 형상하고자 하는 이미지의 영토이며 동시에 타자의 욕망이 투사되어 혼란과 분쟁이 가중된 지형이 기도 하다. 그러므로 외부자의 시선에 의해 구조화된 개인의 일상적 얼굴이라는 것은 결코 순수할 수 없다. 남북의 지형은 이러한 얼굴이다. 혼종적 주체들의 변주, 이들은 같은 하종오이면서 다른 하종오이기도 하다. "서울 시민" 하종오씨와 "평양 시민" 하종오씨는 가장 동질적인 인물이면서 동시에 가장 이질적인 인물이기도 하다. 무엇보다 이들 하종오 씨는 역사로부터 자유로울 수 없는 개인 주체의 삶을 재현코자 하는 작가의식의 산물이다.

궁극적으로 남북 분단 상황은, 개인으로 하여금 역사적 불구이자 존재적 불구를 강제했음을 이들을 통해서 알 수 있다. 한민족 내에서도 역사적 격변을 경험했는가 그렇지 않은가에 따라서 소통과 단절의 굴곡이 깊은 것이 사실이다. 시인 하종오의 작업은 재현 불가능한 상상적 소통에 지나지 않는 것을 현시하고자 하는 비극적 면모가 짙다. 때문에 "죽기 직전인 하종오 씨가/ 해를 올려다보고 그림자를 내려다보며/ 고향 땅에 발을 내디디면, 허방이다"(「이남 출신 하종오 씨의 귀향」)라는 리얼리티적인 환상성은 이러한 상상적 소통에 내재한 고독을 대변해 준다. "하종오 씨가 아무리 좋아하거나 싫어해도/ 남한 국민들과 북한 인민들이 실컷 만나도록 놔두면/ 서로 간에 덕 보고 싶은 사람들은 만날 수도 있고/ 서로 간에 피 보고 싶지 않은 사람들은 안 만날 수도 있"(「하종오 씨도 덕 보거나 피 본다」)는 것처럼 그저 남북 관계를 물 흐르는 대로 자유롭게 고삐 풀어놓고 볼 일이라는 것이다.

한 탈북자는 배고파 곡식을 훔쳐 먹었다 해서/ 공개 총살하는 광경을 봤다고 고발하고/ 다른 탈북자는 남북 전쟁이 일어나면/ 남한과 싸우기 전에 먼저/ 인민 대중과 권력층 사이에 죽고 죽이려는/ 내전이 벌어져 북한이 몰락할 거라는/ 추측도 서슴없이 나오지만/ 남한에서 북

한으로 가본 적 전혀 없는 하종오 씨는/ 증언을 들을 때마다/ 최악의
상태를 상상하기가 불가능하다
　　　　　　　　　　　　　　　　　－「상상력 없는 하종오 씨의 상상」부분

　시인은 경험 불가능한 타자성에 대한 인식을 "증언"을 통해서 보여준
다. 증언의 양식은 경험부재 상태를 강조함으로써 소통 불가능성을 강화
하는 정치성을 띨 수밖에 없다. 가령 프리모 레비가 제아무리 객관적인
층위에서 아우슈비츠에서의 생활을 증언하더라도 실상 그곳에서 살아보
지 않은 사람들은 누구나 '상상력 없는 하종오 씨'에 그칠 수밖에 없는 것
이다. 시인 하종오가 그리는 '상상도'에는 주체가 아닌 '관광객'의 포스를
풍기는 인물인 '하종오'만이 있다. 이들은 직·간접적으로 전쟁의 공포에
시달리는 존재들이다. 이념적 대립으로 인한 분단 조국이 환기하는 막연
한 두려움은 타자에 대한 공포를 양산하며 이는 방관적 주체를 생산하기
에 이른다. "첫술을 떠서 밥그릇에 따로 담아"두는 "김귀례 씨는" "끼니때
마다" 이렇게 "속죄"를 한다. "북한에서 굶어 죽은 딸의 젯밥"(「첫술」)으
로 인해 탈북한 자신의 처지는 여전히 북한에 갇혀있는 형국이 된다.
　이처럼 남북의 이질적인 상황은 서로에 대한 적대감을 강화하는 것과
같은 악순환을 낳는다. 또한 북한의 실상과 탈북자들의 심사를 보여줌으
로써 '배부른 한국인'의 외부를 폭로한다. 하종오의 시편을 통해 말해지는
'가난'이란 것은, 거대한 역사적 수레바퀴에 깔려 고군분투하는 개인에 대
한 다른 명명이다. 나아가 분단 상황에 무감각한 '오늘'에 대한 고발이기
도 하다. 그러니 가난이란 정치적인 것의 외부에 있는 무엇이 아니라 이
미 정치 그것 자체에서 발현된 것이라 할 수 있다.

2) 시인의 책무에 대하여

하종오는 그가 욕망하는 현실의 형상을 독자와 공유하고자 한다. 즉 '상상도'로 명명되는 그의 발칙한 상상을 달리 말하면, 그가 제언하는 시인의 책무와도 닿아 있다. 역할 논의, 책임 분배 등은 어쩐지 이 시대와는 어울리지 않는 수사이다. 그럼에도 이러한 본질적 물음은 필요하다. 이는 시인으로서의 하종오의 존립 근거이기도 하기 때문이다. 하종오의 시는 고은의 『만인보』를 연상케 한다. 이는 그가 서정을 구사하는 서사적 방식 때문일 것이다. 실명의 인물(그것이 가명이라 할지라도)들의 삶은 상당히 구체적이고 사실적이다(사실적 재현을 욕망한다). 시인의 책무에 대한 생각, 무엇보다 서정적 발화를 (어떤 식으로든지)우선으로 해야 하는 시인의 역할이란 저마다 다른 층위에서 논의되고 있는 것이 사실이다. 시인 하종오의 작업에 충실해서 생각한다면, 시인이란 시대적 발화를 어떻게 서정화할 것인가를 고민하는 존재여야 한다. 때문에 시인은 은폐된 폭력 양상을 고발해야 하고, 더불어 주관적 객관화를 갖춰야 한다. 한국전쟁 참전 용사들의 '오늘'을 발견하는 일도 이러한 맥락에서 이해될 수 있다.

> 마리오 예페즈 씨가 옥수수밭에 나와/ 하염없이 서 있는 날이면/ 꼭 한국인들이 관광버스 타고 지나간다/ 한국전쟁에 참전했던 병사 때/ 옥수수밭에 매복하다가/ 배고파 덜 여문 옥수수 씹어 먹었는데/ 총소리 났고 일순간 왼팔이 덜렁거렸다/ 가난한 사람이 잘할 수 있는 농사도/ 가난한 사람이 잘 먹을 수 있는 음식도/ 옥수수로 알았던 마리오 예페즈 씨,/ 부상 입고 콜롬비아 고향 집으로 돌아왔다/ 자신이 왜 다른 나라 전장에 가야 했는지/ 신과 콜롬비아인 중 누가 아는지 의문하면서도/ 오른팔이나마 성한 걸 다행스러워하며/ 옥수수 심고 가꾸는

농사꾼으로 다 늙어왔다/ 그런 점엔 무관심한 한국인들이 관광버스
안에서/ 마리오 예페즈 씨가 멋져 보여 사진 찍어댄다
─「옥수수밭」전문

시인 하종오는 많은 "마리오 예페즈"들을 집중 조명한다. 이들은 가난
한 나라에서 파병되어 더 가난했던 나라를 도왔지만 그 명분을 찾을 수
없다. 게다가 이제는 가난했던 그때의 한국은 무심하게도 어느 정도 잘
사는 나라가 되었지만 어쩐지 그 모습이 더 낯설다. "자신이 왜 다른 나라
전장에 가야 했는지" 여전히 알지 못한 채로 늙어버린 이들과 이들에 대
해 함구하는 한국 사이의 거리로 인해 그 엄청난 전지구적 폭력을 독해
할 수 있다. "한국보다 잘살았던 필리핀의 팔팔한 군인으로/ 한국전쟁에
참전했다가 박수 받고 돌아왔는데/ 한국보다 못사는 필리핀의 팔팔한 청
년으로/ 한국 공장에 취업했다가 돌아온 손자가/ 무시당했다는 말을 해
서/ 그 이유도 도무지 이해할 수 없"(「그 이유」)는 필리핀 노인 모이세스
티안도그 씨를 통해서 이러한 전지구적 폭력이 얼마나 무자비하게 돌고
도는지 알 수 있다. 지난한 역사를 통과하면서 인간이 단언할 수 있는 것
은 아무것도 없다는 참담한 진실도 그러하거니와 무엇보다 어쩐지 불공
평한 관계의 법칙이 작동하는 국가 간의 상황이 그들의 '오늘'을 더욱 서
글프게 하는 것이다. 또한 과거 따위는 안중에도 없는 한국인의 태도는
이러한 그들의 심사를 더욱 처연하게 만드는 증폭제가 된다는 것은 두말
할 나위 없다.

대다수 남한 시인들은 저항시의 시효가 끝나고/ 자신을 들여다보고
싶은 시대라서/ 쓰는 족족 서정시가 된다고 한다/ 하, 나에게는 그런
내면이 없다//…중 략…// 들은 그대로 본 그대로/ 수식어와 수사를 떼
어내고/ 나는 시를 쓰는데/ 저항시도 되지 않고/ 서정시도 되지 않는다/

저항도 없고 서정도 없는 시를 쓰는/ 북한 시인들을 이해하기도 하면
서 이해 못 하기도 하면서/ 나는 쓰고 있지만/ 하, 나의 시를 무슨 시라
고 해야 할까
　　　―「저항시의 시효가 끝나고, 서정시의 시효가 끝나고,」 부분

　시인으로서의 자의식과 탄식이 묻어나는 시편이다. 이는 "시를 쓰러 출
근하는" 북한의 "시인들"을 상상하는 일과도 닿아 있다. 즉 "시민과 시인
과 시의 관계를 이리저리 고민하다가/ 국가로부터 청탁받지 못한 걸 다행
스러워"(「시민과 시인」) 하는 시인 하종오를 통해서 시적 발화의 자율성
을 향한 욕망이 보인다. 궁극적으로 "시인과 권력자는 함께해선 안"(「어
느 월북 시인을 생각함」) 된다는 것이 시인 하종오가 생각하는 시인의 영
역이다. 이는 '문예 공무원'에 대한 회의뿐만 아니라 남북의 상황에 대해
무심한 남한 작가들에 대한 일침이기도 하다. 시인은 "한목숨 오로지 먹
고살기 위하여/ 저항과 서정을 노래하지 말아야 한다면/ 그것은 인간적으
로 이해할 순 있다/ 하지만 인민들 중 누군가 먹고살 수 없어서/ 북한에서
죽음을 무릅쓰고 국경을 넘는데/ 북한 시인들 제각각 어떻게 속생각할까/
남한 시인들 제각각 무엇을 속생각할까"(「밥의 시간」) 라는 탄식을 통해
서 분단 조국에서의 시인의 책무에 대해 고뇌한다. "남한에서 갈 수 없는
나라는 북한밖에 없"(「세계지도와 지구의」)지만 이미 그것은 당연히 그
러한 것으로 받아들여져 누구도 이러한 상황을 이상하게 생각하지 않는,
정말 이상한 세계에서 시인은, 그 역할을 충분히 감당하고 있는지 의문을
품는 것이다. 하종오의 시편에서 반성이란 이러한 시인으로서의 책무를
통감하는 일이기도 하다.
　이러한 하종오의 반성은 이승훈의 시인으로서의 자의식과도 맥을 같
이 한다. "순수도 서정도 폭력이다 순수는 불행을 모르고 고통을 모르고
타자를 모르고 서정도 서정도 허위다 서정시가 끝난 시대에 서정을 주장

하는 건 불순하고 순진하고 천진하고 시가 갈 길은 무수히 많다 갈 데가 없으므로 갈 데는 많고 그러므로 갈 곳이 없고."4) 오늘의 전지구적 자본주의 상황에서 "저마다 한 번은 살고 싶은 대로 살아야지 않는가"(「아이들」) 라고 탄식하는 하종오의 목소리는 아득하다. 어쩌면 당연한 기본적 실존인 그것이 지켜지지 않는 북한의 실상을 통해서 그 한편의 책임을 우리가 감당해야 한다고 말한다. 때문에 그가 그리는 '상상도'라고 하는 것은 그저 미지의 그것이 아니라 우리가 만들어가야 할 화합과 소통의 그것이라 하겠다.

4. 부재하는 존재에 대한 위무

어떤 의미에서 문학이란 에피파니적이기에, 은폐된 사물의 본질을 드러내고자 하는 강렬한 욕구의 그것이다. 파열과 불협화음을 통해 균질적인 것에 균열을 냄으로써 문학이 탄생한다. 때문에 비재현, 즉 재현 불가능성조차 무엇에 대한 강렬한 재현을 욕망한다. 현시대 문학의 새로움이란, 균열의 발견에서 비롯되는데 이는 반복을 절단코자 하는 가녀린 혁명의 일종이다. 궁극적으로 세계는 반복의 산물이며 이를 통해 유지된다. 이때 '문학하기'는 그 균열내기를 욕망한다는 점에서 혁명인 것이다.

게니우스 마저 버린 존재들이 있다. 김사이와 하종오의 작업들은 시의 미학적 완성도 즉 그 예술적 가치만으로 시를 평가할 수 없음을 보여준다. 이는 이들 시의 의미이기도 하고 동시에 한계이기도 하다. 사회를 향해 일정한 담론적 발언을 의도하는 시의 경우 미적 완결성 보다는 담론의

---

4) 이승훈, 「서정시」, 『이것은 시가 아니다』, 세계사, 2007, 97쪽, 부분.

시적 구상에 중점을 두는 경우가 흔하기 때문이다. 그럼에도 이들의 작업은 부재하는 존재를 위무한다는 점에서 이 시대 문학이 수행해야 할 역할의 일단을 보여준다고 하겠다.

3부

이 시대 작가를 만나다 I

현대시조, 세미콜론(;)의 서정

– 정일근 시조를 읽는 한 방식

1. 세미콜론(;)의 감각

　서정의 감각은 쉼표이기도 하고 마침표이기도 한, 동시에 쉼표도 마침표도 아닌 모습으로 발견된다. 열린 종결법으로서의 세미콜론은 문장의 형식적 마침뿐만 아니라 내용적 지속을 의미하는 것이기도 하다. 즉 스스로 종결과 지속을 동시에 함의하고 있는 기호인 셈이다. 시적인 감각은 늘 시작했으나 끝이 없는, 언제 시작했는지 어디서부터가 시작인 것인지도 알 수 없고, 알 필요조차 없는 연속체로 존재한다. 시인들이 조우할 수 있는 것은, 시적 발화의 차이이자 동시에 공감의 공통성을 발견함으로써 가능하다. 시인은 시작詩作을 중단하면 죽을지도 모른다. 이 죽음은 상징적이다. 상징적 죽음, 곧 시인으로서의 죽음이라는 불안을 시인 스스로 포착하는 순간 규칙도 형체도 없이 분화하던 존재는 스스로 일정한 율律을 발견하게 된다. 범박하게 말해 시는 이렇게 태어난다!

2. 존재에 화답하는 방식

정일근은 장르적으로 시인이다. 즉 오랜 시간 자유시를 창작해 왔고 시 문학 부문의 경력이 상당하다. 그러나 그가 시조시인이기도 하다는 사실은 대중적으로 잘 알려지지 않았다(시인과 시조시인의 경계는 불필요하다. 다만 시인이 시적인 것의 창조에 골몰한다면, 시조시인은 여기에 시조적인 것을 더할 뿐이다. '당연히' 이들은 모두 詩人이다). 물론 1981년 국풍81 전국시조 백일장 장원을 비롯하여 시조부문의 경력(1984년 월간문학 신인상과 1986년 서울신문 신춘문에 당선 등을 통해 일찍 시조문학에 입문한다) 역시 대단하다. 그럼에도 시집에 비해 시조집을 만날 수 없었던 까닭에 대중독자들은 시조시인으로서의 그의 행보를 짐작하기 어려웠던 것이 사실이다. '다행히' 2006년 완간된『우리시대 현대시조 100인선』의 100번째 시조시인으로 기록되면서 시조시인으로서의 성과 역시 조명되기에 이른다. 이는 정일근 시인 개인에게도 영광이겠지만, 현대시조문학사를 구성하는 데에 있어서도 그 외연을 확장하는 긍정적인 시너지가 기대된다. 즉 정일근의 작업을 토대로 시와 시조의 공통성을 발견할 수 있다. 서정으로 묶일 수 있는 시 장르의 통합적 가능성을 통해서 시와 시조의 경계 짓기 및 허물기의 현명한 방법이 모색될 수 있는 것이다. 각각의 고유한 정체성을 존중하고 이를 바탕으로 서정문학의 공통성을 확보할 수 있다. 곧 시조적 특수성과 시적인 서정의 보편성이 그것이다.

> 우리는 先祖의 노래하기 좋아하는 遺風을 받아 지금의 抒情詩가 노래하는 정신을 잃지 않아야 할 것을 깨달을 때가 왔다. 조선의 하늘은 영롱한 구슬같이 맑고 푸르다. 동양의 혼은 자연과 혼일체가 되는 곳에 있다. 자연을 정복하려는 생각은 조금도 없다.[1]

---

1) 조지훈, 「서창집 — 역일시론」, 『동아일보』, 1940. 7 .9.

조지훈의 견해를 빌리면, "우리는 祖先의 노래하기 좋아하는 遺風을 받아 지금의 抒情詩가 노래하는 정신을 잃지 않아야" 한다. 오늘의 시에 있어서 노래적 감수성이란 율격을 통해서 얻어지는 것이다. 특히 시조문학에 있어서 율격이란 시조형식에 자연스럽게 함의된 발화미를 살리는 것이라 하겠다. 노래하듯 자연스러운 서정 미학은 현실감각, 그 생활의 토대에서 구성되는 정신문화적 산물이라 할 수 있다. 또한 "동양의 혼은 자연과 혼일체"를 이루어 친자연적으로 형상화되어야 하는데, 흥미롭게도 이러한 조지훈의 시작관 및 자연관은 시조문학의 주제적 구성에 대한 해명이기도 하다. 즉 '자연'에 절대적 가치를 두고 시는 제2의 자연을 구성하는 것으로 본다는 측면에서 동양적 가치를 지향한다고 볼 수 있는데 이는 선시적禪詩的 감각을 추구하는 시조문학의 정신과도 상통하는 측면이 있다. 자연과 사람의 어울림은 서정시의 오래된 메타포의 하나이며, 시적 발견의 가장 고전적인 발화방식이다.

> 은현리 황씨 할머니 꽃상여 나가는 날
> 섣달 추위 뚝 멈추고 날씨 참 봄날 같다
> 언 땅들 언 몸 풀고서 할머니 기다린다
> 은진 황씨 복순 할머니 아흔 하고 두 해 더
> 그 평생 은현에서 밭일하며 살면서
> 흙마다 절하며 거름 주며 착한 생명 거뒀으니
> 오늘은 황씨 할머니 흙으로 이사 가시는 날
> 하늘은 길을 열고 땅은 몸을 열어
> 마침내 황복순 할머니 흙과 한 몸 되셨다
> — 「이사」(『만트라 만트라』)[2] 전문

---

2) 본문에 인용한 작품은 정일근의 『만트라, 만트라』(태학사, 2006)에 실린 것으로, 본문에는 제목만 밝히기로 한다.

전체 3수로 구성된 이 작품은 전통적인 농경사회에서의 자연과 인간의 관계를 형상화 한다. 나아가 삶과 죽음의 경계를 허물고 인간과 자연의 수직적인 관계 역시 파기함으로써 겸허한 실존 방식을 제시한다. 우선 그 형식에 있어서 시조 한 수를 따로 배열하지 않고 전체 3수를 행갈이만으로 배치함으로써 시조적 특수성을 억제하는 동시에 전체 시상을 시적인 감수성으로 연결하는 효과를 얻는다. "마침내"라는 시어 하나에 전체 시상이 요약되고 응축되는 것이다. 즉 하나의 서사적 흐름을 형성함으로써 서정적 서사를 가능케 하고 각 수는 열린 구두점의 형식인 세미콜론으로 연결된다. 그래서 세 개의 이야기는 전체 하나의 이야기를 완성하는 유기체적 구성을 보인다.

첫째 수에서는 "언 땅"이 주체가 되고, 둘째 수에서는 "복순 할머니"가 주체가 된다. 그리고 마지막 수에서는 "하늘"과 "땅" 그리고 "황복순 할머니"가 각각 주체가 되어 통합되는 방식이다. 이것만으로도 자연과 일체를 이루는 인간 존재를 발견할 수 있다. 나아가 "아흔 하고 두 해"라는 삶의 시간을 건너 "흙과 한 몸 되"는 죽음의 찰나를 연속적인 것으로 인식함으로써 죽음 자체를 삶의 연장으로 수긍하고 있는 자세를 보여준다. 낙엽이 떨어져 흙으로 돌아가듯, 사람이 죽어 흙에 묻히는 일 역시 자연스러운 일이다. "평생" "흙마다 절하며 거름 주며 착한 생명 거"두는 "밭일하며 살"던 생활 방식에서는 인간과 자연의 관계가 그야말로 수평적 위치에 놓일 수 있었던 것이다.

> 나무로 지은 집에 살면서 알았습니다//
> 비가 오실 때마다 나무는 和쏨하며//
> 즐거워 박수치는 소리 여기저기 들립니다.//
> 땅에 뿌리 내리고 살았던 나무이기에//
> 나무로 지은 집은 내리는 비의 이름에//
> 예, 라고 가장 큰소리로 가장 먼저 답합니다//

세상사는 사람일은 그런 대답입니다//
당신을 사랑하는 일 그 일도 대답입니다//
부름에 머뭇거리지 않고 대답하는 일입니다

―「對答」전문

존재는 고독하기 때문에 늘 그립고, 그렇기 때문에 늘 누군가의 "대답"을 갈구한다. 특히 "나무로 지은 집에"서는 자연과 하나인 자연인으로서의 나를 발견하게 되고, 덩달아 자연과 소통하며 서로 "和答"한다. 소통으로 "즐거워 박수치는 소리"는 인간의 근원적 외로움을 위무하는 방식이 된다. 결국 "세상사는 사람일"이나 "당신을 사랑하는 일"은 "부름에 머뭇거리지 않고 대답하는 일"이다. 잠언적인 종결어조는 낮은 자리에서 자연과 어깨를 나누고 있는 사람살이의 자세를 대변해 준다. 각 수, 각 장은 강약의 구분 없이 모두 하나의 연으로 독립되어 있다. 의미의 부연만으로 주제를 강조하는 시행발화를 보이고 있는 것이다. 나무와 비의 소통이 자연에서 태어난 것들의 존재법이듯이, 사람과 자연의 관계 역시 그러한 기꺼운 대답 방식으로 구성되어야 한다는 것을 겸손한 표현으로 형상화 하고 있다.

일몰의 시간에도 하루살이 붕붕거린다
아침에 시작한 생은 끝나가고 있지만
하루만 살다간다는 슬픈 것들의 저 역동.
사람만이 생몰연대를 괄호 안에 가둬놓고
그 시간을 그 사람의 생이라고 기억한다
아니다, 사람의 생은 그런 것이 아니다.
생은 순간에 있다! 생은 찰나에 있다!
과거도 미래도 아닌 현재에 생은 있다
이 순간 살아 있다는 기쁨에 생은 있다.

―「生에 대한 생각」전문

이 작품은 전체적으로 변증법적으로 구성되어 있다. 전체가 구분 없이 한 수의 구성처럼 보이지만 각 수는 독립적으로 완결되어 있는 동시에 다음 수로 연쇄·연속된다. 자연적 살이에 대한 일반적인 통념을 전술하고, 이와 상반되는 인간의 유한성을 반론으로 제기한다. 나아가 합습에 이르는 지양된 깨달음으로 삶의 의미를 포착하는 마지막 수로 종결되는 것이다.

"생은 순간에 있"기에, "과거도 미래도 아닌 현재"인 지금—여기에 있다. "이 순간 살아 있다는 기쁨에 생은 있다." 하루살이의 처절한 몸짓은 죽음의 순간조차 생으로 "역동"하게 만들며, 때문에 삶과 죽음은 단절적인 것이 아니라 연속적이다. "사람만이 생몰연대를 괄호 안에 가"두고 "그 시간을 그 사람의 생이라고 기억"하는 까닭은 생의 의미를 과거에서 찾으려 하는 까닭이다. 역설적이게도 이러한 인간의 생의 시간은 영원히 지금 여기의 "이 순간 살아 있다는 기쁨에"만 존재할 수 없기에 고독해진다. "과거를 중요시하는 것은 인생을 중요시하는 것일 수밖에 없고, 역으로 '가능성'이라든가 '꿈'이라는 말만 연발하며 미래만 보려고 하는 것은 인생에 무책임한, 또는 그저 불안을 뒤로 미루기만 할 뿐인 태도라고 말할 수 있을 것"3)이다. 그럼에도 우리의 삶이 끊임없이 불화할 수밖에 없는 이유, 슬픔의 그것, 외로움의 그것일 수밖에 없는 까닭은 과거로 향해 있는 인간 본연의 성질, 끊임없이 지나간 것에 미련을 두고 그리워하는 존재적 고독 때문이리라.

> 세계를 모두 잃고 詩를 얻다, 라고 쓴다//
> 내 그릇에 담겨 있던 오욕 죄다 비워내고//
> 정갈한 한 그릇의 물을 담았다, 라고 쓴다
>
> —「수술 以後」전문

---

3) 강상중, 송태욱 역, 『살아야 하는 이유』, 사계절, 2012, 169쪽.

마취에 젖어들면서 노래를 생각했습니다
죽음도, 죽음 다음 그 피안도 생각하지 않고
머리에 가득 차 있는 노래를 생각했습니다.
내가 불렀던 노래 살아 다시 부를 수 있을지
그 가사 잊지 않고 다시 부를 수 있을지
죽음을 찾아가면서 노래만 생각했습니다.
마취에서 깨어나 노래 먼저 생각했습니다
열렸던 머리와 함께 노래는 날아가 버렸을까
소중한 이름 부르듯 한 곡 한 곡 불러보았습니다.

- 「노래」 전문

    정일근의 서정은 죽음의 경계를 경험한 후 보다 견고해진다. "세계를 모두 잃고 詩를 얻"었다는 고백은 그의 시가 어디에서 비롯되었는지를 보여준다. 삶의 무게, 그 "오욕"을 모두 "비워"낸 자리, 비로소 받아들인 서정은 삶과 죽음의 길항을 해소하는 자리에서 생성된다. "죽음도, 죽음 다음 그 피안도 생각하지 않고" 오로지 "머리에 가득 차 있는 노래"만을 생각했다는 고백은 뇌종양으로 삶보다는 죽음에 더 가까이 있었을 때의 불안을 시적 감수성으로 극복했음을 의미한다. 죽음에서 다시 태어났다고 볼 수 있는 그의 시적 발화는 그래서 더 간절하고 절실하게 다가온다. 죽음은 서정이 될 수 있는가? 적어도 유한자로서 죽음 자체는 영원히 경험될 수 없는 영역이라면, 죽음의 문턱은 그야말로 죽음과 동격이랄 수 있을 것이다. "내가 불렀던 노래 살아 다시 부를 수 있을지" 알 수 없는 불안은 "죽음을 찾아가면서" 삶에의 희망을 끝까지 붙들 마지막 분투였을 것이다. 때문에 이때의 노래는 서정일 뿐만 아니라, 시인으로서의 정체성 나아가 살아있음 자체에 대한 강력한 동인이라 하겠다. 궁극적으로 죽음에 대한 인식에는 삶이 전제가 되어야 한다. "마취에서 깨어"났을 때조차도 여전히 노래를, 시를 품을 수 있는지, 그리하여 온전히 시인으로 살아갈 수 있는지를 먼저 확인하듯이, 시인에게 시는 실존을 위한 마지막 보루다. 생사의 경계에서 "소중한 이름 부르듯" 그렇게 간절하게 퍼 올린 "정갈한 한 그릇의 물"은 가히 정일근만의 "노래"요, 서정이다.

3. 무수한 그리움이 사랑을 만드는 자리

자연 자체인 인간, 그 겸허한 자리에서 정갈한 서정을 일구는 것이야말로 시인의 생존방식이자 시작관이다. 한 걸음 더 나아가 고독을 극복하고자 하는 존재적 열망은 사랑의 구현으로 표출된다. 사랑을 통해서 시인은 절정의 순간을 포착할 수 있는 시선을 갖게 된다. 추상적 사유, 즉 가슴의 언어를 구체적인 이성의 언어로 말할 수 있게 되는 것이다. 어떻게 보면 시인의 작업은 무수한 그리움을 엮어 하나의 사랑을 만드는 일이라고 할 수 있다. 더구나 보편적 사랑이라는 주제를 시조의 형식에 담는 일은 의미 있다. 현대시조 문학의 오랜 고민은 현실감각의 구현, 곧 시대적 감수성을 참신하게 엮어내는 일이었다. 이는 양반의 사상과 정서를 표출하는 양식에서 출발한 시조문학의 태생으로 인해 스스로의 소재(주제)적 한계를 극복하지 못해서 발생한 부분이 크다. 그런 점에서 시대성을 초월한 사랑의 문제는, 고루하다는 평가를 받고 있는 시조문학을 향한 편견을 불식시킬 수 있는 한 방편임이 분명하다.

> 하나는 슬픔의 시간 또 하나는 사랑의 시간//
> 두 개의 시간을 가진 요술시계 있다면//
> 언제든 사랑의 시간에 내 시간을 맞추리// …중 략…
> 윤회란 시차를 두고 다른 시간에 사는 일//
> 혹은 다른 시간의 누군가를 찾아가는 일//

돌아봐! 당신을 찾아서 나 돌아가고 있으니

　　　　　　　　　　　　　　　　　　－「윤회」 부분

육신이야 옷을 벗듯 氷河 위로 던져버려라
늙은 라마 느릿느릿 입안의 經을 씹는 저녁
내 늑골 열두 뼈 사이 적멸이 눈을 뜬다
하늘에는 외눈 독수리 몰입의 원을 그리고
땅에는 呪術처럼 펄럭이는 오색 룽다
내 속의 또 다른 내가 나를 불러 밤은 온다
살은 뼈를, 뼈는 피를, 피는 神을 부르는 시간
열반의 그 뜨거운 呼名을 기다리며
雪山이 우주를 열고 만트라를 외고 있다.

　　　　　　　　　　　　　　　　　－「만트라, 만트라」 전문

　시간의 간극을 메울 수 있는 유일한 무기가 사랑이라 했던가. 이때 사랑을 이어주는 것은 신적 경계도 초월할 만큼의 그리움의 무게다. "윤회"는 시간을 초월한 인연 혹은 운명에 대한 것으로, 인간존재에 대한 근원적인 성찰의 한 방식이다. "몰입의 원을 그리"는 윤회, 그 만트라적 사유는 정일근 시조의 정신적 지향점을 시사한다. 그것은 삶을 인식하는 방식이자 죽음을 수용하는 방식이다. 윤회를 사랑 구현의 타임슬립Time slip으로 이해하는 그의 관점을 통해, 그가 말하는 사랑이란 특정 존재에 대한 것이라기보다는 그리움의 "시간" 전체를 관통하는 것으로 보인다. "슬픔의 시간"과 길항하는 "사랑의 시간"은 혼종적으로 삶을 구성하고, 이때 그리움은 늘 사랑의 시간에 향해 있게 된다. 그러니 "윤회란 시차를 두고 다른 시간에 사는 일"이거나 "다른 시간의 누군가를 찾아가는 일"이 되는 것이다. 즉 그리움은 "늑골 열두 뼈 사이 적멸이 눈을" 뜨듯이 태생적인 산물이다. 정일근에게 "사랑이란 화살이 되는 일"이며 "그대의 과녁 중심에 탁! 하며 꽂히는 일"이다. 이는 결국 "내 속의 또 다른 내가 나"의 "호명을 기다리"는 자기 성찰의 하나기에, 시인이 함양한 사랑의 감수성은 삶을 살아가는 한 방식이 된다. 그래서 시인은, 그리고 시인이 호명한 존재는 늘 "사랑의 숨찬 거리를 온몸으로 날아가는 중!"(「사랑이란,」)이다.

> 가난한 외등 아래 진눈깨비 날리는 저녁
> 누군가를 기다리는 사내의 서툰 휘파람
> 희뿌연 불빛 사이로 사선들이 그어진다.
> 비행기는 결항됐다, 탑승권을 찢으며
> 끊어진 길 위에서 길 잃어 서성거리며
> 끝없는 골목을 가진 긴 주소를 생각한다.
> 그곳엔 눈이 내리고 눈은 내려 쌓이리라
> 생선 굽는 내음이 저녁 허기 재촉하리라
> 돌아올 사람을 위해 외등 하나 밝혔으리라.
> 사내는 외등 아래 여전히 혼자 서 있다
> 담배를 입에 물고 성냥불을 켜는 순간
> 사내가 울고 있는 것을 그만 보고 말았다.
>
> — 「외등 아래」 전문

정일근의 그리움은 존재와 그 존재의 고독에 관한 것이다. 기다림에 "서툰" 사내는 "끊어진 길 위에서 길"을 잃고 방황한다. 해소되지 않은 기다림에는 끊임없이 "눈이 내리고 눈은 내려 쌓이"는데 만남의 기미는 보이지 않는다. "돌아올 사람을 위해 외등 하나 밝"혀 두는 마음은, 기다림이 빨리 종결될 수 없음을 알기 때문이리라. "끝없는 골목을 가진" 기다림의 "긴 주소"는 삶 전체에 포진해 있다. 삶이라는 것은 원래 "혼자"이기에 늘 외롭지 않은 순간이 없다는 체념에도, 언젠가 누군가의 고독을 "그만 보고 말았"을 때에는 동질감으로 일종의 위안을 얻게 된다. 오랜 "항해는 끝이 나고 빈 배로 떠있던 슬픔" 따위가 한꺼번에 몰려올 때는 "등 뒤로 바다가 와서 아프게 껴안는다."(「등 뒤의 바다」) 역설적으로 고독과 위무의 반복이야말로 근원적으로 외로운 존재인 인간을 지탱해 준다. 결국 고독과 기다림, 그리고 그리움은 존재를 표현하는 같은 말이다.

> 참담한 파도소리로 둘러앉은 이 그리움//
> 물이랑 헤친 손톱마저 다 닳아 빛이 되고//
> 잡힐 듯 아득한 사람아 육지는 너무 멀다.//
> 물결 휩쓴 海壁마다 쓸쓸히 이는 노래//
> 노래는 맨발이 되어 뭍으로 흘러가다//
> 눈물도 바닥난 東海 섬이 되어 떠돌고.//
> 비늘 떼로 부서지는 바람살 꺾어 안고//
> 빛나는 아침 향해 홀로 누운 流配의 잠//
> 天刑의 아린 그리움 물소리로 풀어지다.
>
> — 「섬, 그리움을 위하여」 전문

근본적으로 정일근의 서정은 "참담한" "그리움" 탓에 아련하고 "쓸쓸"하다. "잡힐 듯 아득한 사람"을 향한 그리움의 무게는 맨몸으로 "天刑"을 감내하는 자에게 내린 형벌이다. 시인이란 그러한 형벌을 받은 존재이리라. 시지프스처럼, 영원히 종결되지 않을 천형을 묵묵히 짊어진 자이리라. 영원히 "流配"의 상태로밖에 존재할 수 없는 서정, 그리고 그 서정을 낳는 시인이라는 존재적 고독은 끝내 위무될 수 없는 형벌의 하나이리라. "맨발"의 몸으로 사무치는 그리움을 지탱하느라 "손톱마저 다 닳아"버렸지만, 결국은 혼자인 채로 섬 같은 빈집으로 남을 수밖에 없는 존재자의 운명이 시인의 그것이리라. 이처럼 섬이라는 대상에 투영된 것은 시인 자체이다. 서정시는 유배된 존재자의 기록물로, 유랑하는 유목의 언어다. 그러니 '시인 정일근'은 무수한 그리움의 자리에서 사랑을 엮는 서정의 시지프스다!

4. 시조적인 것? 시적인 것!

시조적인 것이란, 항상 시적인 것을 함의하고 있어야 한다. 자유시가 시적인 것만을 표현하면 된다면, 시조는 시조적인 것과 시적인 것을 동시에 구현해야 하기에 그만큼 어렵다.

> 삼동의 아궁이는 식은 지 오래다
> 잉크가 얼어 시를 쓸 수 없는 시간
> 지평선 아득한 끝을 마주하며 여기 섰다
> 껴안으면 달아나고 풀어주면 달려오는
> 참담한 하늘 끝으로 꼬리연을 날리다
> 얼레에 감겨져오는 폭설 속에 섰을 때
> 설해림 부서지는 소리 아프게 들었다
> 명징한 흰 눈에 쌓여 지워지는 들길 따라
> 말없이 걸어서가는 산 하나를 보았다
>
> —「寂」전문

이 작품은 고요에도 소리가 나는, 시인의 언어로 직조되었지만 엄밀히 따졌을 때 완성도 높은 시조인가에 대해서는 의문이다. 현대시조에서 시조적인 것과 시적인 것은 동시에 구현되어야 하기 때문이다. 한 수의 완결성을 토대로 열린 양식이 연시조라 했을 때, 이 작품의 시조적 완전성은 떨어진다. 별다른 수의 구분 없이 각 행으로 대등하게 배열되었지만, 시조 형식미를 살리기 위해서 각 수는 독립적으로 구성되어 전체 시조작품은 응집력과 응결성을 갖추어야 한다. 물론 의미의 강조를 위한 시행파기로 읽을 수도 있으나, 2수와 3수가 문법적으로 각 2행씩 분화됨으로써 시조의 3장 구성, 그 시행발화가 파괴되고 있다. 전체 3수 9행의 연시조는 6행, 즉 2수의 종장이 완결성을 갖추지 못하고, 의미적으로 다음 수의 초장과 연속되면서 시조의 3장 체계를 분열시키고 있다. 그리하여 3-4-2행(또는 3-2-2-2행)으로 문맥적 의미를 구성하게 된다. 연시조라 할지라도 각 수는 각 종장으로 종합되고, 다시 최종적으로 9행(마지막 종장)으로 습합되어야 한다. 두말할 나위 없이 시조가 가장 아름다운 때는 형식미와 내용미가 절창을 이루는 조화를 통해서다. "순수시의 영역은 정치, 종교, 사회 어디에도 갈 수 있는 무제한이나 다만 시가 되고 예술이 되는 것을 전제로 하는 무제한이며, 시의 가능성은 그 출발점이 시에 있을 때"[4] 즉 시적인 것이 구현될 때 발견될 수 있다. 이에 더해 정형의 형식미학을 갖추어야 현대시조가 완성되는 것이다. 닫혔으나 동시에 열린 세미콜론과 같이 시조형식은 그 긴장과 이완을 맛깔나게 조리해서 새로운 서정을 담아내야 한다.

---

4) 조지훈, 「순수시의 지향―민족시를 위하여」, 『조지훈 전집』 3, 일지사, 1973, 213쪽.

시조, '말뚝이' 되다

— 이달균의 『말뚝이 가라사대』, 시대를 풍자하다

1. 폴키즘을 통한 풍자

'장기하와 얼굴들'은 말하고 쓰는 감각을 상실해 버린 이 시대 1920~30대를 독특한 방식으로 대변代辯한다. 소위 1970~80년대를 풍미했던 포크송풍 록rock의 리듬을 들고 나와 이 시대 '루저(Loser)'들의 이야기를 풀어낸다. 루저가 되기를 꺼리지만 루저들의 이야기에 공감할 수밖에 없는 것이 현시대 젊은이들의 자화상이다. 장기하는 이 시대 젊은이들을 패배자로 만들어 버린 사회구조 속에서 젊은이들이 살아내는 일상의 순간과 그들의 사유를 포착한다. 노랫말 하나하나가 처절하면서도 신파로 치닫지 않는 것은 순전히 해학과 풍자의 미학 덕분이다. '장기하와 얼굴들'이 대중적 성공을 거둘 수 있었던 것은 웃음을 잃은 자들에게 웃음을 찾아주고, 비판과 불평 따위를 '말'할 여력조차 상실해 버린 자들을 대신해서 그들의 이야기를 '말'해 주었기 때문이다.

그러나 정작 장기하 자신은 루저가 아니다. 물론 우리가 루저의 개념을 사회적 위치에서 본다면 말이다. 명문대학을 졸업한 소위 '엘리트'가 말하는 루저라니, 아이러니하지 않은가. 더욱 신기한 점은 이것이 '먹었다'는 것이다. '새로움'이라는 명제만으로도 '장기하와 얼굴들'이 선보인 코드는 루저들과 위너winner들 모두를 열광케 했다. 장기하 스스로 루저를 자처하지는 않았지만, 어쨌든 그가 루저를 대변함으로써 공감의 문화적 코드로 세상에 등장했으니, 그 해석의 지점들은 어쩔 수 없이 사회 문화적 맥락과 접목될 수밖에 없다.

루저 아닌 자들이 외치는 루저들의 세상, 그것이 얼마만큼 진실할까에 대해서는 의구심이 드는 것이 사실이다. 아이러니하게도 현 사회구조는 루저들의 발언권은 강탈했으면서도, 위너들의 루저 발언에는 신선함을 느낀다. 루저 아닌 자들이 루저를 말함으로써 정작 루저들의 입을 봉합하고 있는 것인지도 모르기 때문이다. 장기하가 이 시대 젊은이들의 '찌질한'(혹은 찌질할 수밖에 없는) 삶의 풍경을 노래함으로써 그들의 모습이 일정한 정형성을 갖게 되었다면 그것만으로도 루저들을 벙어리로 만들어 버렸다고 할 수 있다. 물론 그 자신은 의도하지 않았겠지만.

이러한 루저 문화로 대변되는 시대적 흐름 속에서 그 스스로 루저를 자처하고 루저의 가면을 쓴 채 등장한 인물이 있다. '말뚝이.' 이달균 시인은 장기하가 루저들을 대변하는 방식과는 일견 다른 차원에서 민중들을 '대변하기'를 시도한다. 대변代辯의 정치적 맥락으로 인해 이달균 시인의 시도 역시 일정한 한계를 가질 수밖에 없는 것이 사실이다. 그러나 민중이 남발되는 시대에 정작 민중은 사라지고 없는 현실에서 고래의 인물을 '모셔와' 말하기를 시도함으로써 '눈치 볼 것 없는 마당'을 펼쳐 놓는다. 애초 말뚝이는 이 시대 인물이 아닌 덕분에 어떤 종류의 무슨 말을 뱉어내어도 시치미 떼기가 가능해 지는 것이다. 질펀한 재담을 통한 풍자와 의뭉스러운 시치미 떼기의 해학을 통해서 시인은 '감히,' 이 시대에 말걸기를 시도한다.

어떤 측면에서는 '시조'라는 문학적 장르가 유동하는 현 시대와의 소통을 이끌어 내지 못했다고 진단할 수 있다. 그 근거를 대중화되지 못한 시조의 고립성에서 찾든, 그렇지 않으면 고령화된 향유층이나 비평의 부재에서 찾든지 간에 자유시와 비교했을 때 그 소통 범위는 상당히 제한적이었던 것이 사실이다. 말뚝이의 등장은 고고한 척하던 시조단을 폴키즘의 향연장으로 탈바꿈시킴으로써 시조의 자장을 넓히는 데 일조했다. 때문에 말뚝이의 도발을 통해서 이 시대를 점검해 보는 일은 곧 시조라는 장르와 현대라는 시대의 소통을 목격하는 일이라 보아도 무방할 것이다.

시집은 고성 오광대 놀이의 마당을 기저로 하여 전체가 서막과 다섯 개의 과장으로 구성되어 있다. 각각은 유기적으로 결합되어서 하나이면서 여럿인 형상을 보여준다. 서막에서 광대들을 불러들이기 전에 시인은 "말뚝이 아뢰오"라는 서문을 작성하고 있다. 이를 통해서 시인 스스로 말뚝이로 빙의하고 있음을 알 수 있다. "이 몸은 말뚝이올시다"라는 선언은 그것 자체로 시인이 말뚝이라는 존재의 탈을 씀으로써 획득하고자 하는 정치적 맥락까지를 내포하고 있다고 볼 수 있다. 오광대 놀이에서 말뚝이의 존재감은 "엑스트라급 조연"에 불과하지만 "말뚝이 없는 탈마당은/ 재미는 고사하고 막힌 가슴 뻥 뚫어 줄/ 그 무엇도 없는 맹탕"에 그치니, 반드시 '있어야 하는 존재'인 것이다.

이는 흡사 민중이 갖는 존재감과 닮았다. 한 나라를 움직이는 것은 극소수의 '우수한' 인재에 의해서이지만 민중이 없다면 그 나라는 성립하지 않을 테니 말이다. 시인은 그 스스로 말뚝이가 됨으로써 "천하고 못난" 민중들의 '오그라든 팔자와 그들의 청승'을 고발하려는 것이다. 이를 통해서 시인은 사회적 구조가 가진 모순과 불합리를 비판하려는 시도를 하고 있다. 조선시대의 어릿광대 말뚝이가 신분제도로 인한 불합리 등을 고발했다면, 현대판 말뚝이는 자본주의가 낳은 폐단을 들추고 있다. 시인은 잘 포장된 신자유주의가 숨기고 있는 것들을 폭로함으로써 시대읽기를 감행하고 있는 것이다.

2. 탈춤, 말의 난동

말이 가진 정치성으로 인해 언어의 사용은 그 사용자의 인격적 수준을 평가하는 척도가 되어 왔다. 그래서 근대 이후 천박한 욕설과 음담패설은 '감히' 공공의 장에서 말해질 수 없는 것으로 치부되었으며, 말의 발화를 통해서 그 사회적 지위를 헤아릴 수 있게 되었다. 그런 점에서 "언어의 문제는 다층적 차원의 경계에서 '이방인성'의 효과들을"[1] 산출한다고 보았던 데리다의 견해는 옳다. 모국어 역시 이미 타자의 언어에 불과하다는 그의 지적이야말로 한 국가 내에서의 분열 상태를 예리하게 지적한다고 볼 수 있지 않겠는가. 말을 통한 놀이의 장, 어떤 검열도 거치지 않은 말들의 방만, 그리고 말의 무질서를 통해서 누릴 수 있는 해방감이야말로 개인을 국가로부터 자유롭게 할 수 있는 한 방편이 될 터이다. 그러니 사설시조의 형태를 지향하고 있는 이 시집을 '즐길' 수 있는 가장 중요한 덕목은 언어의 구술적 미감을 느끼는 데 있다.

말라르메가 "춤은 모든 필기구로부터 벗어난 시"[2]라고 했을 때, 이는 역설적으로 춤이라는 예술적 행위를 언어화할 수 있는 여지를 발견했다고 볼 수 있다. 춤의 일양상이자 보다 체계화된 극의 형태인 탈춤은 그 자체로 하나의 익명성을 구축한다. 미처 말로 뱉어낼 수 없었던 뒤틀린 심사들이 탈춤의 춤사위와 발화를 통해서 발산되면서, 민중들은 일종의 카타르시스를 맛보게 되는 것이다. 그러니 탈춤은 '말하지 못하는 민중'들의 말들이 발화됨으로써 형성된 춤판이라고 볼 수 있다. 탈춤이 행해지는 무대인 '장마당'은 어떤 특권의식, 즉 무대라는 차별화된 공간성을 형성하지 않는다. 그 까닭은 탈춤을 추는 연희자나 그것을 구경하는 민중들 간의

---

1) 자크 데리다, 남수인 옮김, 『환대에 대하여』, 동문선, 67쪽.
2) 알랭 바디우, 장태순 옮김, 『비미학』, 이학사, 125쪽.

차이가 없기 때문이다. 이들 연희자와 민중은 그 계층적 상이성은 있었을지 몰라도, 양반을 공공의 적으로 상정하고 그로부터 받은 억압을 한자리에 풀어놓음으로써 '공범자'가 된다. 그렇기에 '장마당'이라는 공간은 시대가 민중들에게 주는 애환과 고통으로부터 일종의 도피처를 마련해 주며, 그 시간성을 분절하는 역할을 담당하게 된다. 억눌려 있던 말들이 한꺼번에 분출되면서 탈춤이 행해지는 공간만 남고 시간은 정지해 버린다. 이러한 탈춤을 시조로 재현하는 행위는, 역설적이게도 그 안에 넘쳐나는 말들의 난동을 질서화 하는 작업이 필요하다. 시적 언어의 년출은 말들을 기록하고 공유하기 위한 규범화 · 질서화 그리고 구체화 과정이기 때문이다.

> 등 긁고 이 잡을 년 없이 그렇고 그리됐네// 맷돌에 갈아서/ 전 지져 먹을 것들!// 영감 나이 생각하여/ 미치지나 마시오
> —「43. 화해」부분

> 문디 손, 문디 손아/ 담부랑은 와 타넘노/ 오입질 도적질도/ 팔자소관 분복인데/ 썩을 놈/ 양상군자梁上君子처럼/ 월담이 다 무어냐
> —「6. 야반도주」부분

두 작품은 성性이 음지로 숨어들어 불법의 장으로 퇴락해 버린 오늘의 실상과는 확연히 다른 지점들을 보여준다. 양반들이 은밀하게 춘화를 돌려 봄으로써 해소했던 성적 호기심과 욕망을 당대의 민중들은 쉬쉬할 것 없이 '까놓고' 즐길 수 있었던 것은 말의 해방 덕분이라고 볼 수 있다. "맷돌에 갈아서/ 전 지져 먹을 것들!"과 같이 상상조차 하기 어려운 욕지기들의 분출을 통해서 욕망을 표출하고, 나아가 울화병이 될 수 있는 문제들을 해소하는 것이다. 그럼에도 사설에서 볼 수 있는 이러한 욕설과 음담패설 등이 천박하지 않은 이유는 저마다 삶의 속내를 가지고 있는 탓일

테다. 그런 까닭에 "등 긁고 이 잡을 년 없"어서 바람을 폈다는 설득력 없는 영감의 말에 한 바가지의 욕지기로 응수할 뿐, 이내 늙은 영감의 건강을 염려하는 것이다. 아마도 그들에게는 바로 그것이 삶의 한 양상이 아니었겠는가. 이처럼 구술은 욕망의 해방과 갈등의 해소를 지향하며 아울러 삶−자체를 표방한다.

또한 구술의 미학은 현실감각을 손쉽게 획득할 수 있다는 것에서도 찾을 수 있다. "오입질"이든 "도적질"이든 죄짓고 야반도주하는 아들에게 "문디 손"이라는 욕지기를 뱉어내지만, 그 안에는 중층적인 애정이 깃들여 있다. 뭇사람들이 손가락질 하는 "썩을 놈"이라 할지라도 제 어미만큼은 자식을 품어준다는 진리 아닌 진리 덕분인지, 아니면 우리네 살아가는 모양새가 거개 비슷하여 허물없이 험한 말을 뱉을 수 있는 것이야말로 무엇보다 애정이 기저에 깔려 있음을 터득한 덕분인지는 알 수 없으나, 어쨌든 야반도주하는 아들 녀석을 담장 위에 불러 세운 노모의 복합적인 심정이 드러난 작품이다. 꾸미지 않은 말들이 아름다운 까닭은 이러한 심사가 고스란히 독자(청자)에게 전이되기 때문이다.

사랑이 오신다면 스미듯 오셔야지/ 시나브로 꿈 적시는 봄비처럼 오셔야지/ 화들짝 헤픈 도화처럼 왜 난분분 오시는가/ 내사 못할 짓이네 당췌 못할 짓이네/ 눈물에 자물자물 시나브로 잠이 들면/ 문풍지 실바람에도 흠칫 놀라 잠을 깬다/ 과부야 애솔나무 송화분 흩어지면/ 은근짜 옷고름 풀듯 보리밭도 홍감터라/ 궁노루 흐벅진 욕정의 중중모리 휘모리

― 「4. 정분」 부분

아무도 보리밭에서/ 날 보았다 하지 마소/ 지난 밤 들바람이/ 왜 비리고 붉었는지/ 들물댁/ 속곳 푸는 소릴랑은/ 들었다 하지 마소

― 「5. 소문」 전문

질펀한 언어들의 향연 속에서 얌전(?)하고 은밀한 음탕이 드러나는 작품이다. 소위 말하는 섹슈얼리티의 끈적끈적함 대신 능청스러운 눈짓이 엿보이는 탓에 정겹기마저 하다. '말들의 난동'이라고 하는 것은 욕설이나 음담패설에서만 찾아볼 수 있는 것이 아니라, 이와 같은 은근한 훔쳐보기의 시선을 포착하는 데에도 유용하다. 그런 점에서 이 두 작품은 눈 내리는 소리를 여인네의 옷 벗는 소리로 형상화했던 어느 시인의 시선처럼 점잖을 떨거나, 혹은 서정적 장치를 통해 제 욕정을 감추고자 하는 치사한 (?) 면모는 보이지 않는다. 다만 본능에 충실한 대로, 오로지 청각에 집중함으로써 욕망을 표출한다. "아무도 보리밭에서/ 날 보았다 하지 마소"라든가, "들물댁/ 속곳 푸는 소릴랑은/ 들었다 하지 마소" 등은 차라리 스스로 까발리는 행위를 함으로써 은밀한 것을 더 이상 은밀한 것이 아니게 하는 효과를 얻는다.

말뚝이가 제 쓰임을 가질 수 있는 것은 바로 이러한 구술적 언변으로 은근하게 얌전을 떨다가도 곧 비틀고 틀어지는 덕분이다. 이러한 말의 배치는 이달균의 이번 시집 전체를 지탱하는 중요한 요소이다. 탈춤을 시조의 영역으로 포섭하는 일이 가능하게 된 것도 이러한 말들의 난동(긍정적인 의미에서의 언어 표현의 전위성)이 보여주는 향연 덕분이다.

3. '아무개'들의 반란

2009년 대한민국에는 많은 사건들이 '벌어졌고', '일어났으며', 또 '있었다.' 그 사건들은 자기들끼리 충돌하기도 했으며, 또는 전혀 무관심한 척을 하기도 했다. 정치 혹은 사회 문제에 관심을 두지 않는 사람들조차도 이 사건들로부터 자유로울 수 없었다. 죽음으로 기록된 사건들. 짐짓 종결된 척 마침표를 찍은 사건들로 인해 한동안 대한민국이라는 지정학적 공간은 술렁거렸으며, 그 안에서 살아가던 사람들은 망연자실할 수밖에 없었다.

크게 세 죽음이 있었다. 스스로 죽음을 선택함으로써(혹은 선택하도록 강요당함으로써) 자신의 신념을 고수하고자 했던 노무현 전 대통령의 죽음, 그리고 그 뒤를 이은 김대중 전 대통령의 죽음, 끝으로 일명 '용산참사'라 불리는 사건을 통한 죽음이 그것이다. 엄기호는 이를 두고 '정치적인 죽음'과 '역사적 죽음' 그리고 '정치 자체의 죽음'으로 단언한다.[3] 죽음은 삶과 대치되는 개념이면서도 삶에 끊임없이 개입한다. 그러므로 삶의 양상들은 죽음에 대한 인식으로부터 자유롭지 못하다. 죽음의 수긍 여하에 따라 삶의 많은 부분들이 달라지며, 동시에 죽음의 양상에 따라 삶이 재편되기도 한다. 타인의 죽음을 통해서 경험하게 되는 죽음은, 그것을 굳이 자기화하지 않더라도 충분히 고통 받게 된다. 또한 죽음을 자기화하는 순간, 삶도 죽음도 사라져 버리게 되며, 그 순간만큼은 누구도 기록할 수 없는 영원한 미궁으로 남는다.

서로 다른 세 죽음을 통해서 '아무개'들은 각기 다른 공통의 반응을 보였다. 노무현 대통령의 죽음에 분노하여 광장으로 뛰쳐나가 결집했으며, 김대중 대통령의 죽음 앞에 추모와 안녕의 메시지를 남겼다. 반면 용산참사로 인한 죽음에는 침묵이나 무관심으로 응대했다. 무언가 이상하지 않은가. 굳이 닮은 점을 찾는다면 대중의 행색과 가장 비슷한 것은 용산참사로 인해 죽은 이들일 것이다. 그런데 일부 '아무개'들의 죽음에 대해서 다중의 '아무개'들은 별다른 반응을 보이지 않았다. 혹은 앞선 두 죽음에 기진맥진하여 반응할 여력이 없었던가. 아이러니하게도 '아무개'들은 이름 있는 자들의 죽음 앞에 절절한 애도를 표했을 뿐이다. '개죽음'이 된

---

3) 엄기호, 「'정치'적 죽음, '역사'적 죽음, 정치의 죽음」, 당대비평 기획위원회 엮음, 『아무도 기억하지 않는 자의 죽음』, 산책자, 2009, 27쪽.

'아무개'들의 죽음에 무심한 '아무개'들의 심사를 말뚝이를 통해 헤아려보자. 회초리를 들고 달려들지 곰방대를 들고 뒷걸음질 칠지는 살펴보면알 일이다.

　우선 말뚝이의 양반풍자를 통해서 '아무개'들의 삶의 양태를 살펴보자.

　　저런저런! 양반님들/ 떼로 몰려 나왔구려// 명색이 양반인데 탈바가지 덮어쓰고 꼴값을 떠는 양이 한심도 하다마는 귀엽기도 하네그려. 모름지기 양반이면 육법전서 읽은 대로 세상주름 살펴주고, 가슴에 나라 국國자 붙였으면 국가대사 바로 읽어 옳은 처신 바랐더니, 남의 집 곳간 털어 지져먹고 볶아먹고 하나당 두나당 너거당 우리당 짝짜꿍 궁합 제대로 맞춰 돌고 도는 모양을 그냥 두고 볼 순 없어 소인놈 대들보 들어올려 호박에 말뚝 박고 똥 싸는 놈 까뭉개는 저 잘난 놈들을 향해,// 메방을/ 놓아나 줄까/ 똥침을 콱/ 찔러나 줄까

　　　　　　　　　　　　　　－「14. 얼쑤! 말뚝이, 양반 훈계」전문

　　춤판을 놀아 보니/ 양반이 동네북이다/ 권세에 으름장 놓아/ 미안코 미안네만/ 비비야 말뚝이야/ 양반에게도 할 말 있다// 인물 좋고 집안 좋고/ 돈 많으면 죽일 놈인가// 강남에 땅 부자면 일단 한 번 조져본다. 학벌 좋고 품 넓어도 일단 한 번 조져본다. 그물에 걸려들면 마당에 끌어내어 털어서 먼지내기, 강냉이 튀밥하듯 밀가루 폭탄 터뜨리기, 잘난 놈 먼지에 숨어 제 잇속 차리는 속셈, 네 놈이 알고 남이 안다. 탈 쓰고 외치지 말고, 중언부언하지 말고, 패거리 지어 매질 마라. 맨가슴 맨얼굴로 저자에 나와 외쳐 보라.// 제 허물/ 먼저 깨닫고/ 남 허물/ 들추어라

　　　　　　　　　　　　　　　－「28. 양반도 할 말 있다」전문

　말뚝이의 호출이 유의미한 것은 현재의 실상들을 고발하는 데 주저하지 않는 면모에서 비롯된다. "명색이 양반인" 이들의 처신이 모두 욕보일 짓일 리는 없지만, 이들의 행위를 견제하고 감시해야 하는 것이 말뚝이의

소임 중 하나이다. 그러니 그네들이 국사를 현명하게 도모하는 것은 당연 지사 그들이 해야 할 몫이니 굳이 칭찬할 바 아니지만, 제대로 하지 못할 때는 "메방을/ 놓아" 주든 "똥침을 콱/ 찔러" 주든지 해야 하는 것이다.

오광대에서는 탈을 쓰고 양반 흉내를 내는 광대들의 과장된 몸짓을 통해서 그들에 대한 훈계가 시작된다. "남의 집 곳간 털어 지져먹고 볶아먹" 는 이 시대 양반네들에 대한 일침으로 사설을 늘어놓는 것이야말로 현 시대에 맞는 말뚝이의 변용이라고 볼 수 있다. 예컨대 "이런 개발새발! 군부 독재가 이만할까. 조진사댁 갑분이는 연차 월차, 생리수당 꼬박꼬박 챙기는데, 상여금은 고사하고 새경마저 떼어먹는 우리 샌님"(「34. 시골영감 작은어미 홍타령」, 88쪽)들에 대한 항변이 그렇다.

이쯤 되면 양반도 입이 있으니 할 말이 많을 게다. "인물 좋고 집안 좋고/ 돈 많으면 죽일 놈인가." 춤판에서 안주거리가 된 양반 입장에서는 충분히 노할 일이다. 부자라면, 정치인이라면, "일단 한 번 조져"보는 게 민중들의 생리라며 일침을 가하는 양반, "탈 쓰고 외치지 말고, 중언부언하지 말고, 패거리 지어 매질"하지 말 것이며, "맨가슴 맨얼굴로 저자에 나와 외쳐 보라"고 되레 큰소리치는 양반. 그런데 줄곧 '아무개'들에게 원성을 높이던 양반의 사설조가 맥없이 풀리고 마는 것은, 종장의 마무리 때문이다. "제 허물/ 먼저 깨닫고/ 남 허물/ 들추어라"는 양반의 선언은 어쩐지 자승자박이 되어버린 느낌인 탓이다. 아마도 '아무개'들을 위한 춤판에서 양반의 입장을 고수해 주는 척하면서 스스로 제 허물을 포착하게 함으로써 자기고발의 모순을 폭로하게 하는 것이 아니겠는가. 이는 양반의 목소리에 갑자기 말뚝이가 개입한 인상을 주기도 함으로써, 다성적 목소리를 통한 카니발적 골계미를 보여준다.

장구경 온 사람들아/ 소인 근본 들어 보소// 나의 칠팔구대조께옵서는 남병사를 지내옵고, 사오륙대조께옵서는 평양감사 마다하고 알성

급제 도장원에 승지참판 지냈다오. 아서라, 구라치기 지겨우니 뚝 잘라 말하리다. 고향은 경상도라 무뚝뚝한 말뽄새에, 알고도 짐짓 몰라 '시침 뚝!'이 자랑이라. 갓끈 긴 사장님아, 가방끈 긴 시장님아. 다리밑이 고향이긴 매양 일반 아니던가. 항렬자는 뚝자 돌림, 일가친척 일러 볼까. 새부대에 새로 담는 새뚝이는 어떠하며 쓰러지면 일어나는 오뚝이는 어떠한가. 섬섬옥수 담근 간장, 장맛보다 뚝배기라. 박경리 태어난 곳 이름하여 '뚝지먼당.'// 어떻소, 말뚝이 근본/ 이만하면 쓸 만하요?

— 「19. 말뚝이 근본 자랑」 전문

사설시조가 갖는 미학은 뭐니뭐니 해도 풍자와 해학이다. 비틀기가 극에 닿기 전에 웃음을 유발함으로써 신파로 치닫지 않고, 웃음이 난분분해도 그 안에 씁쓸함을 얹어 두어 문제의식을 심어 두는 것이다. 그러니 사설시조는 웃음이자 울음이며, 무관심을 통한 관심이다. 또한 스스로를 낮추는 주체를 등장시킴으로써 상대적으로 독자(청자)를 우위에 세우고, 이를 통해서 독자로 하여금 상대적 위안을 얻게 한다. 그러니 해학적으로 표현된 말뚝이의 자기비하야말로 사설시조의 묘미라 할 수 있겠다. 말뚝이의 "근본 자랑"이라는 것 자체가 양반 풍자를 염두에 둔 것인지라 궁극적으로 현실태에 대한 비판 및 고발에 그 목적이 있다고 하겠다. 그러니 양반 풍자를 통해서 알 수 있는 '아무개'들의 삶의 양상은, 대단한 반란을 모색하지는 못하지만 자기 주체 내에서의 소소한 반역을 꾀함으로써 삶의 부조리를 극복하고 있다고 볼 수 있다. 어쩌면 2009년의 '용산 참사'는 이러한 자발적인 '아무개'들의 생존전략에 일종의 무력감을 안겨줬던 것은 아니겠는가. 자본주의 사회구조에 돌을 던짐으로써 자구책을 모색하고 공개적으로 자신들의 권리를 되찾고자 했던 '용산 참사'의 '아무개'들은 분명 말뚝이가 대변하는 '아무개'들의 성향과는 상이했던 탓이다.

패랭이 눌러쓰고/ 웃음인지 울음인지/ 자줏빛 흔데자국/ 이리 씰룩 저리 씰룩/ 날라리 장고는 울고/ 춤사위 시작된다// …돌팔매에 몽둥이 찜질, 나물 삶은 물 퍼붓는 인심도 서러워라.… 몽그라진 손으로는 코 풀기도 어려워라 손가락 떨어진 곳에 파리는 왜 앉느냐.// 찔레야/ 무성한 들찔레야/ 똥파리 좀 쫓아다오

— 「9. 문둥이 고하기를」 부분

어젯밤 자고나니 코뼈에 눈썹 하나/ 오늘은 또 어디가 문드러져 사라질까/ 남산도 허리가 잘려 내 꼴인 듯 서러운데// 양반아 군수님아/ 공방살 낀 연놈들아// 대곡산 넘다보니 문드러진 꼬라지 이 몸만은 아니더라. 찢고 이기고 조져 놓은 산세가 가히 장관이다. 날라리야 꽹과리야 한도 눈물도 상관 말고 뛰놀아라. 코 하나 달아나니 빗물이 들고 나고, 귀 하나 떨어지니 세상 잡소리 안 들린다. 소고에 북채 흔들며 굿거리 한 장단에 시름도 한숨도 쏟아내고, 앉거나 서거나 아프거나 마르거나 밟히거나 뒤지거나 나 몰라라 나는 몰라라. 엇장단에 덧뵈기로 춤판을 돌아간다. 어깨춤 한 번이면 고대광실이 내 것이요, 얼쑤 장단을 넘다 보면 나랏님도 발 아랫니// 돌아라/ 부러진 어처구니/ 이 빨 빠진 맷돌들아

— 「10. 문둥북춤」 전문

문둥이도 말뚝이도 '아무개'이면서 동시에 '아무개'가 되지 못한 존재들이다. 스피박이 말했듯 이들을 하위주체라고 일단 뭉뚱그려 놓자. 대중의 '무리'에도 들지 못해 전전긍긍하는 문둥이들의 처지는 진퇴양난이다. 이들은 손가락질 하는 '아무개'들을 피해 "패랭이 눌러쓰고" 있지만 "돌팔매에 몽둥이찜질"을 감내해야 하는 처지이다. "몽그라진 손으로는 코풀기도 어"렵고, 설상가상 "손가락 떨어진 곳에 파리"까지 앉는 점입가경의 상황이라니. 뭇 '아무개'들의 집단성 역시 혹자들에게는 폭력으로 작동되는 것이다. '아무개'들 사이에도 엄연히 계층이 분할되어 있기 때문이다.

문둥북춤은 나병환자들의 이러한 애환을 승화하는 데 목적이 있다. 그

들이 받는 차별과 멸시의 지점들을 폭로함으로써 그들의 실상을 고발하는 것이다. 그러나 이들의 태도는 신파적이지 않다. 해학을 통한 흥판을 마련함으로써 자신들을 멸시한 '아무개'들과 웃음을 섞으려 한다. 이 점이 바로 고전적 장치를 통해 얻을 수 있는 묘미일 것이다. 슬픔을 슬픔으로 말하지 않고, 웃음이나 비틂으로써 말하는 방식 말이다. 이것을 가능하게 하는 것이 바로 사설조이다. "어젯밤 자고나니 코뼈에 눈썹 하나/ 오늘은 또 어디가 문드러져 사라질까." 시적주체는 일견 공포스럽기까지 한 자신의 처지에도 불구하고 "얼쑤" 추임새로 춤판을 벌임으로써 자신의 처지와는 상반된 상황을 연출한다. 사설조로 막힘없이 신세 한탄을 풀어헤쳤음에도 찰나의 순간 희극적으로 그 고비를 넘긴다. 아슬아슬한 경계에 서기, 그리고 그 경계를 포착하는 일 방식이 바로 사설조인 것이다.

사설이 갖는 독자적인 리듬은, 정형의 평시조가 갖는 시간을 분화하고 동시에 확장한다. 이진경의 말처럼 "구성되는 리듬의 차이마다 다른 시간들이 존재"[4]하기 때문이다. 평시조와 사설시조를 병치함으로써 시인은 서로 다른 구성적 시간대를 경계에 배치하고, 이를 통해 서로 상이한 인식의 길항관계를 조화롭게 만든다. 그러다 종래, "할 말 많은 세상" 말뚝이는 "입을 닫으"라 명한다. "조목조목 대꾸해 봐야/ 쇠귀에 경 읽기니 침묵이 상수"라고. "그나마 세상이 조금은 변해서/ '오적五賊'의 시대는 아니"(시인의 말, 「말뚝이 아뢰오」 중)라는 낙관 아래. 아마도 시인이 의도하는 바는 역설적인 현실 비판일 것이다. 자본에 의해 되레 비주류가 오적이 되는 세상 앞에서, 오히려 침묵하고 감내하는 하위주체들의 면모를 보여줌으로써 그 불합리한 모순상을 폭로하고자 하는 것일 테다. 인내하는 존재들의 춤판을 통해서 정말 잘못된 것이 무엇인지를 찾으라는 메시지인지도 모르겠다. 시인이 침묵하는 '아무개'를 대변하는 방식은 역설

---

4) 이진경, 『역사의 공간』, 휴머니스트, 2010, 15쪽.

적이게도 '아무개'이지만 실상은 '아무개'가 되지 못한 '말뚝이들'(문둥이, 파계승 등 하위주체들)에 의해서이다.

> 영감아, 나도 엄연히/ 입술 붉은 꽃이요/ 술청에서 장마당에서/ 꽃 본 듯 희롱해 보소/ 지천엔 분분한 꽃잎/ 벌나비는 기회낙락// 월향인 듯 매향인 듯/ 눈길 한 번 주어 보소// 세상 수컷이란 다 요렇코롬 변죽 인가? 장인 사위도 쑥떡쑥떡 앞서거니 뒤서거니 기방출입이라더니, 열녀문 홍살문에 이름은 좋다만은 기생질에 처첩살림 아이고 내 팔자 야! 들병이도 방물녀도 뽀얀 분단장에 찡긋 눈짓이면 은근슬쩍 지분 대는 내 서방 바람기 감당키 어려워라.
>
> ─「40. 큰어미 타령」부분

> 큰어미 강짜 새암/ 누구라 당하리요// 서럽다 서럽다 한들 내 신세 에 비할손가. 족보에도 못 오르는 작은어미 되었구나. 조실부모하고 밑으로 동생이 넷, 젓배도 걸식하고 이 골 저 골 떠돌다가 객줏집 술청 에서 허접한 갓 밑으로 기르다 만 염소수염에 낯바닥인지 손바닥인지 물꼬 패인 늙은 양반 만나 내 꼴이 니 꼴 같고 니 꼴이 내 꼴 같아 못난 정도 정이라고 여기까지 왔건만은, 큰어미 없다 하여 대라도 이을 요 량, 인삼 찌꺼기에 녹용국물 얻어 멕여 삭정이 같은 아랫도리 하룻밤 사랑으로 애지중지 키운 씨앗 욕지기 참아가며 열달을 보냈건만, 팔 자소관 기막혀서 내 자식 낳아본들 큰어미 자식되고 서러운 처첩살림 불을 보듯 뻔할 뻔자.// 낸들 와/ 할 말 없것소/ 큰어미야 작작하소
>
> ─「41. 작은어미 타령」전문

"큰어미," "작은어미"의 혼종만으로도 사회구조 속에서의 여성 주체의 소외와 그 억압 양상을 유추할 수 있다. 이러한 사회적 구조 속에서 여성 은 주체적인 존재가 되기 어렵다. 여성의 적은 여성이라 하였던가. 그러 나 이 말을 꼽씹어 보면, 남성 중심의 사회에서 남성적 질서가 작동하기 위해서 마련해 놓은 장치임을 알게 된다. 여성끼리 견제하게 함으로써 남

성이라는 존재는 적이 아닌 욕망의 대상으로 치환된다. 사회적 약자로서의 여성이 감내해야 했던 무수한 상황들 중에서 가장 불편한 꼴을 보이는 것이 처첩 간의 갈등이다. 저마다 제 밥그릇 챙기기 바쁘니 갈등이 생기기 마련이었을 터, 어찌 보면 공공의 적이어야 할 남성들을 향한 욕지기보다는 처첩 간의 싸움이 더 심했으니 그 치열함이야 오죽 했을까. 결국은 "팔자소관"으로 끝낼 한탄이라는 것이 더 슬프다. "자식이 원수든가/ 씨앗싸움 시작"으로 "네 이년, 찢어 죽일 년, 독새 겉이 지독한 년,"(「46. 횡사」, 107쪽) 한바탕 욕지기가 뒤엉킨 몸싸움 말싸움이 벌어진다. 어느 하나가 죽거나 쫓겨나야지 종결되는 사건으로 "죄 있다면 이놈의 시상, 여자로 난 게 한 가지 죄요, 서방 복 못 타고 난 게 두 번째 죄요, 대 이을 자식 바란 일이 죄라면 세 번째 죈데, 곰곰 생각하니 전부 사내가 엮고 사내가 비튼 여자의 운명"(「49. 별사」, 111쪽)에 대한 신세한탄에 그치게 된다. 결국 사건은 종결되지 않은 채 남겨지고 상황은 반복된다. 그러니 말하지 못하는 자들의 한恨도 해소되지 않고 여전히 은폐되어 있다. 다만 말뚝이의 풀어헤침을 통해서 위안을 얻을 뿐이다.

불빛에 날라리 울고 징소리 애잔하다/ 감는 듯 감기는 듯 여인 둘 마주보며/ 살포시 코고무신 들어 나울나울 춤을 춘다// 속살은 인절미 맛/ 찰지고 쫄깃쫄깃/ 도화살 낀 년이라면/ 복상사 조심조심/ 문단속 서방질 단속/ 자나 깨나 다시 보자// 못 보던 색신데 어디서 왔다던가?/ 니가 아나 내가 아나 달포 전에 왔다는군/ 갓 따온 애호박같이 무쳐먹기 딱 좋구만// 언뜻언뜻 스쳐가는/ 불빛에 비친 눈물방울/ 흰 장삼 휘감아 올려/ 얼굴을 훔치고는/ 먼 하늘 용마루에 걸린/ 별빛을 바라본다// 슬픔인지 교태인지/ 우수인지 화냥낀지/ 이 밤 남정네들/ 돌아갈 집은 없다/ 춤사위 흐드러지니/ 밤은 자꾸 깊어가고

― 「30. 두 각시춤」 전문

여성주체의 애환에 대한 문학적 형상화는 비교적 적극적으로 이루어져 왔다. "두 각시춤"에서는 다성적인 목소리가 혼종되어 있다. 은근짜하게 여성을 훔쳐보는 남성의 시선은 "못 보던 색신데 어디서 왔다던가?"라는 목소리를 통해 추진력을 얻어 "얼굴"도 "훔치고" 그 내면까지 들여다보려 한다. "별빛을 바라"보는 "우수"에 찬 여성의 심사를 "화냥끼"로 해석하고 싶은 것은 순전히 남성적 욕망의 투사에 지나지 않는다. 양반과 민중의 대치, 다시 남성와 여성의 대치, 나아가 조강지처와 첩의 대치 등에서 여성주체의 한恨이 갖는 중층적인 구조를 헤아릴 수 있다.

이 시는 흡사 조지훈의 「승무」를 엿보는 듯 그 춤사위의 "나울"거림을 느낄 수 있다. "불빛에 날라리 울고 징소리 애잔"한 시·청각적인 자극을 통해서 여성주체의 내면에 침잠해 있는 슬픔을 넌지시 끄집어낸다. "감는 듯 감기는 듯" "마주보"고 있는 두 여인의 시선이 중첩됨으로써 여성주체들만이 공유할 수 있는 정서가 발산되는 것이다. 신파로 흘러들지 않는 아슬아슬한 긴장감이 춤사위에 그대로 녹아나는 듯, 또한 그 춤사위를 바라보고 있는 시인의 시선이 혹여나 남성주체들과 마주칠까 염려되는 듯, 다성적인 목소리들은 각자의 방식대로 충돌하는 법 없이 발화되고 있다. 설령 충돌한다 해도 멱살 잡을 일은 없어 보인다.

> 소가야 장마당을 울리는 광대놀이/ 어허이, 비옵나니 올 농사 풍년에다 출항이면 만선이요, 아이 없는 아낙에겐 아이 점지 하옵시고, 병치레 달고 사는 이 고장 사람들 눈병, 속병, 울화병, 지랄병도 모두모두 거두시고, 우리들 덜 여문 춤이어도 암팡진 여인네랑 걸판진 남정네들, 보트라진 바지계작대기와 거류요벽방산도 더덩실 춤을 추게 신명은 물론이요, 불꽃에 달려드는 불나방이 남김없이 탈 때까지 얼쑤! 추임새로 얽힌 춤 풀어 주게 잔 들어 흠향하시어,// 탈놀이/ 무탈 무고하도록/ 널리 도와주옵소서
>
> ─「7. 탈놀이 고하나니」 부분

'아무개'이거나 혹은 '아무개조차도 되지 못한 이'들이 희구하는 것은 그다지 거창한 것이 아니다. "풍년"이나 "만선"을 기원하지만 그것으로 부富를 축적하기를 욕망하지 않으며, 없는 것 혹은 부재한 것이나 병든 것에 대한 최소한의 행복기원을 하는 것이다. 어찌 보면 욕심이 없어 발전 가능성마저 요원해 보인다. '아무개조차도 되지 못한 이'들이 "탈놀이"를 하는 것은 '아무개'들에게 "얼쑤!" 춤판을 벌여줌으로써 그들의 억압된 욕망을 해소시키는 데 있으며, 동시에 자신들을 '아무개'들과 동질화하는 데 있다. 즉, 양반(혹은 어떤 식으로든지 힘을 가진 자)이라는 공공의 적을 향한 적개심을 표출하고 이를 신명으로 극복하려는 것이다. 그러니 말뚝이는 '아무개'가 아니지만 스스로 '아무개'들과의 연대를 통해서 그 존재적 의의를 구축하려 한다. 이것이 가능할 수 있는 것은, 말뚝이는 일단의 '사건'들을 포착함에 있어서 객관적 거리를 유지할 수 있는 존재이기 때문이다. 2009년의 세 죽음과 그 죽음을 수용하는 '아무개'들의 상이한 반응은 이러한 '아무개'들의 성향을 통해서 일정 부분 이해될 수 있을 것이다.

4. 이 시대의 파장

파장이란, 말 그대로 장이 마치는 것을 이른다. '이 시대의 파장'이라는 레토릭은 시조문학 장에서의 일단의 파장을 의미하며, 그것 자체가 다음 장을 준비하는 생산적 시간을 함축한다. 즉 파장은 '-되기(-becoming)'라는 생성의 과정을 뜻함으로써, 시조문학이 현시대에 펼쳐 보일 다음 장마당을 고대하는 기대 심리를 담은 생산적인 표현이라 하겠다.

어느덧 해는 뉘엿/ 산 그림자 내려온다// 마음 둔 청춘 남녀/ 스리슬
쩍 다가서고// 저만치 횃불 그림자/ 사람들은 너울너울// 거, 앞에 키
큰 양반/ 고개 좀 숙여 보소// 섬에 나고 섬에 자라/ 이런 구경 처음이
오// 막걸리 동이째 내온/ 객줏집 인심도 좋아// 어디서 두런두런/ 쇠판
돈 털렸다네// 먼 곳 악다구니/ 꽹쇠 소리에 잦아들고// 춤판은 무르익
는데/ 돌아갈 집은 멀다

- 「29. 장마당 풍경」 전문

신경림의 「파장」을 연상시키는, 난장판의 소란스러움이 그대로 묻어
나는 작품으로 장마당 귀퉁이 즈음에는 말뚝이로 빙의한 시인이 보이는
듯도 하다. 굳이 행색을 고쳐 입고, 조부모 代에나 씀직한 말본새를 착
실히 흉내내 가면서 추임새도 잊지 않고 더해 탈춤을 추어대는 말뚝이를
본다. "해학이나 재담, 풍자 등이 그리워서 섞어찌개라 한다해도 평시조
사설시조 잡탕으로 끓여내는 풍각쟁이가 되고 싶었다"(시인의 말, 「말뚝
이 아뢰오」 중)는 시인의 말처럼, 거기에 제격인 모양새가 필요한 법이다.
시인은 말뚝이에 어울리는, 아니 방만한 언어를 뱉어내기 위해 말뚝이가
되어, 음담패설을 부려 놓는다.

이 시집은 고성 오광대의 장마당을 그대로 언어화했다는 점에서 철저
히 기획된 형태를 갖추고 있다. 말 그대로 폴키즘의 시화詩/時化인 것이다.
우선 "말뚝이 아뢰오"를 통해서 시인은 시집의 취지를 장황하게 풀어놓
는다. 굳이 말뚝이의 탈을 쓰고, 스스로 말뚝이가 될 수밖에 없었던 저간
의 사정과 그리하여 얻을 수 있는 효과나 질타를 상세하게 구술한다. 이
미 그 말본새가 말뚝이의 그것이니, 「시인의 말」에서부터 사설은 시작된
셈이다. 손짓 발짓 몸짓에 노래와 욕판까지 섞어가면서 시집에 대한 변명
을 늘어놓다가, "얼쑤!" 한마디에 시집 속으로, 혹은 오광대 극판 속으로
구경꾼(독자, 청자)들을 끌고 들어간다.

서막에서는 광대들을 하나 하나 호명하면서 고성만 언저리에서 탈놀

음을 시작하겠다는 신고식을 한다. 드디어 제1과장은 문둥북춤으로 축원 문을 통해서 탈놀이를 고하고, 문둥이의 춤사위를 따라가며 사설을 읊조 린다. 평시조로 문둥이의 등장을 고하다가 곧 사설조로 문둥이의 신세한 탄을 시작한다. 이때 정형의 평시조와 사설시조가 묶임으로써 그 템포 조 절을 하게 되고, 이를 통해서 그들의 한을 미학적으로 승화시킨다. 제2과 장 오광대 놀이에서는 양반과 말뚝이의 등장으로 한층 요란하고 흥감하 며, 해학과 풍자를 자유자재로 넘나들면서 울다가 웃다가를 거듭한다. 제 3과장 비비에서는 괴수 모양의 비비가 등장해서 춤을 추면서 양반을 욕 보인다. 이리저리 양반을 욕하면서 굿판 춤판을 벌이는데, 통쾌하지 않을 수 있겠는가. 제4과장은 승무 과장으로 땡중을 희화화시킴으로써 웃음을 자극한다. 끝으로 제5과장 제밀주 과장은 부부 간의 정情이나 질투, 그리 고 처첩 간의 갈등에서 빚어지는 비극적인 사건을 해학적으로 전개함으 로써 우리네 살아가는 이야기들을 풀어놓는다.

　시집은 이러한 전체적인 구조적 틀 속에서 유기적인 완결성을 구축함 으로써 흡사 오광대 장마당의 대본을 보고 있는 느낌이 들게 한다. 시인 은 시조라는 문학적 장르와 오광대라는 극의 장르를 교섭하면서 새로운 효과를 기대한다. 즉 현대적 문학장르인 시조가 이 시대와 보다 더 효율 적으로 소통할 수 있는 한 방편을 마련하고, 동시에 그간 시조문학이 지 나치게 전통담론에 집착하여 경직되어 있었던 사실을 노출시킨다. 또한 시조가 가지고 있던 일정한 한계를 자각하고 이를 통해서 그 자장을 확장 함으로써 시대비판적인 면모를 새롭게 부각시킨다. 단편적인 작품을 통 해서 이러한 작업은 여러 시인들을 통해서 꾸준히 진척되어 왔지만, 한 권의 시집이 온전히 이러한 목적에 복무하고 있다는 점에서 새로운 시도 라고 할 수 있겠다. 또한 이러한 실험적 시도를 통해서 시조문학이 조금 더 대중화될 수 있다면 더할 나위 없이 만족스러운 작업이라고 평가할 수 있지 않겠는가.

말뚝이가 요청되는 시조, 즉 이 시대 시조가 말뚝이가 되어야 하는 까닭은, 현대에서는 더 이상 말할 수 없는 과거의 장르로 명명되었던 시조가 새로운 소통방식을 마련하여 일종의 "말할 수 있음"을 보여주기에 적합하기 때문이다. 양반의 여흥에 복무했던 그 태생적 오만함을 벗어던지는 것만이 이 시대 시조의 가능성을 모색할 수 있는 방편이다. 말뚝이 정신은 시절가로서의 시조의 새로운 면모를 발견하기에 적합하다. 현대시조의 인식적 한계를 어느 정도 극복하고, 민중적 서정시로 그 영역을 확장했다는 점만으로도 이 시집에서 행한 일 작업은 충분히 가치 있다. 오늘의 시조는 새로워야 한다. 말뚝이가 되든지 혹은 다른 그 무엇이 되든지 다양한 '탈(가면)'의 모색을 통해서 단일성을 극복하고 다양하고 새로운 '개별적 보편 · 창조적 특수성'을 만들어 가야 하는 것이다.

嘉藍, '오래된 미래'를 기획하다

— 가람 이병기론

1. 이론 정립을 통한 문학—되기

　시조의 문학—되기는 여타의 장르들과는 달리 그 역사적 층위에서 논의되어야 한다. 서정(시)과 서사(소설)가 명징한 문학 장르로 인식되어 그 미학적 성취를 변화·발전시킨 반면 시조문학은 가창 장르에서 문학 장르가 되기 위한 일종의 진통을 겪은 탓이다. 구술문화에서 문자문화로의 전환뿐만 아니라 한국적인 역사의 지형 위에서 이해되어야 하는 것이다. 그 변화의 도정에 가람 이병기 선생이 놓여있다.

　가람은 1891년 출생(전북 익산)하여 1968년 타계하기까지 시조론 뿐만 아니라 한글(국어학)과 고전문학 등에 걸쳐 다양한 활동을 전개한다. 즉 가람의 작업은 한글 연구 및 운동, 시조혁신화 작업, 나아가 고전의 발굴과 연구에서 국문학 저술에 이르기까지 다층적인 양상을 보인다.[1]

---

[1] 가람은 조부로부터 한학을 배웠고, 비교적 늦은 나이인 19세(1909년)에 전주공립보통학교에 입학하여 신식교육을 받게 된다. 이후 사범대학에서 주시경 선생의 '조선어강습원'에 들어가 국어 강의를 듣게 되고, 이것이 계기가 되어 한글 연구 및 운동에 착수하게 된다. 이 외 가람의 생애를 비롯한 구체적인 연구는, 이형대의 「가람 이병기와 국학」(『민족문학사연구』제10집, 민족문학사학회, 1997), 전도현의 「이병기

문학이란 무엇이며 그것은 왜 필요한가라는 지극히 원론적인 물음에 우리가 답할 수 있는 것은 그다지 분명하지도 많지도 않은 것이 사실이다. 슬픈 두 연대기의 한때를 살다간 가람에게 이 질문은 보다 정치적이고 현실적인 답안을 요청한다. 「時調란 무엇인가」(『동아일보』, 1926. 11. 24~12. 3)로부터 비롯된 가람의 시조론 확립하기는 이러한 요청에서 비롯되었다고 할 수 있다. 이 작업은 1960년대까지도 꾸준히 진행되며 시조의 이론화·체계화 작업을 선도함으로써 시조의 현대문학—되기에 기여한다. 가람이 생산한 시조학의 논의들은 조선적인 상징의 하나로 해석되었던 시조 장르가 보다 문학적인 완성도를 꾀할 수 있도록 고민한 성취물이라고 하겠다. 예컨대 민족과 국가라는 허상의 것을 구체화하기 위한 도구의 필요는 문학장에 시조의 존재를 각인시키는 일로 시작된다.

육당은 "時調는 朝鮮人의 손으로 인류의 韻律界에 提出된 一詩形"으로 "朝鮮我의 그림자"이기에 "朝鮮의 國民文學"이라고 주장한 바 있다.[2] 이처럼 육당이 상상된 '조선심'과 '조선아', 즉 민족을 구현하기 위해서 시조를 가져온 것은 아이러니한 일면이 있는 것이 사실이다. 주지하듯이 시조는 그 생성기부터 민족이라고 불릴 수 있는 백성 일반의 향유물이 아니었다. 때문에 양반 사대부들의 뚜렷한 계층 의식을 바탕으로 형성된 취미의 하나였던 시조를 민족성을 대변하는 장르로 새롭게 포섭한 것은 일정 부분 한계를 가질 수밖에 없다.[3] 이러한 한계에 대한 인식을 바탕으로 시조를 문학으로 새롭게 정립하는 일이 당대에 요청되었던 것이다. 그러니 가람이 단순히 역사적 층위에 놓여있는 시조가 아닌 예술적 심미성을 갖춘 문학 장르로서의 시조를 확립하기 위해 구체적인 시조이론을 전개했다는

의 한글 문예운동에 대한 일고찰」(『한국근대문학연구』 제20호, 한국근대문학회, 2009) 등이 있다.

2) 최남선, 「朝鮮國民文學으로의 時調」, 『조선문단』 제16호, 1926. 5, 4~7쪽.

3) 이런 측면에서 본다면 김동환이 「시조배격소의」(『조선지광』, 1927. 6)를 통해 국민문학파의 시조 절대화에 반대한 것은 타당한 측면이 있다.

것은 보다 체계적이고 학문적인 근대 문학의 하나로 시조를 이론화한 작업이었다고 볼 수 있다.

육당이 국민문학파의 문단 헤게모니 획득을 위해서 시조를 '민족' 혹은 '민족적 장르'로 차용하는 것에 그친 반면, 가람은 그 미적 감각의 확립을 통한 문학성 획득에 보다 집중했다. 우선 가창 장르였던 기존의 시조를 문학 장르로 포섭하기 위해서는 '불리는 노래'로서의 시조가 아니라 '읽는 혹은 읽히는' 언어적 매개물을 바탕으로 시조를 새롭게 정의할 필요가 있었다. 때문에 가람이 가장 집중했던 바는 시조의 시적인 것의 성취에 있었다고 할 것이다. 이는 가람의 여러 평문들에 자세히 나타나 있다. 특히 '현대'와 '시조'라는 두 길항관계의 균형을 꾀하기 위한 구체적인 대안으로 제시된 것이 1932년 1월 23일부터 2월 4일에 걸쳐 동아일보에 연재된 「時調는 革新하자」이다. 이 논의에서는 현대시조가 갖추어야 할 대략 여섯 가지 정도의 창작 요건을 구체적으로 제시하고 있다.

우선 실감실정의 표현으로, 일반적으로 고시조는 한시 혹은 한문투의 표현이 많아 공상적이거나 이념적인 경향이 강했는데 이제는 현실감을 갖춘 감정의 표현이나 풍경에 대한 감각적인 묘사력을 갖추어야 한다는 것이다.

다음으로 소재의 확장과 용어의 선택이다. 소재를 취하는 것은 그 주제적 지향과 맥을 같이 한다. 기존의 시조가 유교적인 관념의 전달이나 자연물의 관조에 그친 것처럼 그 소재나 용어 선택에 있어서도 지극히 한정적이었던 것이 사실이다. 때문에 보다 다양한 소재를 참신한 언어적 감각으로 표현해야 한다는 것이다.

그가 내세운 창작 조건 중에서 무엇보다 중요한 것이 격조의 변화이다. 격조란 언어 자체에서 느낄 수 있는 리듬감을 살려, 가창되는 음악으로서의 시조가 아니라 문학으로서의 시조 창작의 필요성을 언급한 것이라 하겠다.

끝으로 연작 쓰기와 쓰는 법·읽는 법에 대한 강조이다. 한 수의 평시조를 넘어 연작으로 시조 짓기가 필요한 까닭은 현대적 생활상이 복잡해진 만큼 그 감각을 표현할 그릇도 양적으로 확장되어야 한다는 자각에서 찾을 수 있다. 연작의 필요성이 그 내용적 측면을 고려한 대안이었다면, 쓰는 법과 읽는 법은 보다 자유로운 행과 연 구분이 필요하다는 형식적 측면을 고려한 것이다. 즉 시조의 정형을 定型이 아니라 整形으로 파악한 것 역시 형식적 유연성을 강조하기 위해서라고 하겠다. 이처럼 가람은 시조의 문학—되기에 집중함으로써 시조가 문학 장르의 하나로서 새롭게 생성되기를 희구했던 것으로 보인다.

> 그 넓고 넓은 속이 유달리 으스름하고
> 한낱 반딧불처럼 밝았다 꺼졌다 하여
> 성급히 그의 모양을 찾아내기 어렵다
>
> 펴 든 책 도로 덮고 들은 붓 더져 두고
> 말없이 홀로 앉아 그 한낮을 다 보내고
> 이 밤도 그를 끌리어 곤한 잠을 잊는다
>
> 기쁘나 슬프거나 가장 나를 따르노니
> 이생의 영과 욕과 모든 것을 다 버려도
> 오로지 그 하나만은 어이할 수 없고나
>
> —「시마詩魔」 전문4)

이 작품을 통해서 우리는 가람의 시작관詩作觀을 엿볼 수 있다. "이생의 영과 욕과 모든 것을 다 버려도" 창작이라는 고고함만은 버릴 수 없다는 절대적인 시정신을 통해서 가람이 지향한 문학적 초월감각을 느낄 수 있

---

4) 본고는 우리시대 현대시조 100인선 중 가람 이병기의 『수선화』(태학사, 2006)에 실린 작품을 기본 텍스트로 삼는다.

다. 이는 언어를 매개로 한 창조적 생산물로서의 문학에 대한 전제를 바탕으로, 시조의 시적인 것의 순연성을 지향하고자 하는 시정신이라고 할 수 있다. "넓고 넓은" 심사에 떠올랐다가 사라지기를 반복하는 언어를 어렵게 붙들어도 "성급히 그의 모양을 찾아내기 어"려운 것이 창작이라는 깨달음은, 애초에 놀이의 산물로써 유흥의 자리에서 짓던 시조와는 다른 지점에서 시조가 새롭게 인식된다는 것을 말해 준다.

문학으로서의 시조에 대한 새로운 인식은 시조의 이론화 작업을 넘어 이러한 그의 시작詩作을 통해서도 구체화되었다. 예컨대 "시마詩魔"에 시달린다는 것, 적절한 시어를 고민한다는 것, "이 밤도 그를 끌리어 곤한 잠을 잊는다"는 것 등은 문학 생산에서 비롯된 창작의 고통을 드러내는 표현이다. 시조이론의 정립 나아가 현대적 감각을 담은 시조 창작을 통한 이론의 실천을 통해서 가람이 보여주고자 했던 것은 시조의 문학—되기의 가능성일 것이다.

이처럼 이전 시기부터 향유되었던 시조의 새로운 형식 확립이 필요했던 것은, 당대야말로 민족이라는 공동체의 감각, 그 정체성의 확립이 무엇보다도 요구되었던 탓이다. 시조가 그러한 역할을 감당하기 위해서는 가창 장르를 뛰어넘어 (근대)문학 장르로서의 역할을 해야 했고, 기존에 갖고 있지 않던 문학적 요소를 내재화해야 했다. 이것이 1926년 시행된 일단의 시조부흥운동5)에 대한 가람의 문제의식이었다. 즉 문학으로서의 시조 만들기를 위한 이론화 · 체계화 작업은 '초월적 조선'—최남선이 말한 바 있는 조선아 · 조선심—의 형상화 작업의 하나라는 점에서 그 발단은 심미적 차원의 숭고의 추구가 아니라 제도적 차원의 초월적 가치 구현을 위한 도구적 역할을 담당했다고 볼 수 있다. 이 한계를 극복하기 위해

---

5) '시조부흥'이라는 표현 자체의 문제에 대한 지적은 끊임없이 제기되어 왔다. 시조가 死문학이었던 적이 없었기에 그것을 두고 '부흥'이라는 수식을 붙인다는 것은 문제가 있다.

생산된 가람의 구체적인 시조 작품들을 살펴보고 그 주제적 양상을 논의함으로써 가람 시조의 의의에 대해 고찰해 보자.

2. 동일성 구현과 선비적 취미

기본적으로 서정은 동일성의 구현을 목적으로 한다. 1920년대 이후 시조문학에서의 서정은 숭고라는 이상화된 토대가 아니라 국가라는 현실적 이데올로기를 지향하며, 국가 혹은 민족을 숭고의 대상으로 형상화하기에 이른다. 이것은 보편성 담지를 목적으로 하기에, 시조문학이라는 특수한 장르적 층위는 보편적 감수성, 혹은 공통감각을 표출할 수 있는 양식으로 혼종적인 성격의 함양을 요구받는다. 이것이 시조의 문학─되기의 일방식이다. 주지하듯이 가장 전통적인 서정의 발화는 자연의 탐색에서 비롯된다. 자연 탐색과 그로 인한 인생성찰이야말로 가장 일반적인 서정의 문법일 터이다.

가람은 꾸준히 그 내용적 층위에 있어서의 감각적 혁명을 꾀했으나 그가 받은 교육적 자장으로부터 크게 벗어나지는 못했다. 때문에 취미·유흥의 주제적 요소를 띤 작품들이 상당수이며, 그 소재의 원천 역시 산이나 화초 등의 자연물에서 찾는 경우가 많다. 그럼에도 고전적 언어투를 벗어나 한글의 사용을 본격화했으며 일상적인 감각을 살렸다는 점, 나아가 개인적 차원의 생활감각과 더불어 역사의식을 표현했다는 점은 높이 사야 할 것이다.

> 나무숲 침침하여 낮도 또한 밤과 같다
> 풀섶에 우는 벌레 행여나 놀랄세라

발자욱 소리도 없이 조심조심 걷노라

—「천마산협天磨山峽」 부분

성긴 덤불 속에 머루 다래 드리우고
시드는 산초는 뿌리에 살 오르고
미미히 이는 골바람 되우 상긋하도다

새긴 바둑판이 그대로 남아 있다
청학靑鶴은 어데 간고 신선이 따로 없다
바위에 고요히 앉아 물소리를 들어라

—「만폭동萬瀑洞」 부분

가람의 시조에서 친자연적 서정이 묻어나는 「천마산협天磨山峽」이나 선비적 유유자적이 짙게 배인 「만폭동萬瀑洞」 등과 같은 작품들을 흔히 볼 수 있다. 한낮임에도 나무가 우거져 "밤과 같"은 계곡의 풍경이나 "풀섶에 우는 벌레"가 "행여나 놀랄세라" 걸음마저 조심하는 서정적 자아의 심사는, 그야말로 자연과의 일체감을 느낄 수 있을 뿐만 아니라 자연에 대한 경외심과 더불어 자연 앞에서 한없이 몸을 낮추는 인간의 겸손함을 표현한 것이기도 하다.

"산초山草"가 "성"기는 계절에도 "뿌리에 살" 올라 다음 계절을 준비하는 자연 앞에서 인간은 한없이 낮아졌다가도 그것을 향유할 수 있는 가장 최상의 방법으로 "신선"―되기를 감행한다. "바위에 고요히 앉아 물소리를" 듣는 자신의 행위야말로 "신선이 따로 없다"고 여길 정도의 안분지족의 삶, 그 속에서 인간과 자연은 수평적인 관계 구도를 획득하게 되는 것이다. 때문에 신선―되기는 인간이 자연과 대등한 관계 맥락을 유지할 수 있는 전통적인 방식의 하나이면서 동시에 자연에 대한 인간의 관조적― 사물이나 현상을 관찰한다는 일차적인 의미뿐만 아니라 대상에 대한 무관심이나 수수방관적인 입장을 드러내는 이차적인 의미 모두를 포함해서—
인 입장을 드러낼 수 있는 위치를 형성해 주기도 한다. 가람은 자연물을
시적 대상으로 삼아 그 본질을 응시하기도 하지만, 동시에 자연은 서정적
자아의 심사를 강조하기 위해 차용된 소재적 측면을 크게 벗어나지 못하
기도 한다.

> 몇 분盆 난과 함께 매화를 방에 두고
> 옆에 솟은 벽壁이 처마보다 더 높아라
> 비끼는 볕이나 보려 창을 새로 갈았다
>
> 홍도 시름처럼 때로 잊을 수 없다
> 술과 벗에 팔려 이리저리 헤매는 이 밤
> 횅그렁 비인 그 방을 달이 와서 지킨다
>
> —「그 방」부분

> 난을 난을 나는 캐어다 심어도 두고
> 좀 먹은 고서를 한 옆에 쌓아도 두고
> 만발한 야매野梅와 함께 팔구십년을 맞았다
>
> 다만 빵으로써 사는 이도 있고
> 영예 또는 신앙으로 사는 이도 있다
> 그러나 나는 이 세상을 이러하게 살고 있다.
>
> —「난蘭과 매梅」전문

　가람은 인간의 근원적인 고독을 난과 매화 등을 돌보는 일이나 술을 마
시는 일, 혹은 고서를 모으고 탐독하는 것으로 달랜다. 이 시에서 현대적
인 감각을 느낄 수 있는 부분은 무엇보다 언어의 선택과 표현 수법이다.
"비끼는 볕이나 보려 창을 새로 갈았다"와 같이 일상적인 행위를 한글로

표현한 언어적 감각이나 "휑그렁 비인 그 방을 달이 와서 지킨다"와 같은 감각적이고 개성적인 표현은 그 당시로서는 가히 혁명적이라 할 수 있을 것이다. "홍도 시름처럼" "잊을 수 없"어 "술"로 달래야 하는 고독한 밤의 심사를, 주인은 아직 밖에서 돌아오지 않은 빈 "방을 달이 와서 지"키고 있다고 표현함으로써 서정적 자아의 고독감을 참신하게 형상화하고 있다.

특히 가람에게 난초와 매화는 관조의 대상이자 동시에 자신이 지향하는 선비의 형상화로 드러난다. 가람 시조에서 많은 비중을 차지하는 다양한 꽃 중에서도 난초와 매화에 대한 애정이 특별하다는 것을 난초와 매화를 각각 소재로 한 연작을 통해서 알 수 있다. "빵으로써 사는 이"나 "영예 또는 신앙으로 사는 이도 있"지만 자신은 난초나 매화처럼 선비적 고고함을 지키면서 지조 있게 살고 싶다는 욕망이 그것이다. 이처럼 자연에 서정적 자아의 감성을 투영하는 일, 그리하여 획득할 수 있는 물아일체를 통한 위무, 바로 이것이 가람이 서정 양식을 통해 얻고자 하는 개인적 차원의 시작詩作 이유가 아니겠는가. 즉 한학을 공부한 자의 선비적 취향과 그 정신적 가치의 추구가 이러한 서정적 발화를 통해서 표출된 것이다.

3. 민족 담론과 공동체 만들기

상상의 공동체인 근대 국가는 식민지 개척 등 국가의 경계를 확장해가던 세계사적인 흐름 속에서 불안하게 출발했다. 국가 만들기는 내적으로는 국민 양성을 위한 제도 및 법질서 확립을 추구했고, 외적으로는 국권의 확보와 국토의 경계 마련 등 외교적 차원의 독자적인 능력을 갖추어야 했다. 그러나 당시 조선에서 대한제국으로, 다시 대한민국으로의 도정은 결코 쉽지 않았으며, 그 과정에서 발생한 역사적 사건들이 야기한 비극으로부터 개인은 자유로울 수 없었다. 이는 오늘날 우리나라가 처해 있는 상황이기도 하다.

때문에 사회공동체에 소속된 개인으로서의 주체 상실이 불가피했던 식민지를 거치면서 당대 지식인들에게 부과된 과제는, 어떻게 국가와 국민을 만들 것인가 였다. 즉 한 개인의 안녕을 위한 삶이 아니라 망국의 민족을 해방할 수 있는 희생적 삶을 강요받을 수밖에 없었던 것이 가람이 살았던 시대에 요구된 사명의 하나였다. 이런 까닭으로 가람의 작품들은 일정 부분 민족을 구현하는 데 이바지하고 있으며, 이는 다양한 주제적 양상으로 표현된다. 예컨대 1942년 조선어학회 사건으로 인해 투옥되어 수감생활을 한 이후 시대에 대한 그의 인식이 보다 예각화 되었던 것 역시 역사적 상황이 어떻게 개인의 삶과 그 창작관에 영향을 미치는가를 잘 보여준다.

> 묵직한 철책문이 덜그럭 닫치는고나
> 도몰아 이는 시름 가슴이 메어지고
> 하룻밤 지내는 동안 적이 수壽를 덜었다.
>
> …중 략…
>
> 종일 꿇고 앉아 철창만 바라본다
> 몹시 소란하던 바람이 잠잠하고
> 얄포시 비끼는 볕도 들락말락 하여라
>
> 아직도 여염閭閻에는 고풍이 남았거만
> 팥죽도 없이 동지도 지나가고
> 창살에 비끼던 볕이 한 치 남아 자랐다
> ─ 「홍원저조洪原低調」 부분

「홍원저조洪原低調」는 전체 25수로 된 긴 작품으로 가람이 조선어학회 사건으로 수감생활을 했을 때 옥중에서 창작되었다. 이 사건으로 인해 가람은 식민지 현실에 대한 보다 첨예한 시대인식을 바탕으로 사회 고발적 발화를 본격화하게 되었다. 선비적 삶의 자세를 지향하던 가람에게 몸으로 직접 체험하게 된 식민지 억압은 그 동안 어쩔 수 없이 타인의 삶에서 발견했던 민족의 위기 상황을 철저하게 내재화하는 계기가 되었던 것이다.

"묵직한 철책문이 덜그럭 닫치는" 순간 거대한 폭력 앞에 한 개인이 느꼈을 공포과 불안은 식민지 감옥이라는 철저하게 기형화된 공간에서 무기력할 수밖에 없는 비극의 주체를 환기시킨다. "종일 꿇고 앉아 철창만 바라"보며 "한 치"의 볕이 간신히 "들락말락 하"는 공간에서 온전한 국권을 갖춘 국가의 확립이 얼마나 절실한가를 느꼈을 터이다. 철저한 배제와 통제의 공간인 감옥, 권력의 횡포 수단인 감옥, 그 폭력적인 근대적 질서를 체험함으로써 가람이 식민지 현실을 보다 통감하게 되었던 것은 너무도 당연하다. 억울하게 처벌의 대상이 되어 자유를 억류당했음에도 불구하고 자신을 구제할 방도가 없다는 탄식, 숨 쉬는 것 하나까지도 감시 받으면서 느꼈을 비인간적 삶에 대한 환멸은 당대를 살아간 개인을 얼마나 절망하게 했겠는가. 이처럼 군사화된 근대성이 야기하는 부재 혹은 정지의 시간이 개인의 삶을 장악함으로써 발생하는 공포는 엄청난 것이었으리라. 때문에 가람의 시대인식은 이러한 절망 속에서 피어낸 희망의 흔적이라고 할 수 있다.

> 궁성宮城 비인 터이 새벽은 음울하다
> 지는 풀이슬은 느꺼운 눈물 같고
> 고목에 우는 까마귀 저도 맘을 죄나보다
>
> ─「부소산扶蘇山」 부분

짐을 매어 놓고 떠나려 하시는 이날
어두운 새벽부터 시름없이 내리는 비
내일도 내리오소서 연일 두고 오소서

부디 머나먼 길 떠나지 마오시라
날이 저물도록 시름없이 내리는 비
저으기 말리는 정은 나보다도 더하오

잡았던 그 소매를 뿌리치고 떠나신다
갑자기 꿈을 깨니 반가운 빗소리라
매어 둔 짐을 보고는 눈을 도로 감으오

−「비·2」 전문

   "궁성 비인 터"에 짙게 배여 있는 망국(백제)의 잔해 앞에서 가람은 "눈물"로써 과거와 소통한다. "고목에 우는 까마귀"에 자신의 심사를 철저하게 이입함으로써 까마귀가 어제를 살았던 것인지 혹은 오늘을 살고 있는 것인지를 혼동한다. 이는 역사의 잔상에 선 한 개인이 역사와 소통하는 일방식이기도 하고, 동시에 과거와 현재가 접목하는 것이기도 하다. 즉 역사 현장에서 오늘의 개인이 어제를 회감하는 심사가 까마귀에게 투영된 것이다.

   특히 가람의 시조에서는 물의 이미지가 많은데 이는 눈물이나 비, 바다 등으로 변용된다. 「비·2」는 현실과 꿈, 다시 현실로 돌아오는 현몽의 구조가 인상적인 작품이다. 꿈에서 현실로 돌아와 "매어 둔 짐을 보고는" 안도하며 다시 잠을 청하려는 것을 통해서 일종의 불안의식을 엿볼 수 있다. 이때 비는 그리움의 대상 혹은 청자로 설정된 임이 "길 떠나지" 못하도록 돕는 매개가 된다. 때문에 비는 한없이 "반가운" 존재로 세상의 온갖 시름을 잊게 만들며 나아가 서정적 자아의 심사를 위무하는 역할을 담당한다.

그럼에도 이러한 물의 이미지는 애도 불가능성에 대한 다른 표지이기도 하다. 망국의 슬픔, 나아가 식민지 체험과 6·25전쟁에 이르기까지 가람이 겪었을 죽음의 방식은 다양했을 터이다. 삶과 죽음의 경계가 멀지 않음을 매순간 깨달았을 것이고, 때문에 살아있어도 죽음을 애도할 여유 따위는 없었을 것이다. 그러니 죽음 앞에 쏟아놓는 눈물은 죽은 자에 대한 완벽한 애도가 될 수 없고, 어쩌면 척박한 삶을 살아내야 하는 산 자에 대한 애처로움에서 비롯된 것인지도 모른다. 죽음 자체에 대한, 혹은 죽은 이에 대한 애도는 불가능하지만 적어도 "울고 난 그 눈과 같이 지는 달도 붉어라"(「돌아가신 날」)처럼 그 감각을 공유할 수는 있었던 시대에, 가람은 문학적 감정이입을 통해서 고독한 절망을 견디는 한 방편을 마련했던 것이다.

> 한몸에 지은 짐이 너무나 무거웠다
> 그 짐을 다 버리고 이리저리 오고 가매
> 새로이 두 어깨 밑에 날개 난 듯하고나
>
> 쌀값은 높아가며 양화洋貨는 범람하고
> 거리 거리에 자동차 트럭 버스
> 이것이 서울특별시 새 풍경이로고나
>
> 늙어 가면서도 술잔은 놓을 수 없고
> 늙어 가면서도 분필은 던질 수 없다
> 분필과 술잔으로나 내 한 생을 보낼까
>
> — 「내 한 생生」 전문

가람에게 고서古書는 민족을 상징하는 매개이다. 고서를 연구한다는 것은 민족이 살아온 삶의 파편을 역추적 하는 일이기 때문이다. "양화"가

"범람하"는 변화의 도정에서 가람이 스스로 혹은 타의에 의해 "지은 짐이"라고 하는 것은 잊혀져가고 있던, 혹은 잊기를 강요받고 있던 역사적 아픔의 저편에 있는 순연한 문화적 자산의 복원이 아니었겠는가. "거리거리에 자동차 트럭 버스"가 넘쳐나도 소달구지 끌던 옛 풍경이 없었던 것으로 되지는 않는다. "분필과 술잔으로나 내 한 생을 보"내겠노라는 것은 자신의 업적에 대한 겸손한 술회로 읽힌다.

전쟁 상황이 낳은 불안의식은 초월로의 지향이라는 숭고, 그 미학적 범주에 정치적 시대적 담론을 쏟아 붓는다. 이러한 시대인식이야말로 가람 시조가 제시해준 시조의 근대문학적 가능성이라고 할 수 있다. 사물 혹은 장르적 양식이 그대로라 할지라도 시대가 변했다면 사물을 보는 방법이나 그것을 장르적으로 표현하는 기법 등도 변할 수밖에 없다. 이는 너무도 당연한 이치이자, 문학이 감당해야 할 역할이며 동시에 그 존재이유이다.

살펴본 것처럼 가람의 시조론과 그의 구체적인 창작활동의 성과가 일치하는 것은 아니다. 물론 반드시 연구자로서의 업적과 창작자로서의 업적이 일치해야 하는 것도 아니다. 어쩌면 가람의 시조론에 지나치게 입각한 나머지 가람 시조의 숨은 묘미, 그 문학적 창작물로서의 성과를 제대로 가늠하지 못했던 것이 아닌가라는 반성이 필요하기도 하다. 하지만 선비적 가치를 지향하던 한 개인이 국가가 처한 거대한 폭력과 마주했을 때 어떻게 대응하는가를 가람의 시작詩作을 통해서 알 수 있다. 서정적 감수성을 바탕으로 선비적 삶을 지향하던 숭고함은 일견 시대적 현실에 적극적으로 대응하는 면모와는 다른 차원으로 보일지 모르나, 가람에게 이 두 측면은 개인과 역사의 상호작용이 빚은 양상으로 읽어낼 수 있다. 그것은 뚜렷한 음양으로 나타나는 것이 아니라 빛과 어둠이 교차하듯이 자연스럽게 상호범람 하는 성질을 갖고 있다. "다다를 나의 포구는 아직 멀고 멀어라"(「바다」). 가람이 자신의 삶과 작업을 끊임없이 성찰하고 새롭게 나아갔던 것처럼 가람을 이해하는 우리 역시 그러해야 하리라.

4. 시조라는 '오래된 미래'

문학이란 무엇인가에 대한 탐색이 미적 기준에서만 수행될 수 없었던 시대에 가람의 일대기가 놓여있다. 문학이 '국민'을 양성하고 견고한 '국가'를 만들기 위한 도구적 기능의 일환으로 사용될 수밖에 없었던 시대에 가람은 시조문학의 '숭고' 혹은 숭고한 미적 범주를—"사상의 웅장함이라는 내용이 표현의 탁월함이라는 형식을 통해 나타나, 초월적인 세계 속으로 독자를 몰입하게 하는 황홀의 효과"[6]—구성하기 위해서 부단한 노력을 한다. 초월감각에 입각한 숭고의 본래적 개념과는 다소 상이한 미학적 현실감각의 추구를 통해 시대적 역사감각의 구현, 그것이 가람이 추구하던 문학적 지향이라 하겠다. 변화에 대한 자각을 바탕으로 가람은 시조를 '숭고한 문학적 장르'의 하나인 '읽는 문학'으로서의 근대문학의 장에 정착시키려는 강렬한 목적을 지향한다. 결국 가람의 숭고는 장르적 층위에서 말해질 수 있는데, 시조 장르에 대한 고민과 민족 언어와 문화의 기획이라는 점에 천착함으로써 단순히 미학적 차원에서의 숭고의 지향을 넘어 민족주의에 찬동하는 미학적 자율성을 양산하기에 이른 것이다.

일제시대를 거쳐 6·25 등 일련의 역사적 사건들은 문학—특히, 시조—이 그 심미적 고유성을 버리고 이데올로기적 숭고의 대상인 국가와 민족의 구현물로 복무하기를 요구한다. 즉 주체적 자율적 삶의 상실, 그 실존

---

6) 박현수, 『현대시와 전통주의의 수사학』, 서울대출판부, 2004, 272쪽.

적 위기를 극복할 수 있는 방편으로써의 문학의 역할이 그것이다.

전술했다시피 육당이 국민문학의 일환으로 시조 장르의 필요성과 그 존재적 당위성을 설파하는 데 그쳤다면, 가람은 보다 구체적인 창작론 및 시조론의 확립을 추구한다. 가람을 구성하는 세 가지 중심축은 전통문화의 재구성, 민족, 그리고 현대적 계승이다. 즉 언어와 고전문학 등으로 대변되는 전통문화의 계승을 통해서 민족적 동일성을 발견 및 구성하고, 이를 현대적인 감각으로 전승하는 일이다. 결국 시조문학을 통한 '오래된 미래'의 예비가 그것이다. 이때 민족의 발현은 나를 바로 세우는 일, 즉 성찰에서 비롯된다는 것을 가람의 작품을 통해서 알 수 있다. 그럼에도 가람 시조의 한계는 현실감각 보다는 미학적 관조에 그친다는 점이다. 시조론에서 전개한 다층적인 창작론이 그의 작품에서 완전히 구현되지는 못한 아쉬움이 있다.

오늘에 이르러서도 시조문단의 담론 생성은 극히 제한적이며, 획일적인 것이 사실이다. 과거의 양식에서 비롯된 시조문학을 현재화하는 방식은 끊임없이 고민해야 할 문제이다. 본질적으로 언어에 내재한 리듬감이 있다고 했을 때, 시조 형식에 대한 정형률의 변이와 확립은 한글에 대한 면밀한 이해에서 비롯되어야 한다. 또한 시대는 끊임없이 변화하고 시조문학의 시효성도 가변성을 띨 수밖에 없기에, 이러한 시대적 감각을 익혀 시조문학의 현재성을 새롭게 구성하는 일을 게을리 해서는 안 된다. 가람이 우리에게 남긴 가장 큰 문제의식이 바로 이것이리라.

시조가 '현대'시조가 되기 위해서는 문학, 즉 언어적 미학을 성취해야 하며 사적인 창작물에서 벗어나 현실적인 토대 혹은 비현실적인 감각을 겸비한 상상력을 발현할 수 있어야 한다. 가람의 행보는 시조의 근대화 과정 그 자체이며, 그렇기에 '근대화'라는 복합적인 모순을 내재할 수밖에 없다. 합리화와 실용주의 체제 속에서 문학이, 그것도 시조가 어떤 역할을 할 수 있을 것인지, 혹은 그것이 굳이 문학적 양식으로 그 자장을 변경 · 확장함으로써 존립하고자 하는 타당성이 있는지를 고민해 보아야 한다. 혼돈과 공허, 그리고 고독으로부터의 구원을 뛰어넘어 온갖 불협화음까지를 전달할 수 있는 매개가 될 때 비로소 '현대'시조가 될 수 있을 것이며, 당연하게도 이것은 시조의 형식률 그 정형성을 보다 견고하게 할 때 가능할 것이다.

존재하다, 살다, 그리고 時調를 作하다

– 김보한 『고향』 론

1. 시조로 소통하기

"세세로 시가 갈 길을/ 점지해 두셨다." 이 문장은 많은 의미를 함축하고 있다. 우선 표면적으로는 초정 선생의 팔순을 기념하는 시조의 제목이자 그 작품의 종장이기도 하다. 이때 이 문장은 초정에 대한 김보한 시인의 경외심을 대변하며, 동시에 시조계의 거목으로서 초정이 끼친 영향을 보여주기도 한다.

그러나 이를 뛰어넘어 이 문장은 다음과 같이 차용될 수 있다. "나의 시작詩作도 초정 선생의 작업과 같이, 세세로 시가 갈 길을 점지하리라, 혹은 그럴 수 있다면." 이렇게 해석의 범주를 확장함으로써 우리는 김보한 시인이 갖고 있는 일단의 사명의식과 조우하게 된다. 그것은 시인으로서 가질 수 있는 가장 찬란한 욕망이리라.

끝으로 이 문장은, 시와 시조가 다르지 않음을 말해준다. 다시, 이 문장을 다음과 같이 적어보자. "세세로 시조가 갈 길을 점지해 두셨다." 이 문장은 본래의 문장과 크게 다르지 않다. 게다가 시조를 창작했던 초정 선생의 성향에 비추어 보아도 문제가 없어 보인다.

굳이 이렇게 문장을 바꾸어 보는 까닭은, 시인 김보한이 인식하는 시조에 대해서 말하기 위함이다. 김보한 '시인'은 말 그대로 시를 쓰는 詩人이다. 그는 시조 보다는 자유시를 더 많이 창작했으나, 시조와 자유시 어느 것에도 차등을 두지 않았는데, 이는 주제면에서 그 상이성이 거의 없음을 통해서도 알 수 있다. 그러니 이때 쓰인 시인이라는 명명에서 시詩는 시조이기도 하다. 동시에 시詩는 자유시만을 한정해서 지칭한 것이 아니라 시의 하위범주에 속하는 자유시와 시조 모두를 통칭하고 있다고 보아야 하겠다. 그런데 혹자들은 너무나도 간명한 이 사실을 쉽게 간과한다. 자유시와 시조를 동등한 시의 범주로 보지 않고, 시조를 사생아쯤으로 여기는 것이 문제이다. 김보한 시인의 행보는 이러한 경향에 일침을 가한다. 그는 자유시도 시조도 결국은 시詩로 묶이는 한 뿌리이며, 그 차이는 형식의 엄정성 유무에 있을 뿐이라는 것을 인지하고 있다.

시조 쓰기는 정신을 육체로 끌어오는 일의 하나이다. 육체적 행위에 대한 정신적 감별, 즉 이 둘 간의 소통의 산물이 곧 시조이다. 그러니 시적인 것에 근간을 둔 시조의 문학성을 말할 때, 지나치게 형식의 제약성에 집착하지 말 일이며, 동시에 그 시적 감각과 형식미학이 어떻게 조화를 이루고 있는지를 점검해야 한다. 곧 시조는 시조다워야 하지만 시조다움에만 집착해서는 안 된다. 절묘한 형식미학을 빛낼 수 있는 설레는 언어적 감각이 있어야 하는 것이다. 때문에 시조문학이야말로 형식과 내용이 가장 이상적으로 조화를 이룰 때 비로소 완결성 있는 하나의 작품이 생산될 수 있다.

2. 고향을 그리는 언어의 회화성

김보한 시인은 스스로 통영의 시인이기를 자랑스러워한다. "통영의 유명 작고문인 늘샘 탁상수, 하보 장응두, 초정 김상옥 시조시인을 연구하면서 무량의 외곬 인생을 깊이 헤아릴 수 있었다"[1]는 발언은 결국, 자신의 작업 역시 이들과의 연장선상에서 이뤄지고 있음을, 그리고 그 연속성을 스스로 끊임없이 자각하고 그 책임감을 통감하고 있음을 뜻한다. 그러니 그의 시에서 고향 통영을 지우고 나면 허공만 남게 될 것이다. 이런 점에서 김보한 시인에게 고향은 특별한 의미를 갖는다고 할 수 있겠다. 고향은 공동체의 감각이 응축된 장소이자, 그를 개별적 존재자로 실존하게 해준다.

"출향자―일단 '고향'의 외부로 나와서 도시/'고향'의 관계를 학습하고 아이덴티티를 복잡화한 자는 새롭게 고향에 직면할 때 그 사이의 거리를 느끼지 않을 수 없"[2]지만, 김보한의 시조에서 고향은 도시적 삶의 자장을 소거한 존재론적 공간으로 상정된다. 즉 통영이라는 실체와 고향이라는 이미지는 그의 정체성을 규정하는 중요한 요소가 되는 것이다.

> 고향집 옴폭한 남새밭 허리남직 쑥대판이고/ 뒷산서 스민 물줄기 발효되어 솟는 옹달샘/ 주인도 볼 낯 없는 일, 놓고 자빠진 춤사위들.// 옛 추억 갈앉혀놨다가 귀 살포시 간질이는/ 번데기 매운 치성에 팔랑 뛰는 뜰 안의 나비/ 네 풋내 요 익은 비파 당절 맞아 맛깔 난다.// 소란 도란 옛적 흔적 안면 트고 여태 살아/ 해묵어 등 굽은 석류나무 주홍 색상 만발했고/ 검붉은 한 말 구기자 양지 덕에 살도 곱다.
>
> ―「고향집」 전문

고향은 개인의 정체성을 규정짓는 일 이외에도 공동성을 창출하는 보다 더 정치적인 맥락을 갖는다. 우선 방언과 같은 발화 체계를 통해서 동

---

1) 김보한, 『고향』, 시계, 2010, 자서.
2) 나리타 류이치, 한일비교문화세미나 옮김, 『고향이라는 이야기―도시공간의 역사학』, 동국대학교출판부, 2007, 269쪽.

질성을 구축하고, 나아가 지형적 구획을 통해서 공동의 규칙을 세우는데, 이는 동시에 외부와의 이질성을 강화하여 타자에 대한 배제의 조건이 되기도 한다.

그럼에도 김보한이 형상화하는 고향이 배타적이고 이질적이지 않은 까닭은, 언어를 관통하는 회화성에 있다. 액자에 고이 좌정하고 있는 듯 고요한 고향의 형상, 간혹 그 안에서 팔딱이는 활어가 뛰어나올 것 같은 역동성, 희한하게도 전혀 다른 두 감각이 한데 어우러져 있는 것이 김보한의 고향에 대한 시편들이다.

"남새밭"이 그려진 화폭을 상상해 보자. 해안을 끼고 있는 섬마을에 있는 평수가 자그마한 "남새밭"의 풍경은 한편의 수채화를 연상케 한다. 그러나 곧 "쑥대판"이라는 명명을 통해서 그 풍경은 한순간 일그러지고 만다. 제멋대로 자란 잡초더미와 아무렇게나 길을 내고 흘러드는 밭이랑의 물고랑, 그곳에는 어떠한 규칙도 질서도 없다. 결국 "주인도 볼 낯 없는 일, 놀고 자빠진 춤사위들"이라는 종장은 이 모든 상황을 설명해준다. 수채화는 찢기고, 그 안에 팔딱이며 살아있는 생활이 봇물처럼 터져 나오기 시작하는 것이다. 이것이 바로 김보한이 그려내는 고향의 매력이다.

때문에 "'고향'이 실체로서 존재하는 것이 아니라, 구성되고 이야기되는 것에 의해 드러나는 공간"[3]이라는 비판적 성찰은 김보한의 작업 앞에서는 무의미할 뿐이다. "옛 추억"이며 그때의 "흔적" 따위가 "갈앉"아 있다가도, "번데기 매운 치성에 팔랑 뛰는 뜰 안의 나비" 한 마리로 인해 기억의 잔상에 걸려있던 고향은 하나의 실체가 되어 유동하게 되는 것이다. 그러니 김보한의 고향은 보편적인 유토피아로서의 형상이라기보다는, 개별적이고 특수한 고향을 되레 보편적인 것으로 치환하는 과정을 통해서 만들어진다고 볼 수 있다.

---

3) 위의 책, 28쪽.

만발한 매화나무/ 남풍에 귀를 열다.// 꽃술도 야들한 것/ 계곡 덕에
발도 살아// 맞절에 흥이 부풀어/ 잇따라 눈뜬 것들.// 줄타기 도탑던
끈/ 살찐 봄에 몸도 성타.// 청람색 물빛에 어려/ 한 절기 예서 풀고/ 움
츠려 예비한 밀애/ 칭칭 감긴 들끓음.// 복됨이 사뿐 넘쳐/ 벙글대는 해
무 잦다.// 갈무리 옷깃 여미어/ 숨 가쁜 목숨의 텃밭// 뉘 생애 푸르다
짙어/ 눈짓 부산한 언덕길.

─「돌맞이 봄」 전문

　시인이 고향의 경관을 형상화하는 방법이 시각화를 통해서라는 사실
은, 풍경을 묘사하는 뛰어난 언어감각이 겸비된 작가라는 점을 시사해 주
는 것이기도 하다. 이때 초봄이라는 계절적 시간, 즉 막 깨어나는 봄의 이
미지는 고요와 역동성이 혼재하는 공간인 고향을 드러내기에 적합하다.
또한 도시의 삶을 떠나 다시 귀향한 시인의 처지와 그 심사를 표출하기에
도 적당한 소재이다. 겨울이 막 끝날 무렵, 그러나 끝나지는 않은 때에 슬
며시 찾아드는 봄의 기운, 그러다가 어느새 은근히 제 꽃을 피우며 주인
행세를 하려드는 초봄의 모양새가 그렇다. 이때 시인의 시어들은 하나의
단어가 아니라, 한 폭의 그림을 완성하는 붓질과 다를 바 없다. 때문에 시
인의 작업은 언어라는 각양각색의 천연염료로 표면이 거친 한지의 질감
을 그대로 살려 그린 그림이라 하겠다.

　겨울의 끝자락에 간신히 "만발한 매화"가 봄이 찾아오는 "남풍에 귀를
열"듯이, 시인 역시 도시에서의 삶을 겨울로 묻어두고 다시 찾아온 고향
에서 찬란한 봄을 맞이하겠다는 의지를 보여준다. 이렇게 찾은 고향은
"움츠"렸다가 "예비한 밀애" 마냥 시인을 설레게 하는, 그것 자체로 이미
"목숨의 텃밭"에 날아들어 "야들한" "꽃술"을 빠는 나비처럼 보인다. 그
만큼 고향에서의 시인의 생활은 "복됨이 사뿐 넘쳐" 한없이 "벙글대는"
기대감으로 가득하다. 이러한 사실은 다음 시에서 한층 분명해진다.

지난한 생도 견뎌/ 곡절 넘던 까닭도 빤해// 딛고서 샘이 솟는다,/ 예꺼정 와 영화론 꽃자리// 완연히 드러난 취기/ 귀동냥에 분분하다.// 탕탕탕 옹이 박혔던/ 고목들 질탕하다.// 넝쿨손 모진 둘레/ 더듬이 네 암호문// 이 면전 따사한 열기/ 얇은 넋도 녹것다.// 겨웁게 뻗댄 동면/ 맺힌 업을 풀어쌓고// 복됨은 인고의 세월 탓/ 인제사 솔깃하다.// 한 기상 움켜쥐었다/ 늘어져 편 새 봄날.

─「봄날처럼」전문

　　고향은 고정적인 지형뿐만 아니라 지속적으로 변화하는 경관에 의해서도 그 실체를 확인할 수 있다. 때문에 지형이나 경관 등에 중첩된 고향의 이미지는 그것만으로도 다양한 소통망을 전제하고 있다고 볼 수 있다. 봄이 곧 고향으로 인식되고, 바다나 섬이 곧 고향 그 자체로 수렴되는 것은 이 때문이다. 고향에 찾아온 봄, 그것을 구성하는 각색의 살아있는 것들의 소통, 바로 이 때문에 시인은 "맺힌 업을 풀" 수 있게 되었다고 하겠다. 자연은 우리가 생각하는 것보다 더 깊이 인간에 관여한다. 시인이 고향을 찾은 까닭도 그러한 듯 보인다. "지난한 생"을 "견뎌" 그 "곡절 넘"은 "까닭" 역시 고향 "예꺼정 와 영화론 꽃자리"에서 살기 위해서 아니겠는가. 이는 "옹이 박혔던" 도시에서의 지친 삶들은 내려놓고, 이제는 "인고의 세월" 덕분에 한결 여유롭고 풍성한 고향에서의 삶을 만들어가고 있음을 시사한다.

닻줄 맨 된 갈바람/ 사투 넘겨 여백에 환칠// 긴가민가 찰진 봄동/ 절로 취할 겉절이 맛// 젖 뗀 것/ 거출한 눈매/ 엉덩짝 도톰할 겨울초

─「긴가민가 봄날」전문

　　이 단시조는 봄의 이미지를 절묘하게 형상화하고 있다. 무엇보다 시조의 형식미학을 살린 절제된 언어적 감각과 시각적 이미지를 미각이나 촉각으

로 치환하는 의뭉스러움도 예사롭지 않다. 자연을 곁에 두고 오랫동안 자연을 응시하지 않은 사람은 발견할 수 없는 찰나의 생명력, 그리고 그것을 언어로 꿰어 시조의 형식적 틀에 알맞게 부려놓은 모양이 제 맛이다.

아직 "갈바람"이 가라앉지 않은, 봄보다는 늦겨울의 기승이 더 잘 어울리는 일기 속에, 간신히 "봄동" 어린 싹이 "긴가민가" 망설이는 기색으로 흙을 뚫고 지상으로 올라오니, 이를 본 시인은 그 여리고 파릇한 생명의 "도톰"한 "엉덩짝"을 두고 벌써 "겉절이 맛"을 느끼며 절로 몸서리친다. 언어로, 게다가 감칠맛 나는 형식미학을 잘 구현하여 이러한 회화를 그려낼 수 있다는 사실만으로도 시인이 얼마나 예리한 감각으로 주변을 응시하고 있는지 알 수 있다. 이는 꽃을 두고 "옷고름 살풋 흐드러져/ 속살도 애리하게 비춰"서 "발그레 엷은 볼기짝"(「꽃」)이 상기되었다고 보는 것처럼, 은밀하고 간지러운 시선이다.

이처럼 김보한의 고향은 구성된 고향, 기억 속의 고향이 아닌 현재형의 삶을 사는 고향으로 그 실체가 분명하다. 바로 이 점이 김보한 작품이 보여주는 생명력일 것이다. 고향에 대한 어렴풋한 그리움, 그 감상에만 젖어있는 일반의 작품과 달리 김보한은 고향에서 삶을 일구는 동시에 고향의 어제와 오늘 그리고 내일을 만들어가고 있는 것이다. 그런 점에서 김보한의 고향은 생생한 날것의 삶, 그 자체라 하겠다. 때문에 시간의 사후성, 즉 "시간의 지체야말로 '고향'을 가능하게 한다"[4]는 주장은 적어도 김보한에게는 해당사항이 없다.

인간은 선험적으로 고향이 인간에게 주어졌다고 여긴다. 결국 사회에 던져진 존재로서 감내할 수밖에 없는 불안은 고향으로의 회귀를 부추기고, 고향이라는 유토피아적 공간을 이상화시키기에 이른다. 결국 고향을 통한 존재성의 회복은 현시대적 인간의 고독과 그 맥을 같이 하고 있다고 볼 수 있다. 그러니 고향은, 그리고 고향의 기억은 이러한 불안을 위무할

---

4) 위의 책, 26쪽.

수 있는 공동성을 가지며, 이로 인해 존재성을 회복하고 타인과의 유대감을 구축할 수 있다는 믿음이 생성된다.

3. 바다에 가서 섬이 되다

존재하는 것과 사는 것은 크게 장소를 가리지 않는다. 그러니 그곳은 도시여도 시골이여도 무방하며, 산이라도 들이라도 바다라도 좋다. 그러나 작作하는 것은 무수하지만 무엇을 목적어로 가지느냐에 따라서 그 의미맥락은 크게 달라진다. 내가, 혹은 네가, 혹은 우리가 어디에서든지 존재하고 삶을 살아갈 수 있지만, 무엇을 하면서, 라는 문제는 그리 단순하지 않다. 무엇을 하느냐에 따라서 우리가 존재할 수 있음과 없음, 살 수 있음과 없음이 나누어지기 때문이다. 숨통이 붙어있는 것과 존재하고 사는 것은 다르다. 김보한 시인은 농사를 짓듯이, 바다를 꾸리고, 이러한 삶을 문학으로 엮는다. 그러니 그의 시조는 경작의 산물이라고 할 수 있다. 곧 바다에 살림을 차려놓고 삶을 사는 시인의 생활이 시조를 쓰는 행위와 다르지 않으며, 시조를 짓는 것 역시 그가 삶을 살아내기 위한 방편이라는 사실을 그의 작품을 통해서 알 수 있다.

토포필리아topophilia[5]로서의 장소는 주체로서의 인간의 경험을 바탕으로 한 기억들을 통해서 새롭게 형성된 공간을 뜻한다. 끊임없이 호출되는 기억, 즉 존재하는 주체의 경험이 없다면 토포필리아 역시 불가능하다. 때문에 특정 장소가 토포필리아로서 존재하기 위해서는 주체와의 긴밀한 관계 맥락이 전제되어야 한다. 또한 이는 삶의 리얼한 반영으로서의 문학을 지탱해 주는 요소이기도 하다.

---

5) 이-푸 투안, 구동회 · 심승희 옮김, 『공간과 장소』, 대윤, 1995.

섬과 바다는 김보한 시인에게 특별하다. 이것은 그 명명만으로도 고향을 대신할 수 있고, 시인 자신을 대신할 수도 있다. 그만큼 섬과 바다는 시인에게 실체이다. 고향의 실체이며, 자신의 실체이기도 하다. 때문에 바다에 가서 섬이 되어도 좋고, 섬에서 바다가 되어도 좋다. 그것은 적어도 시인에게는 동의어이기 때문이다. 그래서 김보한의 시조에서 섬과 바다의 공간은 장소애의 차원에서 이해되어야 한다. 그것은 역동하는 삶의 공간이자 생명들의 구체적인 삶이 낱낱이 까발려지는 장소가 된다.

> 뱃길은 뚜렷하고 인심 도타워 푸근한 곳/ 윗뜸과 또 아래뜸 조화로 이 엎친 그곳/ 뽀얗게 신작로 길이 아미처럼 굽었다.// 그 맨살 깎여 쳐져 갯벌 펼친 해변 내력/ 혹한에 철새무리 끝도 없이 잇던 들녘/ 유계리 코 묻은 애들 발 트는 줄 몰랐다.// 채마밭 꿈이 깃든 그날의 뜻 완연하다./ 날짐승 둥지를 치듯 누려온 세월 뒤란/ 끈끈이 엮인 끄나풀 서로 짜여 이었다.
>
> ― 「유계리 풍경」 전문

> 꽃답다 봄비는 섬/ 꺼져가는 그 공허함// 창문이 드리워진/ 선창 곁 민박 근처// 이웃들 엉켜 살아서/ 대를 피운 풍경이다.// 담쟁이 어룽져서/ 가을이 둘러 있고// 마음 길 더듬으며/ 속 깊은 삶을 찾아// 해거름 쏟아질 불빛/ 귀항 바쁜 어선들.// 복 되고 튼튼한 이들/ 일상은 분주한 터// 뱃길에 이력난 어부/ 섬 안에 터를 묻고// 한 조금 갸륵한 치성/ 다시 돋는 꿈이다.
>
> ― 「섬 ―가을이 둘러 있는」 전문

오늘의 삶은 어제의 경험이 중층된 기억과 이를 재구성하는 상상적 판단력이 만들어낸다. 시인이 그려내는 공간은 과거에서 현재로 이어지는 "끈끈이 엮인 끄나풀"로 이어져 있다. 기억을 재현할 때 시인은 관조적임을 가장하고, 시적 언어는 기억을 재구성하는 동시에 이를 통해 기억을 창조한다. 시간의 더께가 앉은 기억들은 새로운 이름으로 질서화되고 규정되기에 이른다. 그러니 언어, 특히 시적 언어는 진실 여부가 확인된 경험을 유포하는 것이 아니라, 시인에 의해 선별된 만들어진 경험의 의미를 진짜인 것으로 선언하는 것이다. 선언의 순간, 실경험의 층위와 재구성된 경험의 층위에는 어떤 차이도 표면적으로 없다. 되레 재구성된 경험이 보다 사실적인 기억으로 견고하게 자리 잡게 된다. 이렇게 시적언어로 재구성된 기억으로 인해, 서정적 감각이 개입하게 될 여지가 마련된다고 볼 수 있다.

섬은 그곳에서 살아가는 사람들과 그들의 삶이 있어서 살아 있다. 섬이 존재의 공간이라면, 바다는 생존과 생계의 터전이다. 그러니 "뱃길에 이력난 어부"에게 섬과 바다는 동일한 장소애를 지닐 수밖에 없으리라. 어부들의 삶을 포착함으로써 여실히 묻어나는 현장감, 이것이 바로 김보한 시인의 시작詩作이 갖는 가치일 것이다. 비루한 삶에 언어를 입히는 일은 그 삶을 가치 있게 승화시키는 행위이기 때문이다.

"붐비는 섬", "뱃길은 뚜렷하고 인심 도타워 푸근한" 그곳이 "꽃답다"는 표현이 가능한 것은, 그 섬에서 삶을 살아가는 사람들 덕분이다. 또한 "갯벌 펼친" 바다를 향해 "창문이 드리워진" 갯가의 집들에서 나는 소금 비린내는 그네들의 생동하는 삶을 표상한다고 하겠다. "발 트는 줄" 모르는 "코 묻은 애들"이 뛰어놀던 "그날의" 그곳은 이제 없지만, "귀항 바쁜 어선"을 타고 섬에 밤을 몰고 오는 어부의 삶, 그것이 여전히 이어지고 있는 까닭에 유년의 바다는 현실의 바다와 동질성을 회복하게 된다. 어린 날의 기억과 어른이 된 지금의 생활이 연속성을 띠고 있기 때문이다. 결국 섬이나 바다는 지형적 좌표를 넘어 존재론적 삶의 공간으로 확장된다고 하겠다.

정형의 섬은 그 안에서 살아가는 삶들로 인해 역동적으로 묘파될 수 있다. 섬과 바다는 소통의 공간이자 포용의 공간이다. 언어는 시조의 한계

상황이자 존재론적 조건이기도 하다. 그것을 단편적으로 나마 해소하기 위해 시인이 모색한 방편은 삶을 끌어오는 일이다. 언어를 언어가 아닌, 삶으로 존재하게 하는 일이 그것이다. 즉 바다이거나 섬이거나 어부가 됨으로써 더 이상 언어에 갇힌 언어이기를 거부한다. 언어는 스스로 삶의 지층을 지탱하는 하나의 요소이기를 망설이지 않는다. 새로움은 여기서 탄생한다. 언어를 발견하는 일, 언어로 언어를 넘어서는 일, 시인이 할 일은 바로 이것이다.

> 언 바다 물질 끝에/ 갯마을 넉넉히 산다.// 노모의 천연한 모습/ 소박한 것 흥을 돋우는// 쌓인 업 풀어 헤시어/ 앞길 닦고 있었다.// 꽃바람 잎 따다 물고/ 쪼삭쪼삭 졸고 있다.// 주름진 삶의 비탈/ 생동맞게 앉아 있는// 층층이 포개놓은 꿈/ 예쯤 와 푸는 매듭.// 산기슭 명이 긴 역사/ 피난처럼 겨웠겄다.// 봄 몸살 멍울을 풀듯/ 시린 해풍도 게쯤서 놀고// 어울려 한 통속이 된/ 산줄기가 뻗었다.
>
> — 「갯마을」 전문

> 햇살이 우직스레/ 남녘 창을 투사하고,// 구들장 얼음인데/ 위 아랫목 올곧은 훈기,// 키 낮아/ 얼추 토담벽/ 북풍 등거리 남향집.
>
> — 「남향집 한 채」 전문

삶을 조명하는 일, 삶을 시조화하는 일은 결국 그가 삶을 살아내는 일이기도 하다. 주체를 규정하는 것은 늘 주체 외부의 타자이다. 존재를 해체하고 분열하는데 급급한 이 시대의 젊은 시인들의 언어와는 반대로 김보한 시인은 생성하고 포용하는 친존재적 언어로 발화한다. 우회적인 소통, 힘겨운 해석으로 엮인 명명의 언어들이 아닌, 꾸미지 않은 직선적인 소통을 지향한다. 자연에 대한 시인의 태도는 관조적인 산책자의 그것이 아니라, 노동의 터전이 되는 삶의 날生 공간으로 역동하고 있음을 알 수 있다.

"어부와 단짝 아내"가 사이좋게 "그물"을 수선하고 "비바람"에도 "물

일"(「바다에서」)을 같이 하는 삶, 그 삶이 있는 갯마을의 경관은 "소박"하다. "주름진 삶의 비탈"을 걸어온 "노모"가 "천연"스레 "해풍"을 맞으며 졸고 있는, 이제는 섬도 바다도 인간과 "한 통속이" 되어버린 듯 보인다. 김보한의 바다는, 혹은 그의 섬은, 장소와 주체가 불가분의 관계로 뒤엉켜 있는, 진정한 토포필리아가 구현된 곳이다. 집은 곧 집주인의 성향을 반영한다고 볼 수 있다. 결국 시인이 사는 곳은 시인이 지향하는 가치를 수사로 하여 지어진 듯 보인다. 일단 "우직"한 "햇살"이 날카롭게 "투사"되고, "얼음"장에서도 "올곧은 훈기"를 꺾을 줄 모르는 지조, 그것이 바로 시인이 지향하는 삶의 태도이다. 집은 곧 그곳에 사는 사람이다. "생모품"처럼 허물없이 품어주는 바다로 지은 "푸른 집"(「멀어 푸른 집」), 그곳에 시인이 산다.

4. 삶–살이, 언어의 한계를 넘어서는 방편

말이 가진 정치성으로 인해 언어의 사용은 그 사용자의 인격적 수준을 평가하는 척도가 되어 왔다. 그래서 근대 이후 천박한 욕설과 음담패설은 '감히' 공공의 장에서 말해질 수 없는 것으로 치부되었으며, 말의 발화를 통해서 그 사회적 지위를 헤아릴 수 있게 되었다. 그런 점에서 "언어의 문제는 다층적 차원의 경계에서 '이방인성'의 효과들을"6) 산출한다고 보았던 데리다의 견해는 옳다. 모국어 역시 이미 타자의 언어에 불과하다는 그의 지적이야말로 한 국가 내에서의 분열 상태를 예리하게 지적한다고 볼 수 있지 않겠는가. 말을 통한 놀이의 장, 어떤 검열도 거치지 않은 말들의 방만, 그리고 말의 무질서를 통해서 누릴 수 있는 해방감이야말로 개

---

6) 자크 데리다, 남수인 옮김, 『환대에 대하여』, 동문선, 67쪽.

인을 국가로부터 자유롭게 할 수 있는 한 방편이 될 터이다.

김보한 시인의 언어는 통영이라는 지역적 특이성을 띤다. 시집 곳곳에서 심심찮게 방언을 만날 수 있으며, 이러한 방언 사용을 통해서 사실성과 현장감을 높이고 있는 것이 사실이다. 그러나 주목할 점은 시인이 단순한 방언 사용으로 지역적 소통을 모색하는데 집중하지 않는다는 점이다. 통영에서의 삶, 바다와 섬에서 삶을 이어가는 어부로서의 삶을 타자들과 소통하기 위해서 시인이 선택한 방편은 방언의 사용이 아니라 날것의 생활을 그대로 보여주는 것이다. 생활을 거짓으로 거창하게 꾸며대지 않고, 있는 그대로 간소한 살림살이와 누추하지만 찬란한 생의 터전을 묘파하는 것이다. 결국 언어가 지닌 이방인성을 극복하는 방편으로 삶−살이의 현장을 보여줌으로써 삶의 리듬으로 타자에게 다가가는 것이다. 때문에 김보한의 시조는 단순히 시조의 형식미학을 구현하는데 그치지 않고, 그 안에 생동하는 삶으로 가락을 잇고 있기 때문에 자유시에 익숙한 독자에게도 낯설지 않다.

> 길 헤맨 여정의 기운/ 강 상류를 다스리리.// 희귀종 다시 수중보/ 기어오를 사투 있어/ 솟구쳐 결곡한 시도/ 애가 닳던 모성애.// 물결 잠잰 어귀허리/ 포구 들어 어림을 잡는// 깃털을 다시 고르자/ 밀어 치던 그리움만// 새끼가 연어로 커서/ 물살 치며 훑는 날.// 해변은 들쑥날쑥/ 꼬리 들낸 강 하구 지나// 휘몰아온 뒤안길 회귀/ 놀도 빠진 배경 있어// 사투 끝 터 잡은 자리/ 알을 쏧고 있었다.
>
> −「새끼가 연어로 되어」 전문

이 시는 연어의 생태를 통해서 삶−살이의 과정을 고스란히 보여준다. 삶을 산다는 것 자체가 이미 무언가를 생성해 낸다는 '−되기'를 전제한다. 새끼의 연어−되기는 생성의 한 가능성이다. "길 헤맨 여정"은 시인의 생애를 통해서도 그 의미를 찾을 수 있다.

"정리하고 돌아선 몇 군데의 산업일터에서 섰던 것과, 도깨비도 흉내 못낸다는 바다 막 일에 겁 없이 뛰어들어 몸으로 체험하고 느꼈던 것을 시로 꾸몄다."[7]는 시인의 발언은 그의 삶 역시 녹록치 않았으나 그러한 삶을 시로 승화하면서 새로운 생성의 가능성을 발견했다는 것을 알 수 있다. "상류를" "기어오"르려는 "사투"는 삶에 대한 강한 의지와 열정의 다름 아니며, 결국 "연어"가 되어 바다로 뛰어들 것이라는 희망은 삶을 지탱하게 한다. 시인 역시 "나에게도 '고난'이란 단어가 낯설지는 않다"[8]고 말하면서도 이를 극복하고 새로운 희망을 품기 위해 시를 쓴다고 자각하고 있다. 끊임없는 생성의 순간을 인지할 때 우리는 존재의의를 느낄 수 있다. 실존은, 인간이 처한 한계상황을 어느 정도 극복할 수 있다는 믿음을 통해서 가능하다.

등 굽은 한옥 고가/ 흥에 찰랑 춤의 여운// 그 틈새 비집고서/ 남루한 길이 놓여// 무너진 돌담을 딛고/ 잃은 영혼 더듬어.// 고분은 널려 빠져/ 지성으로 감싼 세월// 저물 무렵 사무치게/ 가르는 탑의 울음// 봉분을 안고 가는 날/ 격조 없는 허망함.// 깎여진 권세였다./ 비운에 젖은 지난 기억// 한없이 묻어두고/ 생시처럼 푸르렀다.// 옛 치성 무너진 살점/ 수척해진 뜰 안에.

─「고분에서」 전문

갈바람 터진 울음/ 허술한 뱃길은 막혀// 억센 의지로 헤칠 회로/ 그 속내 난장판이고// 된 국정 넝마 속사정/ 삭신 저린 산고다.// 밀림에 불 싸질러/ 눈앞 멍한 폐허 혼타.// 못 돌본 정치판은/ 날만 들면 한숨만 늘고// 꼴값 떤 상한 진자리/ 딱지 곪은 냉가슴.

─「다시 정치판」 전문

---

7) 김보한, 『아름다운 섬』, 자유사상사, 1991, 자서.
8) 김보한, 『고향』, 자서.

삶–살이에 대한 시인의 시적 언어가 공허하지 않은 까닭은 사회에 대한 관심과 비판에 인색하지 않기 때문이다. 시는 그 스스로 고고하기도 하지만, 시인과 그 시대를 미적으로 반영할 때 더욱 가치 있게 그 영역을 확장할 수 있다. 시인이 과거와 소통하는 방식의 하나는 자연이라는 매개를 통해서 이다. "갈바람"이나 "허술한 뱃길"은 과거와 현재를 연계하는 매개가 되고, 이를 통해서 "비운에 젖은 지난 기억"은 현재의 이름으로 다시 회감된다. 이 때문에 "허망함"이나 "깎여진 권세"를 기억하고 있는 역사적 현장은 그 "푸르"름에도 불구하고 "수척해" 보이는 것이다. 자신의 삶–살이의 현장에서 내다보는 공동체의 삶의 현장은 과거의 역사적 흔적 못지 않게 "폐허"다. "난장판"의 의미는 서로 상이할지 모르지만 망국의 과거적 상황과 별반 다를 것 없이, 되레 더욱 "넝마"의 행색을 하고 있다.

새로움은 항상 신선하고 자극적이며 제 스스로 발산하는 에너지만으로도 충분히 매력적이다. 2000년, 새로움과 낯섦에 도취된 시단에 물음을 던진다. 왜 낡은 것, 익숙한 것, 친숙한 것은 폐기되어야만 하는가. 왜 시단에서 행해지는 비평에서 시조는 철저히 외면 받아야만 하는가. 기이한 것, 괴물스러운 것들의 출몰에 열광하는 우리는 지나치게 자극적인 감각에 길들여져 그것들을 '다른 감각'이라 통감하게 하는 기존의 감각들을 지나치게 무화시키고 있으며, 그 존재 자체를 지우는 일에 급급해 있는 것이 사실이다. 그러나 왜? 그래야 하는가.

낡은 골목길이 되레 신기한 것이 되어버린 이 시대, 시조문학 역시 잊힌 골목, 한 번씩 회감하는 장르로 전락해 버린 것에 하나의 위안이 있다면 그 낡은 골목에 꽃을 심고 신작로와 잇닿은 새 길도 이어놓는 시조시인들이 늘어간다는 사실이다. 언젠가 기이한 것으로 서정이라는 새로운 지도를 그리는 일단의 시인들은 "내 언어에는 세계가 빠져 있다"[9]고 탄식하게 될 날이 올지도 모른다.

---

9) 심보선, 「슬픔의 진화」, 『슬픔이 없는 십오초』, 문학과지성사, 2008.

삶에 바치는 축문

— 박현덕 시조집『1번 국도』(고요아침, 2012)를 읽는 한 방식[1]

1. '1번 국도' 사람'들'

　박현덕의 시조가 삶에 대한 '축문'이 될 수 있는 이유는, 하위주체를 끌어안는 그만의 방식에 있다. 경계에 선 존재들, 이방인의 형상을 한 이들에 대한 발화는, 이번 시집에 와서 지워졌던 시인 자신의 얼굴을 그리는 것으로 이어지고 있다. 즉 전작들에서 이들의 삶을 들여다보고 '말할 수 있는 주체'로 명명했던 것이 역사의 구성원으로서의 개인뿐만 아니라 소문자 역사를 구성하는 실존적 자아를 발견하는 것으로 확장되고 있다. 때문에 타자의 형상에 '투영'된 자화상을 만날 수 있다. 삶을 살아내는 존재의 고됨에 헌사하는 그의 시조는, 삶을 통해서 죽을 만큼의 절망에 당도한 존재들에 대한 축문이다. 천지신명, 그 죽음의 영역에 바치는 살아있는 것들의 언어를, 죽을 듯한 삶의 영역을 살아내는 삶들에 바친다.

　시인의 이전 시조들이 노동의 주체로서의 민중의 삶을 조망한 것이었

---

[1] 박현덕은 1987년 등단하여 지금까지 4권의 시조집(『겨울삽화』(시간과공간사, 1994), 『밤길』(태학사, 2001), 『주암댐, 수몰지구를 지나며』(고요아침, 2006), 그리고 『스쿠터 언니』(문학들, 2010))을 엮었다. 『1번 국도』(고요아침, 2012)는 다섯 번째 작품집이다.

다면, 이번 시집은 '삶−살이'의 동사적 움직임에서 시인의 '얼굴'을 찾는 행위로 나아가고 있다. 이러한 박현덕의 목소리가 헌사가 아닌 축문인 까닭은, 삶의 비루함에서 찾을 수 있다. 역사를 만들었던 소수자의 그것이 아니라 철저히 역사로부터 배제될 수밖에 없었던, 그러면서도 '민중'이라는 집단명사 속에 갇힐 수밖에 없었던 존재들의 삶은, 역설적이게도 이미 그것 자체로 '역사'이다. 박현덕은 소수의 역사가 아닌, 다수의 역사를 기록하고자 한다. 물론 그것은 다수이면서 소문자 개인의 역사일 수밖에 없지만 말이다. 또한 대문자 역사와 소문자 역사의 길항은 항상 균열 지점에 접점을 마련하고 있다는 것 역시 발견하게 된다.

> 목포부터 올라온 봄이 파주에서 토악질한다
> 그 꽃사태에 마음 한쪽 그늘은 깊어지고
> 부르튼 발바닥을 보면 가족사가 보인다//
> 늦저녁 다리 뻗고 곤한 잠을 잘 수 없다
> 어둠은 짐승 되어 몸집이 자꾸 커지고
> 이런 밤, 익명의 새로 철벽을 넘어간다//
> 바람이 등을 친다 가로등도 모두 꺼진
> 작아지는 꿈들이, 별로 뜬 유형의 땅
> 신의주 종단점에서 게워내는 남도의 봄
>
> ─「1번 국도」 전문

'1번 국도'는 전남 목포에서 평안북도 신의주까지 이어진 길이다. 하지만 경기도 파주에서 길은 끊긴다. 결국 '이어줌'의 길은 '끊어짐'의 단절을 부각하게 된다. 이러한 길의 형상은 단절된 민족을 상징하고 그 안에서 유형의 삶을 살 수밖에 없는 민중들의 처절한 삶의 모양새를 대변하는 것이기도 하다. 하위주체들의 신산辛酸한 삶은 이러한 지형적 공간을 통해 읽힐 수 있음을 시인은 보여준다.

남도의 "꽃사태"가 북으로 이어지지만 어쩐지 양달의 꽃빛과 달라 보이는 것은 분단 현실 때문이다. 이러한 민족적 상황은 "가족사"에도 이어진다(혹은 가족사로 비유될 수 있다). "부르튼 발바닥"은 노동의 흔적이며, 그럼에도 영원히 그 노동으로부터 벗어날 수 없는 숙명에 대한 상징이기도 하다. 끊임없이 돌을 산꼭대기로 가져가야 했던 시지푸스의 형벌처럼 민중들의 삶에서 노동이란 그렇다. 아무리 발버둥쳐도 가난으로부터, 생존으로부터 벗어날 수 없는 것이다. 그러니 "잠"이라는 안식을 얻을 수 없는 채로 사람이 아닌 "짐승"의 형상이 되어가는 것이다.

이처럼 '1번 국도'는 역사적 상황에 대한 메타포이자, 대문자 역사로부터 배제된 하위주체들의 삶—살이에 대한 상징이기도 하다. 이 유형의 땅에서 삶은 정착의 형상이 아니라 떠도는 유목민의 방식으로 영위된다. 이 때문에 박현덕의 시조는 이러한 삶에 바치는 축문으로 읽힌다. 살아있는 움직임의 '살이'는 동사적 활력을 얻지 못한 채 삶의 구천을 떠도는, 죽은 형상을 하고 있기 때문이다. 박현덕의 시조에서 삶은 "긴 유배의 노래"(「하늘궁전」)일 따름이다.

2. 기억의 서사

박현덕의 이번 작업은 노동 부재의 상황에 처한 민중들의 삶에 대한 조명에서, 기억으로 재구축되는 현재로 나아간다. 그것은 소문자적 개인의 역사를 만들어가는 데에 필수적이다. 기억과 망각이라는 정치적 배제와 포섭을 통해서 대문자 역사가 구성되는 것처럼 '하나이면서도 여럿인' 다중의 역사 역시 이러한 방식을 취할 수밖에 없다. 이때 소문자 역사는, 역사라는 거추장스러운 명명을 버리고 '살이'라는 삶의 형식을 취하게 된다. 때문에 이들의 역사는 전술했듯이 명사가 아닌 동사이다. "한 왕조의/ 슬픔"은 "아슬한 경계에서"(「익산 왕궁리 5층 석탑」) 민중에게로 전이된다.

박현덕 시조의 한 문법은 서정적 언어를 통한 서사적 발화에 있다. 그가 구성하는 서정은 이야기의 그것이며, 이는 다양한 삶의 '사건'들이다.

　　벌초를 마치고 더듬더듬 산 내려와 너덜한 옷 잔뜩 붙은 망자의 흔적 털어낸다 저 샛강, 아버지와 나 뼈 틈으로 흐른다// 햇살에 달궈진 강은 젖어있는 마음이다 요람에 풍덩 들어가 흔드렁 구름되어 허기진 세월을 안고 백지 위에 꽃 피운다// 강기슭 식당에서 메기탕을 먹는다 회상回想의 의자에 앉아 그대 다시 만난다 한순간 눈 먼 사랑이 잘게 뿌려진 강이여

　　　　　　　　　　　　　　　　　　　　　　－「강」 전문

이 시조에서 드러나는 것처럼 "아버지와 나"는 서로 다른 몸의 개체가 아니라 유기적 동일체가 된다. 박현덕이 만들어가는 아버지는, "사철 내내 요란한 엔진소리 끌고"(「완도를 가다」) 가는 노동의 주체로서 '살이'에 분투하는 가장의 모습이다. 이는 가족 내 '아버지'라는 위치를 극복하지 못한 남성 주체의 형상이며, 때문에 개인이라는 실존적 주체로 나아가지 못한다. 생의 알맹이 같은 청춘은 세월에 바치고, 이제는 기억마저 흐려진, 병든 육체는 삶의 분투 끝에 남은 절망과 닮았다. 그 모양을 '살이'의 훈장이라고 하기엔 삶이 너무도 잔인하다. "초로初老의 사내"(「고등어」)라는 접점을 통해서 기억 속 아버지의 형상과 중년이 된 시인의 형상이 조우한다. 이러한 형상적 오버－랩은 가족 구조로 지탱되는 민족의 형상이기도 하다.

어머니의 형상 역시 크게 다르지 않다. 어머니는 가족제도를 지탱하기 위해 몸과 마음을 혹사(당)하고 난 다음의 여성성이 말소된 병든 형상으

로 존재한다. "세월까지 다 내주고 얻었던 자식들이"(「달빛 한 자락」) 자신의 삶을 보상해 주리라는 수사는 이러한 가족제도에 복속된 사유이다. 특히 박현덕의 어머니는 젊은 여성의 그것이 아니라 "이미 떠난 어제의 기억들"(「빗소리」)을 아쉬워할 수도 없을 정도로 쇠약한 상태이다. 그러니 이때의 '기억'이라는 것이 얼마나 부질없는 것인지, 혹은 얼마나 처연한 것인지 알 수 있다.

이처럼 전작들과 비교해서 아버지와 어머니에 대한 수사가 두드러진다. 이때 아버지와 어머니라는 존재는 역사와 개인의 삶을 고스란히 체화한 인물들이다. 시인은 이 두 개체이자 집단인 존재적 명명을 통해서 비로소 자화상을 완성하게 된다. 이때 시인의 회상이 닿는 지점은 굳이 진실의 그것이 아니어도 된다. 기억과 망각, 혹은 구성 및 각색의 강력한 유혹까지 버무려진 시인의 회상을 통해서 그의 풍경들이 그려진다. 이번 시집에서 기억은, 시를 구성하는 필수요소가 된다. "아득히 떠도는" 순간의 기억을 붙잡아, 그 안의 "뼈 울음"이나 "세월"(「폭설 한때」) 따위들을 시적으로 현재화 하는 것이다. 나아가 이러한 회상의 방식이 구성하는 것은 '나'라는 존재이다.

하위주체의 소문자 개인을 대변하는 아버지와 어머니라는 위치를 통해서, 역시 그러한 자장에 접어든 자신을 조망하게 된다. "망자의 흔적"을 자신에게서 찾는 일은 그리 어렵지 않다. 어떤 의미에서 세상을 살아가는 모든 존재들은 어쩔 수 없이, 이미 "허기진 세월"의 흔적이 된 망자의 대리물이기 때문이다. "강"은 이미 오래 전부터 역사의 연속성을 상징하는 것이었으며, 박현덕의 작품에 와서 이 강은 삶을 살아내는 개별적 주체들을 연계하는 것이 된다. 시대와 공간을 초월한 이러한 강은, 아버지에서 아들로 어머니에서 딸로 이어지는 삶-살이의 움직임이다. 이를 통해 시인은 아무리 비루한 형상이라 해도, 삶은 계속된다는 것을 말하는 듯하다.

버릴 날 걱정하며/ 출근길에 오른 아침// 메마른 도로 위를/ 질주하
는 새가 있다// 제 속에 무얼 담았던가/ 찢긴 상처 역력하다// 알맹이는
이미 놓친/ 검정색 비닐봉지// 공중에 떠다니며/ 까악, 소리 낸다// 전
생을 짚어보느니/ 불길하게 구겨진 나.

―「까마귀」전문

　"늙은 여자"이거나 "치매 걸린 여자"(「어머니의 겨울」)인 어머니에 대
한 연민은, 중년이라는 세월 안에서 자신의 위치를 발견하게 한다. 그가
말한 것처럼, 그의 기억은 "잊혀진"(「목포항, 마음이 울다」) 것에 대한 호
명에 불과하다. 때문에 부모로부터 이어지는 자신의 형상 역시 흐려진 기
억을 구성하는 일일 수밖에 없다. "감옥에 갇"힌 듯한 일상의 무게감보다
더 두려운 것은 "질펀한 세상에 길들여졌다"(「급성 후두염」)는 사실이다.
"메마른 도로 위를/ 질주하는" "까마귀" 같은 "검정색 비닐봉지", 검정색
비닐봉지 같은 "불길하게 구겨진 나"는 "찢긴 상처 역력하다." 보잘 것 없
는 '나'의 발견은, 비루한 삶을 목도하는 일과 닿아 있다. 인생을 살아내면
서 애달프게 "까악, 소리" 내어 보지만 부질없다. 그럼에도 "고봉밥"(「눈
내린 날, 소쇄원에서」)에 담긴 아련한 마음 덕분에 시인은 오늘을 살아낼
수 있다.

　"여물지 못한/ 마흔" 인생은 "바람소릴 흉내"내듯 처연하다. 삶은 현실
이다. 어쩌면 나를 사랑할 수 있는 것도 환상에 불과하리라. 세월의 "바
람"이 "나를 할퀴어"(「시월」) "아침마다 거울" 속에서 "다른 사람과 마
주"(「면도」)하게 되는 것 마냥, 시인에게 삶이란 아무리 살아내도 낯설기
만 하다. "혁명에 실패했던/ 어느 왕조의/ 민초"(「주산지」)가 되어 살아내
는 일상은, 삶과 죽음을 한몸에 담은 존재의 외로운 투쟁이다. 이러한 투
쟁에 있어 타자의 분투에 대해 말하고 이를 응원하던 시인은 결국 자신에
게로 돌아온다. 이때의 '나'는 소문자 역사를 구성하는 주체라는 사실을
발견하면서, 생존에 급급한 존재들에게서 아런 실존의 본질을 찾아낸다.

밤11시/ 아파트/ 난간이 몸부림친다// 구슬픈 만가인가/ 늑골 밑이
젖어들고// 누군가/ 생의 마지막/ 온 몸으로/ 떨고 있다
                                        ─「바람의 얼굴」 전문

박현덕의 시조는 바람으로 떠도는 살이의 고통을 포착한다. 때문에 그
것은 늘 얼마쯤은 쓰리다. 결국은 우리 존재가, 혹은 우리가 애면글면 살
아내는 삶이 바람에 불과하다는 것을 수긍하기까지 지독한 번민에 얼마
나 고통스럽겠는가. 어른이 된다는 것은, 잠들지 못하는 이유 하나쯤은
갖게 되는 것일 테다. 삶의 진실을 발견하는 일 역시 그러한 이유가 되지
않겠는가. '살이'란 "구슬픈 만가" 같은 바람으로 떠도는 일임을, 목도하
는 것처럼. 이러한 바람의 형상은 현재화 되는 기억의 모습이기도 하다.
기억이란 그 사건의 진실성보다는 구성적 의미맥락이 더 중요하다. 세월
의 때를 오래 묵은 것일수록 기억은 주체가 원하는 방향으로 각색될 수
있기 때문이다. 때문에 '바람의 얼굴'은 삶을 살아가는 모든 존재들의 모
습이 아니겠는가.

3. 서정의 역할

박현덕이 선사하는 위무는, 근대의 거리를 활보하던 '만보객'의 그것이
아니다. 보들레르가 규정했던 만보객이 시대의 지식인을 대변하는 동질
적이면서 동시에 이질적인 위치를 발화하는 것이었다면, 박현덕의 위치
는 다양한 삶의 층위에 파편으로 '뒹구는' 사람들을 끌어와 동일 자장에
포섭하는 데에 있다. 그러니 만보객의 태도 보다 더 적극적인 양상을 띤
다. 시인의 이러한 위무 행위는 종래 자아에 당도하게 된다. 타자를 끌어

안다가 자신을 발견하는 데에 이르게 되는 셈이다. 자연을 읊조리다가도 의뭉스레 삶을 끌어오는 것이 박현덕의 시조다. 무심한 듯 자연을 응시하는 시인의 시선은 '살이'를 해부하는 서정의 매서운 눈으로 돌변한다.

박현덕의 작업에서 서정적 메타포는 그의 서사를 서정적 맥락에 위치하게 하는 요건이다. 생경한 언어로 표현될 위험이 있는 생에의 반성이나 고발은 이러한 시적 표현을 통해서 순화될 수 있기 때문이다. 시적 언어란 사물에 대한 시인만의 표현이라고 했을 때 그것은 충분히 시인의 지향성을 담을 수 있는 기제가 된다. 작품 「겨울 들녘」을 시조의 장을 무시하고 이를 문장 그대로 옮기면, "칼바람이 할퀴고 간 들녘에 쪼그려 앉아 중풍 걸린 노인처럼 발걸음 떼지 못하는 저 나무 투명한 울음이 하늘자락 사른다."가 된다. 시행발화를 하지 않는다면 그저 서사적 문장에 불과하다. 그러나 들녘을 할퀴는 바람을 오롯이 받아내는 나무를 통해서 세상살이의 고됨이나 그 처연함을 보여준다는 점에서 서정적 발화가 되는 것이다. 이는 다음 수에서 보다 분명해진다. "어깨까지 쌓인 슬픔이 길목을 헝클어놓고 새 한 마리 숨을 곳 없는 앙상한 가슴팍에 어차피 공수래공수거 속살까지 다 내준다." 이 표현을 통해서 시인의 발화가 지향하는 정치성이 드러난다. 즉 가을 들녘은 '살이'의 현장인 것이다.

> 반쯤 헐린 돌담 너머 옛 마당 펼쳐진다//
> 마음 깨진 장독대, 무너진 푸른 우물//
> 빗물에 민들레 키워 함초롬 꽃 피운다//
> 입이 자꾸 써지며 그림자도 사라진 밤//
> 문설주 넘나들던 폐가의 혼불들이//
> 우물 속 크고 작은 별을 도르래로 올린다
>
> —「빈집」 전문

'빈집'은 삶−살이가 거쳐간 흔적이다. 이 흔적을 통해 삶의 비루함은 더욱 극대화된다. "반쯤 헐린 돌담"이나 "깨진 장독대" 혹은 "무너진 우물" 등은 한 삶이 지나간 자리의 허무함을 잘 보여준다. 그런데 "폐가의 혼불"로 떠도는 생 다음의, 죽음의 형상을 통해서 어쩌면 '살이'가 죽음 너머에도 어떤 식으로든 영향을 줄지도 모른다는 가치관을 담고 있다. "시간이 건너간"(「잠들지 않는 숲」) 자리, 그 생사의 경계를 시인은 서정이라는 무기로 시화하고 있는 것이다.

　이 때문에 박현덕의 시작詩作/時作은 신산한 삶을 폭로하는 일이자 위무하는 일이다. 박현덕에 있어 서정의 역할은, 삶을 끌어안는 방법이다. "허기진/ 가난이 말라붙어/ 얇은 꿈을/ 꿰"매는 것처럼, 그것은 삶을 받아들이는 시인만의 방식이 된다. 때문에 박현덕의 삶은, 서정 아래로 숨어들게 된다. "바다 한 장 들추면/ 어선들이/ 코를 곤다"(「초분」)는 표현처럼, 삶−살이의 힘듦은 서정적 상상력으로 위무를 얻는다. 이처럼 시인이 삶을 살아내는 방식은 '서정'을 통한 안식이다. 끝내 그것이 구원에 이르지 못할지라도. "닳아진 밑창을 보니 사는 일이 벼랑이다"(「신발」). 그럼에도 삶이란 충분히 가치 있다. 그렇기 때문에 삶이란 충분히 아름답다. 박현덕의 시조에는 이토록 찬란한 삶이 있다.

'제주'의 오늘을 살아가는 방식에 대한 성찰

− 홍성운 시조집 『오래된 숯가마』(푸른사상, 2013)

1. '제주' 시인이라는 정체성

장소는 정체성을 규정짓는 한 요소이다. 특히 굵직한 역사적 사건의 현장이 된 장소는 세대를 넘어 개인사에 영향력을 행사한다. 역사는 그 특유의 서사성으로 개인의 기억을 구성하는 역할을 담당한다. 이때 문학은 역사의 이면에 대한 재구성이며, 승자의 역사가 외면하거나 은폐한 진실에 대한 유서적 글쓰기라고 할 수 있다. 문학을 통해 역사적 진실을 밝힌다는 것은 어불성설일지도 모르지만, 일단의 그러한 욕망이 투영되었다는 사실은 간과할 수 없을 것이다.

'섬'이라는 지정학적 공간은, 인간 존재가 근원적으로 고독하다는 사실을 매순간 깨닫게 한다. 육지로부터 '유배' 당한 공간이면서 매순간 바다의 어느 한쪽으로 휩쓸리고 말 것 같은 불안감 따위가 엄습하게 된다. 그러면서도 동시에 섬은, 자연 앞에 겸허해 지는 인간 존재의 가장 겸손한 자세를 배우게 한다. "산에 든다는 건 마음을 비우는 일"(「마른 산수국」)이라는 시인의 언어를 조금 바꿔보면, '섬에 산다는 건 마음을 배우는 일'이다.

홍성운의 시조는 기다림의 언어다. 섬에 산다는 감각은 시인으로 하여금 "기다림에 익숙"해지는 법을 배우게 한다. 그러다가 "시가 와주는 날은" 섬 너머 바다, 그 어딘가의 뭍을 그리워하는 목마름을 해소해 주는 덕분에 "행복하다." 그의 말처럼, 그의 시조는 "타자"와의 소통에 대한 "답변"(「시인의 말」)이다. 오랫동안 말걸기를 한 끝에 얻어낸 응답이기에 간절하고 풍성하다. 제주도는 아름다운 풍광을 자랑하는 동시에 권력 앞에 유린당한 참혹한 인권을 떠올리게 한다. 자연의 공간이자 삶의 공간이며, 동시에 역사적 상흔을 간직한 갈등의 공간이다. 때문에 제주 시인은, 이러한 사실들을 끊임없이 자각해야 한다.

2. 역사 속으로 : 어제를 기억하는 방식

제주는 오랫동안 유배의 공간이었으며, 반역의 땅으로 낙인 찍혀야 했다. 이로 인해 천혜의 자연경관조차 슬픔의 역사를 더욱 도드라지게 만드는 대비적 요소로 인식되곤 했다. 시인 홍성운은 제주에서 제주에 대해 노래한다. 이 세심한 언어는 묘하게도 장엄하고 경건하게 읽힌다. 그는 존재론적 의미에서 제주적 공간에 대해 성찰할 뿐만 아니라 역사적 존재로서 제주에 덧칠된 진실을 밝혀 그 허상을 고발하고 있다. 역사적 상처의 치유 필요성은 인간 삶의 연속성 때문이다. 인간은 유한적 존재이지만 동시에 그 삶의 양상은 세대를 거듭해 무한히 연결된다. 한 존재의 죽음으로 실존적 상처는 해소되지 않는다. 그렇기에 역사적 진실은 한 세대의 죽음으로 은폐될 수 있는 성격의 것이 아니라는 사실을 자각해야 한다. 시인은 이러한 자각에 불을 지피는 존재여야 한다.

역사를 짊어지고 오늘을 사는 법은 다양하다. 그러나 지식인에 부여된 역사적 책무를 외면한다면 '오늘의 시인'이라고 할 수 없을 것이다. 시인은 개인의 심사와 존재 근원에 대한 감각을 파악해야 하며, 동시에 역사적 현실에서 정의가 구현되는가에 대한 시적 물음을 끊임없이 던져야 한다.

> 온종일 걸어도 발이 들뜨는 제주 올레
> 허술한 담장일수록 송악이 무덕졌다
> 바람도 이 길에 들면
> 안부를 묻곤 한다
>
> 돌담에 기댄 만큼 길어지는 그림자 따라
> 햇볕 공양 받겠노라 고개를 더 내밀까
> 현무암 불 덴 흔적을
> 푸르게 감싸준다
>
> 계절을 탄다면야 가을 남자 아니래
> 봄여름 다 보내고 갈걷이에 꽃이 피는
> 턱을 괸 송악 열매들
> 거무데데한 사내들
>
> 섬에 산다는 건 절반은 기다림이다
> 수평선에 배 닿아도 마냥 설레느니
> 올레길 나무 우체통
> 엽서 넣는 떨림 같은

－「올레길 송악」 전문

어제를 기억하는 방식은 저마다 다르다. 그러나 궁극적으로 이러한 기억 방식들은 치유와 위무를 목적으로 한다. 시인은 1948년 4월 3일로 거슬러 올라간다. "무자년 터진 소문에/ 발길 모두 끊"겨버린, "숯쟁이 거무데데한 얼굴"로 영문도 모르고 죽어야 했던 이들의 "못다 한 이야기가 여태 남"아 제주의 산하를 떠돌고 있다. 여전히 "그때 화기로 타"고 있는

"한라산 단풍"(「오래된 숯가마」)처럼 제주의 풍광은 어느 것 하나 사연 없이 존재하지 않는다.

관광명소로 자리 잡은 "제주 올레" "송악"은 제주의 비극적 역사를 보여주는 공간으로 형상화 된다. "담장"이 낮은 제주의 가옥 구조는 너나들이 하는 제주 사람들의 삶의 방식을 잘 보여준다. "바람"조차 "안부를 묻곤" 하는 살가운 송악의 오늘은, 어제의 상처를 가슴에 품은 사람들로 지속된다. 제주의 자연은 제주 사람들에게 그대로 전이된다. "현무암 불 덴 흔적"의 "거무데데한 사내들"에서 알 수 있듯이, 제주 사람들은 그들 존재만으로도 제주의 자연뿐 아니라 제주의 역사를 체현하고 있다. 시인이 "섬에 산다는 건 절반은 기다림이"라고 할 때, 이 기다림의 대상은 무궁무진하다. 그것은 타인이나 뭍에 대한 그리움이기도 하고, 은폐된 진실을 회복하기 위한 갈망이기도 하다.

제주 인구의 십분의 일 이상을 학살한 4·3항쟁의 고통은 반세기가 훌쩍 지난 오늘날에도 계속되고 있다. 제주는 "정작 반세기 동안 이웃 없이 살아서/ 말문이 닫"혀 버린 "불임"(「외딴집」)의 땅이다. 국가 권력에 의해 무참히 유린당한 인권, 그 통한의 역사에 대한 진실 규명을 하지 않는 한 그 상처는 결코 치유될 수 없을 것이다. "상처도 장인을 만나" 비로소 "별이"(「방짜 유기 마음」) 될 수 있다. 시인의 시적 정의는 은폐된 진실을 규명하는 데에 기여하는 언어의 생산에서 비롯된다. 제주의 역사도 시인을 만나, 비로소 말해질 수 있게 된다. 이 발화 행위를 통해 "용암의 시간" "식어서 돌이 된 시간" "거푸집 같은 족적을 남긴 시간"(「섬에 사람이 있었다고?」)의 진실을 파헤칠 사회적 의지가 촉발되기를 기대하는 것이다.

제주도는 "출륙금지령으로"(「흑룡만리」) 유배의 땅이 된 조선시대에서부터 일제의 주둔을 거쳐, 미군정의 폭압에 속수무책으로 테러와 고문을 당해야 했으며, 한국전쟁 때에는 보도연맹 가입자라는 명목으로 무고

한 생명이 무참하게 유린된다. 죽은 자는 죽은 자 대로, 살아남은 자는 살아남은 자 대로 고스란히 역사의 무게를 감당하고 있는 땅이다. 홍성운은 "가슴에 외등을 단" "섬 사내의/ 고집"(「도대불」)으로 제주의 어제를 발화한다. 그의 시적 발화 행위는 은폐된 진실을 바로잡고자 하는 기억하기의 일환이다. 시인은 "때론 선적하고 싶은 제주 섬의 역사"를 그 스스로 "연류의 물길마저 순명이던 유배의 바다"(「화북포구」)에 서서 부려놓고 있다. "따져보면 인생사도 뿌리를 키우는 일"(「겨울 뿌리」)이다. 튼실한 뿌리를 키우기 위해서는 썩은 부분은 없는지 유심히 살펴야 한다.

홍성운 시인은 치유의 언어를 발화한다. 그는 "누구나 저 나름의 옹이진 슬픔이 있"기에 우리는 서로 "얼개 짜고 토닥이고 상처를 보듬"(「숲 터널을 지나며」)어야 한다고 말한다. "빙점에서/ 짙푸른/ 보리싹의 힘을"(「동짓달 보리밭」) 보는 생명의 숭고함 앞에 인간이란 얼마나 나약한 존재인가에 대해서 자각해야 한다. 자연의 질서, 그 방식을 통해 온갖 욕망에 찌든 인간 세상의 삶의 방식, 그 부조리에 대해 성찰할 수 있을 것이다.

3. 제주도를 담은 살뜰한 시어

홍성운의 시조를 읽는 내내 영화 「일 포스티노 Il postino」의 마리오가 떠올랐다. 순수한 시적 호기심이 어린 그의 눈동자가 오랫동안 맴돌았다. 그는 시인인가? "내가 시인이야? 내가 시를 쓴 적이 있었나?" 마리오의 반문에 큰 목소리로 그렇다고 답해 주고 싶다. 그의 물음을 통해 시인은 어떠해야 하는가에 대해 생각하게 된다. 시인이란 자연 풍광의 소리를 은유적 언어로 표현하는 존재이자 사회 현실을 외면해서도 안 되는 존재라고 생각한다. 그런 점에서 마리오는 시인이다. 네루다를 동경하고 끊임없이 그를 갈망하는 사이 그는 스스로 시인이 된다. 홍성운의 시조는 그와 같은 순수한 열정을 담고 있다.

말맛을

알고 나서

시어 한 개 꺼내려는데

북과 쇠들 사이, 베틀 북이 오가는 사이

내 사유 끝이 보일까

북적이는

언어의

집

— 「북새통」 전문

홍성운 시조의 풍성함은 "사유"의 깊이에서 비롯된다. "북적이는// 언어의// 집", 그 북새통에서 "시어 한 개"를 얻기 위해 얼마나 오랜 시간 고뇌했겠는가. 이것이 바로 그의 시조의 힘이 된다. 고작 "석류"에서 "오래 생각을 담은/ 탱탱한 말풍선" 같은 시어를 발견하고, "동박새/ 속말을 털듯/ 층층이 시어를 쏟"(「석류」)는 시인을 연상하는 것은 오랫동안 자연과 더불어 살았기 때문에 가능하다. 이런 섬세한 눈길은 매끈한 나체를 연상케 하는 배롱나무에 와서 극에 달한다. 요염하게 헐벗은 가지의 자태뿐 아니라 "엉큼하게" "홍조를" 흘리며 유혹하는 백일홍의 화사함은 왜 선인들이 선비 곁에는 이 나무를 두지 못하게 했는지 짐작하게 한다. "뽀얀 피부며 간드러진 저 웃음"(「배롱나무」)을 포착하는 일은 서정적 시인의 시인─다움을 가장 두드러지게 한다.

　제주의 "바다는 마을의 흔적을 지우지 않는다."(「몰래물 앞에서」) "배한 척 뜨는 일 없이" 사나운 날씨 탓에 "물 반, 하늘 반"인 날에도 "요동치는 바다"(「폭풍의 바다」) 앞에서 겸허를 배우게 된다. 자연을 보면 인간 세상의 온갖 모순과 갈등을 해결할 답을 찾을 수 있다. "새"조차 "생나무 가지를 해하지 않"고 "둥지"를 만들고, "나무는 작은 요람을/ 오래도록 흔들어"주며 "부화된 아기 새"(「둥지를 넘어서」)를 어른다. 이만큼의 존중, 이만큼의 배려와 이해, 그리고 생명에 대한 이만큼의 경외가 있다면 역사의 비극은 일어나지 않았을 것이다. 마찬가지로 비극의 역사에 대한 외면과 은폐도 없었을 것이다. "얽히고설킨 것이/ 이 세상 인연이듯/ 적당한 위치에서 그늘을 만"(「5월, 등나무」)드는 법을 우리는 자연에서 배워야 한다.

말년의 양식과 시조

– 임종찬의 경우

> "객관은 파열된 풍경이고,
> 주관은 그 속에서 활활 타올라 홀로 생명을 부여받는 빛이다.
> 그는 이들의 조화로운 종합을 끌어내지 않는다.
> 분열의 원동력으로서 그는 이들을 시간 속에 풀어헤쳐 둔다.
> 아마도 영원히 이들을 그 상태로 보존해두기 위함이다.
> 예술의 역사에서 말년의 작품은 파국이다."
> – 아도르노

1. 말년성, 삶에의 찬사

아도르노의 고찰처럼, 말년의 작품은 완성이 아니라 파국인지도 모르겠다.1) 이때 파국은 종결의 수사가 아니라 과정의 수사다. 여전히 '시조-되기' 작업중인 시인에게 말년이란 물리적이며 신체적인 나이에 그칠 뿐,

---

1) 에드워드 사이드는 '말년성'에 대한 해석에 있어서 많은 부분 아도르노에 빚지고 있다. 그는 파국이란 주관과 객관의 조화를 꾀하지 않는다는 의미에서 부정성을 뜻하며, 때문에 말년의 양식이란 부정성의 산물이라고 말한다. 에드워드 사이드, 장호연 옮김, 『말년의 양식에 관하여』, 마티, 2008, 35쪽.

창작을 중단하게 하는 방해의 요인이 되지 않는다. 즉 그것은 완결인 채로 종결되는 양식이 아니라 다시금 존재감각을 해체함으로써 시상을 발견하게 되는, 일종의 도정인 것이다. 이때 시(조)는 현재 속에서 "현재에서 벗어나 있"[2]는 존재의 현재적 감각을 포착하게 된다.

혼히들 삶 보다 죽음에 더 가까워진 나이가 되면 모든 측면에서 일종의 '정리'를 하거나 '완결'을 지어야 한다고 생각하게 된다. 그러나 말년일수록 삶과 죽음이 혼종된 상태를 가장 적나라하게 체감하게 되는 시기이다. 완숙한 삶의 절정을 보내고 난 뒤의 노쇠함은 단순히 지상에서 사라지거나 지워지는 존재적 소멸만을 의미하지 않는다. 그것은 충분히 새로운 반란을 모색함으로써 현재와 충돌하는 삶의 감각을 생성하게 된다. 그러니 말년이란, 삶의 끝에 다다른 생명에 대한 명명이 아니라 반역을 희망하는 실존적 외침으로 읽어야 할 것이다.

이러한 내면적 반란은 인간의 가장 연약한 부분을 뚫고 예술적으로 형상화 되기에 이른다. 특히 임종찬 시조에서 생성의 말년성은 생의 근원에 대한 갈증과 닿아 있다. 존재의 집이라 할 수 있는 고향이나 어머니 등에 대한 시인의 집착은 과거 회상의 차원에 그치지 않고 오늘을 직조하는 에너지로 발산된다.

이는 현대시조의 장르적 위상과도 어느 정도 연관된다. 가령 현대라는 시대성과 시조라는 고전적 장르성은 현재적 양식이지만 묘하게 비현재적인 성격을 유지하도록 한다. 현대와 고전이라는 긴장, 무엇보다 그 길항관계 속에서도 늘 현재적 생활감각을 견지해야 한다는 것은 현대시조 문학의 정체성이자 숙명이다. 임종찬은 시조가 처한 이러한 사정에 대한 깊이 있는 고찰을 통해서 다양한 이론적 논의를 제시할 뿐 아니라 그 실천적 모색이 고스란히 드러나는 시조작품들을 발표하고 있다.[3]

---

2) 위의 책, 50쪽.
3) 그의 시조집은 제1시집 『청산곡』(한성출판사, 1974)에서부터 『나 이제 고향 가서』

2. 고향이라는 기호

'고향'이란 기호는 문학의 오래된 레토릭이다. 그것은 유년의 추억을 회상함으로써 오늘을 반성하는 기능을 수행하기도 하고 동시에 내일을 조직하는 퍼즐이 되기도 한다. 무엇보다 안식처가 되는 모태로서의 어머니적 공간으로 근원에의 인간적 욕망이 투사된 것이다. 때문에 고향이란 존재의 현재적 시·공간을 확장하는 기호적 매체가 된다. 존재에게 고향은 언제나 '지금-여기'의 현존성을 호출하게 만드는 매개인 셈이다. 기억 속에 있는 고향의 몽타주를 시적으로 형상화함으로써 편집하는 일은 삶에의 감각을 표출하는 것이다. 고향이라는 공간성에 새겨진 흐릿한 시간의 무늬를 재현하고자 하는 욕망은 현재적 삶을 살아내기 위한 방법적 모색의 일종이다.

이는 전통이나 고전이라는 명명에 갇힌 시조문학을 현재적 관점에서 탐색하는 일과도 닿아 있다. 즉 임종찬의 시조는 시조장르 자체에 대한 엄격하고 끈질긴 염결성의 구현과 더불어 존재론적 근원을 탐문하는 미적 자아의 형상화가 조우하고 있다. 이러한 그의 시조의 방향성은 모성성의 재현 및 회복을 통해서 가시화된다. 자연의 공간이기도 한 고향은, 동시에 그것 자체로 이미 모태적 공간으로서의 상징성을 함의하고 있다.

> 나 이제 고향 가서/ 지친 몸을 쉬게 하고// 날 키운 고향 강에/ 발 담
> 그고 목 축이고// 풋 남새 크는 재미로/ 세월 잊고 살련다.// 어머니 밟

(세종출판사, 2008)에 이르기까지 모두 7권이다(『내 조국아 하늘아』(문성출판사, 1977), 『호롱불』(세종출판사, 1984), 『대숲에 사는 바람』(우리문학사, 1994), 『고향에 내리는 눈』(세종출판사, 1999), 『논길이 보이는 풍경』(태학사, 2000) 등) 또한 그 이론적 작업 역시 『古時調의 本質』(국학자료원, 1986)이나 『현대시조론』(국학자료원, 1987) 등에서 『시조문학 탐구』(국학자료원, 2009)이나 『현대시조의 정서와 방향』(국학자료원, 2009) 등으로 이어지고 있다.

던 흙에/ 이랑 지어 씨 뿌리고// 내 묻힐 선산자리/ 도래솔도 세워놓고
// 막걸리 몇 주전자로/ 만석삶을 살련다.// 어리던 동생들과/ 나물 캐
던 논두렁길/ 소학교 풍금소리에/ 절로 피던 민들레꽃// 이 봄이 다가
기 전에/ 그날 되어 살련다.// 나 이제 고향 가서/ 지리산을 병풍 삼고//
경호강 물소리를/ 베개 삼아 잠들련다// 잠 속에 꿈을 꾸어도/ 고향집
에 살련다.

– 「나 이제 고향 가서」 전문

고향은 이미 한 주체의 정체성을 규정짓는 일부로, 늘 과거적 공간에
그치지 않고 끊임없이 현재적 장소, 즉 실존적 현존성에 관여하게 된다.
그렇기에 "'고향'의 부재＝상실은 "일종의 불안한 감정"으로 논해진다. 회
귀 혹은 기원의 장소를 상실하는 것이 존재 그 자신의 불안을 불러일으키
는 것이"4)기 때문이다. 이러한 맥락에서 고향의 복원은 존재가 살아갈 정
신적 집을 건축하는 일이기도 하다.

특히 노년에 접어든 존재가 고향이라는 기호를 생산하는 까닭은, 많은
부분 상실감과 닿아 있다. 자신의 모습에서 잊힌 고향을 보고, 또한 사별
한 어머니의 부재를 통감하게 되는 것이다. 이때의 "어머니"는 생물학적
존재일 뿐만 아니라 대지적 질서이기도 하다. 그러니 궁극적으로 시인이
말하는 고향은, 존재의 탄생과 죽음이라는 유한자적 숙명에 대한 인식이
라 할 수 있겠다.

"나 이제 고향 가서" 살고 싶다는 바람은 곁눈질할 사이도 없이 바쁘게
지나온 인생의 비애 그것이며, 때문에 고요했던 존재의 일상에 파문을 일
으키는 욕망의 발산이기도 하다. 고향으로 회귀한 삶을 희구하면서도 시
인이 그리고 있는 그것은 실감이라기보다는 "잠 속에 꿈"마냥 먹먹하기
만 하다. 이 까닭은 유토피아로서의 고향이 실현되는 순간, 그것 역시 일

---

4) 나리타 류이치, 한일비교문화세미나 옮김, 『고향이라는 이야기』, 동국대학교출판
부, 2007, 37쪽.

상이 되어버리는 탓에 실질적으로 고향이라는 기호가 함의하고 있는 모태적 의미는 상실되어 버리기 때문이다. 그러니 시인의 고향은, 유년이라는 동화 속의 공간이며 역설적이게도 이 공간을 통해서 현실의 그것들이 서로 충돌하면서 삶의 에너지를 얻게 된다. 유한자에게 고향은, 영원히 그 실현을 지연시킴으로써 온갖 이상적 풍경이 버무려진 모습으로 상상 속에 존재하게 되는 것이다. 그러므로 유년이라는 기억의 저편은 많은 부분 오늘이 직조하는 몽타주일 뿐이다.

> 한바탕 슬픈 가을을/ 어지럽게 쏟더니만// 삭북의 하늘 아래/ 말끔히 눈물 닦고// 벗어도 외려 넉넉한/ 겨울산을 보아라.
> —「겨울산」 전문

> 아득하고 아득한 것이/ 평생인 줄 알았는데// 짧고도 짧은 것이/ 한 목숨 가꾸어 온 길// 등짝이 시린 아침에/ 이걸 내가 느끼다니.
> —「각성」 전문

계절적 흐름은 이미 오래전부터 인생에 비유되고 있다. 노년을 인식하는 시인의 눈에 겨울은 고독한 모양을 하고 있지만, 한편으로는 "벗어도 외려 넉넉한" 모습이다. "어지럽"던 살이의 분주함을 내려놓고 어쩔 수 없이 한동안은 그 허허로움을 견뎌야 하겠지만, 곧 평온한 일상에 적응하게 되는 것이다. 노년의 풍경은 단순히 고요한 무엇에 그치지 않고, 쉴 새 없이 밀려드는 그리움에 응전해야 하는 시기이기도 하다. 그렇기에 "아득한 것이/ 평생인 줄 알"고 무한정 살 것 같던 생명이 고작 한 계절임을 느끼게 되는 어느 "등짝이 시린 아침에" 당도하게 되면, 삶은 늘 죽음에 더 가까이 있었음을 알게 되는 것이다. 도무지 인간의 힘으로는 어쩔 도리가 없는 유한자의 숙명과 대면하게 되면, 훨씬 이전에 그러한 숙명을 목도했을, "날 낳아놓고/ 겨울"(「겨울 되어」)이 된 아버지를 떠올리는 것이다. 그러니 늙음은 살아있는 것들에 대한 간절함만큼이나 죽은 존재에 대한 그리움도 대책 없이 쏟아놓고 마는 시기인 것이다.

이처럼 임종찬의 작품에서 말년의 양식은 삶과 죽음 사이에서 분투하는 예술가의 초상이다. 웅성거리는 그의 독백처럼, "인생은 늙을수록/ 외로움에 멍드는지."(「비 오는 날」) 알 수 없는 노릇이고, 그의 시조는 일렁이는 유한자의 숙명을 목도하는 존재자의 파편화된 외침이다. 그러니 인생의 답안은 완성될 기미조차 보이지 않고 자꾸만 비틀거리며 복잡한 미로를 그려대는 것이다. 바로 이것을 자각하는 일이 말년의 양식인 셈이다.

3. 시조문학의 오늘

임종찬의 시작은 엄격한 시조론에서 출발한다는 점에서 다분히 지적知的이다. 무엇보다 시조의 형식미학에 대한 염결성을 통해 그 완성도를 지향한다는 점에서 소위 시조를 사칭하는 작품들에 경각심을 부여하기도 한다. 그리고 한편으로는 존재의 연약한 감성을 예민하게 통찰한다는 점에서 감성적이다. 어찌 보면 경직된 시조관을 견지함에도 내용적 층위에서 현실감을 유지할 수 있는 이유는 이러한 감성적 자장 덕분이라 할 수 있을 것이다. 가령, 아래 시조는 그가 지향하는 현대시조의 자격을 구현하면서 동시에 형식 너머의 문학성 역시 갖추고 있다.

적막도 잔이 넘쳐/ 취해 앉은 강산인데// 가을은 포도 시렁에/ 빈 하늘만 얹어 놓고// 한 마리 벌레를 울려/ 야윈 밤이 깊어라.// 오동 장롱에 감춰 둔/ 한 떼기 황토빛 수심(愁心)// 어머님 반짇고리엔/ 어스름만 쌓여 오고// 간직한 내 꿈의 창호(窓戶)에/ 집을 짓는 귀뚜라미.

　　　　　　　　　　　　　　　　　　　　　　　－「귀뚜라미」 전문

이처럼 임종찬의 작품은 시조 장르에 대한 스스로의 염결성을 토대로 미적 예술성을 표현하고 있는 수작들이 많다. 대표적으로 이 작품을 통해서 알 수 있는 것처럼 시조문학의 구술적 속성, 즉 노래로서 불리는 낭독미가 살아있는 3장 구조의 응집성 및 응결성을 엿볼 수 있다. 시조는 3장 구조의 시행발화에서, 각 장의 독자성과 3장의 응집성 등과 같이 형식미학을 갖춰야 하는데, 그는 시행 배열에서부터 그러한 규칙성을 준수하고 있다. 장르에 대한 이와 같은 엄격함은 현대시조의 정체성에 답하는 그의 태도이기도 하다.

인생의 단애(斷崖)를 지나 견자—되기

— 시인 구애영을 '읽다'[1]

1. 상실의 감각

문학의 책무에 대해 자못 진중하게 생각하게 되는 요즘이다. 참담한 현실, 불가항력으로 엄습해 오는 무수한 폭력 앞에서 한없이 무기력해지는 오늘의 상황에서 문학적 상상력이란 어떤 역할을 감당할 수 있을까. 어쩔 수 없이 유보적으로, 일단의 이상론적 입장에서 인문학적 가치를 옹호할 수 있을 뿐 도무지 자신 있게 방점을 찍을 수가 없다. 지난 4월 세월호 침몰에서부터 최근 군대 폭력 문제 등에 이르기까지, 이토록 무거운 절망과 비극 그리고 분노 앞에서 문학적 언어로 발화하는 것의 무기력함, 그 참담함은 어느 때보다 크다. 아니, 훨씬 그 이전부터 우리는 이러한 폭력 상황에 노출되어 있었다. 그럼에도 우리는 무섭도록 무감각했으며, 여전히 대중이라는 방패 뒤에 숨어서 고통을 공유하는 척 가장하고 있는지도 모르겠다. 숨 쉴 틈 없이 한꺼번에 수면 위로 떠오른 사건들의 소용돌이에 질식되어, 사회적 정의에 대한 믿음도, 인간적 가치에 대한 기대도 할

---

1) 본 논의는, 시조집 『모서리 이미지』(고요아침, 2012)에 실린 작품과 신작을 그 대상 텍스트로 한다.

수 없게 된 현실에서 냉정하게 자신의 역할을 감당하기는 참으로 어려운 일이다.

이러한 현실의 무게로부터 스스로를 유폐시키고 있을 즈음, 구애영 시인의 작품을 만났다. 문학적 상상력이 해답은 될 수 없지만, 존재자의 자기-회복에는 일조할 수 있음을 재확인할 수 있는 계기가 되었다. 가까운 존재의 죽음과 직면하게 되면, 우리는 삶의 감각을 놓치게 된다. 삶이라는 것이 얼마나 위태로운가에 대해 회의하게 되고, 일순간 밀려드는 허무로부터 스스로를 지킬 힘을 잃게 된다. 구애영 시인의 단단함 역시 죽음 상황을 목도하고 나름의 방식으로 죽음 너머에도 삶이 있음을 깨닫고 난 다음 획득된 것으로 보인다. 오랜 겨울과 긴 터널을 지나 시인은, 지금-여기에 서 있는 까닭에 그의 시는 그 속살이 옹골차다. 이는 부재가 주는 허무를 견디고, 상실의 감각으로부터 스스로 태연해질 수 있는 시간의 힘이기도 하다.

> 손가락 첫 매듭이/ 아픔 없이 잘려나간다/ 다만 그곳에 맺힐/ 찬 이슬 버겁겠다/ 사방에/ 흩어진 별뉘/ 그 결기를 생각한다// 소소밀밀疎疎密密, 달의 계단/ 거긴 가 닿을 수 없다/ 먹을 갈아 귀 기울여도/ 바람은 무거워지고/ 꿈결에/ 문득 짚어보는/ 손가락 끝 폐허 같다// 아슬아슬하게 앉아/ 툭, 끝이 잘린 서사/ 제 허물을 벗어놓은/ 견자의 눈빛인가/ 아득한/ 하늘 향하여/ 뿌리 내린 저 성자
>
> ―「단애(斷崖)」전문

절벽 앞에 선 인생이 있다. 살아가면서 우리는 낭떠러지에 위태롭게 서 있는 자신을 발견하게 될 때가 있다. 삶에의 절망과 의지가 뒤범벅된 상태, 이 때문에 야기되는 생의 고통을 어떻게 극복할 것인가는 사는 내내 풀어야 할 숙제이다. 특히 시인은 시적 행위를 통해 이를 승화해 나갈 방도를 찾는 데 골몰한다. 시인은 인생의 단애에 "아슬아슬하게 앉아" "폐

허 같"은 허공을 응시한다. "툭, 끝이 잘린 서사" 마냥 자신의 인생이 "가 닿을 수 없"는 "볕뉘"를 쫓고 있다. 희망의 여지, 그 틈을 발견하려는 "견 자의 눈빛"은 '다시―살기' 위한 몸부림으로 읽힌다. "한 생의 추운 자리 라도" "산 사람"(「모서리 이미지」)은 어떻게든 살아진다는 사실을, 받아 들이기까지는 상당한 시간이 걸린다. 시인 구애영은 "긴긴밤 시(詩)를 쓰 는 달의 문하",(「가로등」) 그 시인됨의 자의식으로 이러한 상황을 타개하 기 위해 분투한다.

2. 그리움, 존재자의 무게

우리는 자주, 유한적 존재로서 겪어야 하는 숙명적인 무게 앞에 속수무 책인 자신과 대면하게 된다. 특히 구애영 시인의 시적 깊이는 죽음을 겪 은 자의 심사에서 비롯되는 삶의 깊이를 보여준다. 죽음 상황에 대한 성 찰은 유한자의 자기 발견과 회복에 닿아 있다. "그 사람 먼저 떠나고 혼자 걷는"(「발바닥 바위」) 인생의 쓸쓸함, 죽음 그 "무량겁의 슬픔도 봄이 오 면"(「풍무동, 2011년 봄」) 치유될 수 있을지 알 수 없는 암담함이 삶을 지 배한다. 죽음이란 "언젠가는 떠나야 할 지상의 길"임을, 우리는 모두 "길 떠날 순례자들"(「호스피스 병동에서」)임을 수긍하는 일은 쉽지 않다. "허 공에 걸려있는" "묵언의 하늘다리"를 "건너"(「하늘다리」)는 일은 스스로 경험할 수는 없지만, 타자의 죽음으로 인해 수시로 유한적 존재로서의 숙 명을 가늠하게 된다. 특히 구애영 시인은 자신이 "안고 있는 무덤의 끈끈 했던 시간들"(「곡선, 빛을 향하여」)로 인해 자주 좌표를 잃고 추락해야 했 다고 고백한다.

구순까지 정정했던/ 골무 속 은가락지// 흰 국화 사진 뒤에/ 꼭 동여
맨 그리움인 듯// 구름 새 낮달 하나가/ 동그랗게 걸려있네
— 「어머니」 전문

그의 시조에서 부재의 심사는 그리움으로 표출된다. 해소될 수 없는, 오
로지 견딤과 순간적 잊힘으로만 지탱될 수 있는 죽음에 대한 감각은 어머
니의 상실에서 극대화된다. "흰 국화 사진 뒤에/ 꼭 동여맨 그리움", 그 부
재에서 오는 고통은 가닿을 수 없는 곳에 뜬 "낮달"로 형상화 된다. 망자
에 대한 그리움이 삶의 간절함으로 전환되기까지 긴 시간이 걸린다. 존재
는 누구나 달팽이처럼 "그리움을 둥글게 여민" "껍데기" 하나를 "등에 지
고"(「달팽이 詩」) 살아간다. 특히 시인에게 어머니라는 존재는 모든 그리
운 것들이 점철된 표상 같은 역할을 한다. "사방을 적시는 물빛소리"(「가
을 달빛」)를 비롯한 삼라만상에서 어머니를 발견하려는 서정적인 작업은
상실과 부재를 견디려는 존재자의 응전인 것이다.

희망을 펼쳐놓듯 날개 달린 각진 등뼈/ 누군가를 기다리며 한 죽지
씩 쌓여진/ 바래고 지워진 시간 결 따라 서려있다// 허공의 무덤/ 저것
봐, 창을 뚫어 이슬 모았네/ 언젠가는 찾아올 어머니의 집이기에/ 기나
긴 어둠 속에서 다시 태어났을까// 평평한 바닥에서 주춧돌을 묻으며/
모서리의 각을 깎아 빈틈없이 맞물린 생(生)/ 서로를 부여잡을 때 마음
도 하나인 걸// 자꾸만 비워져야 더 높이 오르는 법/ 하늘 향한 정수리
에 서동의 꿈 반짝인다/ 시린 뼈 은빛의 기둥, 무릎 꿇은 침묵이여
— 「탑(塔), 흰 뼈의 무덤」 전문

시인은 그리움 때문에 "매미처럼 울어본 적 있었"다고 고백한다. 때문
에 차마 소리조차 내지 못하고 "속울음으로"(「방울과 모빌」) 간신히 뱉어
내야 했던 고통으로, 시인은 "누군가를 기다리"느라 "비어있"(「눈꽃사랑」)

는 무수한 시간을 견뎌내는 것에 익숙하다. 행여나 남들에게 들킬까봐 "친친 동여맨 그리움"(「핸드폰 혹은 처용에 대하여」)을 부둥켜안고 "수많은 불면의 밤을 기다림에 지새"(「잉걸불」)웠을 시인이다. 한 인생이 침묵의 주술에 걸린 사리탑. "탑"은 죽음이 봉인된 "흰 뼈의 무덤"이자 죽음을 딛고 일어선 시적 정신의 형상화이기도 하다. 인생이란 "모서리의 각을 깎아 빈틈없이 맞물"려 있다는 사실을 받아들이기까지 시인은 "바래고 지워진 시간 결 따라" 오래토록 침잠해야 했을 테다. 무수한 죽음과 삶에의 절망이 묻힌 "허공의 무덤"에서 "자꾸만 비워져야 더 높이 오르는 법"을 익히게 된다. 상실감은 그리움을 분출하는 과정에서 배가되지만, 그 덕분에 치유의 희망을 발견하게 된다.

　"자디잔 슬픔"과 "마주한 그리운 세월"(「분수, 한강 그래픽」)이 퇴적되어 그리움이라는 감정을 응축해 낸다. "시간이 붉은 기억을 한 꺼풀씩"(「늦게 찾아온 사랑」) 벗길 때마다 아릿하지만, 산다는 것은 그런 것에도 태연해질 수 있어야 한다는 것을 배운다. 이제는 형체도 선명하지 않은 "까만 점 가슴에 담고 누구를 그리워하"(「사루비아 월남댁」)는지도 불분명한 채로, 지난 전생애의 흔적을 그리움이라는 심사에 투영한다. 이처럼 시인의 이야기로 묶인 서정은 "탱탱한 그 무언가가 고요 속에 차오"르는 것처럼 "생의 어디쯤에서 못을 박은"(「비록 아무것도 없을지라도」) 무수한 그리움에서 발현된다. 긴 그리움의 시간을 지나왔기에 이제는 "낮은 자를 기다리는" 여유가 생겼다. 스스로를 치유하는 일에 갇혀 있던 시인은 오랜 번민과 갈등의 시간을 지나 "이제는 무릎 꿇고서" "가난한"(「시계풀」) 것들과 여린 것들을 품에 안을 수 있는 삶의 여력이 생긴 것이다. 즉 고요한 삶, 그 평범한 일상에 내재된 힘을 발견하게 된 것이다.

3. 다시, 인생을 발견하다

사물의 이면을 발견하는 자, 그 특수한 시적 감수성을 겸비한 혜안을 가진 자가 시인이다. 모든 시인은 이러한 견자—되기를 열망한다. 사물을 투시하는 시인의 시선은 존재의 본질을 해명하는 데 일조한다. 응시와 발견, 그리고 시적 언어를 통한 발화와 공감은 시적인 것을 탐색하는 시인의 존재 이유이기도 하다. 시인이 느낀 환희나 전율 따위를 공유하는 일은 자주, 인간의 자기 치유에 기여하게 된다. 특히 구애영 시인은, 죽음이나 이별 등으로 인한 인간사의 상실과 거기에서 야기된 그리움을 수긍하는 과정에서 인생을 새롭게 발견해 나간다. 시인의 자기 성찰은 유한적존재의 고독을 치유하는 한 방편이기도 하다.

> 항아리 속살 위로/ 하늘이 깊어지면/ 초로의 어머니가/ 햇살을 동인다/ 아들 둘/ 떠나 보내고도/ 그렇지 걷어낸다// 경박한 소문 하나/ 넘보지 못한 나날/ 그 마음 알았는지/ 백년 된 씨앗 하나/ 오롯이/ 속앓이 게우가며/ 사리 한 알 꿈꾼다// 악아, 간을 맞출 땐/ 생계란을 띄워봐라 잉?/ 한 생을 썻은 낮달/ 동동 떠 젖지 않는다/ 한 번 더/ 가계(家系)의 색이/ 눈부시게 진해진다
>
> — 「씨간장」 전문

구애영 시조의 시상은 주로 사물을 관찰함으로써 대상을 형상화 하고, 이를 통해서 자신의 심사를 표출하거나 승화해 나가는 과정으로 전개된다. 시인 류시화가 "사물은 저마다 시인을 통해 말하고 싶어 한다"고 역설했던 것처럼, 구애영 시인의 시적 형상화 방식 역시 이에 충실하다. 위 시조는 간장이 숙성되는 과정을 통해 어머니의 일생을 회상한다. "초로의 어머니"와 "백년 된 씨앗"은 묘하게 닮았다. "가계의 색"을 지켜나가기 위한

"속앓이"가 잘 정화되어 "눈부시게 진"한 삶의 맛을 만들고 있는 것이다. 이처럼 그의 시조는 오래 묵은 장맛으로 절묘하게 인생의 맛을 내고 있다.

시인의 관찰 행위는 주로 "긴 봄날 물음표 같"은 "호미자루"(「호미자루」)처럼 일상적인 것에서 비롯된다. 가령 참빗을 관찰함으로써 어머니에 대한 그리움을 토로하거나 이를 통해 동양적인 시적 이미지를 완성해 보이기도 한다. "향긋한 오죽소 하나"에서 "서늘한 그늘 따라 별 구름 새긴 세월"을 그려내고, 그 "월소 같은 징검다리"를 건너 시인은 자신의 "그리움"이 가닿는 "고향"에서 "어머니"(「참빗」)와 조우하게 된다. 또한 "개개비 알보다 더 조그마한 여린 맨살"을 가진 쌀, "서로의 몸 비비적거려, 포대 속 가족"을 이룬 그 형상에서 함께 살아간다는 것의 의미를 발견하기도 한다. "더불어 산다는 건 찰진 밥 향기 같은 것"(「쌀」)이라고 시인은 잠언마냥 읊조린다.

> 흰 살결, 겹손 콩노굿이 하늘을 둥글게 감다.// 많이 실해졌다 하루살이도 네게 와서 꼬투리가 영근 봄날 얼마나 더 허물을 벗어야 이 세상 몸이 될까 봄이 될까 미궁이다 가득이 고인 애기 집 하나로 둥글게 품은 네 가슴 아직 촉촉하다 품는 것은 두근거리는 일이었구나 속엣말도 내간체로 여물어 가면 문을 두드리는 순간,// 덜 여문 햇콩을 간다 내안의 서시 같은
>
> ―「완두(豌豆)」 전문

생명이 탄생하는 찰나, 그 숭고함과 마주할 때 인간은 한없이 겸허해진다. 자신을 짓누르던 삶의 무게는 섭리의 엄청난 비의 앞에 잠시 가벼워지고, 인생의 옹골진 맛을 오감으로 느끼게 된다. 인생의 성찰은 뜻하지 않은 찰나에서 존재를 장악한다. "미궁"에 빠진 듯 암담했던 삶이 일순간 "두근거리는 일"로 변할 수 있는 것 역시 "하늘을 둥글게 감"은 생명의 신비 덕분이다. 더불어 탄생의 순간은 내면으로 침잠했던 자아를 세상 밖

으로 나오게 하는 힘, "문을 두드리는" 용기를 부여한다.

"송이마다 차오르는 울음 같은 기쁨 같은" 열매는 삶─살이의 희노애락을 보여주는 듯하다. 생명을 대하는 시인의 자세는 한없이 겸손하다. 삶의 비의를 자연에서 찾으려는 나름의 분투는 시인으로 하여금 오래토록 "보송한 그 은빛솜털"과 "눈 맞추며 나누"(「청포도 노래」)게 한다. 그렇기 때문에 "오랜 고요 뚫고 나온 저 여리고 풋풋한 싹"을 응시하는 일은, 시인이 "제 허물 그곳에 묻고 올 곧게 몸 세우"(「볍씨일기」)려는 자기성찰의 일환이다.

4. '견자─되기'의 시학

구애영 시인이 짊어진 시인으로서의 책무는 그 스스로 밝히고 있는 것처럼 '견자─되기'이다. 일상의 틈을 발견하는 일, 일상 너머의 비의를 해명하는 일, 그리하여 자신만의 새로운 질서로 시적 세계를 창출하는 일이 그것이다. 이 모든 것이 가능하기 위해서는 '뒤틀림'을 공감의 언어로 표현해야 한다. 틈새를 탐색하는 일, 그 뒤틀림의 발견은 사물의 이면을 포착하는 일이자 새롭게 전복함으로써 자신만의 시적 세계를 구성하는 작업이기도 하다.

이처럼 시조적 상상력은 시적인 감각을 통한 존재 의미 회복과 형식미학을 통한 느리게 사유하는 방식을 일깨워 준다. 오늘의 문학이, 이 시대와 같이 호흡하기 위해서는 보고 싶은 것만 보는 것이 아니라, 마땅히 보아야 할 것을 들추어 낼 수 있는 용기가 필요하다. 즉 무엇을 왜 보지 않으려 하는지를 진단하고, 자신의 의지에 따라 이를 시적 재구성해야 한다. 비겁해지지 않기란 참으로 어렵다. 그런 만큼 제대로 '보는 자'가 되기란 쉽지 않다. 때문에 더욱, 시인의 시적 발화가 해야 할 역할 중 하나는 유폐된 것을 위한 언어여야 한다. 구애영 시인의 시적 발화가 확장될 지점, 그 스펙트럼의 다양성을 추구할 수 있는 지점 역시 여기에서 찾을 수 있을 것이다. 스스로의 존재를 구원했으니, 이제 사회 속으로 들어가 견자—되기를 감행해야 하는 것이다.

4부

이 시대 작가를 만나다 II

시인의 매체 활용법

– 류시화와 만나는 법[1]

1. 매체media와 문학 : 시에 로그인login—하다

매체 환경의 급변은 생활 및 소통 방식의 변화를 주도한다. 특히 매체의 진화는 문학 장場 재편을 야기하기도 한다. 문학 장을 재편하는 일은, 다시 말하면 문학을 구성하는 주체를 전복한다는 의미이다. 더 이상 문학은 문단 기득권자에 의해 명명되는 수동적이며 정치적인 한계에 그치지 않는다. 물론 변화의 도정에 있는 문학 장 자체의 전복을 꾀하는 일은 더 많은 시간이 필요할 것이다.

맥루언의 선언처럼 매체는 인간을 확장한다. 소통의 상상력을 실현한 SNS(social network service)를 통해 문학은 새로운 문학 장을 구축하기에 이른다. 가령 로깅logging 순간, 현실 세계의 공간적 간극은 사라진다. 스마트한 기기들은 로깅의 번거로움조차 해소한다. on-off로 생명을 부여하듯 SNS의 문은 그렇게 개방적이다. 블로그, 트위터 등은 시 · 공을 초월하는 것에서 나아가 친교의 정의 및 그 범주 역시 확장하기에 이른다. 이러

---

1) 본 논의는 15년 만에 출간된 류시화의 세 번째 시집을 중심으로 한다. 류시화, 『나의 상처는 돌 너의 상처는 꽃』, 문학의숲, 2012.

한 매체는 이미 많은 문학인에 의해 그 창조적 소통을 위한 장으로 소용되고 있다. 이송희일(@leesongheeil)의 멘션처럼 트위터는 "글똥 싸는 데"이기 때문이다.2)

　세상의 모든 이야기는 기억에서 출발해 망각으로 종결된다. 그러나 서정적 발화는 여기서 한 걸음 더 나아가 망각에 근접한 찰나에 기억을 빚는다. 시라는 장르는 그것 자체로 이미 매체의 일종이다. 노래-말이라는 매체에서 시작해 언어-글이라는 매체로 정착되기까지 시 문학은 그 내용과 형식적 층위에서 변모를 거듭해 왔다. 1990년대 통신문학을 통해 분열 및 확대 양상을 보인 '문학인' 즉 '작가'라는 고유성은, 이 시대 '다른 모습'으로 호출된다. 신적 존재로서의 작가는 더 이상 존재하지도 않을 뿐아니라 무의미하기까지 하다. 대중 속으로 내려온 작가의 모습을 우리는 매체를 통해 목도할 수 있다. 완성품으로 세상에 나오던 작가의 창작물은 더 이상 결과물이 아닌 과정의 형태로 대중들에게 고스란히 노출된다. 블로그 연재 등을 통해서 작가는 매회 독자의 반응을 살펴야 한다. 때문에 작가의 고유성은 더 이상 절대적이지 않다. 이제는 각 개인이 미디어가되어 문학을 홍보하거나 비판하며, 동시에 창작한다.

　이 글은 그가 경계하는 평론(가)적 위치가 아니라 공감의 위치, 소통하는 독자의 입장인 일종의 팔로워(구독자)가 되어 전개된다.

---

2) 2012년 7월 7일 저녁(9:02 오후)에 올라온 이송희일(@leesongheeil)의 멘션 전문은 다음과 같다. "어제 누군가 트위터가 뭐하는 곳이냐고 물었다. 이렇게 대답해줬다. '글똥 싸는 데야.'"

2. 시인을 팔로우follow-하다

1) 시인의 멘션mention

류시화는 문단에 의한, 혹은 문단에 대한 이단아/이방인이(었)다. 1990년대 문단 헤게모니의 '지엄한 숭고' 그 배타적 권위주의를 극단적으로 보여준다. 그의 본명(안재찬)과 필명(류시화) 사이의 거리는, 어쩌면 김해경과 이상 만큼 단절적으로 읽힌다. 낯선 사물의 이름을 부름으로써 존재를 호명하는 그가 실상은 자신의 이름을 놓치고 산다는 것은 흥미롭다. 2000년 당시 시인의 작업실을 방문했을 때 문패에도 '류시화'라 쓰여 있는 것은 인상적이었다. 시인은 대학 시절 이미 류시화라는 필명을 썼다고 하지만, 의미 부여하기 좋아하는 평론적 언어를 빌어 생각해 보면 문단과 대중의 경계, 현실계와 가상계의 경계, 그리고 자연계와 인간계의 경계를 그는 자신의 이름으로 구획하고 있는 것은 아닐까. 혹은 역설적으로 그 경계 짓기의 불가능성에 대해 말하는 것은 아닐까. 그는 오래 전부터 이미, '시를 살고 있는 것'이다. 세상에는 시인 류시화가 된 안재찬이 있을 뿐, SNS를 통해서조차 우리는 안재찬을 만날 수 없다. 나 역시 시인 류시화 혹은 시인이라는 그 이름 자체가 함의하고 있는 환상을 그를 통해 욕망하고 있을 뿐인지도 모른다.

SNS는 시인 류시화에게 있어 작품 노트의 성격을 띤다. 그는 여타의 SNS 사용자와는 달리 자신의 일상적 감상 따위를 나열하지 않는다.[3] 또

---

[3] 최근 시집이 출간되고 사인회를 다니면서 나름의 룰이 깨진 듯 보이지만, 극히 일부 경우에 지나지 않는다. 시인의 멘션을 통해서 이를 살펴보자. "오늘의 시<반딧불이>. 2년 전쯤 트위터에 초고를 올렸었는데, 이번 시집의 갈피에서 반딧불이처럼 깜박이고 있는 시라는 느낌이 나 스스로 든다."(류시화(@healingpoem) 12. 7. 06 10:14 오후) 내가 처음 트위터를 하게 된 것도 시인의 홈페이지가 임시로 문을 닫고 시인이 트위터 공간에서 멘션으로 시를 게시했기 때문이다. 이번 시집에 담긴 대다

한 시적 발화를 제외하고는 침묵으로 일관한다. 때문에 그는 철저하게 필요에 의한 매체 사용을 보여준다. 가령 만화가 강풀이나 가수 이효리 등은 자신의 신념을 드러내는 다소 무거운 발언에서부터 '배 고프다' '잠 온다' 따위와 같은 지극히 일상적인 멘션을 남긴다. 여러 작가들 역시 크게 다르지 않다. 시인이자 평론가인 심보선은 사회에 대한 저항적 참여에서부터 개인적 일상을 나열하는 것에 이르는 스펙트럼을 통해 SNS로 대중과 소통한다. 이로 인해 문학인의 일상적 삶은 보다 다양한 의미로 재해석 될 수 있는 여지를 제공한다. 예컨대 <도가니>의 작가 공지영의 행보역시 그러하다. 사소한 일상을 보여주는 작가들에게서 독자는 일종의 동질감을 얻게 된다. 그러니 기꺼이 그들의 팔로워follower가 되어 별 시답잖은 말들을 굳이 시간을 거슬러가며 읽는 것이다.

시인 류시화는 아랍 신비주의 시인인 루미Rumi를 좇는다. 때문에 그의 멘션은 구도자의 시선이거나 독자의 구루가 되어 사물에 말걸기를 매개하는 작업에 복무한다. "아무도 모르는 신비의 시간 같은 것은 없"(「홍차」)다는 시인의 선언은 역설적이다. 시인은 오래 방황했고, 그 만큼 대중에게 해줄 말도 많다. 그의 시적 언어는 서사적이다. 초기 시에서 보여줬던 함축적 언어는 잠언적 언어로 대체되었다. 동료 시인의 말처럼 "일상언어

수의 시편들은 이미 그 초고가 몇 년 전부터 트위터를 통해 발표되었다. 여행을 떠나 길 위에 서지 않은 시간에는 하루 한 편씩 꾸준히 구독자(팔로워)에게 시를 전달해 주었고 이 시를 영상으로 제작해 주는 구독자(HAL(@HalApp)도 있었다.
"오늘, 숨이 찬 어머니 모시고 병원 갔었다. 키를 재는데 147.5센티. 내 키가 180이 넘어 사람들이 늘 말했었다. 엄마 닮아 아들도 크다고. 그 키 다 어디로 갔나. 몸무게 42키로. 이제 땅을 누르지도 않으신다. 일생을 숨차게 사셨다."(류시화(@healingpoem) 12. 7. 06 10:11 오후) "비 그친 뒤, 여름 속에서 가을을 보네…… 사인회하러 강남 교보문고에 갑니다. 오늘 행사 끝나면 또 다시 길 위의 시간."(류시화(@healingpoem) 12. 7. 07 1:30 오후) 이 두 멘션은 지금까지 류시화의 트위터 활용법과도 다소 거리가 있다. 시집이 나온 탓도 있겠으나 그를 구독하는 한 사람으로서 사소한 일상도 자주 언급되었으면 하는 바람이 있다. 길 위의 시간으로 떠나면, 시인은 늘 침묵해 왔다. 오랜 시인의 침묵을 응시하는 일은 생각보다 인내심이 필요하기 때문이다.

들의 직조를 통해, 어렵지 않은 보통의 구문으로 신비의 세계를 빚어내고 있는 것이다."4) 시인에게 있어서 "잘못 살고 있다고 느낄 때/ 바람을 신으로 모신 유목민들을 생각"하는 일, "사랑하지 않고 상처받지 않는 사람보다/ 사랑하고 상처받는 사람을 생각"하는 일, 그리고 "가난한 사람들의 손에서 손으로 건네지면서/ 둥근 테두리가 마모되는 동전을 생각"하는 일은 "해답을 얻기 위해서가 아니라 질문을 던지기 위해"(「되새 떼를 생각한다」)서 이다. 바로 이러한 성찰적 위치에 시인의 시가 놓인다.

특히 상처를 보듬는 시인의 손길은 삶을 살아내는 존재를 향해 있다. "흉터가 있다는 것은/ 상처를 견뎌 냈다는 것"(「홍차」)이며, 때문에 "흉터라고 부르지 말"고 "옹이라고 부르지"(「옹이」) 않으며 그것이 피워낼 찬란한 생명을 보라고 말한다. 상처인 채로, 흉터인 채로 끝나는 삶은 없다는 위무는, "서른 살 이후 자살을 시도한 적 없다"(「자화상」)는 시인의 말을 통해서 가식이 아니라 오랜 절망과 방황을 통해 깨달은 것이라는 신뢰를 얻게 된다. 그래서 "무늬 중에 상처의 무늬가 가장 아름다운 것을"(「파문의 이유」) 시인은 안다. 시인은 시를 통해서 자신을 위무한다. 슬픔이나 상처를 다른 이름으로 표현하고 있는 「곰의 방문」이 그렇다. "누군가 당신의 집 앞으로 상처 입은/ 곰 한 마리를 데려왔다"는 구절을 직설적으로 바꾸면, '어느 순간 슬픔이나 절망에 빠질 때가 있다' 정도가 될 것이다. 시인은 어떤 시간을 하나의 사건으로, 대상으로, 공간으로 표현하는 것에 능숙하다. "슬픔이라는 이름의 덩치 큰 회색곰이" 당신을 찾아 온다면 망설임 없이 상처를 치유해 주고 그 "상처가 아물면 곰을 내보내야만 한다"고 말한다. "곰이 곧 당신 자신이므로."

---

4) 시인 이문재는 '낯익음 속에 은폐되어 있는 낯설음의 세계를 발견하는 것이 시의 역할'이라고 말한다. 이문재, 해설 「<온곳으로 돌아가는 길>과 돌아갈 수 없는 길」, 『그대가 곁에 있어도 나는 그대가 그립다』, 푸른숲, 1991, 105쪽.

그는 좋은 사람이다 신발 뒷굽이 닳아 있는 걸 보면/ 그는 새를 좋아하는 사람이다 거리를 걸을 때면 나무의 우듬지를 살피는 걸 보면/ 그는 가난한 사람이다 주머니에 기도밖에 들어 있지 않은 걸 보면/ 그는 눈물조차 흘릴 수 없는 슬픔을 아는 사람이다 가끔 생의 남루를 바라보는 걸 보면/ 그는 밤을 견디는 법을 아는 사람이다 샤갈의 밤하늘을 염소를 안고 날아다니는 걸 보면/ 그는 이따금 적막을 들키는 사람이다 눈도 가난하게 내린 겨울 그가 걸어간 긴 발자국을 보면/ 그는 자주 참회하는 사람이다 자신이 거절한 모든 것들에 대해 아파하는 걸 보면/ 그는 나귀를 닮은 사람이다 자신의 고독 정도는 자신이 이겨내는 걸 보면/ 그는 아름다운 사람이다 많은 흉터들에도 불구하고 마음 깊숙이 가시를 가지고 있지 않은 걸 보면/ 그는 홀로 돌밭에 씨앗을 뿌린 적 있는 사람이다 오월의 바람을 편애하고 외로울 때는 사월의 노래를 부르는 걸 보면/ 그는 동행을 잃은 사람이다 때로 소금 대신 눈물을 뿌려 뜨거운 국을 먹는 걸 보면/ 그는 고래도 놀랄 정도로 절망한 적이 있는 사람이다 삶이 안으로 소용돌이치는 걸 보면/ 그는 이제 이 세상에 없는 사람이다 그의 부재가 봄의 대지에서 맥박 치는 걸 보면/ 그는 타인의 둥지에서 살다 간 사람이다 그의 뒤에 그가 사랑했으나 소유하지 않은 것들만 남은 걸 보면

— 「그는 좋은 사람이다」 전문

시인은 끊임없이 존재를 향해 물음을 던진다. 그것은 곧 자연 만물의 신비를 통찰하고자 하는 창조적 물음이기도 하다. "이상하지 않은가 단 하나의/ 육체를 가지고 있다는 것이, 아니/ 두 육체에 나뉘어 존재한다는 것이/ 우리는 어디로 가는가"(「소면」) 시인의 물음은 경이로 향하는 깨달음과 연결되고, 이 찰나의 깨달음을 위해 시인은 무수히 질문을 던진다. 즉 생을 향한 물음느낌표의 사유를 시를 통해서 풀어내는 것이다. 때문에 이번 시집에서는 반복어구를 이용한 표현이 눈에 띤다. 시인이 트위터를 통해 밝힌 것처럼 이 작품은 고 노무현 대통령에 대한 이야기다. 일정한 리듬으로 그의 시를 낭송하다 보면 대통령의 자리에서 내려와 다시 촌부

가 되었던 사내가 그려진다. 특히 "그는 좋은 사람"임을 설득하기 위해 던지는 메시지가 그렇다. 이례적으로 읽어야 할까? 이번 시집에서 눈에 띄게는 두 편의 시를 통해서 시인은 사회를 향한 목소리를 표출한다. 그의 시적 언어를 통해 발화될 때 이러한 메시지는 생경한 목소리가 아닌, 메아리와 같은 자연언어로 독해된다.

시 「만약 앨런 긴즈버그와 함께 세탁을 한다면」에서도 이러한 정치적 발언 혹은 '정치적인 것'으로 호명하는 사회의 엄정함이 드러난다. "만약 당신과 함께 지구별 한 골목에서 세탁소를 연다면/ 당신이 미국을 세탁기 안에 집어넣는 동안/ 나는 세탁법이 불분명한 정치인들을 비눗물 속에 담글 것이다"는 결심이 그러하다. 시인 앨런 긴즈버그(1926~1997)는 시대의 절망과 상실감에 대해 서슴없이 말했으며 가슴 속 불꽃을 표출하는 것이야말로 시인의 책무라고 강조했다. 이러한 정치적인 목소리는 세월을 견디며 청춘을 건너 불혹마저 거쳐 온 시인의 성찰에서 비롯된 것이리라. "아, 나는 알지 못했다/ 나의 증명을 위해/ 수많은 비켜선 존재들이 필요했다는 것을/ 언젠가 그들과 자리바꿈할 날이 오리라는 것을/ 한쪽으로 비켜서기 위해서도 용기가 필요하다는 것을/ 비켜선 세월만큼이나/ 많은 것들이 내 생을 비켜 갔다/ 나에게 부족한 것은/ 비켜선 것들에 대한 예의였다"(「비켜선 것들에 대한 예의」)

『그대가 곁에 있어도 나는 그대가 그립다』(푸른숲, 1991)와 『외눈박이 물고기의 사랑』(열림원, 1996)이 출간되고 이 시집들이 베스트셀러가 되었을 때 사람들은 쉬운 연애시로 류시화의 시를 해석했다. 그러나 시인은 자신의 시편은 신비주의 시편들임을 강조했다. 어쩌면 사랑은 신비에 쌓인 어떤 비밀들을 폭로하기에 가장 훌륭한 장치인지도 모른다. 시인이 "애인아, 슬픔을 겨우 끝맺자"라고 했을 때 이때의 애인은 반드시 사람만을 의미하지는 않을 것이다. "너는 나에게 상처를 주지만 나는 너에게 꽃을 준다, 삶이여/ 나의 상처는 돌이지만 너의 상처는 꽃이기를, 사랑이여/

삶이라는 것이 언제 정말 우리의 것이었던 적이 있는가"(「이런 시를 쓴 걸 보니 누구를 그 무렵 사랑했었나 보다」)라는 문구에서 드러나듯이 시인의 사랑은 삶에 바치는 헌사이다. "그러나 완전한 사랑만이 우리를/ 구원하는 것은 아닌" 것처럼 시인이 말하는 사랑이란, "더 이상 눈보라를 피할 수 없어/ 날아들어 온/ 멧새 한 마리를/ 늙은 개가 못 본 체하고 자기 집 안으로/ 들여보내"(「완전한 사랑」)는 순간을 발견하는 일이다. 이 발견을 통해 시인은 비로소 '시인'이 되어 언어를 순산하게 되는 것이다. "나를 치유해 준 것은 언제나 너였다/ 상처만이 장신구인 생으로부터."(「잠」) 우리는 서로에게 치유의 존재가 되어야 한다. 감히 말하건대, 시인의 시는 치유의 언어로 쓰인다.

2) '벼랑'의 시, 그리고 시인

SNS는, 넘치는 소통 속에 고독을 방치하게 만든다. 소통의 진정성에 대한 의문 부호를 달고, 관계의 부재 속에서 관계를 맺는 역설적인 상황을 연출하게 된다. 그렇기에 이 시대 문학의 책무는 살아가는 존재를 위무하는 것이어야 한다. 스스로의 고독을 타자에게서 위로 받고자 하는 그 나약한 개체들을, 삶과 죽음이라는 위태로운 경계에서, 그 외줄타기에서 구제해 줄 수 있는 것이, 문학이어야 한다. 낯설지만, 이 시대야말로 구원의 문학이 필요하다. SNS 소통이, SNS 문학의 매체적 특이성이 궁극적으로 욕망하는 것은, 모순적이게도 존재의 근원에 대한 관심, 공동체적 위무 곧 혼자가 아니라는 '환상'인 것이다.

궁극적으로 시인이 말하고자 하는 바는, "사물들은 저마다 시인을 통해 말하고 싶어 한다"(「달개비가 별의 귀에 대고 한 말」)는 것이다. '달개비'를 통해 "죽음에 대해 회의"하고 이 하찮은 풀의 "복원력"을 통해 "단순히 죽음과 소멸에 대한 저항"을 배우는 것이 아니라 "연약한 풀이 가진/ 세상에 대한 변함없는 애정"을 읽는다. 이를 통해 비로소 시인은 "긍정론자"가 되어, "신비에 무릎 꿇을 필요"를 배우고, "신비에 고개 숙일 필요"를 깨닫게 되는 것이다. 이 겸허함이 지구별에 사는 시인 류시화의 위치이다.

"시가 될 첫 음절, 첫 단어를/ 당신에게서 배웠다"(「어머니」)는 고백처럼 시인의 언어는 어머니라는 존재, 그 존재가 주는 안식 곧 대지적 상상력에서 왔고, 이를 체험한 유년의 기억을 보편적인 감성으로 확장하는 작업에서 빚어진 것이다. 때문에 "만일 시인이 사전을 만들었다면/ 세상의 말들이 달라졌"을 것이다. "하루는 영원의 동의어"가 되고, "인간은 가슴에 불을 지닌 존재로" 규정되며, 무엇보다 "누군가를 사랑한다는 것은/ 그 사람 가슴 안의 시를 듣는 것/ 그 시를 자신의 시처럼 외우는 것"이 된다. 그리고 종래 "죽음은 먼 공간을 건너와 내미는 손"(「만일 시인이 사전을 만들었다면」)을 의미하게 되리라.

> 밤고양이가 나를 깨웠다/ 가을 장맛비 속에/ 귀뚜라미가 운다/ 살아 있는 것 다 아프다/ 다시 잠들었는데/ 꿈속에서 내가 죽었다// 그날 밤 별똥별 하나가 내 심장에 박혀/ 나는 낯선 언어로 말하기 시작했다/ 나중에야 나는 알았다/ 그것이 시라는 것을
>
> — 「살아 있는 것 아프다」 전문

어쩌자고 이토록 아름다운가. 나는 류시화 시인의 시 앞에서 순한 양이 된다. 시라는 것이 무엇인지 시인은 어떤 존재여야 하는지, 그리고 다시 독자의 자리에서 시를 이어가는 태도는 어떠해야 하는지를 시인은 보여준다. 홀로 고독한 비 내리는 가을밤, 실상은 사람인 자신뿐만 아니라 자연 만물 어느 것 하나 살아내는 것, 아프지 않은 것이 없다는 위안으로 시인은 "낯선 언어로 말하기 시작"한다. 그 낯선 언어가 결국은 "시라는 것을" 눈치 챘을 때, 시인은 이미 '시인'이라는 직장을 갖게 된다. 사무실 하

나 없지만 또한 어디에나 사무실이 있는, 직업 하나 없지만 세상 모든 일
제 직업 아닌 것도 없는, '아픈' 시인이 되어 있다. 시인이라는 본질, 시라
는 본질에 대한 고민은, 그가 SNS를 통해서 시를 말하기 시작한 어떤 행
위와도 닿아 있을 것이다. 시란, 어떤 고고한 것에 대한 명명이 아니라 자
기 자신, 존재에 대해 알아가는 행위임을 말이다. 시인이란 바로 그 행위
자체를 알아채는 존재임을 말이다.

  '쉼보르스카의 시에 이어서'라는 부제가 있는 「독자가 계속 이어서 써
야 하는 시」는 시인에 대한 고찰이자 시에 대한 성찰이 담겨 있다. 노벨문
학상 수상자인 쉼보르스카의 시를 읽는 독자의 위치에서, 다시 한 걸음
나아가 시에 대해서 말하는 시인으로 옮겨 간다. 이러한 이동을 통해서
"빛을 들고 어둠 속으로 들어가면 어둠을 알 수 없다고 말한 시인을 좋
아"하고 "아직 써지지 않은 시를 좋아"하는 시인의 시작관詩作觀을 발견할
수 있다.

  "당나귀는 가난하다." 류시화의 시에서 시인은 당나귀의 형상을 하고
있으며 그래서 시인의 다른 이름이 된다. 당나귀가 짊어진 시이거나 존재
이거나 시인이라는 책무이거나 어느 것 하나 만만찮다. 그 도정에서 "앞
으로 나아가는 법", "벼랑"에서 살아내는 이치를 터득하게 된다. "시보다
도/ 한 생을 끌고 가는 것보다도/ 나는 나를 끌고 가는 힘이 턱없이 부족했
다"(「당나귀」)는 시인의 자조 섞인 성찰은, 새삼 '시인'에 대해 생각하게
한다. 한 편의 시로 세상 모든 시인과 조우하게 된다.

  행성의 북반구에서 절반의 생을 보냈다/ 곧 일생이 될 것이다/ 서른
  살 이후 자살을 시도한 적 없다, 아 불온한 삶/ 사랑은 언제나 벼랑에
  서 있었다 … 중 략…/ 배추흰나비가 우주와 교감한다는 것을 믿고/ 그
  대신 정치인이 된 혁명가들을 믿지 않는다/ 자주 기다린다 시를/ 단어
  들의 번쩍이는 비늘을/ 까맣고 까만 밤의 바다에서/ 集語燈을 켜고/ 파
  도 속에 등 푸른 물고기 떼처럼 밀려오는/ 詩魚들 상상하며/ 멀리 돌을

던지는 것을 좋아한다 … 중 략…/ 이 세상 모든 비유와 상징들을 한곳
에 모은다 해도/ 말할 수 없는 것이 있다

— 「자화상」 부분

시인은 "구월의 이틀"에 산다. '구월의 이틀'은 시간이 아니라 공간으로
존재한다. 존재와 사물이 조우하는 원초적 공간인 그곳이 시인에게는 시
가 된다. 시인의 "시는 그곳에서 오고/ 그곳으로 돌아간다." "보이지 않는
계절을 살았"던 전 생애를, 그 "비 내리는 구월의 이틀"에는 "얼음에 갇힌
시가 있"(「다시 찾아온 구월의 이틀」)다. "세상이 나를 잊기 전에 내가 나
를 잊었구나"(「다르질링에서 온 편지」)라는 탄식처럼, 자신을 통찰하는
일은 유쾌하기만 하지 않다. 그래서인지 시인은, 우리는 자주 벼랑을 만
난다. "마음의 벼랑이 가장 아득하다는 걸 알"(「낙타의 생」) 무렵, "희망
에 전부를 걸지도 않고/ 절망에 전부를 내주지도 않는 법을/ 그저 위태위
태하게 앞으로 나아가는 법을"(「당나귀」) 터득할 무렵 더 이상 시인은 삶
을 두려워하지 않게 된다. "불온한 삶"에 놓여 모든 관계의 사랑이 벼랑일
때, "바람의 찻집에 앉아/ 세상을 바라보"고 "이미 떠나간 것들과 작별하
는 법을 배"(「바람의 찻집에서」)운다. 그리하여 절망의 끝에서 "등 푸른
물고기 떼" 같은 시어詩語/詩魚를 낚는다.

전쟁과 문학, 그리고 매체와 문학은 그 성격을 달리 하지만 궁극적으로
둘 다 언어예술로서의 문학의 본질 혹은 존엄성을 위태롭게 한다는 공통
성 위에 놓인다. 역사적 시류로부터 그 숭고를 지켜야 하는 것이 예술적
자율성이라 한다면, 마찬가지로 매체의 변모로부터 그 발화의 토대를 망
각하지 않아야 하는 것 역시 이 시대 문학에 요구된다. 매체의 다양성이
가속될수록 놓쳐서는 안 되는 것이 문학이라는 본질에 대한 고민이다.

3. 로그아웃logout : 전달RT과 답변reply

전술했듯이 다양한 매체의 등장은 역설적이게도 시의 본질에 대한 의문을 남긴다. 미디어-포비아media-phobia들은 문학적 자율성, 더 나아가 예술적 자율성이란 가능한가 라는 물음에 다소 회의적인 답변을 내놓을지 모른다.

문학은 대중과 소통하기를 욕망해 왔다. 하지만 보들레르의 만보객의 형상을 한 문학인은 이중적 관념에 사로잡혀 있는 듯 보인다. 대중성과 상업성, 그 불가분의 도식 속에서 상업성에 대한 극도의 결벽증을 앓고 있는 것이다. 문단으로부터 버림받은/버려진, 혹은 스스로 문단을 버린, 시인 류시화의 행보를 통해 우리는 이 시대 문학의 위치, 문학 장의 구성에 대해 고찰해 볼 수 있다. 대중과의 소통 및 공감을 열망하지만, 동시에 문학인으로서의 특수한 위치 역시 획득하기를 원하는 이중적 욕망으로 인해, 이 시대 문학은 '고고한' 문학인들만의 잔치가 되고 있다. 원고료를 받는 것조차 선비적 자존에 부합하지 않는다 여겼던 과거를 들여다보아도 이러한 모순적 양상을 포착할 수 있다. 어쩌면 이러한 맥락에서 본다면 문인의 가난은 당연한 결과이리라. 또한 이런 편견 때문에 류시화는 오랫동안 문단 외부에 위치해야 했다. 잘 팔리는 시집의 주인이라서!

고독한 소통이라 할지라도, 오바마 대통령을 구독하고 파엘료의 말을 염탐하고 작가 김이설에게 안부를 묻고 '인생은 아름다워'의 김수현 작가에게 응원을 보낼 수 있는, 그 찰나의 위안을 통해 외로움을 망각할 수 있다면, 어느 정도 SNS의 유의미한 지점들을 포착할 수 있겠다. 다시 말해 궁극적으로 SNS에서의 사용자의 발언은 지극히 독백적이다. 그럼에도 이것이 사회적 파급력을 획득할 때 상상을 초월하는 위치에 서게 된다. 때문에 이 시대 매체를 통한 발언은 온전히 자신만의 것이라 할 수 없을 것이다. 혹은 그 속에는 누군가와 진정성 있는 소통을 갈망하는 외로운 현대인의 자화상이 다른 이름으로 은폐되어 있는 것이기도 하다. SNS, 특히 트위터는 작가와 독자라는 이분법적 구조틀을 깨고 멘션과 답변으로 소통하는 장을 형성한다. 전달re-tweet을 거듭하며 무한증식 되는 것이다.

매체가 안겨주는 다른 종류의 고독이나 절망이 밀려온다면, 잠시 컴퓨터를 끄고 전화기마저 버려두고 시를 읽어도 좋겠다. "움직이는 물은 그 안에/ 꽃의 두근거림을 지니고 있으므로"(「얼음 연못」) 조용히 내면의 그것을 응시해도 좋겠다. 이 세상 모든 시들은, "죽어서 땅에 묻"혀서도 "한 손으로 시를 지어야"(「모로 돌아누우며 귓속에 담긴 별들 쏟아 내다」)겠다고 말하는 시인들의 언어이므로.

트랙의 시코쿠'들'

- 황병승 독법

1. 시코쿠, 시코쿠'들'

몸의 상품화는 이미 오래전부터 진행되었으며, 이로 인한 윤리의 전복과 그것이 양산하는 다층적인 문제는 이 사회의 고질적 질환이 되었다. 가령 수시로 얼굴을 성형함으로써 종래 '얼굴'이 사라져버린 사람에게 있어 얼굴은 가면과 그리 다른 이름이 아닌 듯 보인다. 얼굴과 가면, 혹은 가면의 역할을 수행하는 얼굴들. 실상 이 시대, 얼굴 없는 얼굴들의 이야기는 팩트fact가 사라져버린 소문처럼 무성하다. 성형을 통해 자신의 얼굴을 타자화하는 방식은 사회를 구성하는 여러 존재조건에 의해 일정한 정당성을 확보하기에 이른다. 얼굴 아닌 가면을 통해 자신감을 회복하고 사회적 주체로서의 역할에 부합하는 인물로 재탄생할 수만 있다면 성형이란 문제될 사안이 아니라는 인식이 그러하다. 하물며 이를 통해 경제적 '벌이'까지 용이하고 풍요로워 진다면 더할 나위 있겠는가. 때문에 얼굴, 나아가 전신성형까지 감행하는 것이다. 더 이상 선험적 신체의 고유성은 존재하지 않는다. 얼굴과 가면, 그 어느 것에도 우선순위가 없는 시대, 오로지 '더 아름다운 정도'—지극히 주관적이며 타자적 정치성을 지닌 잣대—

만이 평가기준이 된다. 가면이라고 해서 문제될 것이 무엇인가. 시간이 지나면 그것이 곧 얼굴로 굳어질 터인데. 더 심각한 문제는 얼굴이냐, 가면이냐가 아니라 그것을 사고 파는 행위이다. 생산관계의 논리 속에서 얼굴의 자유는 허용되지 않는다. 스스로의 욕망에 의해 성형을 하는 것이 아닌, 타자의 욕망에 의해 혹은 그것에 부합하기 위해 자신의 몸을 재조립한다는 것은 분명, 문제이다.

성性도 마찬가지다. 허나 다소 다른 시선으로 접근해야 한다. 선험적으로 주어진 성의 절대성은 붕괴되었다. 어쩌면 오래전 일이겠으나 그것이 광장으로 뛰쳐나온 것은 최근이다. 다양성이라는 이름으로 자신의 성에 대해 '변명'할 수 있는 근거가 생긴 덕분이다. 다수의 외면과 질타, 그리고 소수의 수용으로 그들의 담론이 형성되기 시작했다. 왜 누군가의 관용이나 이해가 필요한지 아무도 묻지 않은 채, '다른 성'들이 광장에 출몰한 것이다. 하지만 여전히 그들은 배제되어야 할 존재이며, 상업적으로 이용가치가 있는 순간에 잠깐 포섭되었다가 버려질 뿐이다.

이러한 '시코쿠'는 복수로만 존재한다. 그럴 수밖에 없다. 단수로 독립하려는 순간 피투성이가 되고 말 것이기에. 어떤 '시코쿠'들은 동일한 성을 가진 '시코쿠'를 열망하고, 또 다른 '시코쿠'들은 트랜스섹슈얼리티 Transsexuality—성을 성형한 트랜스젠더Transgender—를 지향한다. 때문에 그들의 존재만으로도 견고한 '우리들의 정상 세계'는 위협받는다. 중요한 것은 '시코쿠'들이 음지에 있느냐 양지에 있느냐가 아니다. 그들이 어디에 있든 여전히 우리는 그들을 말할 때 '다른 시선, 다른 언어'를 필요로 한다는 사실이 중요하다. 때문에 아직 그들은 자유롭지 못하고, 우리 세계 역시 자유롭지 못하다. 특히 동성애적 취향의 문제는 이성애 중심의 견고한 사회에 균열을 내기에 충분하다. 균열인 채로, 스스로 수많은 틈을 가진 채로 이 사회가 존재해야 한다는 것을 받아들이기는, 아직 멀었다.

황병승의 시적 담론은 무모한 도전이면서 동시에 일정 부분 가능성을 시사한다. '시코쿠'는 성 소수자를 통칭하는 그만의 화법이다. 2005년『여장남자 시코쿠』(랜덤하우스중앙, 2005)를 들고 나왔던 그가 2007년에는 『트랙과 들판의 별』(문학과지성사, 2007)을 출간한다. 앞선 작업이 성 소수자들의 이야기라면, 최근 작업은 그들의 삶의 지층, 나아가 혼종 그 자체인 이 사회를 캠프적 상상력으로 발화하는 것에 충실하다. 황병승을 통해 이 시대 우리와 배타적 공존을 갈구하는 성 소수자들과 조우하게 된다.

2. 퀴어queer 욕망의 몽타주

　괴상한, 퀴어들. 그리고 그들이 가진 퀴어 욕망 혹은 퀴어적 상상력. 성 소수자들을 명사화시키는 것은 그들 스스로 혹은 '우리들'에 의해 경계짓기가 필요하다고 판단된—이러한 판단의 주체는 가시화되지 않으며, 소문을 통해 사람들에게 편견을 주입한다—까닭이다. 때문에 퀴어 욕망이란 성 소수자들에 대한 억압적 명명을 수반할 수밖에 없다. 파편들의 조합. 하지만 묘한 긴장을 통해 하나의 선분으로 이어지는 관계들. 감각의 분열을 통해 재배치되는 문장들 사이의 행간. 그리고 행간을 잠식한 담론들. 애초에 시는 단편적인 감각의 단절과 그것들의 미묘한 조합을 통해 창작된다. 이러한 것을 문학적 몽타주라 한다면, 황병승의 문장이 그러하다. 시는 언어로 존재한다고 할 때, 그 시작은 시어여야 한다. 허나 황병승의 시에 와서 그것은 문장으로 존재한다. 개별 작품을 통해서 담론을 양산하는 것 역시 이러한 몽타주적 문장 배열을 통해서 이루어진다.

　말할 수 없는, 소통불가능성에 대한 외침의 응전은 무력한 듯 보이나 실상은 고려한 것보다 몇 곱절은 대단한 파괴력을 지닌다. 사회적 통념에 균열—내기를 시도하고 이로 인해 생성된 틈을 비집고 다양한 성 정체성을 가진 존재들을 지상으로 불러낸다. 하지만 역설적이게도 이는 기존 사회의 배타성을 보다 견고하게 만드는 반작용을 수반하게 된다.

> 열두 살, 그때 이미 나는 남성을 찢고 나온 위대한 여성/ 미래를 점치기 위해 쥐의 습성을 지닌 또래의 사내아이들에게/ 날마다 보내던 연애편지들// (다시 꼬리가 자라고 그대의 머리칼을 만질 수 있을 때까지 나는 약속하지 않으련다 진실을 말하려고 할수록 나의 거짓은 점점 더 강렬해지고)// 어느 날 누군가 내 필통에 빨간 글씨로 똥이라고 썼던 적이 있다// (쥐들은 왜 가만히 달빛을 거닐지 못하는 걸까)// 미래를 잊지 않기 위해 나는 골방의 악취를 견딘다/ 화장을 하고 지우고 치마를 입고 브래지어를 푸는 사이/ 조금씩 헛배가 부르고 입덧을 하며// 도마뱀은 쓴다// 찢고 또 쓴다// 포옹을 할 때마다 나의 등 뒤로 무섭게 달아나는 그대의 시선!// 그대여 나에게도 자궁이 있다 그게 잘못인가/ 어찌하여 그대는 아직도 나의 이름을 의심하는가// 시코쿠, 시코쿠,// 붉은 입술의 도마뱀은 뛴다
>
> ―「여장남자 시코쿠」 부분

'시코쿠'들은 "진실을 말"할 수 없다. 남성인 여자, 여성인 남자, 남자를 사랑하는 남성, 여자를 사랑하는 여성, 혹은 남자와 여자를 동시에 사랑하는 남성이나 여성. 지금―여기에서 그들의 커밍아웃coming out이 시작된다. "열두 살"의 나는 "남성"이거나 "여성"이다. 외적으로는 남성으로 통용되나 스스로는 여성을 발견하게 됨으로써 세상은 분열되고 "나의 이름"은 "의심"받기에 이른다. 그들 스스로 "쥐의 습성"으로 명명하는 성 정체성은 말하거나 말하지 않거나 진실이 될 수 없다. 때문에 "나의 거짓은 점점 더 강렬해"질 수밖에 없는데, 진실을 말하는 순간 세상으로부터 나는 '거짓의 존재'가 되며 진실을 말하지 않으면 나 스스로 '거짓인 존재'가 될 수밖에 없는 운명이다. 그러니 스스로 "도마뱀"이 된다. 공격을 받으면 꼬리를 잘라내면 그만이다. 몸뚱이는 언제나 무사하니까. "다시 꼬리가

자라고" 소수자로서의 삶의 가능성을 "잊지 않기 위해" "나의 이름을 의심하는" 무수한 사람들 속에서 나를 드러내거나 숨기거나를 반복하면서 생을 "견딘다." 진실을 썼다가 "찢고 또" 쓰는 사이 "조금씩 헛배가 부르고 입덧을 하며" 나의 여성성은 더욱 분명해진다. "시코쿠"에게도 "자궁이 있다 그게 잘못인가."

황병승은 퀴어 욕망을 몽타주함으로써 '말할 수 없는 존재'들을 대변하기에 이른다. 이때 이들에 대한 말하기는 변신의 수사를 필요로 한다. 변신은 나의 불분명을 대변하는데, 몽타주 역시 마찬가지다. 규정되고 확정된 구조나 형체가 없다. 그것은 파편이거나 실루엣만으로 존재한다. 이러한 수사는 이 시대 성 소수자들이 처한 상황과 그리 다르지 않다. '다른 사람'이 아니라 '틀린 사람'으로 인식되는 그들에게 우리도 이 사회도 틀린, 거짓의 허울뿐이지 않겠는가.

3. 캠프camp적 감수성, 트랙의 시코쿠'들'

일찍이 벤야민이 진단한 것처럼 아우라는 붕괴되었다. 더 이상 하나의 고유성이란 존재할 수 없으며, 때문에 원본이라는 것은 허구에 지나지 않는 관념일 뿐이다. 존재하는 것은 '다른 것들'의 '같은 형상' 뿐이다. 존재적 순연성이라든가 고유성을 묻는 일은 세련되지 못하다. 아우라의 붕괴는 차이에 대한 수용감각을 망각케 하며 때문에 겉으로는 다양성을 표방하지만 실상은 같은, 동일한 등의 공통감각을 구축하고자 하는 것이 이 시대의 욕망이다. 황병승이 말하고 싶은 것은 붕괴된 아우라 속에서의 복사본이 아니라, 기괴함으로 은폐되어 있던 차이적 존재에 대해서다. 복사본의 지층에는 서로 다른 행간의 의미를 지닌 것들이 숨겨져 있다. 원근

법에 의해 미처 발견하지 못했던 모서리 어딘가에 다른 의미들이 뿌리내리고 있는 것이다. 조감도 마냥, 투시하는 시선으로 다시 들여다보기를 시도하면 캠프의 구석구석까지 다 보이게 된다. 그 행간에 시코쿠들이 산다.

첫 시집에서 '발굴'한 이들 존재들이 살아가는 '트랙'을 까발리는 것이 두 번째 시집의 작업이다. 처음도 끝도 없는 무한 순환 속에 갇힌 존재들이 반복하는 '말'들은 '정상'적인 성의 범주에 있는 사람들에게는 마찰음에 불과하다. 그럼에도 그는 트랙을 질주하는 시코쿠들, 그들의 캠프를 시집에 옮겨놓는다.

> **세련의 핵심/** 이봐 아가씨 삼촌은 말한다 세련을 알고 있니 몰라요 이 세상에 세련을 알고 있는 사람은 아무도 없단다 우리는 세련을 생각하기 마련이다 특히 공포의 순간에 너는 세련된 사람이 되어야 한다 네가 지금 하고 있는 행동이 누가 봐도 세련된 것인지 누군가 너의 세련을 의심하고 있는 것은 아닌지 너의 서툰 모습을 얼마나 완벽하게 감출 수 있는지 그러한 기술을 가진 사람이 되어야 한다 …중 략…//
> **트랙과 들판의 별/** 나는 미래 같은 건 없다고 생각한다 그러니까 오빠의 새로운 전자 개는 없는 거나 마찬가지다 *알파파라니* 나 역시 세련을 생각한다 삼촌처럼 할아버지를 닮지 않기 위해 빌어먹을 년이 되지 않기 위해 어쩌면 삼촌과는 관계없이 조금 더 세련을 알기 위해 미래는 없는 거나 마찬가지다 아름다운 채로 죽은 언니와 이곳에 없는 나의 연인을 위해 열심히 트랙을 돌다 들판에 처박혀 가쁜 숨을 몰아쉬는 쓸모없는 별처럼 미래 같은 건 아무래도 좋다고 생각한다 사로잡힌 아빠와 날지 못하는 엄마의 긴 이름을 떠올리며 나는 늙은 노처녀처럼 국가적인 시체처럼 헉헉거리며 간신히 숨을 쉬고 있는 나의 모습이 이 세상에서 가장 세련되다고 생각하니까 말이다. *우리에겐 언제나 우리들만의 승리, 어쨌든 그런 것만이 존재할 뿐이라고 굳게 믿으니까 말이다//* **배척된 채로/** *우리에겐 우리들만의 승리가 있다/ 그러니 모든 길과 광장은 더러워져도 좋으리/ 술병과 전단지와 색종이 토사물로 뒤덮여도 좋으리/ 창가의 먼지 쌓인 석고상은 녹아버려라/*

*거추장스러운 외투와 속옷은 강물에 던져버려라/ 우리에겐 우리들만
의 승리가 있다/ 배척된 채로/ 배척된 채로*

―「트랙과 들판의 별」부분

"트랙과 들판" 어디에도 "우리"는 없다. 캠프는 어디에나 옮겨질 수 있
지만 그 내부에는 나름의 질서가 구축된다. 때문에 질서 없는 질서, 곧 미로
의 질서가 가능한 공간이다. 이주移住의 혼종 가능성―리좀적 특성으로, 어
디에나 있지만 공식적으로는 어디에도 없는 성 소수자들의 처지 대변―이
그것이다. 캠프적 감수성은 다양한 변주와 도주의 가능성을 의미한다고
했을 때, 그 주체 역시 마찬가지로 제도적 질서 외부에 위치해 있다.

"골방"에 있던 '시코쿠'들이 트랙으로 뛰쳐나온다. 그렇다면 그들이 말
하는 "세련"이란 무엇인가. "세련을 알고 있니?" 사전적 의미의 세련洗鍊/
洗練/細漣은 서투르거나 어색한 데 없이 능숙한 것을 이르거나, 시련을 통
한 경험으로 단련되었다는 뜻이거나, 잔물결을 가리키기도 한다. 그렇다
면 황병승이 말하는 세련이란 무엇인가. 시코쿠들은 거대한 세상에서 잔
물결에 불과할지 모르나 그들은 그 안에서 살아가기 위해 치열한 분투를
치른다. 그리고 그러한 분투의 핵심은 "서툰 모습을 얼마나 완벽하게 감
출 수 있는"가이다. 숨어 지내는 그들에게 "미래 같은 건 없다"는 절망,
"조금 더 세련을 알기 위해 미래는 없는 거나 마찬가지"라는 탄식은 스스
로의 성 정체성을 수긍해가는 일과정인 동시에 공동체적 연대로부터 괴
리될 수밖에 없다는 복합적인 의미일 테다. "아름다운 채로 죽은 언니와
이곳에 없는 나의 연인을 위해 열심히 트랙을 돌다 들판에 처박혀 가쁜
숨을 몰아쉬는 쓸모없는 별처럼 미래 같은 건 아무래도 좋다"는 좌절과
"트랙과 들판"에서 "별"은 반짝일 수 없다는 절망이 그것이다. "배척된 채
로" "우리에겐 우리들만의 승리가 있다"는 씁쓸한 위안과 "모든 길과 광
장은 더러워져도 좋"은 공존의 포기 선언 등은 성 소수자들이 안고 있는

다양한 억압기제를 예상케 한다. "거추장스러운 외투와 속옷은 강물에 던져버"리고, 이해받지 못하는 존재의 고독한 자기 위무를 감내해야 하는 그들이 이를 수 있는 곳은 그다지 많지 않다. 그들이 감당해야 할 성 소수자로서의 운명이 트랙이라면, 들판은 온전한 정상성을 지향하는 이성애적 사회일 것이다. 그 속에서 그들은 빛을 잃은 별, 별 아닌 별의 운명을 극복해야 한다. 어떻게? 세련되게! 그것은 방법이 될 수 없다. 방법은 없다는 것을 그들은 잘 안다. 미래가 보장되지 않은 기이한 형태의 연대로 만족할 수밖에 없는 이유다.

황병승의 문법은 문학적 몽타주를 통해 이 사회가 안고 있는 담론적 층위를 제시하는 데 있다. 그가 읽은 행간은 이제 겨우 한 단락이다. 아직 과제가 많이 남은 시대를 살아가고 있다, '서로 다르면서 같다고 착각하는 우리는!'

균열, 감동의 미학

– 심보선의 경우[1]

1. 이 시대의 시적 전위

현대의 시적 전위는 주름으로 접힌 현실의 그 접힌 부분을 들추는 일에서 시작된다. 그러나 시인들이 발명하는 현실의 접힌 부분은 그 무엇도 실재가 아니며, 때문에 무엇도 팩트가 아니다. 말해지는 팩트는 그것이 폭로되는 순간, 진실일 수 없다. 결국 시는 삶의 진실(팩트가 아닌)을 발견하고자 분투하는 이 시대 시인들의 기록인 셈이다. 서정시가 추구하는 제일 덕목이 감동이라면, 전위성을 추구하는 이 시대 서정적 전위시는 발견을 통한 발명, 그리고 이를 통한 감동의 생산을 그 사명으로 삼는 듯 보인다. 아름다움이라는 궁극의 미학이 선사하는 감동이 아니라, 그 이면 가치인 산만하게 전투를 불사하는 추함의 미학이 선사하는 뒤틀림의 잔혹함이 이 시대의 감동을 재편한다고 하겠다. 이는 온전한 주체, 그 존재적 감각을 해체함으로써 시도된다.

이러한 재편의 새로움은, 지나치게 난잡한 해석 층위를 가진 탓에 일각에서는 새로움의 허상에 대해 우려하기도 한다. 허나 새로움에 대한 집착

---

1) 심보선의 『슬픔이 없는 십오 초』(문학과지성사, 2008)를 대상 텍스트로 한다.

은 분명 시적 긴장감을 강화하는 데 일조한다. "문학에서 무엇이 새것다운 새것인지를 가리는 문제는 결국 '오늘을 사는' 행위와 마음을 비우고 새로운 시대의 도래에 귀기울이는 태도와 관련이 있다"[2]는 지적처럼, 이 시대 시의 새로움에 대한 고민은 그것 자체로 문학적 성찰을 선도하게 되는 것이다. 즉 새로움의 감각은 시의 어제와 오늘을 들여다봄으로써 내일을 내다보는 가능성의 창출을 유도하며, 나아가 문학이란 무엇인가라는 본질적 진실을 규명하는 데 복무한다. 때문에 문학은 예술에 부여된 절대적 자율성으로부터 한 걸음 나아가 오늘의 삶의 양식과 결합한다.

권혁웅[3]은 서정적 전위시를 통상적으로 불리어오던 서정시와 구별한다. 통상의 서정시가 세계와의 일치를 통한 동일성의 구현을 목적으로 한다면, 서정적 전위시는 세계와의 분열을 시도한다는 것이다. 익숙한 소통의 방식을 전복함으로써 획득되는 전위는 소통의 불화를 야기하기도 하지만, 시대적 변화 양상에 가장 예민하게 반응하는 형태라는 점에서 또다른 소통의 모색이라 할 수 있다. 때문에 전위는 동일시에 매몰된 세계를 구원하는 일 양상으로 주체와 다른 객체, 즉 타자를 발견하는 개별화의 산물이라 하겠다.

이 시대의 균열은 이러한 전복의 소통 방식을 통해서 표면화된다. 그리고 이 시대 새로운 감각을 통한 감동은 더 이상 대상에의 감정이입을 통해서 획득되는 동일성의 구현으로 발현되지 않는다. 주체와 타자를 분리하고, 급기야 주체조차 타자화시키는 이질화의 방식으로 이 시대의 서정은 새롭게 분화한다. 예컨대 유기체적 신체의 조화로운 작동방식을 거부함으로써 분절의 상태로 존재하는 날것을 담는 것, 그 안에서 가치를 제조하는—그러나 궁극적으로 어떤 의미의 가치도 생성되지 않는— 것이 이 시대의 시적 전위인 셈이다.

---

2) 한기욱, 「문학의 새로움은 어디서 오는가」, 『창작과 비평』 2008 겨울호, 66쪽.
3) 권혁웅, 『시론』, 문학동네, 2010, 625쪽.

그러므로 이때 감동은 기존의 방식과 다른 형태로 생성된다. 문학이 지향하는 궁극의 가치가 감동을 통한 소통이라고 한다면, 이는 '다른' 발화 방식을 통해서 전복된다. 때문에 감동은 숭고한 미학적 가치에 머물지 않고 전혀 다른 방식으로 분화한다. 낯섦과 충격을 통한 새로운 방식의 감동은, 다른 질서가 보여주는 이질적 껄끄러움을 통해서 획득된다.

2. 삶-감각의 발명

감각sensation이란 인간의 신체 내부와 외부를 연결하는 일종의 떨림을 전제로 한다. 이때 접합의 사건을 통해서 서로 이질적인 영역에 속해 있던 내·외부의 환경이 새로운 감각을 생성해 낸다. 때문에 감각은 주체와 대상의 혼종성을 전제로 할 수밖에 없다. 예컨대 삶-감각은 주체와 그 주체가 속해있는 세계와의 끊임없는 소통을 통해서 가능하며, 이는 주체가 세계를 인식하는 방식과 관련된다. 그렇기에 일정 부분 한 주체의 삶-감각은 다른 주체의 삶-감각과 충돌하며, 이로 인해 감각은 이질적 폭력성을 내재하게 된다. 이러한 존재적 이질성을 완화할 수 있는 장치가 '-되기'의 방식이다. 이는 정형화된 주체이기를 파기하고 다른 주체의 감각과의 소통을 모색하는 방식인 것이다.

> 내 언어에는 세계가 빠져 있다/ 그것을 나는 어젯밤 깨달았다/ 내 방에는 조용한 책상이 장기 투숙하고 있다// 세계여!/ 영원한 악천후여!/ 나에게 벼락같은 모서리를 선사해다오!// 설탕이 없었다면/ 개미는 좀더 커다란 것으로 진화했겠지/ 이것이 내가 밤새 고심 끝에 완성한 문장이었다// (그러고는 긴 침묵)// 나는 하염없이 뚱뚱해져간다/ 모서리를 잃어버린 책상처럼// 이 세계 곳곳에서 사람들이 울고 있다!/

심지어 그 독하다는 전갈자리 여자조차!// 그러나 나는 더 이상 슬픔에
대해 아는 바 없다/ 공에게 모서리를 선사한들 책상이 될 리 없듯이//
그렇다면 이제/ 인간은 어떤 종류의 가구로 진화할 것인가?/ 이것이
내가 밤새 고심 끝에 완성한 질문이었다// (그러고는 영원한 침묵)

―「슬픔의 진화」전문

이 시에서 주체는 사건의 발명을 말하는 동시에 아무것도 발견하지 못
했음을 고백한다. "내 언어에는 세계가 빠져 있다"는 발명―이것이 발견
이 아니라 발명인 까닭은, 도저히 발견될 수 없는, 말 그대로 '세계에 없
음'을 표지하기 때문이다―, 이러한 발명을 통해 삶의 진실을 의미화하려
는 작업은 곧 존재적 공감을 양산하기 위함이다. 예컨대 "이것이 내가 밤
새 고심 끝에 완성한 문장"에 지나지 않다는 것을 우리는 모두 알고 있으
면서도 "침묵"한다. 우리의 "진화"가 필요한 까닭은 이 침묵을 구성하는
개별 요소들을 발명해내기 위해서이다. 도저히 발견할 수 없는 삶의 주름
접힌 부분은, 발명으로밖에 말해지지 않는다. 때문에 그것은 침묵과 같은
화법일 수밖에 없다. "이 세계 곳곳에서 사람들이 울고 있"지만 우리는 그
"슬픔에 대해 아는 바 없다." 우리가 아무리 '―되기'의 생성과정을 통해
주체의 탈바꿈을 희구한다 해도 궁극적으로 우리는 지금의 삶 영역, 혹은
주체의 자장을 벗어날 수 없다. 그렇기에 시인은 다음에는 "어떤 종류의
가구로 진화할"지를 "고심"할 뿐이다. "모서리"는 책상의 끝이자 허공의
시작이다. 곧 대상의 감각을 표상하는 것이 모서리이다. 단, 모서리는 책
상만의 감각이다. 대상은, 혹은 주체는 자신만의 고유한 감각을 지닌다.
책상은 인간의 진화다. 결국 '―되기'의 감각은 "영원한 침묵"일 수밖에
없는 "슬픔의 진화"이다. 이때 슬픔의 진화는 주체적 한계로 인한 슬픔이
자 존재를 지탱하는 요소이다. 소통을 희구할 수 있는 거의 유일한 장치
인 '―되기'의 방식이 결국은 허상에 지나지 않는다는 감각, 그리하여 주
체와 세계는 불화할 수밖에 없으며 이를 감추기 위해 자신과 세계를 발화

함에 있어서 분절의 수사를 도입하는 것이다.

그럼에도 이러한 존재론적 균열은 서정시가 추구하는 숭고한 미적 감동이 아닌, 공감의 감성을 자극하게 된다. "궁극적으로 넘어질 운명의 인간"(「슬픔이 없는 십오 초」)에서 비롯되는 공감이 짙은 쓸쓸함을 남기는 까닭은 존재 자체, 나아가 세계에 대한 폭로 때문이다. 충격은 바로 이 지점에서 발생한다. 삶을 보다 견고하게 만들기 위해 침묵했던 삶의 이면을 폭로하는 일, 혹은 그 이면에 대해서 우리가 알 수 있는 것은 아무것도 없다는 불안을 표출하는 데에서 우리는 충격을 받게 된다. 그리고 역설적으로 이는 운명에 대한 수용의 감각을 가능케 한다. 덕분에 이 시대 전위적 감동은 균열의 지점에서 새로운 방식으로 발현된다.

> 환상과 지식이 만나면 고통뿐이다/ 의자 위에서 심하게 훼손된 그의 인생을 보라/ 천 년 동안 많은 것들이 변했다/ 별은 두 배로 늘었고 달은 지구와 합쳐졌다/ 견고한 아름다움을 갈고 닦던 시절은 끝났다/ 구원을 깔끔히 포장해주던 하얀 손들도 사라졌다/ 마음은 온통 물컹해지고 뒤죽박죽 섞여/ 쾌락과 예의와 명철함이 구별되지 않는다/ 천 년 동안 그는 의자 위에 의자의 의지로 앉아 있다/ 앞산에는 천 년을 참다 터진 웃음처럼 꽃들이 만발하다/ …중 략…/ 우편배달부는 그를 낡은 인쇄물이라 했고/ 검시관은 잘린 신체의 일부라 했다/ 그는 자신이 의자의 유령이 되어간다고 생각한다/ 그의 몸은 의자로부터 분리되어/ 미분류 딱지가 붙은 상자로 옮겨져/ 영원한 어둠 속에서 여생을 보낼 것이다/ 상자 뚜껑이 닫히기 직전/ 영원하라, 형이상학이여, 의자에의 의지여!/ 그가 온 힘을 다해 절규해보지만/ 아무도 그의 말을 귀담아 듣지 않는다
>
> — 「천 년 묵은 형이상학자」 부분

그는 바로 우리이다. 태곳적 "환상"—진실과 팩트가 동일했던, 적어도 환상적 동일시가 구현되었던 시절—과 현시대의 "지식이 만나" "고통"을

제조하는 사이, 그가 혹은 우리가 한 일이라고는 "의자 위에 의자의 의지로 앉아 있"는 것에 불과하다. 그러는 동안 "많은 것들이 변했"으나 "아무도" 그것을 깨닫지도 "귀담아 듣지"도 "않는다." "견고한 아름다움"을 추구하던 지극한 미의 세계, 그 숭고한 가치도 바닥난 지 오래다. 더 이상 어떤 가치도 "구별되지 않는" 세계에서 "마음"마저 "온통 물컹해지고 뒤죽박죽 섞여"버려 삶–감각의 경계조차 희석되고 만다. 주체가 대상을 통감하던 감각의 경계, 그 지극한 떨림이 사라진 자리에 냉소 같은 "웃음처럼 꽃들이 만발"했다. 하릴없이 거만하게도 주체와 대상을 동일시하던 인간의 감각에 대한 실소, 그리고 그 온전한—온전하다고 믿었던— 세계의 붕괴 이후 "그는 자신이 의자의 유령이 되어간다"는 사실을 목도하게 된다. 주체도 대상도 없는 상황, 온전히 주체일 수도 대상일 수도 없는 "미분류"인 채로 이 시대의 주체는 "절규"한다. 이는 본질을 탐구하던 형이상학의 참패, 그리고 주체마저 대상화 되는 유물적 감각의 도래 때문이다. 이때 전연 새로운 형태의 감동이 출몰한다. 종래에는 대상의 유령이 되어버린, 그리하여 대상으로조차 존재할 수 없게 되어버린 존재적 가치의 전복이 불가피해지는 것이다.

1 세상은 폐허의 가면을 쓰고 누워 있네. 그 아래는 폐허를 상상하는 심연. 심연에 가닿기 위해, 그대 기꺼이 심연이 되려 하는가. 허나, 명심하라. 그대가 세상을 상상하는 것이 아니라 세상이 그대를 상상한다네. 그대는 세상이 빚어낸 또 하나의 폐허, 또 하나의 가면, 지구적으로 보자면, 그대의 슬픔은 개인적 기후에 불과하다네. 그러니 심연을 닮으려는 불가능성보다는 차라리 심연의 주름과 울림과 빛깔을 닮은 가면의 가능성을 꿈꾸시게.// ···중 략···// 5 오전의 정적과 오후의 바람 사이에 무엇이 있는가./ 불가역의 시간./ 꽃이 성급히 피고 나무가 느리게 죽어가는 이유./ 뭐, 그렇고 그런, 그러나,/ 일순 장엄해지는/ 찰나의 무의미./ 혹은/ 무의미의 찰나.// ···중 략···// 9 그리하여 첫

번째 먼지가 억겁의 윤회를 거쳐 두 번째 먼지로 태어나듯이, 먼지와
먼지 사이에 코끼리와 태산과 바다의 시절이 있다 한들, 소멸 앞에 두
렵지 않고 불멸 앞에 당혹지 않은 생은 없으리니.// 10 사랑을 잃은 자
다시 사랑을 꿈꾸고, 언어를 잃은 자 다시 언어를 꿈꿀 뿐.

―「먼지 혹은 폐허」 부분

　"세상"의 이면, 그 "폐허의 가면"을 들추는 일은 결국 자신의 정체성을
찾아가는 혹은 숨겨진 삶의 부분 아니 애초부터 부재하는 영역을 구현하
려는 욕망에서 비롯된다. 때문에 균열, 그 존재적 뒤틀림을 규명하려는
일은 근원적으로 고독할 수밖에 없다. "심연"은 결국 "그대가 세상을 상
상하는 것이 아니라 세상이 그대를 상상한다"는 것을 증명할 뿐이다. "세
상이 빚어낸 또 하나의 폐허"에 불과한 "가면"의 운명, 그 운명의 "슬픔은"
"불가역의 시간"을 찾으려는 데서 촉발된다. 불가역의 시간에는 존재적
균열이 무형으로 잠재되어 있기에 무엇으로도 의미화 될 수 없다. 그렇기
에 "오전의 정적과 오후의 바람 사이에 무엇이 있는"지 아무도 모른다.

　시적 전위는 바로 여기서 발현된다. 명확한 사실의 해체, 명징한 세계
의 분열은 존재의 전복을 야기하며 순간을 정의하던 모든 언어들을 "무의
미"로 치부해버리게 만든다. "먼지"는 그것이 "억겁의 윤회를 거"쳤다 해
도 결국 다시 "먼지로 태어나"는 운명의 농담처럼 "당혹"스러운 것은 없
다. 소멸도 불멸도 온전히 통감할 수 없는 삶―감각은 인간에게 부여된 한
계이다. 때문에 우리가 할 수 있는 일이라고는 "사랑을 잃은 자 다시 사랑
을 꿈꾸고, 언어를 잃은 자 다시 언어를 꿈꿀 뿐"이다.

　삶의 이면을 경험할 수 있다는 착란은 삶살이의 균열을 야기하고 이로
인해 삶―감각의 혼란은 불가피하다. 결국 "나는 나에 대한 소문"일 뿐이
라는 자각은 "그렇다면, 어찌해야 한단 말인가, 이 살아 있음을, 내 귀 언
저리를 맴돌며, 웅웅거리며, 끊이지 않는 이 소문을, 도대체, 어찌해야 한
단 말인가"(「어찌할 수 없는 소문」) 라는 탄식에 다다를 뿐이다. 서정시에

서 동일화 하던 대상의 추락―의미 생성에서 무의미로의―, 즉 "꽃이 성급히 피고 나무가 느리게 죽어가는 이유"는 그 장엄의 해체를 주체로 하여금 인정하도록 종용한다. 영원히 불화할 수밖에 없는 주체와 대상 사이의 거리 때문에 주체는 "두렵"고 불안한 운명이며, 바로 이 때문에 주체의 존재론적 착란은 치유될 수 없다.

"문학이란 이런 삶다운 삶이 실현되는 '시적'인 순간의 설렘과 떨림을, 고해 같은 세상살이의 희로애락을, '오늘'이라는 삶의 현장을 생생하게 드러내는 예술"[4]이라 했을 때, 삶으로부터 자유로울 수 없는 예술양식이다. 때문에 삶―감각은 '―되기'의 층위에서 늘 새롭게 생성된다. 삶을 증언함으로써 그 진리, 혹은 본질을 드러내고자 분투하는 것이 결국 이 시대 문학자의 책무라 한다면, 이는 영원히 미결로 남는다는 것을 수긍할 수밖에 없다. 그러니 이 시대 감동은 존재적 공감, 그 동의의 문법을 통해 획득된다 하겠다.

3. 균열인 채로,

충격은 삶의 틈을 발견하고 이를 깨뜨림으로써 발산된다. 그것은 무미건조한 일상에 찰나의 통증 같은 것을 안겨줌으로써 삶을 통째로 자각케 하는 소용돌이를 생성하기도 한다. 묘한 자극제가 되는 충격의 감각은 그것을 균열인 채로 둠으로써 새로운 형태의 미학을 창출케 하는데, 감동은 보지 못했던 장면, 혹은 느끼지 못했던 감각을 표출함으로써 획득된다. 때문에 미추의 경계, 혹은 행불행의 경계마저 위태롭게 한다. 의미의 무의미 혹은 무의미의 의미가 제멋대로 충돌하는 채로 존재하는 방종이 그것이다.

---

4) 한기욱, 앞의 글, 52쪽.

이러한 위태로운 감각이야말로 생의 살아있음을 통감케 하기에 되레 감동은 배가된다. 즉 감동의 방식은 기존의 감동 형성의 동인인 동일시를 통해 획득되는 것과는 일정 부분 다른 성격을 띤다. 가령 주체와 대상의 분절, 혹은 대상에서 분출하는 허상의 주체, 나아가 주체를 배반하는 주체의 형상 등이 그러하다. 때문에 이질화를 통한 삶—감각의 예각화야말로 새로운 형태의 감동을 주조하게 된다. 때론 틈인 채로, 배반함으로써 더 큰 공감을 이끌어낼 수 있는 것이다. 그리하여 결국 카메라 옵스큐라 camera obscura를 통해 전달되는 일률적인 동일성은 해체되고 다초점의 여러 부분들이 파편적으로 존재하는 분절의 형상만이 남게 된다.

감동과 충격은 결국 동의어이다. 뒤틀림을 통한 감동의 극대화를 희구하는 것이 충격이 지향하는 궁극적 목적인 셈이다. 시작詩作을 찰나 혹은 영원의 감각을 포착하는 것이라 전제한다면, "순간을 포착한다는 것은 가장 영원한 것이 곧 현재적인 것임을 깨닫는 일이다. 그리고 또 다른 핵심은, 이 명확히 자족적인 순간이 실은 몰래 균열되어, 미래 때문에 속이 텅 비워진 채, 미래의 가장자리에서 영원히 떨고 있음을 깨닫는 것이다."[5] 이러한 깨달음을 통해서 우리는 낯선 감동과 조우하게 된다. 예컨대 일상의 붕괴 혹은 자아의 분열을 통해서 형성되는 멜랑콜리아Melancholia의 감각을 익힌 이 시대 시인들이 포착하는 균열의 미학, 그리고 이를 통해 "시적 사유가 명명할 수 없는 것은 발현 중인 자기 자신, 도래하고 있는 그 사유 자체"[6]임을 깨닫는 순간 발산되는 경계의 미학이 곧 낯선 감동을 생성하는 것이다. 시인은, 그리고 시인의 시작詩作은 이러하다!

5) 테리 이글턴, 김지선 역, 『반대자의 초상』, 이매진, 2010, 228쪽.
6) 알랭 바디우, 장태순 역, 『비미학』, 이학사, 2010, 54쪽.

서정, '목련 전차'를 타고

— 손택수의 경우[1]

1. 시작始作/詩作

화가 김영대의 그림은 미술의 가장 기본인 색채에 충실하다. '집'을 말하기 위해 그가 차용하는 방식은 색color 하나뿐이다. 그럼에도 그의 '집'은 무수한 '집들'이 되며, 보는 이로 하여금 그 안의 삶까지 실감하도록 만든다. 김영대는 20여 년째 집을 그리고 있는데 그의 집은 다양한 색감만큼이나 다채로운 삶을 말해준다. 가령 「붉은 지붕」, 「초록 동네」 등 그의 거의 모든 작품들은 색을 전면에 배치한다. 때문에 그의 그림에서 색이 차지하는 위치와 공터나 골목으로 표현되는 여백은 분명한 경계를 이루면서 조화를 형성한다. 크기와 모양이 조금씩 다른 집들이 지붕을 맞대고 모여 있는 모습은 주로 화려한 색채로 표현되며 여백은 이러한 색감을 더욱 두드러지게 만드는 역할을 담당한다. 덕분에 그의 집들은 동화 속 한 장면을 여유 있게 조감할 수 있는 시간을 감상자에게 부여한다. 이처럼 색의 농담은 화가의 언어가 되어 우리에게 말을 걸고 마음을 두드린다.

---

1) 손택수의 『호랑이 발자국』(창작과비평사, 2003), 『목련 전차』(창작과비평사, 2006) 그리고 『나무의 수사학』(실천문학사, 2010)을 대상 텍스트로 한다.

시詩도 마찬가지다. 이 시대 서정적 서정시의 미학을 정서적 감동에 둔다면 그것을 획득할 수 있는 가장 기본적인 방식은 바로 언어에서 찾아야 할 것이다. 이때의 언어란 단순히 인간 소통의 도구적 차원이 아닌 사물과의 교감 혹은 보이지 않는 것의 발화를 도출할 수 있는 문학적 그것이다. 흔히 우리 시단에서 서정과 감동은 동의어로 읽힐 수 있는데, 그 까닭은 인간 정서의 표출 혹은 삶의 외진 곳을 위무하는 시적 감각이 서정적 서정시가 지향하는 가치이기 때문이다. 예술은 그 토대가 되는 구성요소에 집중할수록 인간 근원에 자리한 감성을 자극하게 되고, 덕분에 그 예술적 가치를 충분히 발현할 수 있게 된다. 곧 미학은 기본에서 비롯될 때 지극한 감동을 생산하게 되는 것이다.

현 시대 다양한 형태의 시적 발화가 난무하고 있는 것이 사실이지만, 그것들은 제각각 다른 미적 가치를 생산한다. 가령, 일명 '신서정'이라 불리었던 1990년대 서정이 그러하고, '미래파'라 명명되었던 2000년대 이후의 서정이 그러하다. 또한 새로운 형태의 전위성을 표방한 시들 역시 그들 나름의 미적 가치, 그 완성도를 지향한다. 그렇기에 어떤 서정(혹은 그 서정을 발현하는 시적 양식)도 에피고넨이 될 수 없다. 같을 수 없는 동일 시어의 경험적 층위로 인해, 하나의 시어는 그 해석적·감성적 자장을 달리 하는 것처럼 서정의 다양한 발화 양식 역시 그러하다.

그럼에도 흔히 서정적 서정시가 생산하는 감동은 이들 다양한 발화들이 구현하는 미적 가치의 근원이 된다고 하겠다. 이는 단순히 장르적 우선순위의 문제가 아니라, 인간이 예술을 필요로 한 혹은 예술이 만들어진 그 근원에 대한 물음 때문이다. 시 양식의 시초는 자아와 세계의 동일화를 추구하는 것이었고 나아가 주체의 정서 표출에 무게를 두었다. 그러니 시작詩作은 먼저, 이러한 시작始作에 대한 조감에서 비롯되어야 한다.

2. 일상, 플러깅plugging하다

　일상을 구성하는 일은 그 시대를 증언하는 일과 닮아 있다. 특히 시인이 재구성하는 일상이란 자신이 살아온 경험적 층위뿐만 아니라 동시대적 감각을 통해 소통할 수 있는 일방식을 제공하는 데 기여한다. 그렇기에 시인이 말하는 일상, 그 삶의 자장을 발화하는 방식은 삶의 가치를 통감하지 못하는 부분에 대한 자극에서 비롯된다. 가령 시인의 타자를 향한 플러깅plugging이거나 내면을 향한 플러깅의 발화방식이 그러하다. 자신이 인지하고 감각하는 생활 영역을 타자나 자신에게 주입하거나 반복 진술함으로써 특수한 영역의 경험을 보편적 영역으로 확장하게 된다. 결국 시인이 일상을 구성하는 방식은 세계를 향한 주체의 몸부림과 다르지 않다.

　감동이란, 은폐된 것의 들추기에서뿐만 아니라 잊고 있던 것의 재발견, 그 통감에서도 비롯된다. 예컨대 거창한 숭고미에서 발현되는 감동이나 전위라는 이름으로 새로운 말하기의 방식을 통해서 생산되는 감동도 훌륭하지만, 자신의 경험 저편에서 어렵게 건져 올린 작가의 감각이 야기하는 감동이야말로 한 개인이 자신의 모든 감각을 다하여 일종의 감동적 충격 상태에 빠질 수 있도록 조력한다. 일상의 재편을 통해서 감동을 생성하는 일방식을 손택수의 시에서 만나보자.

　　외갓집은 찾아오는 이는 누구나/ 숟가락부터 우선 쥐여주고 본다/ 집에 사람이 있을 때도 그렇지만/ 사람이 없을 때도, 집을 찾아온 이는 누구나/ 밥부터 먼저 먹이고 봐야 한다는 게/ 고집 센 외할머니의 신조다/ 외할머니는 그래서 대문을 잠글 때 아직도 숟가락을 쓰는가/ 자물쇠 대신 숟가락을 꽂고 마실을 가는가/ 들은 바는 없지만, 그 지엄하신 신조대로라면/ 변변찮은 살림살이에도 집이라는 것은/ 누구에게나 한 그릇의 따순 공기밥이어야 한다/ 그것도 꾹꾹 눌러 퍼담은 고봉밥이

어야 한다/ 빈털터리가 되어 십년 만에 찾은 외갓집/ 상보처럼 덮여 있
는 양철대문 앞에 서니/ 시장기부터 먼저 몰려온다 나도/ 먼길 오시느
라 얼마나 출출하겠는가/ 마실간 주인 대신 집이/ 쥐여주는 숟가락을
들고 문을 딴다

—「외할머니의 숟가락」전문(『호랑이 발자국』)

　손택수의 시에서 숟가락은 가난의 징표이자 동시에 넉넉함의 표상이
다. 밥에 집착한다는 것은 그만큼 가난에 익숙하다는 것이며, 그럼에도
나누는 것에 인색하지 않음은 우리네 정서를 대변하는 것이다. 때문에 손
택수가 그리는 집은 곧 밥이며, 동시에 무한한 사랑 혹은 그 사랑에 대한
그리움의 형상이다. "외갓집"이나 "외할머니"는 결국 어머니의 동격이며,
때문에 밥이나 집이 표상하는 것은 모성과 닿아 있다고 볼 수 있다. 어린
것이 다 먹지 못한다는 것을 알면서도 "꾹꾹 눌러" "고봉밥"을 담아주는
마음은 곧 사랑이며, 동시에 "변변찮은 살림살이" 때문에 무언가 미진한
것에 대한 미안함이기도 하다. 자물쇠 하나 없어 "대문을 잠글 때"에도
"자물쇠 대신 숟가락을 꽂"아야 하는 삶의 풍경은 단순히 시인의 경험적
차원, 그 추억에 머물지 않는다. 시를 읽는 동안 시인의 경험은 독자의 기
억을 환기함으로써 추억을 재생산하는 마력을 발휘하는 것이다. 묘하게
밥 짓는 냄새가 시를 읽는 내내 코를 간질이고 입맛을 돋우는 것은 이 때
문이다.

　가령 "집이라는 것은/ 누구에게나 한 그릇의 따순 공기밥이어야 한다"
는 잠언적 진술에는 많은 의미가 함의되어 있다. 손택수의 그것은 외갓집
을 생각하면 "시장기부터 먼저 몰려"오는 우리 모두에게 던지는 마들렌
과 같은 역할을 하기도 하며, 간신히 삶을 지탱하고 있는 지친 삶들에 대
한 위무이기도 하다. 그렇기에 "먼길 오시느라 얼마나 출출하겠는가"라
는 시구詩句에 이르러서는 가슴이 찡해지는 것이다.

　프루스트의 마들렌이 환기하는 유년의 기억은, 자신이 살아왔던 삶과

자신이 기억하는 삶이 다른 것에서 촉발된다. 이처럼 냄새가 불러오는 감각의 환기는 손택수의 이 시에서 느낄 수 있는 것으로 그것은 무의지적 기억을 재구성하는 데 일조한다. 벤야민은 비자발적 혹은 무의지적 잔상이 섬광처럼 오늘의 우리에게로 뛰쳐나와 유년의 기억을 형상하는데, 이는 이성적·감성적 판단에 의해 만들어지는 기억이 아니라 우리가 살아왔던 삶이 그대로 녹아든 감각에서 자연스럽게 발현된다는 것이다. 때문에 손택수의 감각은 이들의 기억환기법과 닮은 듯 읽힌다.

> 상할머니의 몸속에선 가끔씩 구름 우는 소리가 들렸다/ 쿠르릉 먹구름 우는 소리가 신음 신음 새어나왔다// 그런 날은 영락없이 비가 내렸다/ 고가메 너머의 구름이/ 지붕 위까지 바짝/ 끌어당겨지곤 하였다// 상할머니는 비를 불러왔다 몸이 쿡쿡 쑤시는 아픔으로/ 들판을 쿡쿡 쑤시며 마디마디 뼈마디 저린 비를 짚고 왔다// 상할머니의 몸은 천문을 품고 있었던 게지/ 내가 알지 못할 예감으로 떨리는 우듬지 끝/ 떨어져내리는 잎사귀 잎사귀마다/ 빛나는 통증으로 하늘과 이어져 있었던 게지// 쿠르릉 밤늦게 저린 다리를 끌며 일어난 어머니 빨래를 걷는다/ 서러운 몸속에서 몸속으로 구름이 유전하고 있다
>
> ─「구름의 가계」전문(『목련 전차』)

"구름 우는 소리"는 녹록치 않은 가계를 감당해낸 "상할머니"와 "어머니"의 인생을 말하는 감각적 표현이다. 시각과 청각의 동시적 울림은 구체적으로 표현되어 있지 않은 상할머니나 어머니의 모습을 형상화하도록 돕고 동시에 어디에서부터 비롯되었는지 알 수 없는 통증의 근원을 드러내준다. 먹구름이 잔뜩 몰려가는 듯한 의성어 "쿠르릉"은 몸 어디에서부터 시작되었는지 헤아릴 수 없는 세월의 흔적을 표현하는 데 적합하다. 구름들이 떼지어가는 탓에 어느 구름에서 천둥을 치는지 알 수 없는 것처럼 인간의 몸에 새겨진 세월의 무게도 그러하다. 먹구름의 신음 소리 다

음에는 "영락없이 비가 내렸다"는 진술과 상할머니는 이러한 "비를 불러왔다"는 표현을 통해서 자연현상과 인간 몸의 유기체적 흐름을 진단한다. "몸이 쿡쿡 쑤시는 아픔으로/ 들판을 쿡쿡 쑤시며 마디마디 뼈마디 저린 비를 짚고 왔다"는 상할머니의 형상화는 고생으로 허리가 굽고 살이라기 보다는 껍데기를 뼈에 두른 앙상한 모습을 하고 있지만, 마음만큼은 "천문을 품고 있었던" 것처럼 넉넉해 보인다. 그러니 노년의 상할머니의 몸은 홍용희가 말한 것처럼 "대지적 삶의 문법"[2]을 그대로 체현하고 있다고 볼 수 있다.

이 시가 감동적인 이유는, 고된 삶을 살아낸 늙은 육체의 고통을 감각적으로 형상화한 것뿐만 아니라 따뜻한 휴머니즘이 구현되고 있는 덕분이다. "내가 알지 못할 예감으로 떨리는 우듬지 끝/ 떨어져내리는 잎사귀 잎사귀마다/ 빛나는 통증으로 하늘과 이어져 있었던 게지"라는 진술은 노년의 발견이자 동시에 자연에 모태를 두고 있는 인간의 삶에 대한 통감이기도 하다. 탯줄 마냥 하늘과 이어져 있어 언젠가는 다시 하늘로 돌아간다는 발상, 그러니 죽음이라는 것이 소멸은 아닐 것이라는 의미의 확장이 가능하다. 또한 이러한 통증은 단순히 노년의 그것으로 그치지 않고 "어머니"에게로 "유전"된다. 유전遺傳이거나 유전流轉인 그것은 대물림된 가난에 대한 형용이기도 하고 자연의 법칙 아래에 있는 인간존재에 대한 겸허함이기도 하다. 시인이 발견한 것처럼 "서러운 몸속에서 몸속으로 구름이 유전하고 있다." 손택수의 시가 아름다운 이유, 감동적인 이유는 보이지 않는 삶의 진실을 구축해나가기 때문이다.

---

2) 시집 해설에서 홍용희는 "대지적 삶의 문법이란 형이상학적인 초월과 변별되는 개념으로서 농경적 삶을 근간으로 하는 구체적인 살림살이의 성정과 표정에 바탕을 둔다."고 정의하고 있다. 홍용희, 「대지의 문법과 화엄의 견성」, 『목련 전차』, 창비, 2006, 113쪽.

아직도 어느 외진 산골에선/ 사람이 내리고 싶은 자리가 곧 정류장이다/ 기사 양반 소피나 좀 보고 가세/ 더러는 장바구니를 두고 내린 할머니가/ 손주 놈 같은 기사의 눈치를 살피며/ 억새 숲으로 들어갔다 나오길 기다리는 동안/ 싱글벙글쑈 김혜영의 간드러진 목소리가/ 옆구리를 슬쩍슬쩍 간질이는 시골 버스/ 멈춘 자리가 곧 휴게소다/ 그러니, 한나절 내내 기다리던 버스가/ 그냥 지나쳐 간다 하더라도/ 먼지 폴폴 날리며 한참을 지나쳤다 투덜투덜/ 다시 후진해 온다 하더라도/ 정류소 팻말도 없이 길가에 우두커니 서서/ 팔을 들어 올린 나여, 너무 불평을 하진 말자/ 가지를 번쩍 들어 올린 포플러와 내가/ 버스 기사의 노곤한 눈에는 잠시나마/ 한 풍경으로 흔들리고 있었을 것이니

ㅡ「시골 버스」 전문(『나무의 수사학』)

손택수의 시에는 풍경이 있다. 마치 영화 「집으로」(이정향, 2002)나 「워낭소리」(이충렬, 2008)가 보여주었던 서정성이 언어로 형상화되어 있는 느낌이다. 아직 신작로가 들어서지 않은 "외진 산골"의 흙길에는 "먼지 폴폴 날리며" 버스가 달리고, 표지판도 "정류장"도 없지만 알아서 척척 사람들을 태우고 내려주고 하는 것이다. 차들로 붐비는 대로와 시간표대로 움직이는 지하철과 버스는 도시에서 삶을 사는 우리가 상상할 수 있는 가장 익숙한 교통수단이다. 그러나 손택수의 "시골 버스"는 다른 지점에 서 있다. 정차되어 있으나 달리고 있는, 달리고 있지만 어디에나 정차할 수 있는, 그러다가 언제든 "후진해" 올 수도 있는 것이다. 기계적 시간표가 아닌 사람의 시간표에 따라 작동하는 덕분에, 할머니가 "소피" 보러 간 사이에는 절로 "휴게소"가 되기도 한다. 급할 것도 서두를 것도 없는, 그저 흐르는 대로 일상을 엮어가는 여유가 그곳에는 있다. 손택수가 그리는 풍경은 이렇다. 조급하게 약속 시간을 맞추지 않아도 되고, 앞만 보고 내달리지 않아도 되는, 그래서 "한나절 내내 기다리던 버스가/ 그냥 지나쳐 간다 하더라도" 그런가 보다, 풀썩풀썩 흙길을 걷게 하는 힘이 그 풍경 속에는 있다.

이처럼 손택수가 구성하는 감동은 흙냄새 짙은 고향의 재현 혹은 잊힌 감각의 구현을 통해서 이루어진다. 때문에 그에게 와서 충격이란 대단히 이질적인 것이 아니라 잊힌 것의 복원을 통해서 이루어지는 찰나의 회상과 닿아 있다. "멈춘 자리가 곧 휴게소." 이 시대 서정적 서정시가 우리에게 선사할 감동은 바로 이러한 멈춤의 감각에서 생성된다.

3. 관계

'집'은 관계의 표지이면서 동시에 관계를 파괴하는 해체의 기호이기도 하다. 한 단어에 함의된 중층적 의미맥락의 뒤틀림은 문학적 표상으로 형상화된다. 집도 마찬가지이다. 그것은 외부를 타자화함으로써 자신을 보호하는 안전의 기호이면서, 동시에 자기 자신을 집이라는 은폐된 구조 속에 억압하는 일이기도 하다. 그러나 화가 김영대가 그리는 집이나, 시인 손택수가 형상화하고 있는 집은 고향의 그것, 어머니의 그것으로 관계를 형성하는 표상으로 작용한다. 이러한 관계의 구축은 결국 이 시대를 살아가는 주체의 고독을 위무하는 역할을 담당한다.

일상, 그 생활감각의 공유를 통해서 획득되는 감동은 복잡한 수사적 메타포를 지니지 않아도 충분히 화려한 공감을 야기한다. 차이와 이질성에 익숙해진 현대, 실상 우리를 지배하고 있는 것은 동일성에 대한 부정이다. 그럼에도 유행이라는 이름으로 자신을 치장하는 행위는 아이러니하게도 겉으로만 다름을 표방하는 타자와의 동일성 욕구에 지나지 않는다. 다른 나를 드러낸다는 환상은 만들어진 것에 불과하다. 유행에 따라갈 때 우리는 묘한 소속감·연대감을 느끼며 안도하게 된다. 이는 공통감각을 공유함으로써 일종의 관계를 형성하기 위한 나름의 방편인 것이다.

오늘의 시도 마찬가지이다. 대중 독자는 자신과는 이질적인 산물이라 여겼던 시 속에서 자신이 경험한 혹은 느낀 어떤 감각과 조우하게 될 때 아찔한 감동에 빠져들게 된다. 익숙한 것의 재발견은 묘한 충격을 선사한다. 손택수의 시가 그러하다. 서정의 목련전차를 타고 온 그는, 감동을 통해서 과거의 나와 현재의 나를, 그리고 타자와 나를 또 기억과 오늘의 삶을 관계 맺게 만든다. 그가 조형하는 감동은 이러한 과정에서 생산된다.

바람, 천 년 전의 장난중이다

— 박재삼문학관 탐방기[1]

1. 삼천포, 사라진 항구도시

삼천포시는 1995년 행정구역개편으로 사천군과 통합되어 사천시로 되었다. 이후 삼천포라는 장소성은 차츰 사라지고 더 넓은 범주의 사천시가 그 자리를 대신하게 된다. 그 즈음인 1997년 삼천포가 낳은 시인인 박재삼이 작고한다.[2] 소멸의 언저리에서 박재삼은 다시 한 번 삼천포를 표상하게 된 셈이다. 행정적 지명의 소실은 장소의 (추억이라는 이름의)내일을 기약할 수 없게 만든다. 지역의 중심이었던 포구는 이제, 사천시의 끝자락에 불과하다. 아쉽지만 삼천포에서 나고 자랐던 사람들이 모두 사라지면 그 장소성 역시 역사의 저편에 묻히게 될 것이다.

2000년대 들어서면서 각 지역이 활발하게 추진하고 있는 문학관의 건립은 지역 예산확충 및 문화자본의 생산뿐만 아니라 지역의 지명도를 강화

---

1) http://www.parkjaesam.com/ 경상남도 사천시 서금동 101−67번지(TEL. 055) 832−4953)

2) 박재삼은 식민지 시기 부모님의 일본 이주로 일본에서 태어나게 되지만, 4살 되던 해 한국으로 돌아와 외가 쪽이던 삼천포에 정착한다. 이후 삼천포에서의 유년은 박재삼의 전(全)생애를 지배하게 된다.

하기 위한 교두보로 작동하게 된다. 2008년 11월 21일에 개관한 박재삼문학관 역시 이러한 흐름의 하나이다. 문학관은 그것 자체로 이 시대가 (주로)작고 문인을 기억하는 한 방식을 대변한다. 문학관에 전시된 기억은 과거를 끊임없이 소환함으로써 가능하다. 이러한 기념 행위는 오늘의 이해利害로부터 자유로울 수 없기 때문에, 생산적인 문학관 운영 등에 대해 보다 고심해야 할 것이다.

한려수도와 맞닿은 노산공원 한가운데 자리 잡은 박재삼문학관을 통해서 우리는, 생전에 노산일대를 배회했던 시인의 흔적을 곳곳에서 만날 수 있다. 즉 박재삼문학관은 작고한 한 문인에 대한 기억의 공간이자 동시에 사라진 항구도시 삼천포라는 장소성을 추억할 수 있는 공간으로 확장된다.

2. 박재삼을 떠올리는 방식

1) 체험

전체 3층으로 건립된 박재삼문학관이 지향하는 바는 '체험'에 있다. 사천시청에서 관리하고 있지만 수익금 창출보다는 지역 문화공간으로 활용되는 방안에 보다 고심하고 있으며, 박재삼운영위원회(박재삼기념사업회)를 두어 다양한 자문을 구하고 있다고 한다.³⁾ 이런 덕분에 초청강연회나 전국문학인대회 등 다양한 문학 행사를 통해 공간 활용도를 최대화하고 있다.

친숙한 성우의 시낭송이 울려 퍼지는 문학관 1층에 들어서면, 꽃물 드는 한지마냥 마음의 긴장이 풀리게 된다. 박재삼문학관에서 가장 인상적이었던 것은 이러한 듣기를 뛰어넘어 직접 시낭송을 할 수 있는 공간이 마련되어 있다는 점이다. 시인을 기억하는 다양한 방식 중에서도 으뜸인 것은 그의 작품을 낭송해 보는 것이 아니겠는가. 낭송 작품과 배경음악 등을 선택하면 직접 낭송하여 녹음할 수 있도록 구성된 체험 공간은, 시인에 대해서 잘 알지 못하는 사람에게도 시인의 감성을 느끼게 하는 좋은 매개가 된다. 뿐만 아니라 녹음된 자신의 시낭송을 얼마든지 재생해서 감상할 수도 있고 이를 usb 등에 담아올 수도 있다. 여타의 문학관들이 기념품 판매 등에 열을 올리고 있는 것과

시낭송 부스booth

---

³) 박재삼문학관을 지키고 있던 직원은 여러 물음에 대해 상세한 답변을 주었다.

는 사뭇 대조적인 풍경이다. 무엇보다 이러한 체험을 통해서, 수십 년 전에 노산공원 언저리에 앉아 시를 쓰던 시인의 감성이 시간의 경계를 뛰어넘어 오늘의 우리에게 전달되기에 이르는 것이다.

> 소시쩍 꾸중을 들은 날은/ 이 바다에 빠져드는 鲁山에 와서/ 갈매기 끼룩대는 소리와/ 물비늘 반짝이는 것/ 돛단배 눈부신 것에/ 혼을 던지고 있었거든요.// 이제 나를 꾸짖는 이라곤 없이/ 심심하게 여기 와서/ 풀잎에 내리는 햇빛/ 소나무에 감도는 바람을/ 이승의 제일 값진 그림으로서/ 잘 보아 두고,/ 또 골이 진 목청으로 새가 울고/ 가다간 벌레들이 실개천을 긋는 소리를/ 이승의 더할 나위 없는 가락으로서/ 잘 들어두는 것밖엔/ 나는 다른 볼 일은 없게 되었거든요.
> ―「鲁山에 와서」(『대관령 근처』, 정음사, 1985) 전문

시인 박재삼에게 삼천포는 이주사의 종점이자 유년이며, 가난의 연장인 중층적인 공간이다. 「鲁山에 와서」는 이러한 장소적 중층성이 잘 드러나는 작품이다. 노산의 풍경에 대한 사실적인 포착은 생사의 경계에 대한 감각으로 확장되면서, 노산의 공간성과 박재삼 시인의 교통을 짐작케 한다.

어떤 맥락에서 문학의 미학적 지향성이야말로 가장 정치적이다. 이때의 정치는 실사의 미적구현을 목적으로 한다는 점에서 실리의 추구와는 상반되는 의미층위에 있다. 무엇보다 박재삼의 시적 언어는 화려하게 치

장된 그것이 아니라, 소박한 듯 멋 부리지 않은 언어에서 전해지는 감동의 산물이다. 때문에 박재삼이 평생을 두고 좇은 '아름다움'이란 자연의 색채를 가장 자연적인 언어로 풀어쓰는 데에 있다. 즉 인간의 언어로는 감히 품을 수 없는 자연의 빛깔을 시적 언어로 구현하기 위한 탐색이 그의 시 작업이었다고 말할 수 있겠다. 자연을 노래한 시인은 많지만, 치장하지 않은 담백한 언어로 자연을 시로 옮긴 시인은 흔하지 않다. 말하건대, 박재삼의 시적 작업은 그러한 지향성의 욕망이 표출된 바다.

2) 회상

문학관이 지향하는 체험의 방식 역시 단순히 박재삼의 연보를 알리는 것에 있지 않고, 그의 시적 감수성을 전소공간을 통해서 느끼도록 하는 데에 있다. 전시된 그의 시집과 수필 등은 그의 일대기를 조망하는 토대가 되며, 2층으로 이어진 곳곳에서 만날 수 있는 시화를 통해서 박재삼 시의 진미를 맛볼 수 있다.

영상자료를 통해 재구성된 일대기는 어제의 박재삼을 오늘로 호명하는 역할을 수행한다. 이는 박재삼문학관이 매년 6월 개최하는 박재삼문학제로 이어져, 그 회상의 방식을 보다 체계화한다. 시 백일장 등 꾸준한 예술 행사를 통해서 박재삼을 기억하는 실천적인 모색을 도모한다.

천년 전에 하던 장난을/ 바람은 아직도 하고 있다./ 소나무 가지에 쉴새 없이 와서는/ 간지러움을 주고 있는 걸 보아라/ 아, 보아라 보아라/ 아직도 천 년전의 되풀이다.// 그러므로 지치지 말 일이다./ 사람아 사람아/ 이상한 것에까지 눈을 돌리고/ 탐을 내는 사람아.

　　　　　　　　　　―「千年의 바람」(『千年의 바람』, 민음사, 1977) 전문

시인 생전에 노산공원에 건립된 시비

문학관 1층의 전시 공간을 통해서 시인 박재삼과 조우했다면, 2층은 각종 영상홍보실, 문예창작실, 다목적실 등으로 구성되어 다양한 프로그램을 운영할 수 있도록 마련된 공간이다. 나아가 3층은 옥외 휴게공간과 어린이 도서관으로 구성되어 있는데 무엇보다 시가지와 바다 그리고 노산공원을 한 눈에 조망할 수 있다. 즉 박재삼문학관의 가장 큰 장점은 시인이 살았던 삶의 공간을 온몸으로 체험할 수 있다는 데에 있다.

“천년 전에 하던 장난을” 오늘도 변함없이 하고 있는 바람처럼 시인의 시도 “천 년전의 되풀이” 마냥 기억될 것이다. 다행스럽게도 박재삼문학관은 자본적 구조에 매몰되지 않고 문학인을 추모하는 생활

추운 날씨에도 독서를 하고 있는 소년을 만날 수 있었다.

공간으로서의 제몫을 감당하고 있기 때문에 앞으로가 더욱 기대되는 공간이다. 무엇보다 시민의 공간인 노산공원 내에 위치해 있는 장점 덕분에 문학관은 이미 시민들이 자유롭게 향유할 수 있는 자연의 한 모습을 하고 있었다.

3. 기억의 단상 : 문학관이 나아갈 길

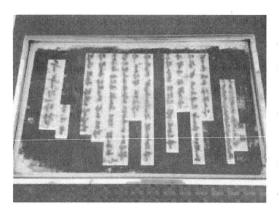

탁본 체험 : 천년의 바람의 경우

박재삼문학관은 건물에서뿐만 아니라 노산공원 곳곳에서 시인의 시심을 느낄 수 있다. 어느 곳 하나 시인의 작품 속에 녹아들지 않은 장소가 없을 정도로 익숙한 풍경을 하고 있다. 시낭송 부스booth 나 탁본 등을 통해서 직접 체험하여 시인을 느낄 수 있게 공간을 구성하는 것과 같은 세심한 배려가 문학관에 포진해 있다는 점이 인상적이었다.

2012년부터는 박재삼문학상이 제정될 계획이며, 집필실을 오픈하여 작가들에게 제공하는 등 공간 활용도를 보다 강화할 계획이라고 한다. 박재삼문학관의 성장을 지켜보는 일은, 오늘의 문학적 감수성을 채우는 일과도 맥을 같이 할 정도로 유의미한 일이 아닐까 생각한다.

오늘의 시간에 시인을 호명하는 일은 이름이 사라진 항구도시 삼천포를 오늘화하여 추억하는 일방식이 된다. 또한 이는 사천시라는 다른 이름으로 역사를 이어가고 있는 현재성에 대한 고찰로 이어지며, 삼천포라는 지역적 공간이 안고 있는 상징성이나 적층된 인사(人事) 또한 문학관을 통해서 영원히 기억될 것이다.

바라는 점이 있다면, 홈페이지에 수록된 박재삼 시와 수필을 묶어 전집이 출간되었으면 하는 것이다. 도서출판 경남(창원시 마산 소재)을 통해서 시 전집이 묶인 적이 있지만 대중적 판매가 이루어지지는 못했다. 이미 전체 시와 수필을 아우르는 작업이 완료된 만큼 절판된 박재삼 문학을 연구자와 대중들이 향유할 수 있도록 하는 일도 반드시 필요하다. 수필역시 박재삼기념사업회를 통해 선집이 묶이기는 했지만 수필전집이 출간되기를 기대한다. 시인을 추억하는 가장 좋은 방식은 오늘의 자리에서 그의 작품을 낭독하는 것이 아니겠는가.

『탁류』 다음의 탁류

- 채만식문학관 탐방기[1]

1. 분위기

겨울에 찾은 채만식문학관의 넓은 부지는 눈으로 덮여 있었다. 추운 일기 속 평일이라 그런지 찾는 이 없었고, 때문에 난방을 하지 않은 탓에 문학관 내부는 스산했다. 흡사 프루스트의 마들렌처럼, 스산하고 쓸쓸한 겨울 풍경은 문학관 내부의 온도와 닿아 관람객의 마음에까지 침범했다. 암울했던 식민지의 어느 날, 그 삭막

1) http://chae.gunsan.go.kr/ 전북 군산시 내흥동 285번지(TEL. 063) 450-4467) 채만식 문학관 탐방에 수록된 사진은 대부분 동행했던 조유나(부산대 강사) 선생님이 촬영한 것임을 밝혀 둔다.

한 겨울의 하루를 응시하는 지식인의 심정이 되어 백릉 선생에 대해 알아가기 시작했다.

백릉 채만식은 1930년대를 대표하는 소설가로, 일제 강점하의 현실을 풍자한 다수의 작품을 창작하였다. 특히 『탁류』(1937. 10~1938. 5 조선일보 연재)와 『태평천하』(1938. 1~9 조광 연재) 등은 당대 사회의 세태를 생생하게 그려냈다는 점에서 그의 대표작이라 할만하다. 이 시대 문학의 역할에 대한 반성과 고찰에 대한 일종의 답변이 가능하다면 그것은 백릉의 문학적 성과에서일 것이다. 즉 백릉의 소설은 냉혹했던 시대에 대한 말하기를 통해서 사회에 대한 문학의 대응 방식의 일환을 보여준다.

분위기는 생각보다 많은 것을 환기한다. 뼛속까지 아린 일기와 냉골을 연상케 하는 문학관의 공기는 대면한 적 없는 식민지의 하루를 현재화하기에 충분했다. 식민지라는 정치성이 낳은 부조리는 현시대의 정치적 상황에 시사하는 바 있을 것이다. 문학관의 기능 중 하나는 문학인의 문학적 업적뿐만 아니라 그 정신적 가치를 재생산하는 데 있어야 한다. 무엇보다 채만식의 문학적 지향성이 함의하고 있는 바는 그의 정신적 유산과 크게 다르지 않기에 이에 대한 적극적인 조명이 이루어져야 할 것이다.

2. 시대 : 문학의 책무

문학이란 늘 현재적 산물이어야 한다. 고전이 고전일 수 있는 이유는 그것의 현재적 의미의 발현에서 찾을 수 있다. 특히 소설이야말로 그 시대를 대변하는 책무를 부여받은 서사양식이다. 소설가는 존재와 사회에 대한 냉엄한 고찰과 인식을 통해서 자신의 책무에 임한다. 이때 개인으로서의 존재적 감각은 시대적 판단과 조응하여 한 문학인의 자화상을 형성하게 된다. 때문에 문학인의 자율성은 반드시 확보되어야 할 덕목이다. 그럼에도 식민지 시기는 억압적 권력구조 아래 검열 등 감시가 불가피했던 것이 사실이며, 그러한 상황에서도 올곧은 판단과 실천을 할 수 있었다는 것은 그야말로 죽음도 불사한 강한 지사적 면모라고 할 수 있겠다. 물론 끊임없이 논란이 가중되고 있는 친일파 논쟁으로부터 자유로울 수 있는 식민지 문학인은 몇 되지 않는다. 또한 그 시대를 단순히 역사적 감각만으로 판단함으로써 간과할 수 있는 생활인의 고통 따위를 친일파 논의에서 염두할 수도 없는 상황이다. 그랬을 때 친일파 논의는 관점에 따라 그 판단기준이 달라질 수밖에 없다. 적어도 문학인을 기념하는 문학관에서는 이러한 사실적인 논의를 관람객 개개인의 몫으로 돌려줄 수 있도록 그 사실적 자료들을 제시해주어야 한다. 문학관의 기능이 단순히 문학인을 찬양하는 데에 있어서는 그 발전 가능성이 없다. 문학관은 암울한 시대를 살아낸 개인으로서의 문학인의 삶을 그대로 보여주기함으로써 오늘의 우리가 저마다의 판단 기준으로 감상 및 이해할 수 있도록 조력하는 공간으로 거듭나야 할 것이다. 때문에 작가에 대한 긍정적인 자료뿐만 아니라 비판적인 자료 역시 전시 및 공개되어야 한다.

1층 전시실에 배치된 모형에 다가서자 『탁류』의 한 구절이 백릉 선생의 음성을 가장하여 낭독되었다. "지금 밖은 한창 봄……"으로 시작하는

구절은 한파가 몰아치는 겨울의 일기와는 어울리지 않아 도무지 감정이입이 되지 않았다. 세태를 풍자하는 다양한 작품을 창작한 바 있는 소설가를 추모하고 기억하기에는 턱없이 성의 없는 방식이 아닌가. 단순히 동일 녹음 내용을 반복 재생하는 것에 그칠 것이 아니라 이를 충분히 활용할 수 있는 다양한 방안모색이 필요해 보였다. 적어도 계절적 배경이라도 고려한다면 오늘의 우리가 백릉 선생을 떠올리기에 용이하지 않겠는가.

　　"……오죽이나 좋은 세상이여? 오죽이나……" 윤직원 영감은 팔을 부르걷은 주먹으로 바닥을 땅— 치면서 성난 황소가 영각을 하듯 고함을 지릅니다./ "화적패가 있너냐아? 부랑당 같은 수령들이 있더냐……? 재산이 있대야 도적놈의 것이오, 목숨은 파리 목숨 같던 말세넌 다— 지내가고오……, 자— 부아라, 거리거리 순사요, 골골마다 공명헌 정사, 오죽이나 좋은 세상이여…… 남은 수십만 명 동병을 히여서, 우리 조선놈 보호히여 주니, 오죽이나 고마운 세상이여?…… 으응……? 제 것 지니고 앉어서 편안하게 살 세상, 이걸 태평천하라구 허는 것이여, 태평천하!…… 그런데 이런 태평천하에 태어난 부잣집 놈의 자식이, 더군다나 왜 지가 땅땅거리구 편안허게 살 것이지, 어찌서 지가 세상 망처 놀 부랑당패에 참섭을 헌담 말이여, 으응?"

—『태평천하』 부분

약육강식의 식민지 시대상을 '탁류'에 비유했다면 전지구적 자본주의가 판치는 오늘의 실상 역시 '그 다음의 탁류'라 칭할 수 있을 것이다. 때문에 오늘이야말로 백릉의 문학적 가치가 현재적으로 이해될 충분한 여건이 마련되었다고 여겨진다. 무엇보다 시대와의 불화를 체감했던 당대 지식인의 고뇌와 그 대응방식의 일환이 오늘을 살아가는 우리에게 일단의 삶―살이의 방식을 제공해 주는 것이다.

가령 용산참사에 대응하는 문학인의 선언이라든가 시대의 부조리에 대항하는 송경동 시인 등의 움직임은 가히 이 시대 행동하는 백릉의 분신이라 할 만하다. 그렇다면 문학관의 기억 방식 역시 일정부분 이러한 흐름과 조응해야 할 것이다. 백릉의 소설은 각 시대적 층위에서 볼 수 있는 세태 풍자의 일단이다. 혼탁한 시대에 대한 날카로운 시대인식의 면모는 역사의 순간을 살아내는 사회적 존재로서 갖춰야 할 덕목의 하나이기 때문이다. 분단국가에 살면서 그 상황에 대해 말하지 않는다는 것은 일정부분 시대가 요구하는 책무를 도외시하는 것이리라. 오늘날의 제국 상황역시 마찬가지로, 전지구적 상황에서 '낀 존재'에 대해 인식할 수 있어야한다. 즉 지식인이라면 시대에의 발화를 기꺼이 감행해야 한다.

전시실과 자료실에는 백릉 선생의 작품을 소개하는 등 연구자에게 도움이 될 만한 충분한 자료가 구비되어 있었다. 다만 가능하다면 이에 대한 연구자의 접근성을 높이는 것을 고려해 본다면 문학관의 실질적 활용범주가 확장될 수 있을 것이다. 가령 오늘의 연구자가 접근하기 힘든 발

표지 등에 소개된 자료의 경우 복사본을 공개하여 전문을 독해할 수 있는 공간을 마련하는 것도 도움이 될 것이다.

채만식문학관에서 가장 아쉬웠던 점은 공간에 비해 그 활용도가 떨어진다는 것이다. 또한 전시자료의 보완이 적절하게 이뤄지고 있지 않고 예전 자료의 전시에서 그치는 아쉬움이 있었다. 즉 오늘의 연구자나 독자가 백릉 선생을 보고 있는 관점들을 보여줄 수 있는 자료의 확충이 이루어진다면 백릉 문학의 현재화에 기여할 수 있으리라 본다.

채만식문학관은 군산시 소속으로 시에서 파견된 직원이 두 명 상주하며 그 외 직원 한 명이 안내 등을 맡고 있었다. 실질적인 담당자인 공무원은 만날 수 없었지만 안내 등을 맡고 있었던 직원은 비교적 상세하게 문학관 운영 실태 등에 대해서 인터뷰에 응해 주었다. 우선 주말 등 사람들이 많이 찾는 날에 문학관 공간이 충분히 활용되고 있으며, 문학동아리나 고등학생 등의 단체 예약 방문이 이뤄지기도 한다고 전했다. 또한 문학관을 끼고 있는 잔디 광장은 시민들의 생활공간으로 활용되고 있다고 말했다. 그럼에도 필자의 인상에 채만식문학관은 시에서 관할하는 관청官廳색이 짙었던 것이 사실이다.

문학관이 존립하는 근거 중 하나는 그 활용 정도에 있다. 이는 적절하고 다양한 체험 프로그램을 통해서 확충될 수 있다. 그런데 채만식문학관은 문학관으로서 그 역사가 긴 편임에도 불구하고 체험할 수 있는 프로그램에 대한 충분한 모색이 이루어지고 있지 않아 보였다. 문학관을 찾은 사람이 흔하게 할 수 있는 탁본체험도 없었고 낭독 공간도 마련되어 있지 않았다. 무엇보다 백릉을 알아갈 수 있는 영상자료에 대한 접근성도 낮은 편이었다. 단체가 아닌 개인이 관람을 갔을 경우 영상자료를 보기는 어렵기 때문이다. 그리고 공간구성에 있어서도 특별한 행사가 없는 날에도 상시적으로 문학관이 쓰일 수 있는 방법을 모색해야 할 것이다. 죽은 공간에서 환기할 수 있는 기억이란 그다지 많지 않다. 추모 역시 아련한 감정의 일종이라 했을 때 살아있는 공간을 구성하는 것은 무엇보다 우선적으로 필요하다.

3. 채만식을 기억하는 방식

일명 문학관—붐boom의 문제이자 한계는 지역 예산으로부터의 독립이 불가능하다는 점이다. 때문에 이러한 문제에 대한 근본적인 해결책을 모색하는 것이 요구된다. 특히 문학관 운영이 일정 부분 지역 사회로부터 자율성을 보장받을 수 없다면 문학관은 지역 관청의 하나로 전락할지도 모른다. 채만식문학관에 비치된 전단 자료는 채만식에 대한 것보다 군산시에 관한 것이 더 많았다. 문학관이 지역의 공간 살리기와 자본의 확충으로부터 자유로울 수는 없겠지만 보다 현명한 방식을 모색해야 할 것이다. 즉 문학관이 해당 지역에 건립되어 있다는 것만으로도 충분히 지역관광객 유치에 어느 정도 기여할 수 있다. 문제는 지나친 지역 홍보가 문학관의 이미지마저 해쳐서는 안 된다는 것이다. 지역과 문학관이 공생과 상생을 거듭할 수 있는 방법적 성찰이 필요한 시점이다.

10여 년의 역사를 가진 채만식문학관은 최근 불고 있는 문학관 건립보다는 훨씬 그 이전의 것으로 문인을 기억하는 방식에 있어서도 선도적인 역할을 수행해야 한다. 그러나 내가 만난 채만식문학관은 계절의 영향 때문이었는지는 모르나 쓸쓸하기만 했다. 백릉의 문학에서 현재적 가치를 찾는다면 이는 바로 그 시대인식에 있다고 할 것이다. 때문에 채만식문학관이 나아갈 길은 개인과 시대가 소통할 수 있는 공간으로 확장되는 것이다.

전원에서의 고뇌
– 석정문학관 탐방기1)

1. 지재고산유수(志在高山流水)

벌교에 위치한 태백산맥문학관을 나서서 석정문학관이 있는 부안읍으로 가는 국도는 무척 운치 있었다. 눈 쌓인 응달의 나무와 흙길과는 대조적으로 도로는 깨끗했고 청청한 하늘은 서럽도록 맑았다. 조정래의 태백산맥이 안겨준 여운 때문인지 남도의 곳곳이 예사롭지 않게 다가왔다. 어제 내린 눈이 덮인 산야山野는 맑은 겨울 하늘 아래 역사를 끌

---

1) http://shinseokjeong.com/ 전북 부안군 부안읍 선은1길 10(TEL. 063) 584-0560~1)
석정문학관 탐방에 수록된 사진은 대부분 조유나(부산대 강사) 선생님이 촬영한 것임을 밝혀 둔다.

어안고 반짝이고 있었다. 가슴 먹먹해지는 감상으로 도착한 석정문학관은 아담했고, 시인을 기억하는 한 방식에 대해서 온몸으로 말해주고 있는 듯했다.

개관(2011년 10월 29일)한 지 얼마 되지 않은 문학관 내부는 산뜻했다. 정갈하게 정돈된 전시실의 밝은 조명이 특히 인상적이었다.

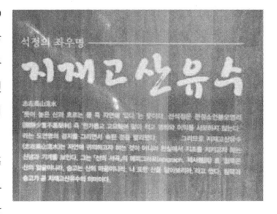

지재고산유수志在高山流水. 높은 산과 흐르는 물에 뜻이 있다는 석정의 좌우명은 그의 문학적 지향성뿐만 아니라 인생관을 엿볼 수 있게 한다. 또한 이것은 친자연의 전원시에 국한되어 연구되고 있는 그의 문학적 작업에 대한 성찰의 필요성을 제기한다. 무엇보다 문학에 있어서 서정이란 무엇인가에 대한 고민을 가능케 했다.

2. 시대에의 응전

어찌 보면 '문학인'은 연구되는 것이 아닌 기억되어야 한다. 연구 역시 기억하기/되기 위한 일종의 생성의 단계임에도 이를 간과하고, 되레 연구 자체를 목적화해 버리는 우를 범하는 것이 사실이다. 연구를 토대로 한 '문인—기억하기/되기'는 기계적이고 도식적인 인물을 생산할 뿐 문학인 자체를 보여주는 데에는 한계를 띨 수밖에 없다. 또한 특정 부분을 지나치게 부각시켜 이를 확정적인 것으로 단언함으로써 단선적 이해에 갇힐 우려도 있다.

대중적으로 알려진 시인 신석정(1907~1974)은 전원시를 대변하는 목가적 인물에 한정되어 있다. 그러나 곳곳에 전시되어 있는 자료 등을 통해서 발견할 수 있는 것은 전원시인으로서의 면모만큼이나 민족시인으로서의 기질이었다. 상설전시실에서는 석정의 시집과 그와 교류했던 문인들과의 사진이나 편지 등을 볼 수 있었고, 기획전시실에서는 시인의 연보를 비롯하여 참여적인 시 정신에 대해서 살필 수 있었다. 무엇보다 인상적이었던 것은 10여분의 영상으로 구성된 석정의 일대기였다. 이는 석정에 대해서 문외한인 사람도 관심을 가질 수 있도록 기획되어 시인을 알리기에 적합한 자료였다. 더군다나 홈페이지에서도 손쉽게 이 영상을 감상할 수 있다는 점에서 신석정을 대중적으로 알리는 데에 훌륭한 매개가 된다. 특히 제자인 허

소라(석정문학관장) 선생의 친절한 설명까지 덧붙어 있어 영상을 이해하는 데 용이하다. 이 영상자료는 문학관에 요청하면 언제든지 영상세미나실에서 관람할 수 있다.

나와/ 하늘과/ 하늘 아래 푸른 산뿐이로다.// 꽃 한 송이 피워 낼 지구도 없고/ 새 한 마리 울어 줄 지구도 없고/ 노루 새끼 한 마리 뛰어다닐 지구도 없다.// 나와/ 밤과/ 무수한 별뿐이로다.// 밀리고 흐르는 게 밤뿐이요,/ 흘러도 흘러도 검은 밤뿐이로다./ 내 마음 둘 곳은 어느 밤하늘 별이드뇨.

— 「슬픈 구도(構圖)」(『슬픈 목가』, 대지사, 1947) 전문

시 「슬픈 구도(構圖)」에서 "꽃 한 송이"와 "새 한 마리" 그리고 "노루 새끼 한 마리"는 부재하는 것에 대한 표상이다. '하나'라는 존재감의 부재는 "지구"로 표상되는 공간, 즉 국권 상실의 조국을 의미하는 것이다. 그렇기에 "나와/ 밤과/ 무수한 별뿐"인 의지할 곳 없는 현실에서 시인이 부르는 '슬픈 목가'는 단순히 서정적인 전원시에 그칠 수 없다. 그것은 시대적 불화를 보다 선명하게 함으로써 현실의 부조리를 환기하는 시적 발화이기 때문이다. 디스토피아Distopia의 현실 속에서 시인이 갈망하는 유토피아Utopia는 멀기만 하고, 이러한 심리적·물리적 거리는 분열의 현실 감각을 부각하는 시적 장치가 된다.

전원과 저항이라는 대립쌍은 시사를 구성하는 큰 획이며, 이는 신석정 시에 대한 엇갈린 평가를 낳은 것이기도 하다. 하지만 폭력적인 현실에 대한 실천적 비판정신을 갖지 않고서는 드러날 수 없는 서정적 미학이 석정의 시에 있다. 때문에 그의 시를 제대로 이해하기 위해서는 미학적 층위뿐만 아니라 현실에 대한 시대정신까지를 포괄해야 할 것이다. 궁극적

으로 서정시라고 하는 것은 개인적인 것을 역사적인 것으로 치환함으로 써 획득되는 것이기 때문이다.

> 태양도 외면한 어둔 백주를/ 시나브로 장미가 이운다./ 이우는 꽃이 파리에/ 매달렸던 때문은 시간이/ 총총히 길을 떠난다./ 나는 문득 가로수가 사운대는 바람소리 속에/ 술회사 문 앞에 줄지어 서 있는/ 아낙네의 술재강일 받아드는 기침 소릴 들었다./ 새가 운다./ <이 메마른 산하를 어디서 샐 우누?>/ 역시 어둠이 걷히지 않은 거리에/ 나는 서 있었다./ 서서 갈 길을 찾아본다. 없다./ 덩그러운 산맥을 데불고/ 출렁이는 강물을 데불고/ 무작정 지구는 돌아간다./ 몹시 가쁜 숨소리……/ 파초 잎새에 듣는 빗소리에도/ 아내와 어린 것들의 안개 낀 여윈 얼굴에도/ 그 때가 쩌른 손톱 밑까지 번져가는,/ 아아 그 무서운 <지옥>을 보고/ 나는 그만 몸서리쳤다.
>
> ―「지옥」(『한양』, 1964. 6월호) 전문

석정의 현실감각은 그가 어머니를 부르며 '먼 나라'를 찾던 목가적인 그 것과의 연장선에서 이해되어야 한 다. "백주"대낮에도 어두운, 하늘마 저 외면한 지상의 한 켠에 시인은 "서 있"다. "가로수에 사운대는 바람 소리"나 "술재강을 받아드는 아낙네 의 기침 소리"의 역설적 대비 등은 신석정 시에서 맛볼 수 있는 서정이 다. 아낙네의 궁핍한 삶에 오버―랩 된 바람 소리는 모순적인 것의 충돌 에서 그치지 않고 부재한 유토피아를 욕망하는 실천적인 모색으로 나아간다. 그리하여 "서서 갈 길을 찾아" 보지만 "어둠이 걷히지 않은 거리에"서 길마저 어둠에 묻히고 "없다." 시인의 속울음 위로 "새가" 울고, "아내와 어린 것들의 안개 낀 여윈 얼굴"을 목도해야 하는 시인 역시 좌절하고 만다. 식민지 시기 무기력한 지식인 가장의 설움은 "<이 메마른 산하를 어디서 샌 우누?>"라는 독백으로 이어지고, 그 지독하고 "무서운 <지옥>"에서 시인은 "몸서리"칠 밖에 달리 도리가 없다.

이처럼 시인의 시는 그러한 울분의 외침이다. 검열 때문에 시집을 출간하기도 어려웠던 시기임에도 창씨개명도 마다하고 시를 쓸 수 있었던 것은 그의 고독한 투쟁이 아니었겠는가. 무엇보다 신석정 시를 통해서 확인할 수 있는 바는 전원과 저항이라는 두 길항적 요소의 대립이 아닌, 균형을 통해서 서정적 미학으로 승화된다는 것이다.

3. 문학관 운영

작고 문인을 기억하는 방식은 다양하다. 그 중에서 문학관은 기념비적 사업의 일환으로 어느 정도 상업 구조로부터 자유로울 수 없다. 무엇보다 해당 지역 관하에 소속되어 있는 탓에 지역의 성장과 운명을 같이 할 수밖에 없다. 때문에 지역 자본과 문학적 자율성 사이의 팽팽한 긴장 내지는 조화를 통해 유지되는 것이 사실이다.

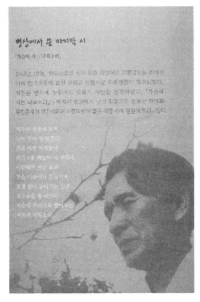

석정문학관은 시市에서 문인 및 석정선생의 제자들에게 문학관을 위탁하여 운영되고 있다. 자세한 소개를 해준 사무국장(김영일)을 통해서 석정선생에 대한 이들 운영진들의 무한한 애정을 느낄 수 있었다. 문학교실 추진 등 다양한 운영방안에 대해 모색하고 있는 신생 문학관으로서 석정문학관은 앞으로가 더욱 기대되는 공간이다.

끝으로 1973년 고혈압으로 쓰러져 다음해 작고할 때까지 병석에서 시를 썼던 석정의 절명사, 그 죽음의 문턱을 배회하면서 힘겹게 엮은 시를 감상하면서 석정문학관에서 받은 아련한 감동에 대신하고자 한다.

> 백목련 햇볕에 묻혀/ 눈이 부셔 못 보겠다.// 희다 지친 백목련에/ 비낀 4월 하늘이 더 푸르다.// 이맘때면 친굴 불러/ 잔을 기울이던 꽃철인데// 문병 왔다 돌아가는 친구/ 뒷모습 볼 때마다// 가슴에 무더기로 떨어지는/ 백목련 낙화소리…
> ─「가슴에 지는 낙화소리」(석정시의 절명사) 전문

詩人, 제 한 몸을 통로로 내주다

– 이정모 시를 읽는 한 방식

1. 시인을 말하다

詩人은 뜻 그대로 시를 쓰는 사람을 일컫는다. 허나 이러한 정의만으로 시인을 규정하기엔 부족하다. 가령 영화 <Ⅱ Postino>(마이클 레드포드, 1994)의 '마리오'를 보자. 네루다에 매료되어 서서히 시적 감각을 익히지만 그를 시인이라 칭할 수 있을까. 그 스스로도 "내가 시인이야? 내가 시를 쓴 적이 있었나?" 라고 반문한다. 그렇다면 그는 시인이 아니라고 냉정하게 말할 수 있겠는가. 마리오는 그 무엇보다 시를 궁금해 했으며, 그것을 발견하고자 노력했다. 그리고 종래에는 자연을 보고 듣고 느끼며 은유적 감각을 익혔다. 과연, 마리오는 시인인가.

또 다른 영화 <시>(이창동, 2010)에서 '김용탁'은 '미자'에게 시는 발견하는 것이라고 말한다. 곧 시인은 한 번도 본 적 없는 것을 발견하는 존재라는 것이다. "무엇이든 진짜로 보게 되면 자연스럽게 느껴지는 것, 가능성의 세계, 창조 이전의 세계"를 보는 것이 시인이며, 그것이 시라고 김용탁은 말한다. 때문에 미자는 끊임없이 관찰하고 느끼고 메모한다. 그렇다면 미자를 시인이라고 말해도 될 것인가.

문화자본을 창출하는 주체는 상대적으로 그 계급 구조의 상위에 속해 있다고 한다면, 마리오나 미자가 시인이 되기는 어려울 것이다. 부르디외의 논리에 따르면 문화자본 역시 부와 마찬가지로 계급 구조에 따라 불균등하게 분배된다. 때문에 예술적 감수성이나 취향을 습득하거나, 발견하는 정도 역시 계급 구조에 따라 상이할 수밖에 없다.[1)

마리오나 미자 역시 그들이 속해 있는 계층적 구조 내에서, 문학을 향유하기란 쉽지 않다. 그런 탓에 이들에게는 특정한 계기가 필요했고, 정해진 패턴의 일상을 전복할 수 있는 '사건'이 발생하게 된다. 마리오에게는 네루다의 출현이 그러하고, 미자에게는 손자의 범죄로 인한 일상과의 거리-두기, 즉 문화센터의 시 강좌 수강이 그것이다. 자신이 놓여있는 계급적 현실과는 '다른 사유'를 욕망하게 된 것이다. 마리오의 사건이 피동적으로 이루어진 것이라면 미자의 사건은 일정 부분 능동적으로 이루어진 것이라는 점에서 유의미하다. 즉 부르디외가 말한 계급 구조가 일정 부분 혼종되기에 이르렀으며, 이로 인해 시인이라는 특수성 역시 해체되었다고 볼 수 있다. 여전히 그 접근성의 문제에 있어서는 계급적 문화 자본의 향유 정도에 의해 크게 좌우될 수밖에 없겠지만, 더 이상 시인을 숭고한 존재로 인식하지 않는 시대가 도래한 것이다. 그러나 삶의 형식 속에 숨어 있는 본질을 발견함으로써 획득되는 시는, 여전히 시인의 '보(려)는 행위'의 엄정성, 그 숭고함을 대변한다.

이들 영화는 시인이 말하지 않/못하는 시 혹은 시인에 대해서 말한다. 두 영화의 전언을 종합하면, 시인은 아무도 발견하지 않은/는 것을 볼 수 있는 눈을 가진 사람으로 그것을 은유적 감각을 통해서 언어화할 수 있는 존재라고 말할 수 있다. 하지만 영화는 시인의 생애를 말하거나 시의 제

---

1) 부르디외는 문화자본이 예술에 대한 이해능력이 상대적으로 높은 교육과 계층적 지위의 구성원들에게 집중되어 있다고 말한다. 부르디외, 최종철 옮김, 『구별짓기』, 새물결, 2005.

작과정을 포착할 수 있을지는 모르지만, 시 자체의 본질을 말할 수는 없다. 시는 시 그 자체로 말해지고 보여지며, 존재할 뿐이다. 1996년 노벨문학상 수상 작가인 비스와바 쉼보르스카는 수상 소감 연설문에서 시인에 대한 자의식적인 성찰을 보여준다.

> 진정한 시인이라면 자기 자신을 향해 끊임없이 '나는 모르겠어'를 되풀이해야 합니다. 시인은 자신의 모든 작품들을 통해 이 질문에 대답하기 위해 끊임없이 노력하는 사람입니다. 시인은 자신이 쓴 작품에 마침표를 찍을 때마다 또다시 망설이고, 흔들리는 과정을 되풀이합니다. 이 작품 또한 일시적인 답변에 불과하며, 충분히 만족스럽지 못하다는 것을 스스로 통감하기 때문이죠. 그래서 '한 번 더,' 또다시 '한 번 더,' 시도와 시도를 거듭하게 되고, 훗날 문학사가들은 어떤 시인이 남긴 계속되는 불만족의 징표들을 모두 모아 커다란 클립으로 철하고는 그것들을 가리켜 '시인이 일생 동안 쓴 작품'이라 부르게 되는 것입니다.[2]

그는 시인의 시 제작 과정은 보여주기 불가능한 영역에 있다고 말한다. 때문에 영화 등의 매체에서 시인을 다루는 것은 단편적일 수밖에 없으며, 누구도 시인이 썼다 지우기를 반복하는 동안 표면적으로는 "아무 일도 일어나지 않"(449쪽)는 영화를 보고자 하지 않는다고 단언한다. 그러니 시는 언제나 미완성인 채로 무언가 욕구불만인 상태에 놓여있게 된다. 그가 "선택받은 운명을 타고난 몇 안 되는 사람"(451쪽)을 시인으로 정의했을 때 이는 언제나 무언가를 말하면서도 무엇도 말하지 않은 상태로 놓여있는 존재적 고통을 감내해야 한다는 것을 전제한다. "단어 하나하나가 모두 의미를 갖는 시어의 세계에서는 그 어느 것 하나도 평범하거나 일상적이지 않"(455쪽)음을 말해야 하는 시인의 고독한 책무가 그러한 고통을

---

[2] 비스와바 쉼보르스카, 최성은 옮김, 「시인과 세계」, 『끝과 시작』, 문학과지성사, 2007, 452쪽.

대변한다. 시인은 세상과의 응전 이전에, 자신의 내면적 갈등을 감내해야 하는 존재이다. 사물 혹은 그 본질에 대해 끊임없이 "모르겠"다고 부정함으로써 하나의 답변을 얻고, 이는 "마침표를 찍"는 순간 다시 물음표로 변하고 만다. 시인은 영원히 반복될 물음느낌표Interrobang의 전복과 전복의 소용돌이에 갇힌 채 살아가야 할 운명으로, 그의 삶 자체는 사는 것 이전에 사유하는 도정에 놓이게 된다. 일시적 만족과 영원한 "불만족의 징표"로만 존재하는 것이 시인이 남긴 시이며, 무엇보다 시인 스스로의 존재적 자각이다.

이정모 시인의 작업은 그 무엇보다 시인의 존재론적 자의식에 닿아 있다. 정작 시는 혹은 시인은 침묵하는 시의 근원, 그 본질에 대해 그리고 시인의 책무에 대해 '과감히' 말걸기를 시도한다. 시인의 정체성에 대한 탐구, 감춰진 것을 까발림으로써 시인을 정의해 나가는 몽타주적 방식으로 그의 詩作이 진행된다. 때문에 그는 "네 가슴 속으로 쓰윽 손을 넣어/ 기어이 신음소리 듣"3)는 존재로서의 시인을 형상화 한다.

> 사람이다/ 하늘과 땅 사이 구름을 잡는/ 철학을 딛고 올라 구름이 되는/ 어제의 기억과 내일의 약속을 믿는/ 현실과 환상 모두에게 빚진,// 이슬이다/ 댓잎에 연잎에/ 흔들리는 모든 것에게 소식을 듣는/ 바람에 떨면서 두려움 모르는/ 세상의 삽질을 편하게 만드는,// 그늘이다/ 말라버린 눈물자국 감춰주는/ 햇살엔 가난하나 휴식을 쟁여놓은/ 그러나 언어와 상상 사이를 방황해도/ 빛깔 같은 건 관심도 없는,// 음성이다/ 고통 받는 영혼의 문장을 읽는/ 실패한 고백의 기술을 가르치는/ 약속한 시간 잊고도 허허거리는,
>
> ― 「시인」 전문

---

3) 이정모, 「노을」, 『제 몸이 통로다』, 신생, 2010, 107쪽. 본 논의는 그의 처녀시집 『제 몸이 통로다』에 실린 시 작품들을 대상 텍스트로 한다. 이후 인용된 시편은 본문에 제목만 표기하기로 한다.

시는 마침표로 끝나지 않는다. 시인의 정체성은 규정되는 동시에 열리고 열리는 동시에 새롭게 규정되기를 반복한다. 때문에 시인이라는 존재 자체가 스스로 전복을 반복함으로써 새롭게 전복할 수밖에 없는 상태로, 무정형으로─쉼표, 혹은 세미콜론으로─ 실존하게 되는 것이다. 이정모가 말하는 시인은 우선, "하늘과 땅 사이"의 초월적 존재로 "현실과 환상 모두에게 빚진" 채 그것들을 끌어다가 생계로 삼는 "사람이다." 또한 자연의 "소식을 듣는" "이슬이" 되었다가, 현실과 이상 사이의 괴리에 놓인 "그늘"이었다가, 종래에는 생의 "고통"을 위무하는 "영혼의 문장을" 읊조리는 "음성"으로 남는다. 결국 시인은 어디에나 있지만 동시에 어디에도 집을 짓지 않는 존재이다. 리좀적 속성을 지닌 채 유영하는 존재인 것이다.

이정모 시인이 시인에 대해서 말하는 행위는, 결국 자신이 걸어가는 좌표를 설정하고 이를 변경·확장하는 동시에 확정하는 일이다. 그러니 그는 "시인이라는 이유가 칼날이 되어도/ 회한의 세월은 채우는 것이 있다"(「보시기」)는 믿음을 가질 수 있는 것이다. "아무도 말해주지 않"은/는 "신이 숨겨놓은 생의 비의"(「보물찾기」)를 발견·폭로하는 희열, 그 순간의 카타르시스 덕분에 시인은 존재한다. 시인은, 잠재된 시적 감수성을 보다 의식화·전면화함으로써 대중과 소통하고, 이때 보편적 언어를 통해 내면을 발화하는, 바로 그 순간, 신이 숨겨놓은 비의가 까발려지는 것이다. 그러니 굳이 시인의 정체성을 정의하자면, 시인은 찰나의 그 순간, 허나 영원히 회자될 그 순간을 위해 존재하는 사람이다. 우리는 이정모 시인을 통해서 전前 세대에 "시마詩魔에 들린 생"4)을 살다간 가람 선생의 목소리와─"기쁘나 슬프거나 가장 나를 따르노니/ 이생의 영과 욕과 모든 것을 다 버려도/ 오로지 그 하나만은 어이할 수 없고나."(「시마」)─조우하게 된다. 나아가 매순간의 오늘을 살다간 시인들을 떠올리게 된다. 이곳, 이정모의 시에는 시인이 산다.

---

4) 김경복, 「시인의 길, 혹은 존재론적 도약」, 『제 몸이 통로다』, 신생, 2010, 110쪽.

2. '통로ㅡ되기'[5)]의 감각

시인은 천상과 지상을 잇는 우주목이다. 시 · 공 초월의 감각 혹은 시 · 공의 혼돈이 직조하는 새로운 문門/間의 발견자이다. 잠시 벤야민Benjamin 의 용어를 빌리면 그들은 '문지방'에 선 존재들이다. 시인은 어디에도 속 해 있지 않으면서 어디에나 존재할 수 있다. 기억과 관련해서만 유의미해 지는 장소들을 호출함으로써 시인은 현재의 시간이 아닌 시간ㅡ먼저 와 있는 시간ㅡ을 말하는 존재로 군림하게 된다. 벤야민이 발견한 '로지아' 는 기억을 현재로 불러오는 회상의 매개가 되는 장소적 의미를 지닌다.[6)] 그것이 이정모 시인에 와서는 시인을 발견하고 그 정체성에 대해 말하기 위해서 자신의 몸을 그러한 장소로 내놓는 것으로 확장된다. 즉 시인은 그 경계에서 기꺼이 제 몸을 통로로 삼는다. 시와 시를 잇는, 혹은 시인과 시인을 잇는, 나아가 타자와 타자, 사물과 사물이 소통하는 연대를 구축 하고자 하는 것이다.

> 태초에 이곳은 텅 비어 있었다/ 때가 되면 채우고 비우는/ 숲은 나 무를 부를 필요가 없었다/ 간절한 그리움이 비를 부를 뿐// …중 략…// 배추벌레 꿈꾸지 않아도 나비 되지만/ 고치 속에서 제 살 태우는 날개 의 꿈도/ 존재란 이름을 통과하고 싶은 틈이다// 그렇다, 제 몸이 통로 인 것이다/ 그곳이 바람처럼 가벼워야/ 거미줄 같은 외로움에 걸리지 않는다
>
> —「이름」 부분

---

5) '—되기'becoming는 뿌리를 넘어선 새로운 되기(리좀적 사유로 탈주하기)의 가능성 을 의미한다. 때문에 고정된 정체성을 해체하고 이를 통해서 새로운 어떤 것을 생성하 는 것이다. 정정호 외 한국비평이론학회, 『들뢰즈와 그 적들』비평이론총서01, 우 물이 있는 집, 2006, 참고.

6) 본 논의에서의 벤야민 이론은 다음 책에 빚지고 있다. 권용선, 『세계와 역사의 몽타 주, 벤야민의 아케이드 프로젝트』, 그린비, 2009, 참고.

시인은 초월자적 위치에서 "태초에 이곳은 텅 비어 있었다"는 자각을 하게 되고, 그곳을 채울 이름들을 발견하기 시작한다. 무수한 틈을 발견하여 존재라 명명하는 순간, 틈은 메워지고 시인이라는 이름을 얻게 된다. 결국 무엇이든 시인의 언어를 통해서 발견되는 순간, 하나의 이름이 되는 것이다. 흡사, 김춘수의 시에서처럼 몸짓에 지나지 않던 것이 이름을 불러줌과 동시에 하나의 의미, 즉 꽃이 되는 것이다. 시인은 그렇게 의미를 발견하는 존재이다. 이정모 시인이 주관을 객관화 하는 방식은, 제 한 몸을 기꺼이 서정적 소통을 위한 매개의 장으로 삼는 것으로 시작된다. 덕분에 "계절을 넘어가"는 나무의 심사나 "천 마리 새들의 발자국엔/ 정거장이 천 개나 보인다"(「현미경」)는 비의를 목도할 수 있게 된다. 이러한 발견은 소통과 연대의 기본조항이기도 하다.

> 오래 전의 이 물냄새/ …중 략…// 길의 끝에서도/ 갈라서지 못했다/ 참 편안한 이 시냇물 냄새/ 여기까지 나를 끌고 왔으니/ 이제는 참한 알들을 슬어놓을 자갈밭도/ 기억 찾아 마중 나오겠다
>
> — 「참 편안한 물냄새」 부분

> 아뿔사! 내 얼굴이 아닌가/ 전생에서 삶과 서커스하던 시와/ 후생에서의 그 짓이 오버랩 된다
>
> — 「후생 체험」 부분

시는, 마들렌의 감각이며 그것의 재현이다. 냄새는 망각을 환기시키는 역할을 담당하기에 충분하다. "기억 찾아 마중 나오겠다"는 표현처럼 그에게 "물냄새"는 과거를 현재화하는 일방식이 된다. 이를 통해서 전생과 후생을 현생에 "오버랩"할 수 있게 된다. 오버랩을 통해서 지금-여기의 내가 감각할 수 없는 시간을 끌어오는 것이다. 이로 인해 시간과 시간, 공간과 공간의 경계가 허물어지고 인물의 고유성 혹은 유한성도 어느 정도

극복될 수 있다. 예컨대 이정모 시인에게 물냄새 등이 환기하는 시적 감각은 삶의 자장과 초월적 사유 중간 즈음에 위치할 수 있도록 조력한다. 시인이 산이 되고 산이 시인이 되는 순간, 비로소 시인은 혹은 "산은,/ 밀려오는 살냄새 막을 수 없어 가슴에 담는다/ 우주가 내 안으로 밀려들어와/ 오래 갈 것 같"은 감각을 체현하게 되는 것이다. 이처럼 마들렌이 환기하는 기억은, 늘 현재보다 먼저 지금─여기의 시간에 당도해 있다.

> 란위섬의 어린이처럼 즐거운 나도/ 바다의 말씀에 눈빛 초롱 걸어 놓고/ 시상의 바다에서 건져 올릴 생각 하나/ 물 위로 튀어 오를 때를 기다린다/ 아!/ 또 한 마리 건져서 행간에 풀어놓는다
>
> ─「바다 패러디」부분

시인은 詩作의 순간을 표현하기 위해 고심한다. 이는 영화처럼 '보여주기'의 방식으로 단순화할 수 없는 부분이며, 시인 스스로도 그 순간을 언어화하기 위해서는 적잖은 고충의 시간을 견뎌야 한다. 때문에 핵폐기장이 들어선 죽음의 섬인 란위섬이 표상하는 공간성이나, 상당수의 어린이들이 기형을 앓고 있다는 사실 등은 시작의 암담함이나 절망감을 표현하기에 적합하다. 나아가 그럼에도 "즐거운" 그들의 미소나 기꺼운 풍경들을 통해 삶의 지속성을 역설함으로써 시작의 가능성을 열어놓고 있는 것이다. 시인은 말하는 듯하다. 시란, 혹은 시작이란, 절망적인 순간에 희망의 "행간"을 발견하는 것이라고. 때문에 "물 위로 튀어 오를 때를" 하염없이 기다려야 한다고. 그 기다림의 순간까지 시의 일부라고.

> 봄은 제 때에 오는데/ 사람들은 제 날에 오는 봄은 없다하고/ 꽃은 생긴 대로 피는데/ 사람들은 모든 꽃이 이쁘다한다// …중 략…// 깬다는 것은/ 품고 있는 저마다의 알에다/ 빠듯한 틈 하나 내는 일이다
>
> ─「알깨기」부분

그렇다, 늪이 아무리 깊고 아름다워도/ 시간이 만져지는 지순한 이
문/ …중 략…// 큰일 났다, 나이도 묻지 않고/ 석류처럼 열리는 자궁/
마음을 열면 법이 보인다고 톡톡 유혹하는 문/ 금빛이다

－「문」 부분

이들 시편들은 소설 『데미안』이나 『호밀밭의 파수꾼』처럼 주인공의
어른－되기의 순간을 목도하게 한다. 많은 신화들에서 볼 수 있듯 "알깨
기"는 존재론적 재탄생을 의미한다. 한 존재가 사회화되어 가는 순간, 차
츰 생의 무게를 체득하게 되고 유한자로서의 존재감각을 확립하게 되는
것이다. 그리고 그 시작은 "빠듯한 틈 하나 내는" 작은 일에서 비롯된다.
스스로 제 몸을 통로로 삼는 일도, 결국은 이러한 '균열－내기'에서 촉발
되는 것이다. 어른－되기는 시인－되기의 행로와 닮았다. 어른－되기가
사회화의 일과정이라면, 시인－되기는 사회화 속에서 균열을 발견하고 이
를 통해서 다시 아이－되기 혹은 초월적 존재되기를 지향하기 때문이다.

영원과 유한 사이의 존재적 '문지방'을 사이에 두고, 시인은 매순간 존
재 그 자체를 자각해야 한다. 그러한 감각은 시인의 몸에 "문"을 만들고
이 문을 통해 세상만물은 소통하게 된다. 알을 깨고 나오는 순간, 시인은
또 하나의 알에 갇히게 되고 다시 이를 깨는 작업을 수행해야 한다. 결국
시인의 운명은 시지프스sisyphus의 형벌, 그것이다.

산그늘 풀어놓고 기다리는 저녁 절집/ 시장기 살금거릴 때/ 울음이
성성한 산새가/ 다시 우는/ 사이// 한 굽이 저 켠/ 산모롱이 우두커니/ 누
구일까,/ 이 짧은 순간 적멸하고픈/ 가난한 마음 흔들고 있는/ 사이// 혹
은 수백 년을 걸쳐/ 일 센티미터의 두께도 모르는 적요에/ 쌓을수록 비
어가는/ 백팔배의 침묵/ 허물이 쌓아놓은 세월을 허물고 있는/ 사이// 바
람의 오체투지는 당당한 고행,/ 사라질 저녁을 손질하는 풍경소리/ 법문
읽는 소리/ 잡초에게도 물줄기 여는 대지와 같은/ 아, 부처님 미소/ 사이

－「사이」 전문

잠과 깨어남의 사이, 그 '로지아'의 공간에서 발화하는 법은 스스로 통로가 됨으로써 체득된다. 시인은 "사이"의 포착 혹은 "사이"에 서기야말로 시인의 책무라고 말한다. 보이는 것과 보이지 않는 것을 망라한 사이들의 발견을 통해서 시인은 자신의 정체성을 확보한다. "산그늘 풀어놓"은 절집에 "시장기"가 감돈다는 표현도 그렇거니와 먼데서 "울음이 성성한 산새가" 그쳤다가 "다시 우는" 순간의 포착도 절묘하다. 시각과 청각의 동시성을 통해서 시인이 위치한 제 몸의 통로를 형상화 한다. 때문에 "적멸하고픈" 순간이나 "두께를 모르는 적요"에 숨어 있는 것을 허무는 일은, 마치 "바람의 오체투지"와 같은 "당당한 고행"이거나 "잡초에게도 물줄기 여는 대지"의 역할처럼 신성한 것으로 승격되기에 이른다. "사라질 저녁을 손질하는 풍경소리"를 듣는 행위는, 어쩐지 가시계를 구성하고 있는 것 마냥 생생하다. 이정모 시인의 '통로-되기'의 감각은 가시계와 비가시계 사이를 포착하여 보편적 언어미학으로 표현함으로써 완성된다. 그리고 그는 그것이 시인의 책무라 말한다.

3. 존재론적 시의 전위

다시, 시다. 그의 시는 시인에서 시인으로, 시의 본질에서 시의 형상으로 통한다. 이정모 시인이 시를 통해서 존재론적 전위를 구축하는 방편은 내면의 가치를 끊임없이 성찰하는 일에서 비롯된다. 문학에서 전위는 예술적 독립성과 혁명성을 그 요소로 한다면, 존재론적 전위라고 함은 시인의 자기 성찰 혹은 자기 전복을 주도하는 성격을 지칭하도록 하자. 본질적으로 전위는 반소통을 통한 소통이라 했을 때 이 역시 소통 모색의 일환이라 할 수 있다. 시인의 자기검열은 '시인의 자격'에 대한 나름의 판단

기준과 그 잣대를 통해서 이루어진다. 때문에 시인이라는 존재에 대한 성찰은 곧 시적 형상화에 대한 궁구와도 닿아 있다. 시인의 시적 지향성이 시인이라는 존재의 정체성을 규정하게 되고 더불어 나름의 시 정치성을 구축하게 되는 것이다.

> 논에 뿌리면 수천의 목숨이 될 쌀알을/ 생각도 없이 속에 쓸어 넣으면서/ 생명처럼 풋풋한 시 한 줄 못 쓰는 건/ 염치없는 짓이다// 머리가 쉬도록 생각지도 않으면서/ 하얗게 빛나는 시를 꿈꾸는 건/ 더욱 염치없는 짓이지// 시가 입을 열 땐/ 나는 입을 닫아야 하는데/ 같이 떠든 죄/ 이 또한 염치를 모르는 짓이고// 같잖은 시라고 핀잔 받으면/ 고맙다고 고개 숙여야 하는데/ 고개 쳐들고 변명하였으니/ 혀만 성불시켰다
> ─「염치」부분

윤동주적 수치·부끄러움이 아닌, 삶의 한 순간의 발견을 통해 이루어지는 시인의 자의식이 이정모 시인에 와서는 '염치'의 시학으로 형상화된다. 김경복이 지적한 것처럼 "그가 말하는 염치는 자기 존재에 대한 절실성과 완전성에 충실하지 못한 자아에 대한 반성"[7]이다. 때문에 그 염결성을 고수하는 것이야말로 그의 시작관이라고 볼 수 있다. 생명유지를 위해 기본인 식사에서부터 시작 행위에 이르기까지 그의 염결성은 많은 부분 닿아 있다. "논에 뿌리면 수천의 목숨이 될 쌀"을 가지고 밥을 지어먹었으면 "생명처럼 풋풋한 시"를 써야한다는 것, "머리가 쉬도록 생각"해서 "빛나는 시를" 창작해야 한다는 것, 나아가 "시가 입을 열 땐" 시인 스스로는 "입을 닫아야" 한다는 것, 그리고 그 시에 대한 어떤 평가에도 "고맙"게 여겨야 한다는 것 등 시인은 지나칠 정도로 엄격한 나름의 시작관을 가지고 있다. 직설적으로 말하면, 밥 먹었으니 밥값을 해야 하고, 그것도 질긴 다른 생명을 죽여 제 목숨을 연명했으니 '그냥 시'가 아니라 그 생명값을

---

7) 김경복, 앞의 해설, 126쪽.

하는 '좋은 시'를 쓰라는 것이고, 나아가 그 시가 어떤 평가를 받든지 읽히는 것에 감사하며 시인의 목소리가 아니라 시를 읽는 독자의 목소리로 시를 남게 하라는 전언이다.

"난 내가 쓴 글 이외의 말로는 그 시를 표현하지 못해. 시란 설명하면 진부해지고 말아. 시를 이해하는 가장 좋은 방법은 그 감정을 직접 경험해보는 것뿐이야." 흡사 네루다(시인)가 마리오(독자)에게 속삭이는 듯하다.

> 오십년 대패질의 대목장 신씨/ 대패질로 오른팔이 굽어 펴지질 않는다/ 새벽부터 스승의 세숫물 받아놓던/ 소년의 손이 오늘은 궁궐 마룻대를 상량한다// 대목장이란 이름이 지문을 삼켰으나/ 맵고 아린 삶을 깎아 역사를 세웠으니/ 장인이란 말이 뿌리를 잘 뻗을 것이다// … 중 략…// 열매 없이 모양만 화려한 담론들/ 낯선 화살에 명중이다/ 이미 시에게 관통 당한 한 세월/ 그 힘으로 퍼득이던 내 모습이/ 왠지 낯설지가 않다
>
> ─「대목장 신씨」 부분

> 어떤 시인이 고뇌가 싫다고/ 앓지도 않고 좋은 시 쓰는 거 보았는가/ 밤 새워 진통을 슬지 않고/ 새벽빛으로 오는 시의 울음을 들었던가// 아프지 않고 탄생하는 거 없는 줄 알면서도/ 사람만이 아프다고 사랑을 그만두려한다
>
> ─「꿈꾸는 꽃」 부분

"대목장 신씨"는 달인의 풍모를 갖추고 있다. "오십년 대패질" 끝에 "대목장이란 이름"을 얻었는데 그것은 말 그대로 몸에 새겨진 명함으로 개인의 "역사"를 반증한다. "장인"이란 솜씨도 솜씨거니와 한 분야에 오랫동안 천착한 나름의 고집이 있어야 한다. 그러니 훌륭한 예술은 타고난 예술가적 기질만으로 되는 것은 아니다. 시인의 시는 "맵고 아린 삶을 깎아"서 만든 결과물이기에 쉽게 "모양만 화려한 담론"에 "관통 당"할 때 그것

을 좌시해야 하는 심정은 고통스러울 수밖에 없다. 그럼에도 그것마저도 시인이 감당해야 하는 책무의 하나임을 시인은 말하고 있다. "세월의 무게란/ 대단한 권력"(「무게」)이므로, 생활로 체득된 달인의 경지처럼 시인 역시 오랜 세월 시작의 고통을 감내함으로써 좋은 시를 쓸 수 있는 것이다. 다만 아무리 오랫동안 시를 썼다 해도 "고뇌" 없이는, 제대로 "앓지" 않고는 좋은 시를 쓸 수 없다. 시어 하나를 선택하기 위해 "밤 새워 진통" 해 봐야 하고, 한 편의 시를 완성하지 못한 절망 속에 "새벽빛으로 오는 시의 울음" 혹은 시인 스스로의 울음을 들어보아야 한다. "아프지 않고" 얻을 수 있는 것은 없다. 그런데 사람들은 너무도 쉽게 무언가를 얻으려 하고, 너무도 가볍게 고통의 결과물을 대접하는 것은 아닌가, 라는 물음을 시인은 던진다. "감동이 오는 것들엔 얼굴이 없"(「얼굴 없어도 대역이 되나요」)지만 시의 얼굴은 시인이어야 한다는 것을, 이정모 시인을 통해 자각하게 된다.

> 허공에서 흩어지는 비는 물이다/ 무리 지을 때 비가 되고/ 눈짓과 몸짓이 부딪힐 때 빗소리가 된다// 물오른 소리들/ 일제히 날아오른 솟대 위의 새떼다/ 방울방울 혼절하며 절벽 하나 세운다// 젖은 가슴에 품은 마패라도 있느냐/ 비와 함께 오는 것이 무엇이든/ 우리는 모두 떨어져야 할 존재// 오르려고만 하니 가지는 높고/ 옆의 여유는 없다
> ─「비는 혼자 오지 않는다」 부분

"삶이란 미망의 세월에/ 역풍을 꿈꾸며 흐르는 강이다"(「낙화, 고개 들다」). 그의 시에는 삶─살이에 대한 잠언들이 곳곳에 포진해 있다. "무리 지을 때 비가 되고/ 눈짓과 몸짓이 부딪힐 때 빗소리가" 되는 것처럼 '살이'는 연대의 감각을 토대로 한다. 사람이란 혼자서는 살 수 없는, 혼자서는 "혼절하며 절벽"에 다다를 수밖에 없는 존재이다. 삶을 살아가는 "우리는 모두 떨어져야 할 존재"임을 자각한다면 한결 여유 있어질 것이다.

이처럼 이정모 시인의 자기성찰은 보편적인 삶의 방식을 구축함으로써 완성된다. 시인은 자신에게, 혹은 오늘을 살아가는 모든 이들에게 말한다. "낮게, 낮게 살아라", "섬에는 착한 잔뿌리가 많아/ 따개비 같이 거친 세월도 부드럽게 감고/ 섬이 탄탄하게 버틸 수 있는 것이다"(「섬사람」) 라고.

산책자적 위치에 선 시인은 일정 부분 비판적 거리를 유지한 채 삶과 소통한다. 지나치게 삶과 밀착되어 있을 경우 사물의 본질을 목도할 수 없기 때문이다. "아무것도 아"닌 것을 "모든 것"(「최종 보고서」)이게 하는 힘은, 시인에게 있다. 그렇기에 더욱 사물의 본질을 말할 때는 냉정해야 한다. "목숨에겐 세상을 공짜로 주었으니" 시인은 "외롭거나 쓸쓸함 푸는 방식을 배"(「버티는 방식」)우는 일에 집중해야 한다. 결국 시의 진화는 주체와 그 주체의 인식 변화를 말하는 것이기도 하다. 잠재된 시적 감수성을 보편적 언어로 발화하는 힘은, 이러한 주체의 인식 층위에서 발휘된다. 가령, "시간을 금식"한 주체가 발견한 "마당에 적막 한 채 들어 앉히니 속이 참 편하다"(「가만히」)는 수사는 시적 주체와 그 주체의 전위성이 잘 드러나는 문맥이다.

> 새 한 마리/ 나무 가지에 앉으려고/ 발을 갈고리 모양으로 만드는// 그 순간// 움켜쥔 것은 가지인데// 그때// 비명을 지른 것은/ 가지도 바람도 새도 아닌/ 허공이었다.
>
> ―「오해」 전문

이 작품은 이정모 시의 '다음' 가능성을 보여준다. 선시적인 시적 감수성을 통해서 서정의 한계를 극복하고 이를 통해 시 영역을 확장할 수 있기 때문이다. 시인이란 "허공"을 발견하는 존재이다. 또한 이러한 시인의 자의식, 그 정체성을 토대로 시는 보다 자유로운 위치를 점령하게 된다. 이 시를 통해 그의 서정적 지향성이 삶이나 삶―살이를 넘어 존재의 실존적 자각으로 이어지며, 나아가 선험적 본질에 대한 탐구에까지 나아갈 수 있는 가능성을 읽을 수 있다. "옛 허물을 덮은 시간"이나 "생을 다 써버리고 우주에 가슴을 묻은 노시인의 영혼"(「휴休」) 등을 포착하는 경지가 그것이다. 인간 본질에 대한 탐구, 나아가 세계의 본질을 파악하는 일을 마음의 깨달음을 통해 추구해 나가는 것이 주제적 입장에서의 선시라고 했을 때, 상징적이고 압축적인 언어를 통해서 정신적 '선禪'의 경지를 표현하는 것이 그 형식적 입장이다. 「오해」시편은 이러한 경향을 두루 갖춘 수작이라 하겠다.

서정의 전위는 다양한 방식으로 이루어지고, 그것은 유한자로서의 존재에 대한 수긍에서 촉발된다. 다양한 담론의 생성과 미적 감각의 표현은 시인이란 어떤 존재인가, 라는 물음에서 시작되어야 한다. 이 시대, 혹자들은 시가 죽었다고 말하지만 시인은 말한다. "낭만이 인생을 구원하리라. 하지만 시 또한 헛되고 쓸쓸한 인생의 얼룩을 지우리라."(「자서」) 때문에 여전히, 시는 살아있다!

우울씨, 당신의 인생은 안녕하신가요?

— 이은주의 『긴 손가락의 자립』을 중심으로

1. 단애에 선 우울씨

우리는 불신과 절망, 불안과 두려움 따위가 온 세상을 장악한 듯 참혹한 오늘과 마주하고 있다. 묵직한 안개는 불청객처럼 현실의 모든 경계를 감춰 버리고 종래에는 그 어떤 형상도 허락하지 않겠다는 듯이 집어 삼켜 버렸다. '멀쩡'하다고 생각했던 것들이 실상은 전혀 안녕하지 못했다는 사실을 채 깨닫기도 전에 무수한 비극과 마주해야 했다. 2014년 올해는 유난히 사건·사고가 많다. 우리가 '은밀하게' 모른 척, 외면하고 있던 폭력 상황의 민낯을 만천하에 '까발린' 것이다. 어떻게 살아야 할까, 삶을 지속해도 될까. 답을 잃은 물음들만 허공에 난무할 뿐, 우리는 모두 절망에서 허우적대기에도 벅차다.

이은주의 시는 우울의 달콤한 향연이다. 이 사회가 처해 있는 상황이나 우리의 심리적 공황을 그녀의 우울에서도 발견할 수 있다. 나아가 그녀의 "긴 손가락"(「더듬이, 섬광閃光처럼」)이 전하는 쓸쓸함에서 존재자의 숙명을 읽는다. 그러니 이은주의 시는 우울한 우리 모두를 향한 말 걸기다. 너 혼자만 외로운 게 아니라는, 우리 모두 망설이고 수시로 적막하다는 공감을 꾀한다. "그/녀는 우울과 함께, 상처와 함께 걷고 있다."(시집 해설, 「새로운 초록」, 83쪽) 그녀와 마찬가지로 살아있는 우리 모두 '때대로' 그렇다.

> 흐린 날/ 흐린 우산을 쓰고/ 흐린 케이크 가게를 찾는다// 온통 흐린 크림으로/ 온통 흐린 꽃으로/ 무지 흐린 향으로 맛을 낸/ 우울 케이크를 혀로 핥아먹는다// <우>가 부드럽게 녹아내린다/ <울>이 조심조심 스며든다/ 우울이 우물우물해진다// 말랑해진 우울과 팔짱을 낀다/ 우울의 겨드랑이를 만지며/ 우울과 입맞춤을 하며/ 우울과 이마를 맞대며 우울히 웃는다// <우>와 <울> 사이에 서서/ 달콤달콤 이야기를 나누고/ <우>와 <울>을 주머니에 넣고/ 명랑명랑 다시 거리로 나선다
>
> — 「우울한 케이크 가게」 전문

이 시에서 온통 "우울"한 시인의 단상과 만난다. 흐린 우울의 세계, 그 세상을 살아가는 우리는 단애에 위태롭게 서 있는 듯 자주 위험하고 낯설다. 온몸으로 우울한 현대인의 자화상, 결국 삶이란 것은 끝을 모르는 우울의 소용돌이와 동거하는 일임을 깨닫는다. 묘하게도 존재자가 겪는 정신적 카오스는 모두가 고독하다는 동질감을 선사한다. 우울이 현대인들의 고질병이 되어 버린 까닭은 단순히 군중 속 고독이나 엄청난 스피드의 속도전과 역행하는 자신을 매순간 발견해야 되기 때문만은 아닐 것이다. 특히 '시인'은 자신의 유폐를 자처함으로써 그것을 삶의 한 방식으로 선택한다. 우울을 우울 그 자체로 인정하는 과정에서 시인은 자신의 또 다른 존재론적 자아와 조우하게 된다. 우울은 제반 사유의 집합소요, 자기 합리화의 한 단초를 제공한다. 자신을 억누르는 답답함, 웃음과 울음 사이, 적절한 간격을 두고 서 있는 우울의 자리. 절대 비탄에 빠지지도 않으면서 가벼워질 수도 없는 감정적 상태는 시인이 시적 긴장을 유지하는 데

일조한다. 그러나 이 때문에 시인은 항상 '우울'하다. 인생이라는 단애, 그 위태로운 경계에서 삶을 조망해야 하는 것이 시인의 운명이기에 시인은 본질적으로 어떤 우울을 타고 났다. 그것은 절대적인 울음이 아니며, 동시에 결코 홀가분한 웃음도 될 수 없다. "흐린", "온통 흐린" 그 세계는 지금－여기의 일상이다. 시인은, 그리고 우리 모두는 "<우>와 <울> 사이" 혹은 '우'와 '울'과 동시적으로 존재한다. 그러니 우울은 오늘을 살아가고 있는 우리 모두의 증상이다. 이렇게 시인은 우리의 증상에 말을 건다. 서로 안부를 묻는 것만으로도 삶은 한층 아무렇지 않은 것으로 변화한다. 거리를 거리인 채로 두기, 우울을 우울인 채로 응시하기, "명랑"으로, 다른 무엇으로 변주하고 싶어 하지만 변주 불가능성을 재확인하는 데 그친다. 상처를, 그 상태를 내보이는 것만으로도 아직 삶은 괜찮다는 위안이 된다. 역설적이게도 이은주 시인의 우울의 언어는 안도의 언어로 읽힌다. 시인은 말한다. '우리 모두, 우울하지만 괜찮아!'

2. 존재 성찰의 시학

1) '사이', 그 거리에 대하여

시집 초입에서 짧은 자서와 마주하게 된다. 시인은 독자가 본격적으로 시집을 읽기 전에 이 두 문장 앞에 오래 머뭇거리게 한다. "나는 있다. 나는 없다. 나는 <있다>와 <없다> 사이로 난 오솔길로 시간의 발뒤꿈치를 보며 걸어갈 뿐이다." 존재하고 있음에 대한 성찰은 때때로 부재를 선명하게 만든다. 인생의 시간을 살면서, 그것은 자주 시간에 쫓기는 자신과 마주하는 일이 되기도 한다. 이은주 시인의 시는 존재에 대한 성찰이며, 동시에 시인으로서 존재하기 위한 분투의 결과다. 즉 존재함에 대한 자각과 성찰의 서정이다. '있음'과 '없음' 사이, 존재는 끊임없이 불화한다. 존재와 부재 사이의 경계, 수시로 새롭게 경계 짓기를 하는 유동적인 그 '사이'에서 시인은 분열한다.

> 심한 변비에 미주알이 빠져 생피가 뚝뚝 흐른다 민물게 알을 꿀에 절여 납작한 병에 담아주시던 메마른 손, 시골 장터 수소문하고 장꾼들에게 부탁해 마련하신, 그 깨알만한 알들의 버무림, 내 손을 잡으시던 따뜻한 부고가 섬뜩하다 외할머니는 내 가슴에 그리움의 지문 하나 남기고 떠나신다 상처는 치유되면서 견디는 법을 가르치고 흉터는 어느덧 살아가는 힘이 된다고 애써 절망하지 말거라 하신다// 할머니의 상여가 떠난 빈집, 휑한 바람 소리, 빠진 미주알, 쾡하다
>
> —「게알」 전문

인간은 삶과 죽음의 경계, 그 사이에서 살아가기 때문에 본질적으로 고독하다. 사는 힘은 이별과 부재가 낳은 무수한 "그리움"에서 비롯되는지도 모른다. "섬뜩"한 "부고"는 삶과 죽음이 나누는 마지막 편지다. "휑"하고 "쾡"한 죽음 그 다음은, 여전히 살아있는 존재가 온전히 홀로 감당해야 할 몫이다. "상처는 치유되면서 견디는 법을 가르치고 흉터는 어느덧 살아가는 힘이 된다고 애써" 스스로를 달래지만, 그렇다고 적막하지 않은 건 아니다. "떠나간 사람은 오래 남"고 "오래 지워지지 않는"(「질긴 거짓말」) 법이기 때문이다. 그렇기에 천만 갈래의 그리움을 딛고 살아내는 일이 삶의 경계에 선 우리의 과제다. "추억해야 할 집과 잊어야 할 길을" 셈해 가면서 "곡진한 사연들이 시간을 닮아"가는 것이 "사람들의 내력"(「완행열차」), 그 삶—살이의 형태인 것이다.

"바다와 육지의 경계에 철로가 있"고, "침목과 철로 사이에/ 버석이는 녹슨 햇살"(「바다, 녹슬다」)이 있다. 모든 경계에는 적당한 간격이 있고,

그 사이에는 무엇이든 '있다.' 아무것도 없이, 무의미한 허공만 존재할 것 같지만 시인은 그 허공조차 이미 '있는' 것이라는 사실을 발견한다. 그러니 결국 '없음'은 없다. 다만 매순간 경계-있음을 경계-없음으로 치환하고 싶은 욕망만 있을 뿐이다.

> 숲의 경계, 한 여자와 한 남자가 나란히 걸으며 나뭇결의 냄새를 읽는다 남자는 나무와 흙의 내력을 맡고 여자는 은유와 상징의 여정을 걸으며 바람이 흐르는 것을 본다 바람 속에는 커피가 끓고 빵 익는 냄새가 난다 커피는 말꽃으로 피어 환하게 끓어 넘치고 빵은 구름꽃이 되어 따뜻하게 부풀어 오른다// 숲속, 하나와 또 다른 하나는 여전히 나란히 걷고 있다 <하나>와 <또 다른 하나>의 사이, <나란히>와 <걷고 있다> 사이, 길이 열리지 않는다 숲의 시간 속에서는 꽃이 피지 않는다 서로를 바라보지도 서로라 부르지도 않는다 제각각 조각이 나 조각彫刻이 된다 두 개의 조각달로 뜬다
>
> — 「나란히 걸으며」 전문

"숲의 경계"이거나 "숲속"이거나 "한 여자와 한 남자"는 "나란히 걷고 있다." 일정한 거리를 두고 '나란히' 있는 그 대등한 균형은 '함께 걸음'을 전제로 유지된다. 남자와 여자는 "나란히 걸으며" 제각각의 세상을 보고 느낀다. 경계이거나 그 경계 안으로 침투해 일부가 되어버리거나 함께이면서 각각이 가능하다는 것은 매력적이다. 이 묘한 긴장과 조화의 균형을 유지하는 것이 관계의 법칙이리라. "<하나>와 <또 다른 하나>의 사이" 그리고 "<나란히>와 <걷고 있다> 사이"의 적당한(새삼 '적당히'라는 수식의 편리함과 모호함을 절감하게 된다. 그 의뭉스러움이라니!) 간격, 함께이지만 절대 "서로를 바라보"거나 "서로라 부르지도 않는다." 역설적이게도 시인에게 '나란히 걷기'는 거리를 보다 선명하게 구획하는 일이기도 하다. "제각각 조각이 나 조각彫刻이 된" 채로 존재할 뿐이다. 시

인은 함께 할 수는 있지만 영원히 포개질 수 없는, 그리하여 결국은 혼자여야만 하는 존재자의 숙명을 굳이 재확인시켜 준다. 관계 맺기에 있어서 적당한 간격, 그 거리−두기의 현명함에 대하여 시인은 스스로에게 상기시키는 것이다. 이것은 덜 상처 받기 위함이고, 덜 절망하기 위함이다. 어떻게 보면 우울의 끝으로 치닫는 것을 사전에 방지하고 싶은 어떤 두려움의 방어기제인지도 모르겠다.

> 혼자가 되기로 한다 화창한 겨울날 도서관 의자에 앉아 졸다가 든 생각이다 작정한 일은 아니었다 그럴 수도 있다, 가 그렇게, 로 결론이 난 경우다 혼자가 되기 전에 늘 이미 혼자였다 그런데 마흔 즈음 혼자가 되고 나니 언제쯤 정말 혼자였던가, 혼미해진다 술 취한 애인이, 사람은 누구나 다 혼자야, 라고 잠꼬대를 한다 더 혼미해진다 따귀를 날리고 싶었지만 참기로 한다 손바닥이 애인의 얼굴에 닿는 순간 혼자가 아니라고 착각할까봐 두려워진다
>
> − 「마흔 즈음에」 부분

"혼자가 되기로 한다"는 다짐은 어딘가 비장한 구석이 있다. "혼자가 되기 전에 늘 이미 혼자였다"는 발견, 그 깨달음은 존재의 숙명적인 홀로−서기의 불가피성에서 비롯된다. 결국은 혼자이지만, 그 사실을 은폐하기 위해 우리는 지속적으로 관계−맺기를 시도한다. 그런데 "사람은 누구나 다 혼자"라는 진실을 굳이 확인사살해 주는 "술 취한 애인" 때문에 "혼미해진다." 분명히 시인은 자기 방어적인 구석이 있다. 무덤덤하게 진실을 말하는 애인이 야멸치게 느껴져 "따귀를 날리고 싶"지만, "손바닥이 애인의 얼굴에 닿는 순간 혼자가 아니라고 착각할까봐 두려워"져서 차마 그러지 못한다. 그런데 실상 우리는 혼자가 아니라는 착각을 끊임없이 만들어 가면서 살아간다. 타인에게서 혹은 추억에서 그리움을 만들어 내는 것 역시 이를 위해서다. 착각! '사이'의 감각은 이러한 착각으로부터 스스로를

보호하기 위함이다. 적당한 거리를 두고 관계 맺기를 이어감으로써 우리는 고독한 우울의 순간을 매번 무마하고 있는 것인지도 모른다.

2) 생의 고독을 건너는 법

오늘의 삶은 "한 달분의 생"만큼씩 "수치로 환산"된다. "세상의 허로 납부되고/ 영수증으로 기억되는" 인생이다. "불편한 구석을 더듬거려/ 감당해야 할 빚" 그 빚을 갚지 못해 마음대로 죽을 수도 없는 삶이다. 어디에도 "사람이라는 직인"(「우편함」)을 찾을 수가 없다. 그러니 인생이란 쓸쓸할 수밖에! "희망은매번꼬리부터짤렸"던 인생, "용서가없는거리에서거세당하고남은건절망뿐"(「생은 주먹감자를 먹이며」)인 세계에서 우리의 삶은 방향을 놓친 탓에 위험하고 불안하다. 적당히 비겁해지기 위해서 타협을 빙자한다. 그러니 고독하지 않은 인생이 있겠는가.

존재론적 고독과 더불어 이러한 현실의 무게는 존재자를 억압하는 대표적인 요인이다. 현대는 "소리"조차 "내지 않는" "속도"전이다. "쾌속 질주"(「멈추면 쓰러진다」)만이 절대 진리인 세상이다. 존재의 고독과 적막은 수시로 낯설어지는 현실로 인해 가중된다. 익숙한 듯 지나치게 평범해서 지루했던 일상에 뜬금없는 균열이 가중될 때 우리는 한없이 무기력해진다. 낯선 도시에서 길을 잃어버린 탓에 더 막막해진 상황 앞에 속수무책으로 주저앉고 만다. 삶이 낯설어지는 것, 삶으로부터 도망치고 싶은 것은 감당하기 힘든 삶의 무게 때문이다. 전술했듯이 '거리 두기'는 이러한 현실로부터 스스로를 지켜내는 일이다. 존재 자체에 부여된 숙명과 더불어 사회라는 질서 속에서 관계 맺기를 해야 한다는 데서 존재자의 고통은 배가된다. 그러나 그러한 고통 속에서 시인은 경계를 수긍하게 되고 무수한 시간의 편린에 당당해지는 법을 터득하게 된다. 그러니 역설적이게도 경계에 선다는 것은 고독을 견디는 한 방편이 되기도 하는 것이다. 때문에 시인은 고독 자체를 즐기는 피학증자가 된다.

> 희뿌연 새벽은 담배 연기를 닮았다. 무채색 가스로 일렁이는 대낮 시궁창의 밤, 구석 동네를 뒤진다. 사람냄새 사라진 판잣집, 빛이 들지 않는 골방을 헤집고 다닌다. 환각제, 퀴퀴한 냄새 질퍽한 곳에 우리는 있다. 빈 깡통에 욕망을 풀어 흔들면 이 도시는 우리에게 군림 당하는 낙원, 붉은 이빨 사이로 들이마시는 매캐한 밤, 온갖 별들과 검붉은 꽃들이 춤추는, 금지된 황홀.// 긴 밤 짧은 쾌락, 기약 없는 발작은 빈집 골방에서 서성인다. 감당하기 어려운 행복, 우리 안에 도사리고 있는 송곳니, 어설픈 왕국을 찾아 검은 시간을 쌓아올린다. 우리 안에 언제나 독하게 비린 사람의 냄새 있다. 그것이 진짜 사람의 냄새라 믿으며 서 있다. 어둠이 살아 있는 빈집, 빈 깡통을 찾아 헤매는 영혼이 있다고 믿으며, 우리는, 살아 있다.
>
> ─「시간 속엔 냄새가 배어 있다」 전문

도시의 시간은 "매캐"하다. 삶이라는 시간, 끊임없이 "살아 있"음을 확인 받아야 하는 불안 따위들이 불쾌한 냄새로 변해 도시 곳곳에 스멀거린다. 시인의 고독은 애초부터 도시 때문이었다는 듯이, 도처에서 악취가 난다. "사람냄새 사라진 판잣집"이나 "빛이 들지 않는 골방"에 좌절하지만, '사람냄새'나 '빛'을 상실한 지 오래다. 인생이라는 "어둠" 속에서, 그 "어둠이 살아 있는 빈집"에 "독하게 비린" 냄새를 풍기며 우리가 있다. "밤"의 시간이나 "비릿한 사람의 냄새", "아이가 되지 못한 어른들"의 불순한 세계에서 삶이란 "하루라는 이름의 찌꺼기"(「쿵」)에 불과하다.

사랑이 사라진 세상에서 고독하지 않기란 어렵다. 고독을 감추기 위해, "두려움 혹은 공포를 숨기"기 위해, "몸속에 안개"를 키운다. "광폭한 광기의 언어"로 지은 "주홍빛 안개"에는 "퀴퀴한 냄새"(「A/주홍빛 안개」)가 난다. 도시의 건조한 언어들, 그 절망과 좌절의 심사가 냄새로 전환된다.

차마 "말이 되지 못한 소리의 조각들이"(「붉은 혹」) 고독을 조장한다. "누가 나도 모르게 내 안에서 칼을 갈았"는지, "검붉은 눈물을 흘리며 꽃피는 기억을 베며 홀로 된 어둠을 베고 누워 있"(「갈증」)다. 이은주의 시에서 어둠 이미지는 존재의 우울과 고독, 그리고 도시의 삭막함을 표현하는 데 일조한다. 어둠에 갇혀 스스로 어둠이 되어버리는 이 시대인들에 대한 애도라고 할까. 살아갈수록 "불구만이 자"라나는, "말이 되지 못한 노래" 같은 불구의 시들이 "혹"처럼 자란다. 불구를 낳는 불구 제조기, "내 이름은 불구"(「붉은 코」)라는 간명한 정의 앞에 존재의 존엄성은 휘발되어 버린다. 결국 고독은 존재 자체의 위태로움에서 촉발되었음을 깨닫는다.

> 아침거리를 푸르게 메우는 인파들/ 투명한 가건물로 버티고 선 정류장/ 대리석 화분 속 웃고 있는 황국/ 옆, 검은 군용 누더기에 덮인 주검/ 가볍게 공중에 뜬다/ 그림자만 지상에 남겨 둔 채// 손목시계와 정차하는 버스를 번갈아 쳐다보며/ 가끔 거적송장 쪽으로 힐끔거리는/ 같은 방향을 향해 떠나는 한 무리의 사람들// (죽음은가까운곳에있다놀랍거나새롭지않다)// 맞은편 우암역으로 느리게 통과하는 화물기차/ 거대한 세상과 내통하는 솟대에서 솟는 입김/ 어디로 가는지 다시 되돌아 나와 길을 찾고// (돌아올수있는길이있다는건다행한일이다무심한표정으로돌이킬수있는게삶이다죽음은늘떠다니는것돌아올수있는길이있다는건돌아올수없음의반역그런데,그런데……)
> ― 「그런데, 그런데」 전문

죽음과 일상의 어울림. 그 부조화의 배치는 어색하지만 낯설지 않다. "죽음은가까운곳에있다놀랍거나새롭지않다." 어쩌면 삶 보다 더 가까운 곳에 죽음이 있는지도 모른다. "주검"을 마주하고도 생활의 시간에 쫓겨야 하는 사람들은 자신의 살아있음에, 아직은 살아있음에 안도할까. "무심한표정으로돌이킬수있는게삶이"라고 말하지만, "죽음은늘떠다니는것

돌아올수있는길이있다는건돌아올수없음의반역"에 불과하다는 사실을 안다. "갈수록 좁아지는 길", 끝을 알 수 없는 길 위에서 무기력하게 "천길만 길 벼랑으로 떨어진다."(「악몽」) "사람은 무겁다." 충분히 무겁기 때문에 벼랑에서 날아오를 순 없다. 사람이란 이미 "사방을 찌를 수 있는 흉기"(「무릇」) 그 자체다. "압사 직전의/ 버거운 공포" 같은 "죽음"(「무거운, 숲」)과 한몸이기에 사람은 무겁다.

"이미 터를 잡고 있는 오래된 생활과 올가미가 되어버린 가족"은 평범한 일상이 주는 권태를 때때로 안락함으로 오인하게 만드는 익숙한 "습관"이다. 현실을 부정하고 일탈을 욕망하지만, "수천 년의 학습으로 뿌리내린 몸은 정주定住의 천형"(「이제는」)에 길들여졌다. 산다는 것은 이러한 길들여짐이다. 일탈을 꿈꾸면서 결코 일탈하지는 않는, 그러나 일탈의 여지는 남겨둠으로써 현실의 지루함 혹은 그 길들여짐에 대한 자기 변명과 도피를 반복하게 된다.

이은주의 시에서 존재의 고독이나 우울 따위들이 고스란히 녹아든 시어인 "깡마른" "해쓱한" "메마른" 등과 같은 "마른 언어"(「마른 꽃」)들을 흔히 볼 수 있다. "아무리 잘라도 잘리지 않는/ 내 안 어디/ 지우고 싶지만 지워지지 않는/ 말"들의 난무, 결코 "둥글어지지 못하는 말"들이 일제히 "모로 기울어져/ 검은 말의 뿌리를 뻗는다."(「모난 것은 암실 속에서 자란다」) 기형의 말들 사이, 시인 역시 정신적 파행을 겪는다. "외로운 것이 어찌 너뿐이랴" 우리는 누구나 태어나면서부터 외로운 존재다. 다만 시인에게 그 외로움은 "내 안의 우울과 뒤엉켜"(「가을 파리」) 마치 천형마냥 한층 더 무거워지는 것뿐이다.

> 당신의 시간은 언제쯤인가요?// 어긋나기만 하는 생이/ 머물다 지쳐 스러진 곳/ 때를 잘 맞춰/ 쑤셔 박아야 할 곳을 제대로 찾아/ 그래야 뜨는 거야/ 너의 부류는 시류야/ 하긴 시류가 뭔 줜가/ 절대자의 손은 보

이지 않지/ 쓸데없는 소리 집어치우고/ 세상의 중심이 뭘 말하는지/ 깨 알처럼 받아 적어/ 일탈을 꿈꾸며 영원한 일탈의 궤도에서/ 벗어나지 못하고 씽씽 잘도 돌고돌고/ 쏜살같이 지나치는 싹쓸이꾼이/ 생업에 충실할 때/ 옆집 608호 신혼부부의 깔깔거리는/ 계단소리 정말 한때지 / 언제 반쪽 구두소리가 흥겹겠어/ 베란다의 마른빨래 지쳐서/ 축 늘어지면 그대로 모른 척/ 다시 세탁기에 넣어 버려/ 대체 오매불망 오밤중에/ 너의 날선 칼은 뭘 하나 쪼개겠다고 난리야// (깨어 있으라니, 어쩌란 말이야)// 당신의 시간이 흔들리지 않나요?

— 「불손한 기도」 전문

우리는 누구나 "가슴에 구멍이 있다." "올 때마다 조금씩 자라"는 구멍, "이해되지 않는 문장" 같은 인생에 골몰할 때는 깜박 잊기도 하는, 그러나 아무리 "적절한 낱말과 적절한 문장"을 찾아 "문장과 문장 사이에 놓은 다리"를 건너려 해도 불가능하다는 것을 깨닫는다. 삶—살이는 간극을 메우기 위한 분투지만, 결국 간극 자체를 인정하는 과정이기도 하다. 산다는 것은, "우리의 구멍이 서로의 시간임을"(「구멍」) 확인하는 일, 거리를 두고 각자의 시간을 수긍하는 일이다. 혹은 스스로를 "시간의 악취"(「닫힘」)로부터 무덤덤하게 지켜내는 일이다. 시간의 더께를 입은 존재의 방황과 성찰은 근원적으로 고독한 존재자의 숙명 앞에 겸허해 지기 위한 과정, 그것 자체를 수긍하는 데에 이르기 위한 번민인 것이다.

"당신의 시간은 언제쯤인가요?" 물음이 적막하다. 자꾸만 "어긋나기만 하는 생"이다. "일탈을 꿈꾸며 영원한 일탈의 궤도에서/ 벗어나지 못하"는 삶, 반복되는 현실의 지루함이나 권태, 무엇보다 그런 인생에 안주해 버린 자신까지, 스스로의 시간이 부재한다. 한때는 "정말 한때"는 어떤 "흥"겨움을 희망했던 적도 있었을 테다. 어떻게 된 것이 하루하루 삶을 살수록 그 희망들이 서서히, 그리고 모조리 말라 비틀어져 버렸지만 말이다. 적당한 거리를 두고 시인이 우울과 분투하는 동안 삶은 더 진지해지고, 덕분에 고독 한편이 환해지는 찰나를 경험하게 된다. 저기 당신, "당신의 시간"도 "흔들리지 않나요?" 시인의 물음이 환청처럼 우리를 두드린다. 우리는 모두 우울한 공범이다.

3. 삶에의 의지

시인의 절망은 스스로의 비겁함을 재확인하는 데서 비롯된다. 세상 그리고 타인, 무엇보다 스스로와 '적당히' 절충하고, 타협해 가는 사이 우리는 자신에게조차 낯선 존재로 남아 있음을 발견하게 된다. 시인에게 삶에의 의지는 생활의 녹록찮음을 극복하기 위한 것이 아니라 존재자의 절망을 시적 행위로 변주하는 데 있다. 그렇기에 시인의 "우울은 극복되어야 하는 질환이 아니라 시 쓰기의 조건이"(시집해설, 「새로운 초록」, 92쪽) 된다.

> 우산 속에는 댓잎이 참 많이도 모여 살지/ 우우 소리를 내며 나란히 줄지어/ 바람을 닮은 솟대까지 세우고 말이야// 우산 속에는 사람들이 참 많이도 모여 살지/ 이마를 부비며 서로를 받쳐주는 일에/ 깃발을 걸고 무동까지 타면서 말이야// 먹장구름 속일수록 더 단단히 모여들지/ 이렇게 우리가 우산처럼 모여 산다는 것은/ 다함께 수직에 맞서 둥글어지는 일이야
>
> ―「雨傘」 전문

우울한 와중, 시인은 끊임없이 새로움을 지향한다. 그것은 스스로와의 불화나 세상과의 단절을 온전히 극복하기 위한 방편이 되기보다는, 그것 자체를 수긍하는 데서 비롯된다. "상처난 조각들"을 모아 "숨을" 불어넣고 서서히 "새로운 몸"(「건축」)을 만들어 간다. 아직, 최소한의 기대가 남

았다. 시인은 끊임없이 우울하지만, 그것은 "수직에 맞서 둥글어지"기 위한 분투다. 혼자서는 우울에 갇혀 절망하고 말지만, "모여"서 "나란히" "서로를 받쳐" 준다면 아직 가능성은 있다고 믿는다. "더 단단히 모"인다면, 그래서 "모여 산다"면 삶의 무게나 존재자의 우울을 극복할 수 있지 않겠느냐고 반문한다. 시인은 "아직도 초록을 기다리고 있"(「떠도는 말」)다. "죽어간 사람들이 낳은 씨앗들"이 "거대한 나무로 자"라, "눈빛만이 살아 있는/ 초록의 날들이 열"(「휴먼트리」)리기를 고대한다. 여기 안녕을 희구하는 삶이 있다. 그 삶이, 지금 당신들의 인생도 안녕하신지 묻는다. '당신, 안녕한가?!'

봉인된 서정의 시간

현대시조와 시를 고민하다

초판 1쇄 인쇄일	2015년 6월 30일
초판 1쇄 발행일	2015년 7월 1일

지은이	조춘희
펴낸이	정구형
편집장	김효은
편집/디자인	김진솔 우정민 박재원
마케팅	정찬용 정진이
영업관리	한선희 이선건 최재영
책임편집	우정민
인쇄처	은혜사
펴낸곳	국학자료원 새미 (주)
	등록일 2005 03 15 제25100-2005-000008호
	서울특별시 강동구 성안로 13 (성내동, 현영빌딩 2층)
	Tel 442-4623 Fax 6499-3082
	www.kookhak.co.kr
	kookhak2001@hanmail.net

ISBN	979-11-86478-32-5 *03810
가격	29,000원

* 저자와의 협의하에 인지는 생략합니다.
  잘못된 책은 구입하신 곳에서 교환하여 드립니다.
  국학자료원·새미·북치는마을·LIE는 국학자료원 새미(주)의 브랜드입니다.

한국문화예술위원회 / Arts Council Korea
부산광역시 BUSAN METROPOLITAN CITY
부산문화재단

* 본 도서는 2015년 한국문화예술위원회, 부산광역시, 부산문화재단 지역문화예술특성화지원사업으로 지원을 받았습니다.